모내기
블루스

모내기 블루스

초판 1쇄 발행／2002년 9월 30일
초판 3쇄 발행／2005년 10월 20일

지은이／김종광
펴낸이／고세현
편집／강일우 김정혜 문경미 최은숙
펴낸곳／(주)창비
등록／1986년 8월 5일 제85호
주소／413-756 경기도 파주시 교하읍 문발리 513-11
전화／031-955-3333
팩시밀리／영업 031-955-3399 · 편집 031-955-3400
홈페이지／www.changbi.com
전자우편／literat@changbi.com

ⓒ 김종광 2002
ISBN 89-364-3668-6 03810

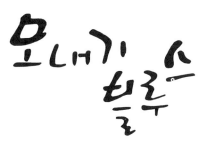

김 종 광 소 설 집

창비

차 례

모내기
블루스

모내기 블루스

버스는 하루에 세번 들어왔다. 이내가 깔릴 무렵, 마지막 버스가 안골 동구, 팻말만 달랑 삐뚜름한 간이정류장에 사람 두엇을 내려놓고 음현저수지 쪽으로 내처 달렸다.

순이는 제 눈이 의심스러웠다. 쉰여덟, 돋보기 없으면 달력의 양력 날짜도 못 읽어낼 만큼 망가진 시력이니, 헛것을 본 것일 수도 있겠다. 하여 바깥마당 둔치 쑥대밭에 까치발을 찍고 깜냥을 다하여 바라보았다.

분명히 맞다, 맞어! 저놈은 서른여섯살 처먹도록 장가도 못 간 불효자 중의 불효자, 이내 몸이 까지른 새끼가 맞다. 못자리 끝내고, "바람 좀 쐬고 오께유" 한 말씀 남겨놓고 횅하니 집 나가더니, 죽었나 살았나, 전화 한통 하는 법 없이 무소식이던 장남이 한달여 만에, 그것도 모내기철에 딱 맞춰 돌아온대서 요란하게 반색하는 것이 아니었다.

애당초 어떤 아들인가? 중학교 때 가출 역사의 첫 장을 열더니, 고등학교 졸업장 어거지로 딸 때까지 열 손가락을 다 써 횟수를 가늠하도록 해주었고, 이십대에는, 군대는 그렇다 치고, 감옥생활한 것도 그렇다 치고, 공장이다 목장이다 뭐잡이 어선이다, 영원히 객지인으로 자리잡으리라 싶었다.

그런 위인이 서른에 즈음하여 반 농사꾼 반 노가다로 고향에 붙어 있는 것이 여간 신통방통하지 않을 수 없었는데, 아니나 다를까 논바닥이 영 답답하고 공사판 사정이 여일하지 못해서 그런가, 획 사라졌다가 짧으면 보름, 길면 한두 달, 낯짝을 보여주지 않다가 불쑥 나타나는 짓거리가 계절거리도 해거리도 없었다.

하루라도 보지 않으면 애간장 타는 내 나도록 그리운 게 자식새끼라고, 무척 오랜만에 먼발치로라도 꼬락서니를 보니, 어찌 기쁨이 없겠는가마는, 아들의 그러한 전력을 감안한다면, 귀향 모습에 이다지도 좋아할 판은 아닌 것이다.

순이는 아들을 반기는 것이 아니라, 아들 옆에 붙어 있는 색시에 환심장(換心腸)하고 있는 것이었다.

양규도 난데없이 저녁상 한귀퉁이에 끼여 있는 서해가 며느릿감이 아니라는 점이 몹시 섭섭했다. 숟갈도 들기 전에 밥맛이 달아나버리는 것이었다.

"할아버지, 아줌마, 맛있게 먹겠습니다."

"처자, 누구는 아줌마고 누구는 할아버지랴? 사람 차별하나?"

"예? ……아, 할아버지 삐쳤구나. 할아버지는 진짜 할아버지 같은데요. 머리도 완전 할아버지 색깔이잖아요?"

"머리 색깔로는 그렇겠지만도 손주도 못 안아본 주제에 할아버지

소리 들으면 기분이 좋겠어?"

"할아버지는 외손주도 없어요?"

"외손주야 있지마는 외손주하고 친손주하고 같가니."

"그런 게 어딨어요? 남녀가 평등한데."

"그건 처자 생각이고 내 생각은 달러. 나는 맛 간 세대거들랑."

"에이, 할아버지도 참 억지다. 좋아요, 뭐 돈 드는 일도 아닌데. 아저씨라고 불러줄게요."

서해는 낯가림도 없이, 밥을 꿀떡꿀떡 잘도 먹었다. 총천연색으로 차려진 반찬을 해결하는 젓가락질 솜씨가 가히 손오공 여의봉 수준이었다. 순이로서는 육십여 평생 먹고 또 먹은 푸성귀를 언제나 그랬던 것처럼 대충 무치고 데치고 지져서 올린 찬이었으나, 도시 인스턴트 식품에 쩔 대로 쩐 서해 입장에서는 산해진미로 여겨지는가 보았다.

양규는 숟갈질이 한없이 굼떠지며 처자를 짯짯이 탐색하였다. 밑져야 본전, 며느릿감이라 생각하고 요모조모 뜯어보는 것이었다. 하지만 뜯어보고 자시고 무조건 합격점을 때릴 수밖에 없는 게 양규의 입장이었다.

아들이 서른 초입 때만 해도 며느리 될 처자가 갖춰야 할 조건을 여러가지로 짚었다. 아들이 고졸이니까 며느리도 당연히 고등학교 졸업장은 있어야겠고, 자신의 집안이 밥 굶고 살지는 않으니까 며느리네 가세도 어지간은 해야 할 것이고, 아들이 그럭저럭 생긴 얼굴이니 며느리도 박색은 아니어야겠고, 아들이 갑갑증을 못 이겨 발병을 잘해서 그렇지 본래 심덕이 무던하니 며느리도 동네 입방아에 오를 만큼 시부모 봉양에 엉터리일 골치 아픈 심성은 아니어야겠고, 짚어가자면 한이 없었다.

하지만 아들이 숱한 맞선에 미역국을 먹고, 타지를 뻔질나게 돌아다니면서도 연애질도 못하고, 이러구러 나이는 낙엽 쌓이듯 하고, 며느리가 구비해야 할 조건은 평가절하를 거듭해온 끝에, 아들이 서른여섯에 닿은 작금에 이르러서는, 거의 '조건 없음'이 되어버렸다. 아들놈하고 살아만 준다면, 그래서 고희가 되기 전에 손주 잠지를 만져보게만 해준다면, 그 누가 되었든간에 들쳐업고 천리 만리를 달릴 수도 있을 것이었다.

하여튼 속사정이야 짐작하기도 겁나 모른 체하고 바깥 모양은 마음에 쏙 들었다. 톡 건드리면 부러질 것 같은 허리에 얼굴까지 받쳐주는, 영락없이 텔레비전에 나와 방정떨어대는 것들하고 한 과로 생겼다. 비리비리한 몸뚱이만 놓고 쳐서 애를 잘 낳을까 그것이 조금 염려가 된다만, 그래도 이런 출중한 미모의 며느리하고 날마다 한상에서 밥 먹을 수만 있다면 얼마나 행복하랴. 그런데 며느릿감이 아니고 아르바이트라고?

하지만 달리 생각해보니 일찌감치 절망할 것까지는 없겠다. 요새 것들 말이 말 같던가. 말이야 늙은 머릿속 어지럽게 해쌓는다만, 보아하니 맞출 것 맞춰도 한두번 맞춰본 사이가 아닌 듯하며, 이렇게 다정히 한 묶음으로 밥상머리까지 기어들어왔으니, 미래에 대한 가능성이 농후한 사이렷다. 하루 이틀 열흘 달포 한달 두달 반년 하다 보면, 그게 부부인 거지 뭐. 어쩌면 아들놈도 그런 꿍꿍이인지 모른다.

정녕 아들이, 농촌이 얼마나 지독스러운 구석인지 생판 모르는 처자를, 텔레비전에서 왜자기듯 맑은 공기니, 아름다운 산과 들이니, 붕어새끼 폴짝폴짝 뛰어대는 시냇물이니, 어쩌고저쩌고 사기를 쳐가지고서는, 이 집구석까지 꾀어 온 것이라면, 낳고서 처음으로 칭찬을 해주고 싶었다.

"저 일 잘해요. 돈값은 할 거예요. 걱정 놓으세요."

"시방 밥값이 아니라 돈값이라고 혔어?"

"그럼요. 대춘오빠가 일당 삼만원씩 쳐준다고 했어요."

부부는 아들의 얼굴을 빤히 쳐다보았다. 이 색시가 호미라도 들 근력이 있겠느냐고, 참으로 어이가 없다는 힐난을 하는 것이었다.

"맞잖아유? 요새 여자 일당 삼만원? ……이만원인가?"

"내일 아침 먹고 댓골논부터 쳐야 뎌."

"왜유? 누가 논 떼메고 간대유?"

"지랄, 비는 하늘이 무너져도 안 내릴 것 같고, 수리조합서 쪼까 있는 물 배급주고 있는디, 어제 물 들어온 댓골논 내일 안 치면 금방 말라버릴 테니께 하는 소리지."

겨울에 참으로 눈이 내리지 않더니, 봄에는 비다운 비 한번 내리지 않았다. 물 없어 허덕이긴 마찬가지인 저수지에 매달리고, 저수지에 딸리지 않은 논들은 관정을 믿을 수밖에 없었다. 수리조합은 들판을 몇 구획으로 나누어놓고 오늘 내일은 동쪽 답, 모레 글피는 서쪽 답, 하는 식으로 저수지 물과 관정수를 공급해주고 있었다.

"더이상 말씀 마슈. 아버지 잔소리는 한번 시작하면 봄 여름 가을 겨울이라니께유. 지가 나름대로 요량을 했으니께, 딱 맞춰 나타난 거 아니겠슈?"

순이는 두 딸이 쓰던 건넌방을 쓸고 닦았다. 며느릿감이 아니라니, 각방치레를 해놓지 않을 수 없었던 것이다. 그러나 색시는 건넌방에 옷가방을 툭 들이밀었을 뿐 엉덩이를 붙여보지도 않고, 아들방으로 뛰어갔다. 순이로서는 바라면 바랐지, 말릴 까닭이 없었다.

양규는 아홉시 뉴스 전부터 드렁드렁 코를 골아대었고, 순이는 국민 열 중에 여섯은 본다는 「허준」 시작하고 십여분 되었을까 슬며시 잠이 들었는데 웬 잡소리에 번뜩 깨었다. 그때까지 혼자 이것저것 떠들고 있던 텔레비전을 재우고 나니, 그 잡소리는 텔레비전에서 난 소리가 아니라는 것을 알겠다.

삼경, 하늘에 별은 총총하고, 불 꺼진 바깥채 아들방에서 색시가 죽겠다고 질러대는 소리가 참으로 장대하며, 아들 질퍽대는 소리 또한 사람 잡겠다 싶었다. 그러니 열 걸음은 족히 떨어진 안방 이내 몸의 잠까지 깨웠지.

순이는 은근한 미소를 지었다. 이녁하고 저 짓거리를 마지막으로 해본 것이 언젯적이던가? 저 달처럼 잔물잔물하니 기억이 뿌옇다.

동이 트고, 스스로 그렇게 있는 것들이 미명을 걷어버리며 제 빛깔을 드러냈다. 대춘은 목구멍에 아침 들이밀기 무섭게 경운기에 달라붙었다. 짐칸을 떼어내고, 로터리를 부착해야 하는 것이다. 아버지 양규는 어떻게 도와볼까 얼씬거리다 "걸리적거리니께 그냥 좀 계슈. 다쳐유, 다쳐" 하는 핀잔이나 들었다.

"네가 언제부터 농사졌다고 유세냐? 임마, 나는 농사경력이 반세기여, 반세기."

말은 그렇게 했다만 기계 가지고 하는 일에는 아들한테 늘 말발이 안 섰다. 아들이 경운기를 사들여 온 날부터 양규는 뒷전으로 밀린 감이 없지 않았다. 하지만 그게 순리일 터였다.

"아, 저번이처럼 허리 삐긋혀가지구 앓는소리하실까봐 그러쥬."

대춘은 쇠바퀴를 달고 시동을 먹였다. 경운기 엔진소리가 마당을 뒤흔들었다. 쇠바퀴로 가는 길은 더디었다. 일분에 5미터를 가나 마나 했다. 그래도 흙길은 좀 나았는데, 시멘트도로에 들어서자 바닥을 탕탕 튀기는 꼬라지가 냅다 달리면 십분이면 족할 댓골논이 어느 세월에 갈지 말지 까마득했다. 뒤에서 기세좋게 달려오던 1톤 트럭도 헐수할수없이 함께 굼벵이질이었다. 비키려야 비킬 수 없는 좁은 도로 폭 탓이었다.

양규는 오토바이로 진작 와 있었다.

"그리두 네놈이 사람이 돼가는 모양이다."

대춘이 어제 새 물장화를 세 켤레나 사가지고 들어온 것에 대하여 대견해하는 말이었다. 대춘은 물장화를 허벅지까지 끼우고, 비옷 바지를 덧입은 뒤 흘러내리지 않도록 헌 혁대를 찼다.

쇠바퀴는 논흙을 만나야 구실을 하는 놈이렷다. 논바닥을 만나자 비로소 경운기는 값을 했다. 논둑의 가장자리를 한바퀴 쳐 나갈 때는 2단으로 천천히 돌았고, 그 다음부터는 변속기어를 3단으로 놓고 액셀도 한껏 올렸다. 로터리가 튕겨내는 흙세례가 군대 때 기관총은 저리 가라였다. 논갈이 흙들이 잘게 부서져 수면 밑으로 내려앉았다. 그동안 저희들 땅인 양 뿌리박고 고개 빳빳이 쳐들고 있던 논풀들도 흙 속으로 쑤셔박혔다.

양규는 두렁을 메웠다. 쇠스랑으로 흙을 그러모아 붙이고는, 삽날로 반들하게 다듬어나갔다. 자잘한 생명들이 뚫어놓은 실구멍을 단속하는 한편, 잡풀들의 번성을 억제하여 경계를 새로이 매김하는 것이었다.

저쪽을 휘몰아치고 돌아 이쪽으로 두들겨나온 아들은 벌써 흙투성이였다. 아들은 쇠스랑질에 힘부쳐하는 아버지 모습이 안쓰러워, 잠깐 멈춰 서서는 엔진소리를 이기려고 고함을 쳤다.

"그냥 놔두라니께유. 이따가 흙이나 골러유."

"작것, 놀면 뭐하나?"

이 동네에서는 먼저 치는 로터리를 그냥 '로터리친다'고 말하고, 한 번 더 치는 로터리를 '써레질한다'고 했다. 써레질할 때는 굵은 각목을 매어 끌고 다녔다. 각목의 힘에 밀려 부서진 논흙은 고르게 눕는 것이었다.

중학교 운동장에서 조회하는지 차렷 열중쉬어 하는 마이크 소리가 들려올 때, 바로 윗논에 들어왔던 준호의 트랙터가 순식간에 마지기 둘을 해치워버렸을 쯤해서야, 대춘은 겨우 써레질에 들어설 수 있었다. 경운기와 트랙터를 놓고 능력을 비교하는 자체가 어리석지만, 트랙터에 대면 이놈의 경운기는 느리기가 달팽이요, 힘없기가 사흘 굶은 여자였다.

순이가 참을 내왔다. 낑낑거리며 두렁 메움질을 마감하고, 담배 두어 대 몰아피며 쉬고 있던 양규는 아들이 논에서 빨리 안 나온다고 한참 성화를 부렸다. 수로 물로 대강 얼굴을 씻은 대춘은 "먼저 드시랑께유" 해놓고서는 트랙터의 준호를 부르러 갔다.

양규는 막걸리 한 컵을 단숨에 들이켜고는 절로 나오는 카, 소리를 감추지 못했다.

"처자는 여직 자는감?"

"새벽참까지 만리장성을 쌓으니 오죽허겄슈."

"그럼 야들이 한몸으로 잤단 말여?"

"동네 떠나갈 뻔했슈."

"그럼 내 짐작이 맞는 거구만."

"나중에 실망할라면 벅차니까 함부로 짐작 마슈. 요새 젊은 것들은 알 수가 없다니께유. 연앤지 불장난인지."

준호는 논이 백여 마지기, 소가 백여 마리였다. 부모로부터 물려받은 땅이 상당했고, 농업협동조합에 빚도 많이 지고 있었지만, 여하튼 부모의 대를 이어 치세를 거듭하고 있었다.

"구제역 땜이 피봤지?"

"말도 말어. 거의 전쟁이었어."

안골은 구제역 시초 발생지로 한 두어달간 텔레비전 뉴스에 빠짐없이 등장했던 아무개 군과 지척이었다. 아무개 군보다야 못하겠지만, 다른 지역 사람들에 비해서는 훨씬 짙은 농도의 공포에 시달렸고, 훨씬 강도 높은 방역에 매달려야 했다.

그럼에도 불구하고 준호는 두어달간 아내의 도움을 전혀 받지 못했다. 방역의 최대 기본은 병균매개체인 사람과의 접촉을 최대한 줄이는 것이었으므로, 홀로 백여 마리 소를 먹인다는 것은 확실히 무리였지만, 아내의 축사 출입마저 통제하지 않을 수 없었던 것이다. 다행히 안골에서는 구제역에 쓰러진 소는 없었으나, 거의 전쟁이었다는 말이 과장되지 않을 만큼 애로를 겪었다.

"그놈의 시답지 않은 전쟁이 끝나기는 끝난 건가?"

"그렇다고 봐야 할겨. 텔레비전 놈의 새끼들이 입 처닫았으니께."

"그리두 별 탈 없이 지나갔으니께 다행여."

"한번 두번 겪는 탈인가? 또 어떤 놈의 탈이 올지 물러."

준호는 양규가 따라준 막걸리를 쭉 들이켜고서는 엉너리를 쳤다.

"그르게 지가 걱정 말랬잖아유. 딱 맞춰 나타날 거라구."

"나타나서 나타났는갑다 하지, 이놈의 인사가 부모 속을 어지간히 썩였간디."

"또 동네방네 떠들고 다녔구먼유. 아들 감감무소식여서 농사 못 짓게 생겼다구."

"이놈아. 그러니께 전화 한 통화 넣어줬으면 됐을 거 아녀. 언제 온다구. 아니믄 요새 가이나 소이나 다 들고 댕기는 휴대폰을 갖고 댕기든가."

대춘은 오후에는 청라논 로터리를 쳤고 저녁녘에는 잿골논 못자리를 걸었다. 다음날 바로 댓골논과 청라논 모심기를 해치울 작심이었다.

부부는 쇠스랑 하나씩 들고 태양이 서쪽 산 불탄 자리를 넘어갈 때까지 댓골논 흙을 골랐다. 흙고르기는 모심기 전 마지막 단계의 논바닥 일로서, 도드라진 부분의 흙을 끌어다 부족해 보이는 부분을 메워, 전체적으로 보았을 때 논바닥의 높이가 더함도 없고 덜함도 없게 눈대중으로나마 판판히 닦아놓자는 애면글면이었다.

서해는 저녁밥때까지 대춘의 방에서 퍼질러 잤다. 아침도 안 먹고, 점심도 안 먹고 잠만 자는 색시가 당장 굶어죽기라도 할까 안달난 순이가, 아들이 이박사흘이건 일주일이건 그냥 처자게 놔두라는 것을, 제발 저녁은 먹고 자라고 기어이 깨우지 않았다면, 서해는 정말 이박사흘을 내쳐 잤을지도 모른다.

서해는 고등학교 때 가출한 이후 이날 이때까지, 아침 무렵에 자서 오후 두세시경 기상하는 리듬으로 살아왔다. 두세시경에는 저도 모르게 퍼뜩 눈이 떠졌는데 오늘도 그랬다. 그런데 오늘은 알 수 없는 편안함과 고요함이 밀려와 그녀의 눈꺼풀을 도로 덮었다. 그녀는 그렇게 편히 자본 적이 없었다.

하지만 서해는 안 깨웠다고, 일을 안 시켰다고, 그래서 하루 공쳤다고, 순이가 "아이구, 정신 사나워. 괜히 깨웠구먼. 그냥 처자게 놔둘 걸 그랬어" 절레절레 짧은 고개 흔들어대도록 찡찡거렸다.

서해는 실컷 자고 저녁밥 많이 먹어 기운이 남아도는지, 대춘에게도 안 깨워줬다고 지치지도 않고 불퉁대었다. 그 소리가 마당에서 기웃거리는 순이에게는 "허이구 숭헌 놈들, 밤이나 깊거던 보듬지" 헤헤거리게 만들어주었다.

대춘은 노트를 펴놓고 이것저것 계산중이었는데, 서해 하는 짓이 여간 귀찮지 않았다.

"아따, 그년. 네가 무슨 일을 할 수 있겠다고 지랄여. 네가 이제까지 해온 일이 뭐여? 코스 밟아가면서 술잔 물잔 나른 것밖에 더 있어? 농사가 뭔지나 알구 풍신을 떨어쌓냐?"

"오빠, 말을 왜 그따위로 해? 그럼 나를 왜 데리고 왔어?"

"야, 년아 내가 데리고 왔냐? 네가 따라왔지."

"약속이 틀리잖아. 일 시켜준다고 했잖아?"

"나는 그냥 네가 안돼 보여서, 수컷들한테 치여 산 네 인생이 안돼 보여서, 그냥 며칠 푹 쉬고 가라구 꼬셔 왔다. 휴양 왔다구 생각하구 편히 있다 가란 말여. 밥값 방값 안 받을 테니께."

"씨발, 이 사기꾼 새끼!"

서해는 대춘에게 폭력을 휘둘렀다. 대춘의 두꺼운 살가죽은 애무로 느꼈지만. 어느결에 대춘이 서해를 올라탔고, "이 짐승새끼 못 내려가?" 서해는 발버둥을 쳤지만, 텔레비전이 스포츠뉴스 끝내고 드라마 제목을 띄웠을 즈음해서는, 암수 서로 정다운 짐승으로 씩씩거리고 있었다.

대춘은 작정하고 농사를 지을까, 아니면 시내에 가게를 열까 근년

18

들어 생각이 많았다. 얼추 돈은 모인 것 같았다. 농사를 짓는다면 여튼 돈에다 농협 대출을 받아서 대여섯 마지기는 넉넉히 사들일 수 있겠고, 삼동네에 늙은 부부끼리 바르작바르작 농사짓는 집이 허다하니 말만 잘하면 소작 한 이십여 마지기 얻는 것이야 일도 아니겠다. 트랙터와 트럭을 할부로 들이고, 본격적으로 농사를 지어본다?

장사라면 역시 물장사, 계집장사가 남는 장사다. 서해 같은 년으로 셋만 구비해놓고 계집관리만 빈틈없이 하면 실패라는 게 없을 술장사. 하지만 그게 어디 사람이 할 짓이냐. 이런 불쌍한 년 보지 피빨아먹자는 짓 아닌가. 대춘은 드라마에 넋이 빠진 서해를 새삼스럽게 바라보았다.

창문을 뚫고 온 푸른빛이 방안을 가득 채웠다. 번쩍 깨어 기지개 크게 편 뒤에 문을 열고 나서려던 대춘은 하마터면 고꾸라질 뻔했다. 뭐가 발목에 걸려 있었다.

"또 안 깨우려고 했지?"

서해가 비몽사몽하면서도 눈을 비비적대며 하는 소리였다. 대춘의 굵은 발목과 서해의 얇은 발목은 운동화끈으로 묶여 있었다. 서해는 참으로 오지 않는 잠을 청하고 청한 끝에 반 시간 전에야 겨우 잠들었었다. 묶어놓기를 얼마나 잘했는가.

서해는 졸면서 먹었다. 숟갈을 콧구멍으로 들이민 게 한두번이 아니었다. 양규는 성질 같아서는 밥상머리에서 웬 구접스러운 짓거리냐고 면박을 주고 싶었지만 꾹 참아내고 있었는데, 거듭 바라보자니 미운 짓마저 흔쾌해져 허허 웃음이 솟구치는 것이었다.

순이도 색시가 밥 먹는 꼴을 보고 있자니, 저게 며느리 돼도 골치 아프겠다는 염려를 잠깐이나마 하지 않을 수 없었는데, '뭐 나는 시집

오기 전이 농사짓는 집구석이 이르케 일찍 아침 공양하는 줄 알았간 디. 한두 달이면 바로 습관이 밸 거니께, 그건 헛걱정이여' 생각을 긍정적으로 고쳤다.

대춘은 경운기에서 로터리를 떼어내느라 나사와 씨름이었다. 감을 때보다 풀 때가 더 힘이 든다니까.

"이게 농사일이야?"

딴에는 일복으로 차려입은 모양이었다. 서해는 아래위 새하얀 트레이닝복 차림에, 운동화까지 하얀색이었다. 비싸기로 유명한 상표가 찍힌 것으로 보아, 돈 십만원은 우습게 넘는 복색인 듯했다.

"너 정말 일을 해볼터?"

"오빠는, 사람 말을 좀 진지하게 새겨봐."

대춘은 로터리를 비켜놓고 쇠바퀴를 떼어낸 다음, 고무바퀴를 달았다. 이어서 짐칸을 부착했다. 비로소 서해가 텔레비전 농촌드라마에서인가 몇번 본 적이 있는 경운기 꼴이 되었다.

"아, 이게 딸딸이구나!"

대춘은 손바닥에 쥐기 맞춤한 크기의 나무토막 두 개와 얇은 철삿줄을 챙겼다. 그리고 서해가 보기엔 장화인 듯은 하지만 뭐하자는 건지 모르겠는, 노랗고 길쭉한 것 두 켤레를 짐칸에 실었다. 하나는 무척 헌 것이었다.

서해는 순전히 모르는 것 투성이어서 쉴새없이 물어댔지만, 대춘은 웬만해서는 대꾸를 해주지 않았다. 반죽 좋은 서해도 급기야 삐쳤는지 입술을 모아 길게 내밀었다.

"야, 타!"

대춘의 한마디에 서해는 금방 풀린 얼굴이 되어 짐칸 위로 풀쩍 뛰

어울랐다.

안골 사람들은 아침부터 때아닌 진풍경에 입 운동깨나 하지 않을 수 없었다. 대춘이 경운기를 몰고 나가는데, 짐칸의 낯모르는 젊은 여자가 소들의 합창보다 더 큰 목청으로 "야, 호!"를 연발하는 것이었다. 댄스가수인가 무엇인가처럼 괴상하게 몸까지 비틀어가면서 그 난리였다.

"대춘이가 여자를 주워가지고 들어왔다더니만, 정신이 온전한 게 아니었구면."

"허긴 그럴겨. 맨정신 박힌 계집이 어딜 봐서 대춘이를 좇을겨."

"왜? 대춘이가 어뗘서. 옛날이야 말종도 그런 말종이 없었지만 서른줄 들어서야 착실하지."

"너무 늦게 정신차렸어. 모아놓은 게 있을껴, 물려받을 게 있을껴. 게다가 싸돌아댕기길 좀 좋아혀."

"아녀, 내가 보기엔 대춘이 자슥, 앞으로는 잘 풀릴겨. 대기만성형이라고나 할까."

"잘 풀리면 좋지. 잘 풀리려면 여자를 잘 들여야 되는디. 저 여자는 안되겠구면."

"확실히 살지 안 살지도 모른다던디."

"아르바이튼가 오바이튼가를 왔다대."

"이씨네 두 늙은이가 워칙히 며느리로 들여볼까 정성이 지극한가벼."

"아무려나. 대춘이가 계집 조건 거론할 처지는 아니지."

"어찌되었거나, 이 동네에 노총각이 슬슬 짚어도 여남은인디, 금년에 하나 치울라나."

로터리 치러 나오던 서상철과 모판 떼던 장신우가 담배 나누면서 해보는 소리였다.

부부는 오토바이로 벌써 잿골논에 도착하여, 한창 땀 흘리는 중이었다. 한달여 전 세 구획으로 못자리를 했었는데, 한 구획에 가로 세 판, 세로 서른 판, 해서 아흔 판을 넣었었다. 고운 흙에 버무려져 있던 볍씨들은 한달여간 생명의 신비를 거듭한 끝에, 이렇게 손가락만한 크기로 다보록다보록 초록 들판을 이루고 있는 것이었다.

양규는 짧은 나무토막 두 개에 길게 이은 철삿줄로 모판 끝머리 밑에 걸친 다음 주욱 잡아당겼다. 철사가 모판 밑 흙을 드르륵 긁은 뒤 이내 몸 쪽으로 빠져나왔다. 그럼 모판 하나가 떼어진 것이었다.

순이는 남편이 떼어놓은 모판을 두 개씩 겹쳐 들고 길가로 날랐다. 모판 두 개의 무게는 순이의 허리를 90도로 꺾어놓기에 충분했다.

"아, 하나씩 들구 다니라니께, 겁나게 말 안 듣네."

양규가 만류를 안하는 것은 아니었으나,

"어느 세월이 다 날를라구유."

아내의 부지런한 소리에, 네 마음대로 하되 아프다고 노래만 부르지 마라, 내버려두는 수밖에 없었다.

경운기 짐칸의 서해가 나는 어쩌냐고 물을 짬도 없이, 대춘은 오토바이로 바꿔 타고 다시 집으로 갔다. 이번엔 이앙기를 댓골논으로 옮겨야 하기 때문이었다.

부부는 색시가 처자기도 지겨워 구경 나왔나보다 하고 그냥 무시해버렸다. 아무리 며느리 삼을 작정으로 곱게 대하고 있다지만, 대도시 사는 딸이며 사위며 불러내려 일손 삼고 싶은 것을 겨우 참아내고 있는 마당에, 「전원일기」 구경하듯 저 모양인 색시에게 언짢은 마음이 안 드는 것은 아니었다. 하지만 일을 시켜봐야 오분도 못 부려먹고, 몇주일치 약값을 대주어야 할지 모른다는 지레 판단이었다.

그러나 서해는「대추나무 사랑 걸렸네」시청을 단 십여분에 그치고, 부부의 마음씀을 허투루 만들었다. 순이 발목에 꿰어져 있는 물장화를 보고 용도를 깨우친 뒤, 서해는 운동화를 벗고 짐칸의 헌 물장화를 주워 신었다.

눈에 넣어도 시원찮게 생긴 것들은 뭘 신어도 폼난다니께. 서해 하는 양을 훔쳐보던 양규는 슬며시 미소를 지었다.

서해는 순이가 모판 옮기는 것을 관찰한 지 몇분 만에, 자신이 넉넉하게는 한 개, 적당하게는 두 개, 무리하게는 세 개의 모판을 들 수 있다는 것을 산출해냈던 것이다. 서해가 두 개의 모판을 겹쳐 번쩍 들어올리고 논바닥을 성큼성큼 걸어나가자, 순이는 입을 쩍 벌렸다. 양규의 놀라움도 아내 못지않았다.

부부는 지가 그래봤자 십분이면 더이상 못하겠다고 퍼질러버리거나, 팔목 혹은 발목 삐었다고 죽는 창을 해대리라 헤아렸는데, 반시간이 되어도 도시처녀의 기운은 사그라들 줄 몰랐다.

"색시, 무거운 것을 더러 들어봤구먼?"

"아주머니, 이깟 게 무겁겠어요? 사내가 무겁겠어요?"

서해는 너무 심한 농담을 했다 싶어 입을 가렸는데, 다행히 순이는 뭔 소리인지 알아듣지 못한 것 같았다.

대춘이 돌아와 합세하자 한결 속력이 났다. 한꺼번에 다 떼는 것이 아니라, 오늘 모낼 댓골논과 청라논 것만 떼는 것이었다.

사실 서해는 일 시작한 지 반시간쯤부터 죽을 맛이었다. 하지만 오기로 버텼다. 한 3년, 정말이지 짐승 같은 것들한테 붙잡혀 무일푼 보수로 착취당한 적이 있었는데, 해방의 날까지 버티게 했던 그 오기에 비하면, 급수 한참 떨어지는 오기였다만. 그 오기가 결국은 바닥 나 쓰러지거나 포기하거나 둘 중 하나를 저지를 막판에 모판 떼기가 끝났다.

대춘은 길가에 내어놓은 모판을 경운기 짐칸에 높다랗게 쟁여 쌓았다.

"아버지, 쟤가 그리두 일을 제법 하네유. 쟤랑 심어볼 테니까 청라 논 흙 고르시쥬?"

"인저 겨우 한시간 일했는디, 너무 믿는 거 아녀?"

"뭐, 혼자 심어두 충분하잖유?"

부부는 오토바이를 타고 청라논으로 먼저 떠났다.

대춘은 바로 엮은 경운기 안장에 서해를 앉혔다. 허리는 얇아도 엉덩이 평수는 제법 되어서 궁둥이 약간이 허공으로 비어져 나왔지만, 서해는 자신이 운전이라도 하는 듯한 들뜬 기분에, 바퀴가 껑충껑충 뛸 때마다 안장 모서리 쇠에 매맞아 꽤 아팠을 텐데도 아픔을 느끼지 못하고 소리소리 질러댔다.

"달려라! 달려. 더 빨리!"

하지만 대춘은 서해가 설치다 그예 낙마라도 할까봐 속도를 외려 줄였다. 서해의 환호성 속에 청라논은 성큼 가까워졌다. 싣고 온 모판의 절반을 청라논에 떨구었다. 대춘이 짐칸 위에서 집어주면, 부부와 서해가 받아들어다가 논물에 담가놓았다. 부부를 흙 고르라고 청라논에 남겨놓고, 경운기는 댓골논으로 향했다.

댓골논에서의 하역작업은, 둘이서 하자니 서해에게 다소 힘들었다. 서해의 트레이닝복 속에 숨은 살갗은 이미 빗살무기토기마냥 긁혀 있었다. 모판을 한편으로는 둑에 걸쳐놓고, 한편으로는 논바닥에 들여놓고, 짐칸을 깨끗이 비운 뒤에 대춘은 서해에게도 담배를 내밀었다.

"오빠, 아무리 생각해도 원시적인 것 같아."

"야, 그리도 내가 어렸을 적에 비하면 격세 지감이다. 이런 논 하나 심는데도 장정 대여섯이 한나절 죽때렸다니께."

"차라리 조선시대하고 비교를 하지. 대망의 이천년이라고. 술집년들도 인터넷으로 고객관리하는 세상에, 농촌은 이게 뭐래?"

"새천년의 현실이다. 이십일세기는 가는 놈들이 가는 거구, 우리 같은 놈들은 죽기 전에 십구세기를 면할라나도 물러."

이앙기는 네 줄로 심어나갔다. 서해는 기계가 참 신기했다. 하지만 슬슬 짜증이 났다. 이앙기가 이편에 왔을 때 둑 밑 논바닥에 대어놓은 모판을 집어주고 나면, 대춘이 다시 저쪽 편에 갔다가 돌아올 때까지 하릴없이 지켜보고만 있어야 했다.

댓골논의 4분의 1쯤 심었을 때였다. 대춘이 이앙기를 돌려세우고, 모를 떨어낸 판 여덟 개를 내려놓았다.

"모판 안 집어주고 뭐혀?"

"심심하단 말야. 내 성격 알잖아? 나는 아무것도 안하고 있으면 미친단 말야."

"꼭 말을 해야 아냐? 이거 닦어야지."

대춘은 물장화 끝으로 빈 모판을 툭 찼다. 흙방울이 서해의 얼굴을 때렸다. 대춘은 허허 웃었다. 서해의 새하얗던 트레이닝복은 아주 흙색으로 변해 있었다. 일거리가 불어나 신이 난 서해는 빈 모판을 옮겨다 수로에 던져넣었다. 물은 몹시 탁했으며 시원스럽게 흐르지 못했다. 그래서 모판 씻는 일은 장난이 아니었다.

다시 한바퀴 돌고 온 대춘은 서해가 닦아놓은 모판을 보고 또 한번 크게 웃었다.

"왜 덜 닦아졌어? 더이상 안 닦아진단 말야."

"몇개나 씻었냐?"

"두 개."

"이렇게 씻으니까 그렇지."

대춘이 시범을 보였다. 서해는 어리둥절했다. 자신이 닦아놓은 것은 올해 구입한 것마냥 말끔했는데, 대춘이 닦은 것은 몇년이나 묵었는지 모를 논흙기가 여전히 켜켜이 배어 있었다.

"그게 닦는 거야, 헹구는 거지?"

"이 정도로 하면 돼. 내년에 씻나락 담을 때 지장만 없으면 된다구. 너처럼 닦다가는 어느 세월에 다 씻냐?"

하지만 서해는 하향조절한 나름의 기준으로 깨끗하게 닦으려고 노력했고, 대춘이 오면 모판도 집어주어야 했기 때문에, 소원대로 엄청 바빠졌다.

댓골논의 모내기가 끝났다. 흙인지 사람인지 모르게 된 서해가 열심히 닦은 모판을 차곡차곡 포개놓은 뒤 손을 씻고는 말했다.

"모내기, 별것도 아니네 뭐."

"별거 아녀?"

"그럼 뭐 별거야. 오빠도 기계가 다 심어준 거 아냐?"

"네가 땜빵을 해봐야, 그런 소리가 안 나오는디."

"땜빵?"

"네 눈에는 저 이앙기가 완벽해 보이냐? 쟤도 기계여. 실수가 많은 놈이라구."

양규와 순이는 서해를 며느릿감으로 들이고자 하는 마음이 더욱 간절해졌다. 두세 시간 화장으로 하루를 열어서, 한두 시간 화장으로 하루를 마감할 것 같은 얼굴을 해가지고서는, 몸뚱이에 흙 한방울이라도 닿을라치면 기겁을 하고, 꼼지락거리다 땀 한방울이라도 떨어질라치면 유세를 떨고 해댈 것처럼 생긴 몸뚱이와는 달리, 너무나도 달리, 참한 모습을 보여준 것이다. 밥상머리에서 한번도 삼강오륜을 귀동냥 안해본 것처럼 경정경정 나대는 것이 약간 마음에 걸렸지만. 점심밥을 먹고 부부는 댓골논으로 모 때우러, 젊은이들은 청라논으로 모 심으러 갔다.

 "저건 사람이 타서 운전하네?"

 서해가 가리킨 것은, 대춘의 네 줄로 심어나가는 4조보행 이앙기와 차원이 다른, 여섯 줄로, 쾌속으로, 핸들운전으로 심어나가는 6조승용 이앙기였다. 대춘은 논다랑이 3분의 1을 심었는데, 대춘보다 한참 늦게 온 그 이앙기는 삽시간에 한 다랑이를 해치우고 다른 논배미로 이동중이었다.

 "오빠네는 왜 저런 거 없어?"

 "저런 좋은 기계는 땅이 많은 사람들이나 갖추는 거여. 오빠네는 겨우 닷마지기여. 저런 기계를 들이면 휘발유값도 못 뽑는다구."

 싸구려 기계라도 고장만 안 나준다면, 사람 열 몫을 하고도 남았다. 그러나 고장이 났다 하면 이런 골칫덩어리가 다시 없었다.

 이앙기가 자꾸만 헛발질을 해댔다. 논흙에 박아야 할 모를 물 위에 띄워대는 것이다. 이앙기를 논 밖으로 빼어놓고 한참 복날불을 태우던 대춘은 손을 들고 말았다.

 "안되겠다. 내 실력으로 안되겠어야."

대춘과 서해는 포장도로를 터벅터벅 걸었다. 서해는 물장화를 벗더니 맨발로 걸었다.

"영화 찍구 자빠졌네."

"오빠는 이 좋은 데 살면서 뭐가 부족하다고 그렇게 싸돌아다녔어? 너무 좋다……"

"네년 눈에나 그렇게 보이지, 내 눈에는 영영 막막해 보인다."

"애향심이 없다니까, 오빠는."

댓골논에 도착해보니, 부부는 검은 비닐봉지 하나씩 허리춤에 들고 오전에 심어놓은 모 속에 들어가 허리굽히기운동을 해대고 있는 것이었다. 머리가 좀 돌아가는 편이라고 자부하는 서해도, 저게 뭐하는 수작인지 얼른 짐작을 할 수가 없었다.

부부가 논에서 나왔다.

"기계가 말썽이냐?"

"팍 뽀개뿌리던지 해야지 미치겠슈."

순이가 챙겨온 찬 보자기를 풀렀다. 대춘은 아버지 잔에 넘실 채우고, 또 한 잔을 채워 서해에게 내밀었다. 서해는 가타부타 않고 받아서는 거침없이 들이켰다.

"어뗘? 막걸리 맛이?"

"잘 모르겠는데. 한 잔 더 마셔봐야 알겠어."

"준호한테 가봐야겠슈."

아무래도 거의 모든 기계를 갖추고 농사짓는 준호가 기계에 대해서도 많이 알 터였다. 준호도 못 고치는 고장이라면, 트럭을 빌려야 할 것이다. 면내 농기계수리센터에 전화해보았자 수리 일정이 밀리고 밀려, 출장이라면 모레글피 후에도 나올 수 있을지 말지 하고, 직접 방문해도 내일 저녁때나 될지 말지 하다는 말이나 들을 것이었다. 시내로 싣고 들어가 오늘밤 안으로 고쳐가지고 오는 것이 속 편할 터였다.

"그놈의 기계는 툭하면 지랄이라니? 옛날이는 하늘 눈치 보다가 농사 다 짓더만, 요새는 기계 눈치 보다가 해 다 가는구먼."

순이가 시부렁댈 때, 서해는 세 잔째 마시고 있었다. 양규는 처자가 술집 출신이라는 확신을 굳히면서도 어여삐 바라보는 마음이 굳어만 갔다.

대춘은 오토바이 몰고 준호를 찾아 떠났다.

부부는 서해를 무시하고 둘이서만 논 속으로 들어갔다. 서해가 운운하는 일당은 들은 순간부터 장난으로 들었으나, 일당이 며느리 들이는 데 한 계책이 된다면 못 줄 것도 없어서, 일당 쳐주기 싫어서는 아니었다. 아무려면야 일손에 보탬이 된다면 돈이 아까우랴. 그리고 혹 며느리가 될지도 모르는 처녀인데 한 동이로 허리 굽혀대며 주거니받거니 세대차이를 줄여보는 것도 대명천지에 그처럼 유쾌한 일은 또 없을 것이었다.

그런데도 서해를 아무것도 할 수 없는 반푼어치 신세로 둑에 오도카니 올려놓고 「전원일기」나 구경해라 만들어놓은 것은, 어찌되었거나 이미 일을 많이 했기 때문에 더 일 시켰다가는 진정으로 약값 대리라 걱정이 되어서이기도 했지만, 그보다는 모내기할 때 가장 일 같지도 않으면서 가장 힘든 일이 땜빵이었기 때문이다. 물정 모르는 도시 처녀를 논 속에 들였다가는 모 땜빵이 아니라 모 밟기 꼴이 날 것이라는 선입감이 앞섰기 때문일 것이다.

서해는 물어보았자 가르쳐줄 것 같지는 않고, 학처럼 모가지를 길게 내밀고 가만히 짐작하기를 반시간여 골몰한 끝에 저분들이 지금 뭐하는 수작인지를 깨우쳤다. 서해는 수로를 뒤져 비닐봉지를 주워 냈다.

아까 대춘은 모심기를 끝내고 남은 모판을 그대로 놓아두었는데 그게 땜빵용인 모양이었다. 땜빵이라는 게 뭐 대단한 일이 아니고, 기계가 심었다고 심었지만 뿌리를 흙 속에 박지 못하고 물 위로 떠버리게 만들었거나 아예 기계가 심지 않고 지나쳐버린 자리에, 땜질하듯 모를 서너 포기씩 심어주는 거라는 걸 서해는 눈치채버린 것이었다. 뭐 일도 아니구만 나를 따돌려! 서해는 부부를 향해 얄밉다는 듯 입술을 실룩였다.

서해는 비닐봉지에 모판의 모를 잔뜩 뽑아 담았다. 그리고는 논바닥을 질퍽질퍽 걷기 시작한 지 꼭 열세 발짝 만에 풍덩 엎어졌다. 부부는 세상이 무너지기라도 했다는 듯이 도시처녀를 향해 논바닥을 뛰어가면서도 의식도 하지 않았는데 기가 막힐 정도로 모를 한 포기도 밟지 않고 있었다.

부부가 도착할 때까지 서해가 일어서지도 못한 것은 아니었다. 일어섰다가 이번에는 뒤로 나자빠졌고, 다시 일어섰다가 재차 옆으로 고꾸라지고, 대체 중심을 잡을 수가 없었다. 이렇게 몸이 말을 안 듣는 데에는 막걸리 기운도 한몫 하고 있다는 것을 서해 자신은 몰랐다. 술로 점철된 인생을 살고도 못 마셔본 술이 있다는 게 스스로도 놀라웠던 서해는, 처음 마셔보는 막걸리를 너무 깔보았던 것이다.

서해는 발가벗고 양주 테이블 위에서 「소녀경」에 나오는 체위를 구사하는 것보다 물장화 신고 논바닥에 중심 잡고 서 있기가 더 힘들다는 것을, 온몸으로 체득하는 중이었다.

서해가 난리를 친 사위의 모들은 제대로 서 있는 것이 하나도 없었다.

"색시가 모를 땜빵하는 게 아니라, 모가 색시를 땜빵했구먼."

순이가 흙사람이 돼버린 서해의 가슴께에 달라붙은 모포기를 떼어
내며 한 소리였다.

"흙맛 참 좋네유."

서해는 입 속의 논흙을 퉤퉤 뱉어내며 사투리 흉내를 내보았지만,
부부는 웃지 않았다. 부부는 이 처녀가 대체 왜 이러나, 진정 정신상
태가 의심스러웠던 것이다.

하지만 논바닥을 징검징검 걸으며 모 때우는 일이, 서해의 오기와
끈기를 한사코 외면할 정도로 무시무시하지는 않았다.

시초에는 발바닥을 잘못 내려놓아 모를 뭉개고, 십여분에 서너번은
흙탕에 온몸 접촉하고, 모포기를 개갈 안 나게 찔러 참다 참다 못한
순이한테 "아, 뿌리만 살짝 꽂아야지, 숫제 묻네 묻어. 그러면 모가 살
겄냐, 죽겄냐. 지발 나가 있으랑께" 하는 지청구를 먹고 하면서도 지
금 자신이 무엇을 하고 있는지 정신이 없었는데, 차차로 시간이 차곡
차곡 쌓이자 속도가 더디어서 그렇지 제법 순이 흉내를 낼 수 있게 되
었다.

물론 허리가 당장이라도 두동강날 것처럼 아뜩하기가 이루 말할 수
없고, 다리가 후들리는 것이 논바닥에 있는 게 아니라 조각배 타고 바
다 위에 떠 있는 것마냥 멀미인지 오한인지가 대단했다. 세상에 뭐 이
런 일이 다 있나 싶었다.

양규가 이렇게 탄식했을 정도였다.

"안골에 대단한 농사꾼 나버렸네."

다행히 준호의 선에서 이앙기는 말을 들었다. 대춘이 준호에게 치

하하고, 청라논 나머지를 아퀴지은 뒤, 이앙기를 내일 모심을 당골논으로 옮겨놓고, 다시 청라논으로 가서 오토바이에 엉덩이를 얹고 댓골논으로 부다다당 달려와보니, 사위의 날빛들은 슬슬 기운을 잃고 있는데, 서해가 단란주점 시절 트로트 좋아하는 손님들 시중들며 갈고 닦은 솜씨로 부부를 즐겁게 해주고 있었다.

양규는 흥이 나도 단단히 난 불쾌한 얼굴로 젓가락으로 막걸리병을 때리며 장단을 맞추고 있었고, 순이는 전국노래자랑풍으로 어깨를 덩실덩실거리고 있었다. 흙원숭이 꼴을 해가지고서는 낭랑한 목소리를 들판으로 퍼뜨리고 있던 서해는 대춘에게 손을 턱 내밀었다.

"야, 숭허게 뭐하자는 짓거리여!"

막무가내를 해보았으나 어쩌다 보니 블루스 스텝을 밟고 있었다. 농로 위에 잘 벌어진 한판은 어둑어둑해질 때까지 들판을 흥청거리게 했다.

서해가 붉은 사인펜을 쥐고 달력 앞에 서더니, '22'에 커다랗게 동그라미를 치는 것이었다. 텔레비전을 건성으로 바라보고 있던 대춘은 건수가 생겼다는 듯 읊었다.

"왜 남의 달력이다 네 멘스 요이 땅! 한 것을 표시하구 지랄여?"

"멘스 같은 소리 하고 자빠졌네. 오늘 일했다고 공 쳐놓는 거야. 돈 계산은 확실히 해야지."

순이는 젊은 애들이 밤도 이슥해졌는데 또 뭔 일 안 하나 기웃거리다가 달 보러 나왔던 양규에게 퉁바리를 먹었다.

"시에미 될 사람이 그러고 있으면 일이 되었어!"

모내기철 개구락지 울어대는 소리가 좋은 음악처럼 들리는지, 달님은 방그레 웃어대고 있었다.

다음날 서해는 일어나지 못했다. 지독한 몸살감기로 굴신도 할 수 없었다.

—『창작과비평』 2000년 가을호

노래를 못하면
| | | | | | | 아, 미운 사람

노래를 못하면 아, 미운 사람

1981년 여름, 작년 광주에선 무슨 일이 있었나

"아즈씨, 맛 읎으믄 돈 안 디류. 허니께 좆빠지게, 아니, 아니, 무우
진, 니, 무진장, 맛있는 것으로 쥐야듀."

녀석이 '좆빠지게'라고 이미 뱉어버린 말을 더듬더듬 '무진장'으로
정정한 것은, 나를 어른대접하자는 소리가 아니었다. 끌고 온 계집아
이들이 초면 두면 하는 사이인지, 본색을 덜 보이자는 수작이었다. 참
가소로웠다.

"걱정하들 말어. 우리집 수박은 제일 맛없는 게 둘이 먹다 하나는
기절초풍할 정도니께. 우리집 수박맛에 빠져서 학교 안 가고 만날 우
리집이루 등교할까, 그것이 걱정이네."

"우와, 아즈씨, 왕 허풍선이네유. 그말 책임져유. 아니믄 똘마니들

풀어가지구설라무네 수박밭을 쑥대밭으로 만들까."

좌장격으로 껑둥껑둥 나대는 녀석은, 학생티는 교복에서밖에 찾아볼 수가 없고, 건달기가 자르르 흐르는 꼴상답게 말하는 본새가 여간 껄렁껄렁한 게 아니었다.

그나마 교복 입성 꼬락서니도 가관이었다. 교복을, 내가 예비군 훈련받을 적에 어떻게 폼 좀 나볼까 군복 막 입었듯, 허연 메리야스 드러나게 단추구멍을 다 텄다. 가슴팍이 타고난 힘깨나 있어 보였다. 굳이 깊이 고민하지 않아도 어떤 학창시절을 구가하고 있는 놈인지 대강 알 만하였다.

나머지 다섯 연놈도 두치 건너 세치라고, 유유상종이냐 뭣이냐, 끼리끼리 뭉쳐 다닌다는 말 그대로, 비슷한 짝으로 놀아나는 것들 같았다.

너희 부모들이 알면 부지깽이로 솥뚜껑 두들겨가며 신고산이 타령을 읊거나 말거나, 쎄빠지게 벌어서 학교 보냈더니만 대낮부터 연애질이라고 눈을 까뒤집거나 말거나, 내 입장에서는 '손님은 왕이요'를 부르짖으며 수박을 고르러 갈 수밖에. 그려, 으뜸 맛난 것으로 따주마. 한창 먹성 좋을 나이, 여섯이 하나씩만 매상 올려다오.

그런데 이게 뭔 소리여? 돼지 멱을 따나? 분명 매미소리에 듣기 끔찍한 다른 소리가 섞여 있었다. 누구네 집에서 잔치한다는 소리도 초상났다는 소리도 들은 바가 없는데. 어디서 들려오는 소리인가, 마을 구석구석에 눈길을 주어보는 사이에 소리는 잦아들어 가뭇해졌다.

아내는 수박밭을 기고 있었다.

"많이 땄남?"

"허리 분지러지도록 따기는 따는디 다 팔릴라나 모르겠네유."

"오십 통만 채우자구. 모자라면 아쉬운 것으로 끝나지만 남으면 처치 곤란하니께. 형님네들한테 돌리는 것두 하루 이틀이고, 수박을 밥 대신 먹구 있을 수도 없으니께."

아내는 덩굴밭에서 수박 한통을 들어내어 노랗게 드러난 밑둥에 귀를 가까이 대고 두드렸다.

"여학생들 참 이쁘데유."

"이쁘기는. 부모 잘 만나 학교 댕기는 복이 터졌지, 화냥기 철철 넘치는 게, 공장 같은 디는 쳐다보지두 않고 술집으로 직행했을 꼬라지더만."

타고난 재수가 더러워 어쩔 수 없이 술 팔고 몸 파는 처지에 빠진 저 또래 아이들을 생각하니, 저러고 다니는 여학생들이 예뻐 보일 턱이 없었다.

"말 좀 이쁘게 하슈. 자기도 딸 있음서, 남의 집 딸들한테 워째 그런 막말을 한대유."

아내는 알지 못할 것이다. 제 남편이 날마다 얼마나 많은, 저 학생들 또래의 작부들과 조우하는지. 나이 어린 작부들은 내가 다니는 광산 아랫마을에서 낮밤이 없는 주색장사로 삭아들어가고 있었다.

"가서 쟁반하구 칼 좀 챙겨."

아내는 고랑에서 고무신 발을 뽑고 허리를 우둑거렸다.

"교복을 그렇게두 입어보구 싶었는디."

아내는 학생들이 지껄이고 까불고 있는 원두막을 바라보며 뇌었다. 그러니까 아내는 여학생들이 아니라 여학생들이 입고 있는 교복을 부러워하고 있는 것이었다. 나는 중학교까지 나왔지만 아내는 국졸이었다.

우선 세 통을 원두막으로 가져갔다. 척 겉모습만으로도 속이 빨갛고 존득존득할 알짜들이었는데, 색깔도 보고 두드려도 보고 꼭지도 보고 의심할 여지가 없는 머드러기로만 골라 온 것이었다. 수박농사 5년째에 수박 박사나 진배없이 되었다.

아내가 수박을 단칼에 갈랐다. 학생들이 환성을 질렀다. 학생들은 아귀아귀 잘도 먹었다.

"진짜루 맛있네유. 아줌마네 수박 오야붕이네유."

"또 들린다! 그 소리."

아내가 눈길을 떼어내고 있지 못한 교복의 임자가 산 쪽에다 씨를 뱉으며 약간 겁먹은 소리를 했다.

"아즈씨, 진짜루 산에 뭐 살아유?"

"살기야 살겠지. 산짐승이 하나둘이간."

"농담 말구 잘 들어봐유. 뭔 소리 안 들류?"

들렸다. 아까 들었던 그 소리.

"돼지 멱따는 소리 같은 거 안 들리냐구유?"

돼지 멱따는 소리? 녀석도 나랑 똑같은 생각을 했군. 그런데 아내가 당황하여 어쩔 줄 몰라 했다.

"산에 인관이가 있는디. 짐승한티 물린 거 아니래유?"

"산에는 왜?"

"애국가 연습한다구 갔슈. 빨리 올라가봐유. 여우가 아직 있다는디."

"뭘 연습햐?"

"학교서 애국가 시험을 본대잖유. 근디 인관이가 원체 시끄럽게 불러싸서 내가 산속이 가서 부르라구 쫓아보냈슈."

어리둥절하고 있던 학생녀석들이 판속을 헤아렸는지 수박이 뭉개지는 줄도 모르고 배꼽 굴리기를 해대었다. 아내 또한 슬슬 짐작이 되었는지 얼빠져했다. '동해물과 백두산이 마르고 닳도록'을 저 지경으로 부를 정도라면, 하, 유전이 무섭기는 무섭다. 열한살짜리 아들이 목놓아 부르는 애국가로 떠들썩한 산자락을 매미소리가 덮었다.

1984년 봄, 오공비리 대머리 삐까번쩍 거꾸로 돈다네

1학년 3반 아이들은 「봄처녀」 한소절씩을 빼어물고 빽빽거리고 있었다. 광주시민을 학살하고 정권을 잡은 전두환은 연전에 느닷없이 '교복과 두발의 자유화'를 선언했다. 학교장들은 두발의 자유에 대하여 듣기는 들었는데 그게 무슨 소리냐는 듯 뭉그적거렸지만, 교복의 자유에 대해서는 교복 폐지령을 받은 것처럼 받들었다. 교복을, 까마귀나 까치 동아리복으로 일괄하지 말고, 자유롭게 선택하라는 신군부 정권의 속 빤한 배려도 담겨 있었을 법한데, 아예 입히지 말라는 의미로 해석들을 한 듯했다. 지금 교복자율화 세대 아이들이 음악 실기시험을 앞두고 있었다.

태반이 부모의 직업란에 농업 아니면 광업으로 적어 내는 아이들이어서, 내남없이 꾀죄죄한 입성들이었다. 교복을 입고 있으면 그놈도 이놈 같고 저놈도 이놈 같아 보이는 것도 모자라, 생각도 감정도 다 똑같은 로봇으로 보일 터이니, 확실히 교복자율화인지 폐지인지가 건전한 것도 같았지만, 이런 촌구석 아이들에게는 교복이 더 어울릴 수도 있었다. 말이 좋아 사복이었지, 옷 사는 데 돈 아끼는 것이 체질로 되어 있는 사람들의 자제들이라, 한결같이 넝마 차림이었던 것이다.

수업 시작 종이 울렸다. 학생들 사이에 반장 철진과 몸을 섞은 사이라는 소문이 자자한, 음악 담당 교사가 입실했다.

철진은 집안형편상 동갑내기들보다 네 해 늦게 학교를 다니기 시작했다. 올해 열일곱인 것이다. 당연한 말이겠지만 학교 내에서 그의 완력을 당할 아이는 없었다. 국민학교 때 싸움실력을 믿고 덤볐던 열네 살짜리 꼬맹이들이야 거론할 필요도 없겠고, 그간 숱한 격전 끝에 주먹질 부문에 당당히 이름자를 걸어놓았던 2학년 3학년들도 농사일로 굵어진 철진의 주먹 한두 방에 나가떨어졌다.

한번은 3학년이 주축을 이룬 '징기스칸' 패거리 열 명이 떼거지로 덤비었다. 징기스칸은 저희들도 거지반 터지고 부러지고 하며 철진을 때려눕히고 작신 두들겨주는 데까지는 성공했다. 그러나 뒤끝이 무섭다고, 철진은 한달을 두고 징기스칸 패거리들을 훑닦았다. 저희들이 아무리 깡패들을 흉내낸 패거리들이라지만 늘 여남은 명씩 뭉쳐다닐 수는 없는 노릇, 징기스칸은 울며불며 철진에게 빌고서야 용서를 받을 수 있었다.

하지만 시험성적은 나이터울과는 상관없는 것이었던지, 반에서 20등 안에 간신히 들었다. 철진은 성적이 좋은 아이들을 으른다든가, 담임 대신 답안지를 채점할 때 부정행위를 저지른다든가 해서 성적을 높이는 짓 따위는 하지 않았다.

반 아이들은 철진을 학생주임보다 더 무서워했다. 1학년 3반은 전교 열여덟 학급 중에서 가장 조용한 반이었다. 그리고 뭐든지 일등이었다. 시험, 환경미화, 체육대회, 하다 못해 폐품 수집에서조차.

음악 실기시험은 지지난주에 공고되었다. 그주 학급회의 시간에 철진은 의견을 말한다기보다는 엄포를 놓았다.

"늘 하는 말인디 큰 거 안 바란다. 중간만 가라."

'에이(a), 비(b), 씨(c)'의 중간은 비(b)였다. 아이들은 최소한 비(b)를 맞기 위해 피나는 노래 연습들을 했다. 아이들은 철진이 요구하는 중간을 하지 못했을 때 당하게 되는 곤욕이 겁났다.

철진은 기립하여 "차려! 경례!" 했다. 아이들이 복창하며 고개를 꾸벅 수그릴 때, 철진과 교사는 타는 듯한 시선을 나누었다. 실기시험이 시작되었다.

음악교사는 철진보다 열살이 많았다. 3년 전에 결혼했었고, 2년 전에 이혼했다. 음악교사와 철진이 섹스를 했다는 소문은 사실이었다.

1번 아이의 점수는 중간을 무난히 넘을 것 같았다.

철진은 음악교사가, '이런 촌구석 시골 아이놈이 어쩜!' 하고 몹시 놀라도록 풍금에 능숙했다. 음감을 타고났던 것이다. 교사는 철진을 전셋집으로 데리고 갔다. 예상대로 철진은 하나를 가르쳐주면 열을 안다는 말을 본보이듯 피아노에 빨리 적응해갔다. 섹스는 그러던 어느 날 하게 되었다. 처음 한 번이 어려운 법이다.

2번 아이는 중간은 갈 것 같았고, 3번 아이는 씨(c)가 적당한 점수이겠지만 그렇게 마음이 드세지 못한 교사는 비(b)를 줄 것이라고 철진은 생각했다.

아이들이 책상을 두드려대며 미친 듯이 웃어댔다. 4번 아이가 '제 오시네' 까지 부르자 터진 사단이었다. 4번은 다음 소절을 잇지 못하고 어리둥절하더니 저도 우스운가 킥킥대었다. 교사가 아이들을 향해 "조용!" 고함친 뒤, 4번에게 "다시!" 했다.

4번이 재차 "봄처녀 제 오시네" 하고 다음 소절을 위해 입술을 떼려는 순간, 철진은 저도 모르게 소리내어 웃고 말았다. 도대체가 웃지 않을 수 없었다. 교사가 아니라 철진의 눈치를 보고 있던 아이들도 이젠 되었다는 듯 마음놓고 웃었다. 웃음소리에 4번은 노래를 그만두었다.

교사는 "반장! 니네 왜 이렇게 시끄러워?" 빽 소리질렀다. 아이들은 철진의 굳은 얼굴을 보고 '우린 죽었다!'를 곱씹었다.

"다시! 좀 진지하게 못 부르겠니?"

4번은 울상이었다.

"지는 최선을 다하는 긴듀."

"한번만 더 장난치면, 그냥 안 놔둔다."

"장난친 거 아닌듀."

4번은 세번째로 「봄처녀」에 도전했다. 이번에 무사히 '제 오시네'를 넘어갔다. 그러나 아이들은 4번이 다음 소절의 첫머리인 '새 풀옷'을 불렀을 때, 불렀다기보다는 발악했을 때, 도저히 웃음을 주체할 수가 없었다. 철진마저도. 교사는 홀로 진지했다.

"나쁜 자식! 무릎 꿇어, 손 들고!"

4번은 음악시험이 끝날 때까지 벌을 받았다. 철진은 아이들의 노래에 귀기울이는 대신 벌받는 4번을 관찰했다. 그리고 4번을 잊어버린 교사의 마음을 헤아려보려고 애썼다.

수업 끝종이 울렸을 때 철진은 다시는 교사의 집으로 찾아가지 않겠다고 결심했다. 그리고 참기름칠되어 있는 복도를 걸어 반으로 돌아갈 때 4번의 어깨를 툭 쳤다.

"새끼, 노래 끝내줬어. 넌 오늘부텀 특별대우다. 주번도 빼준다. 쌍, 바로 그런 게 노래라니께!"

4번은 코웃음을 쳤다.

"염장지르구 자빠졌네. 니 불알이나 까라!"

그날 4번은 반장 철진에게 굉장하게 맞았다.

1988년 가을, 행복은 성적순이잖아요! 씨발

"하면 된다는 말은 순 사기야. 타고난 바가 있다구. 해도 안되는 게 얼마나 많은데. 영철이를 봐라. 그 자식 얼마나 공부 열심히 하냐. 우리 반에서 자율학습 일요일까장 한번도 안 빠진 놈은 걔밖에 없다. 폼으로 앉아 있는 게 아녀. 샤프를 책상에 구멍 뚫어 박아놓고 졸음 쫓는 거 봐라. 전교 일등 종호도 그렇게는 안한다. 걔가 일학년 때부터 그랬다. 그런데도 걔는 이년 내내 변함없이 전교 꼴찌다. 얼마나 웃긴 일이냐?"

"쪼다새끼, 지 노래 얘기하는디 별쭝시럽게 영철이를 끌어들여. 나도 영철이가 열심히 하는 건 알어. 근디 걔는 방법이 틀린 거지."

"야, 방법은 좆도 무슨 놈의 방법. 그래, 공부하는 데에도 방법이 있다고 하자. 영철이는 그렇게 열심히 하는데도 왜 그 방법을, 지한테 맞는 방법을 습득하거나 발견하지 못하느냐 말이야?"

"씨발, 그걸 내가 어떻게 알아. 내가 영철이여?"

"그게 바로 증거라니까. 영철이는 공부하는 머리를 타고나지 못한 거라구. 하면 된다가 전혀 안 통할 정도로, 못 타고난 거라구. 그에 반해서 니나 내는 타고났지. 내가 공부 열심히 하데?"

영철은 한달 전 처음부터 다시 시작했다. 자기는 기초가 그릇되어서 해도해도 성적이 오르지 않는 것 같다고 했다. 그래서 완전히 처음으로 돌아가 기초부터 쌓겠다는 것이었다. 아무리 오랜 세월이 걸릴지라도 기어코 해보겠다는 것이었다. 그래서 새로이 공부를 시작한 책이 국민학교 1학년 교과서였다. 아무리 기초부터 쌓는다지만, 고2가! 인관은 기겁하여 할 말이 없었다.

설마 농담이겠지 했는데, 영철은 선생님들로부터 공공연한 인정을 받아, 시도 때도 없이 국민학교 1학년 교과서를 펼쳐놓고 연습장을 새까맣게 메워갔다. 영철은 고2가 끝날 때까지 국민학교 과정을, 졸업장을 받을 때까지 중학교 과정을 마감할 계획이라고 했다.

"별로 안하지. 만날 되지도 않는 노래나 주절거리면서 소설책이나 읽구 자빠졌지."

"그것 봐, 임마. 내가 혹 공부를 한다면 맨투맨이나 수학 정석을 안 보면 안 될 것 같아서 보는 것뿐인디도 시험 때 벼락치기해서 전교 십등 하잖아."

"야, 이 새꺄. 네가 언제 전교 십등에 들었어? 문턱에서 발발거렸지."

"그려, 임마. 그렇게 공부도 않고 십등 문턱이서 노닥거리는 게 타고난 게 아니면 뭐냐구. 너는 나보다 더해 임마. 너는 나보다두 공부를 않는 놈이지?"

"그려, 임마. 나는 아직 공부를 해본 적이 읎다."

"자율학습 토끼 까구, 만화방이나 당구장서 죽치는 게, 너 아냐."

"그려, 임마. 주말이는 무조건 어업 종사하는 아버지 밑에서 돼지게 일하구, 바쁠 때는 학교도 그냥 빠져가면서 일두 허니께, 공부하고는 거의 담쌌다."

순배는 어부의 아들이었다.

"그려, 그러구도 네가 꼬박꼬박 전교 십등 안에 든다는 거지. 이거 문제 있는 거 아녀?"

"물러 임마. 시험을 보면 아는 것만 나오는디 어쩔겨."

"것봐, 임마. 너두 타고났잖아. 영철이는 백번을 읽고 들어도 못 암기하고 이해를 못하는디, 니는 한번만 읽고 들어도 암기하고 이해하는 머리를 타고났단 말여."

"으이구, 이 씹새끼는 말을 꼭 빙빙 돌려갖구 초점을 흐려놓는다니께."

"그니께, 내 말은 내가 노래를 잘 부를 수 없는, 아무리 해도 노래 꼬라지나게 노래를 부를 수가 없는 음치 운명을 타고났다는 것이지."

"아, 새끼, 해보지두 않구."

"내가 노래부를 때마다, 윤회를 수천번 해도 목청이 환골탈태하기는 글렀다고 불퉁거린 새끼가 누군디, 이제 와서 아부랴."

순배와 인관이 단짝이 된 사연이 있었다. 작년, 그러니까 1학년 1학기 때 중간고사 음악 실기시험 날이었다.

인관의 차례가 되었다. 인관은 노래부를 걱정에 얼마나 시달렸던지 얼굴이 사색이었다. 인관은 정말이지 자신이 없었다. 정씨에 왕이라는 외자 이름을 가진 음악선생은 "빨리 해! 시간 간다" 특유의 억양으로 재촉했다. 인관은 불쑥 노래 대신 이따위 소리를 했다.

"선생님, 기권하겠습니다."

급우들의 눈과 귀가 정왕 교사에게 쏠렸다. 별명이 '정신지체자'인 정왕 교사가 어떤 반응을 보일 것인가? 교사가 말했다.

"음, 좋아! 다음."

그 이후 이제까지 인관은 음악 실기시험마다 기권을 했다. 정왕 교사가 전근 가지 않는다면 인관은 한번도 음악 실기시험을 치르지 않고 졸업장을 딸 수 있을 것이었다. 그런데 그날은 체육 실기시험도 있었다. 인관은 체육교사에게도 기권하겠다고 말했다.

"이 새끼가 미쳤나! 오리걸음 실시."

인관이 백미터쯤 죽을 둥 살 둥 오리처럼 나아갔을 때, 토끼뜀 자세로 기진맥진하여 혀를 빼물고 있는 아이가 있었다. 반이 다른 순배였다. 둘은 사이 좋은 오리와 토끼처럼 전진하며 곤죽이 되어갔다. 순배가 안면을 트자고 나왔다.

"넌 뭐 땜이 오리가 되었냐?"

"시험 기권한다구 말했다가. 넌?"

"교사협의회 선생님들 지지하는 대자보 그거 내가 쓴 거거든."

"나와는 차원이 다른 까닭이군. 어떤 놈이 그런 용감무쌍한 짓을 했나 했더니 너였구만. 잡혔냐?"

"아니, 자수해서 광명 찾았어."

"왜?"

"내가 존경하는 교사협 선생님이 나 땜이 며칠째 깨지는 걸 보구 있자니 죄송해서. 아까 점심시간이는 형사새끼가 와가지구 선생님 뺨을 때리더라구. 나를 찾아내라는 것이지."

"투사를 퇴끼로 만들다니, 대우가 영 말이 아니네."

"학생주임이 일단 야구빳다로 삼십대를 조지더니, 삼십바퀴 돌고 오래. 그 새끼 별명이 '삼십'이잖어."

둘은 그렇게 만났다.

"넌 음치의 삼대 조건을 타고났다. 음정 무시, 박자 무시, 청중 무시! 대단해. 천년에 한번 나올까말까한 음치다, 넌!"

인관의 노래를 처음 들었을 때, 순배의 평이었다.

"아이구, 이 새끼랑 대화를 하면 뒷골이 쑤신다니게. 알았어, 새꺄.

니는 죽었다 깨나도 노래 비슷하게도 못 부를 것이다. 그르케 살어라. 이 쪼다야."

인관과 순배는 틈만 나면 어울려, 욕지거리를 주고받으며, 서로를 못 이겨 안달하고 있었다.

1990년 봄, 누가 내년의 '돌아오지 않는 화살'들을 예상했으랴

"나는 박성수라고 한다. 혁명 광주의 아들이구만. 광주시민을 학살하고 권좌에 오른 살인마 전두환 노태우 일당, 민중의 고혈을 빨아 제 배만 살찌우는 재벌놈들, 일제보다 더 악랄하고 비열한 방법으로 우리 민족을 착취하고 있는 미제놈들, 나는, 그 쓰레기 같은 놈들의 가슴팍에 비수처럼 꽂히는 삶이고 싶구만."

성수는 팔꿈치를 치켜올려대며 「동지가」를 불렀다. 인관이 처음으로 들어보는 '투쟁가'였다.

"……살을 에는 밤, 고통받는 밤, 차디찬 새벽서리 맞으며 우린 맞섰다……"

오리엔테이션에 참석했던 동기들은 다소 맛을 본 듯 투쟁가에 익숙한 면모를 보였는데, 오리엔테이션에 불참했던 인관은, 이런 것도 노래인가? 의심스러운 한편, 가사와 박자의 격렬함에 괜스레 몸이 뜨거워졌다.

불안해서인지도 몰랐다. 동기 서른여섯 명이 잔디밭에 원으로 둘러앉아 막걸리와 인사를 나누고 있었다. 인사 뒤에 노래 한자락씩 하기로 했는데 못하겠다고 끝까지 발뺌한 자는 없었다. 발뺌하다가도 동기들이 이구동성으로 자못 강압적이다 싶을 정도로 독려해대자 마지못해 풀어놓았다. 죽이 되든 밥이 되든 부르지 않으면 안될 분위기였다.

"……투쟁, 영원한 투쟁, 변치않을 동지여. 투쟁, 영원한 투쟁, 너는 나의 동지."

성수의 「동지가」가 끝났다. 인관의 차례였다.

"김인관이라고 혀. 저기 충청남도 서해안 끝에 보령군이라고 있는디, 대천해수욕장이라고 하믄 혹시 알라나, 거기서 왔구면. 동기 여러분들이 자기를 소개하는 말씀을 죽 듣고 있어보니께 내가 제일루다 촌놈인 거 같구만. 많이들 도와줘. 아무튼지간에 만나서 되게 반갑네. 나는 노래를 뒈지게 뭇혀서, 노래는 좀 안하고 싶은디……"

예상대로 동기들의 악다구니가 귀청을 뺐다. 대학은 모든 게 자유롭다고 하더니만 초장부터 노래 안할 자유도 없고, 영 심란하구나. 그려, 너희들이 그렇게 듣고 싶다면 불러주마. 어차피 한번은 불러야 할 것이니까. 내 노래를 한번 듣고 나면 다시는 나에게 노래를 강요하지 않을 테니까. 너희들은 영원히 내 노래를 잊지 못할 것이다. 너희들이 아무리 오래 살아도, 이보다 더 못 부르는 노래를 들어볼 수는 없을 것이다.

인관은 김범룡의 「바람 바람 바람」을 노래하였다. 인관은 노래하는 것이 즐거웠다. 노래하고 있으면 심신을 옥죄고 있던 입자들이 산산이 흩어지는 것 같았다. 그러나 혼자일 때만 불렀다. 듣는 이가 있을 때는 노래한다기보다는 체벌을 받는 것 같았다.

동기들은 까무러치고 있었다. 잔디밭을 숫제 데굴데굴 굴러다니고 있었다. 인관은 멈추지 않았다. 내 마음대로 부를 거야. 바람 한점 없었는데, 갑자기 회오리가 쳤다. 회오리바람은 술자리에 들어와 학생들의 머리칼을 춤추게 하고 종이컵을, 플라스틱 막걸리 병을 붕붕 떠다니게 했다.

인관은 2학년과의 만남에서도, 3, 4학년과의 만남에서도, 향우회에서도, 「바람 바람 바람」을 불렀다. 처음이자 마지막이라는 심정으로. 그러나 그것은 오산이었다. 어느 술자리에서나 인관은 반드시 지적을 받는 입장이 돼버렸다.

인관은, 강의는 거의 안 들어가고, 집회와 시위에는 곧잘 나가며, 술자리에는 끈질기게 붙어 있는, 그런 학생이 되어가고 있었다. 남 앞에서 노래하기를 두려워하지도 않게 되었다. 아무리 수를 써보아도, 결국 그놈의 「바람 바람 바람」을 부를 수밖에 없었고, 술자리를 웃음바다로 만들지 않을 수 없었다. 다행이라면 '앵콜'을 강요하는 자가 없다는 것이었다.

딱 한번 인관의 노래를 듣고도 웃지 않은 무리가 있었다. 등록금 환불을 위한 철야농성 때였다. 어느 집회를 가보아도 새내기가 가장 많게 마련인데 그날도 그랬다. 사회과학대학은 학생처장실을 점거하고 있었다. 선배들은 사회학과의 노래 대표로 인관을 지목했다. 선배들은 투쟁가 일색으로 치닫는 분위기 속에서 두려움으로 바들바들 떨고 있는, 집회와 시위에 거의 모습을 드러내지 않는 게 전통인 학과 새내기들의 마음을 좀 풀어주고 싶었던 모양이다.

집회나 시위에 나가게 되면 똑같은 투쟁가를 수십번씩 부르게 된다. 그럼에도 불구하고 여태껏 끝까지 가사를 외우는 투쟁가가 없는 인관이었다. 선택의 여지 없이 그놈의 '바람'을 불렀다. 더도 말고 딱 한 소절이면 웃음의 도가니탕이 되고도 남아야 했는데, 그날은 아무도 웃지 않았다. 학과 선배들마저 농성장의 너무나도 썰렁한 분위기에 무르춤해져 웃으려던 얼굴을 굳혔다.

특히 여학생 일색인 심리학과 새내기들은, 처음 경험해보는 철야농성이라는 것도 난감해 죽겠는데, 미친 개가 날뛰니 집 생각 엄마 생각만 난다는 듯 울상이 되어 겁먹은 눈동자만 인형처럼 굴려대고 있었다.

1993년 봄, 빵 세 개 대통령 떴다! 삐요삐요

식사 문제에서 그 정도 지적을 받았으니 근무면에서는 이루 말할 수 없었다. 트집을 잡기로 작정하고 덤비는 사람 눈을 그 누가 피할 수 있겠는가. 그들은 지하실로 내려갔다.

"박수경, 네가 애들 챙겨야 하는 거 아니냐? 수경 됐다고 너무 퍼진 것 같다. 제 밑엣것들한테도 치이는 인관이새끼를 믿어? 그러니까 엉망진창이지. 다음엔 너도 얄짜리 없어. 올라가봐."

열외조치를 받은 박수경이 지하실을 나갔다. 얼차려가 시작되었다.

"인관이 너 이 새끼, 졸병들 챙길 생각은 않고, 졸병하고 고참을 씹어. 화장실이 네 새끼들 고참 씹으라고 있는 덴 줄 알아?"

역시 들었군. 낮말은 쥐가 듣는다더니.

"시정하겠습니다."

"일어서, 새꺄."

장수경은 인관의 가슴팍을 짓이겼다. 장수경은 고등학교 때 자기 패거리가 롤러스케이트장 주변에서 강간 내지 윤간한 여고생이 50여 명은 된다고 떠벌렸었다. 믿지 않기에는 너무나도 실감이 났다.

"네가 딱 중간 아니냐, 새꺄. 너 하기에 달려 있다구, 씹새꺄."

"시정하겠습니다."

한참 구르고 맞았다.

"네 새끼들은 고참 말을 똥으로 알아. 최이훈, 너 집에 전화했어?"

"예, 이경 최이훈. 안했습니다."

"내가 아침밥 먹을 때 하라고 했어, 안했어?"

"했습니다."

"그런데 왜 안했어 썹새꺄. 이것 보라구. 막내새끼부터 이 모양이야. 선우 너는?"

"예, 상경 지선우, 저도 안했습니다."

"김인관, 너는?"

"안했습니다."

"이것 봐. 한 새끼도 안했잖아. 야, 김인관, 씨발, 왜 안했어? 이유나 알자."

"시정하겠습니다."

"야, 씨발, 이유가 뭐냐니까?"

아침 먹을 때 장수경이 어버이날이니까 집에 전화 한 통화씩 넣어드리라고 자상하게 베풀어 말하지만 않았다면, 알아서 전화를 걸었을 것이다. 고참으로부터 그러한 하해와 같은 말씀을 듣고 나자, 이상하게도 어버이에게 전화를 걸어 무슨 말인가를 한다는 것이 끔찍이 싫어지는 것이었다.

"시정하겠습니다."

이 말밖에는 달리 할 답이 없었다. 나는 그렇다 치고 지상경과 최이경, 두 녀석은 왜 전화를 걸지 않았을까. 오늘은 어버이날인데. 정말 고참 말을 똥으로 안 것인가?

또 한참을 구르고 맞았다. 얼차려를 주는 자나 얼차려를 받는 자들이나, 얼차려를 합리화하기 위하여 동원된 이유들로부터 자유로웠다. 말 그대로 이유일 뿐이니까.

박수경이 내려와서 자기도 할 말이 있다고 했다. 어련할까. 장수경이 사무실로 올라가고, 박수경의 폭력이 시작되었다.

"야, 김인관, 내가 직접 챙기면 네덜 좆나게 괴로워. 조용히 죽어지내는 사람 자꾸 열받게 하지 마."

박수경이 올라가고 장수경이 다시 내려왔을 때는 어느덧 다음날 새벽 세시가 되어 있었다.

"지금 즉시 사무실로 올라가서 전화를 건다."

인관은 잘못 들었지 싶었다.

"뭐해, 새끼들아. 아직도 정신들 못 차렸어?"

지상경과 최이경도 당혹해하는 기가 역력했다.

"아침에 걸겠습니다."

"지금 걸으라니까, 새꺄."

최이경이 경상도 내륙으로, 지상경이 전라도 어느 섬으로, 인관이 충청도 서해안으로 각각 전화를 걸었다.

인관은 아버지가 얼마나 놀라실까 가슴이 벌컥거렸는데, 목소리를 아무리 가장해도 태연한 음성이 나오지를 않았는데, 아버지는 마치 네가 무슨 일을 당하고 있는지 다 안다는 것처럼 차분히 받아주었다. 어쩌면 아버지가 잠결에 받았기 때문인지도 모른다.

"이, 씹새끼들. 부모님한테 전화하는 목소리가 왜 그 모양들이야? 좆나게 편한 군대생활하면서 무지 고생하는 척 뻥끼치는 거야? 아이구, 씹새끼들. 군대 와서까지 부모 걱정시키는 새끼들이 제일 못나처먹은 새끼들이라니까. 안되겠어. 옥상으로 집합!"

인관은 하극상을 생각했다. 군대에서 걸려온 전화를 하늘의 불벼락보다 더 무서워하는 부모에게 새벽 세시에 전화 걸도록 시키다니. 저런 또라이 새끼는 계급이고 고참이고 나발이고 간에 작살을 내야 돼. 내가 과연 하극상을 실현할 수 있을까.

바람이 사통오달로 자유로운 옥상은 무수한 별들을 이고 있었다.

"자식들, 겁먹었구나. 우리가 어떻게 그냥 잘 수가 있겠냐. 우리를 낳아주시고 길러주신 부모님들께 노래 한자락 올리고 자야 되지 않겠냐."

「어머님 은혜」를 부르자는 것이었다.

"……낳으실 제 괴로움 다 잊으시고, 기르실 때……"

"어라리요, 야, 임마 너는 왜 안 불러."

"노래를 못해서요."

"노래를 못해?"

노래 일발 장전의 군대사회, 어찌 노래 몇곡 부를 기회가 없었겠는가마는, 「어머님 은혜」를 어떻게 그런 막무가내식으로 부를 수 있단 말인가. 그건 어머니에 대한 모욕이다.

"이 씹새끼가 개기네. 내 말이 말 같지 않아? 불러, 새꺄, 나머지는 중지. 너 혼자 불러."

"못 부릅니다."

"어쭈, 불러."

"못 부릅니다. 다른 노래를 부르겠습니다."

"안돼. 네 돼지 멱따는 소리를 듣고 싶은 게 아니라, 네가 어머니를 생각하는 마음을 듣고 싶은 거야, 임마."

"못 부릅니다. 패죽여도."

"패죽여도? 그래, 패죽여주지."

1995년 가을, 우리를 반겨준 것은 컴퓨터의 마법뿐이었다

"학교가 너무 조용하군. 노랫소리 하나 들리지 않고."
문식은 제법 처연한 투였다.
"학교는 공부하는 곳이 되었거든. 아주 바람직하게 되었지."
인관이 능글능글 웃으며 받았다.
"하긴 데모도 사라지고 시끄러울 일이 없겠군."
"게다가 노래방이라는 게 생겼지. 노래방이라고 아나?"
"휴전선에서 썩다 온 몸이지만 그걸 모를까?"
1년 전에 복학한 인관과 어제 복학을 하고 오늘 자취방을 잡은 문식
은 캠퍼스를 거닐고 있었다.
"이내가 깔리고 있군. 이맘때면 벌써 잔디밭마다 술자리판이었지.
죽어라 마시고 목 터져라 불렀지. 우리들 몸에는 최루탄 냄새가 향기
처럼 배어 있었는데."
"바보짓이었지."
"그때는 공부할 수가 없었어. 죄짓는 것 같아서."
"아하, 그러셨어?"
"우리는 참 불행한 학번이야. 구공학번이 견뎠던 시대는 증발해버
렸어. 젠장할, 그 잘난 팔십년대 학번에도 못 끼고, 더욱더 잘난, 구십
년대 학번에도 못 끼고, 우리 구공학번은 대체 뭐야?"
"우리라고 하지 마. 너만 그랬던 거야. 우리에게, 씨발, 우리가 어딨
었어? 심지어 운동권이라고 불렸던 우리끼리에서도 우리는 없었어."

"말 비비 꼬는 버릇은 여전하군."

"개 버릇 남 주나. 우리 학번만큼 각양각색의 모습을 보일 학번은 다시 없겠지. 그 중에 가장 멍청했던 놈은 너처럼 죄 짓는 거 같아서 공부를 할 수 없었다는 놈일 거야."

문식이 별안간 낄낄대었다.

"왜, 웃으셔? 나 웃긴 말 안했는데."

"너, 임마, 운동 그만둘 때 뭐라고 핑계댔었는지 기억나냐?"

"핑계는. 분신정국이…… 그냥 그만뒀겠지."

"아냐, 임마. 너 핑계댔어. 더이상 데모가도 못 부르면서 데모하기 싫다고 했었잖아. 아직도 그따위로 소리지르냐?"

"노래? 말도 마라. 참혹하다."

예비역들은 인관의 복학을 열렬히 반겼다. 이 시대의 진정한 록가수가 돌아왔다는 것이다. 예비역들은 제복의 시절을 뛰어넘어 인관의 노래에 광분해주었다. 하지만 예비역들은 극소수였다. 대다수의 후배들은 인관의 노래에 냉담했다. 노래라고 여겨주지를 않았다. 군대 가기 전 대성공을 거두었던 자작곡 「해로가」와 「무유」, '천상병' 시인의 「귀천」에 곡을 붙인 것, 모두 철저히 무시당했다.

그랬군, 내가 사기당한 거였어. 나는 선배들이, 동기들이 그렇게나 내 노래에 뽕뽕 가길래, 내가 노래는 지독히 못 부르지만 그럼에도 불구하고 내 노래에 뭔가 사람들의 가슴을 뒤흔드는 힘이 있는 줄 알았는데! 바보 같은 새끼. 속았어. 선배들은 하도 웃을 일이 없었기에, 90년, 91년 대체 웃을 일이 어디 있었냔 말야, 그렇게 웃을 일이 없는 일상을 살다 보니까, 내 노래에 실컷 웃었던 것뿐인데, 그러니까 원숭이 깝죽댄 거였는데, 그걸 모르고, 진정한 90년대의 적자들 앞에서 방정을 떨었다니. 특히 그 참혹한 노래부르기의 분수령이었던 작년 이맘때 학과 축제날을 떠올리자, 인관은 괜스레 신경질이 치솟았다. 그러고 보니 남 앞에서 노래불러본 지도 꽤 되었다.

학사촌으로 들어섰다. 문식은 휘둥그레졌다.

"야, 이거 별세계군. 언제 이렇게 바뀌었어. 완전히 유흥가 돼버렸군."

"유흥가? 말조심하시지. 반미, 노동해방, 민족자주, 이런 것들이 자취를 감춘 자리에 여성해방, 환경, 이런 것들이 자리잡았다는 걸 아서야지."

"이제 운동의 시대는 갔다. 왕창 마시고 마음껏 부르자, 이건가. 학사촌이야말로 시대의 저울추군."

"웃기구 자빠졌네. 너 때는 안 마시고 안 불렀냐? 너 때는 막걸리 마시고 데모가를 부르는 애들이 다수였지만, 요즘은 맥주 마시고 대중가요를 부르는 애들이 다수일 뿐인 거야."

"요즘 애들은 오로지 취직공부 아니면 고시공부만 한다고 들었는데 것도 아니군. 술 마시는 새끼들이 왜 이렇게 많아?"

"쟤들 빼고는 다 공부하고 있다고 보면 돼. 그러구 쟤들이 너 때처럼 허구한 날 마시는 게 아니고, 모처럼, 간만에 스트레스 푼다는 것을 아서야지."

'시간을 잃어버린 마을'이라는 간판을 단 호프집으로 들어갔다. 사회과학대학에서 '운동' 하면 알아주었던, 그러나 복학한 이후에는 운동권에 모르쇠로 지낸다는 공통점을 가진, 90학번 다섯 명이 시간을 잡아마시고 있었다. 복학 후에도 여전히 운동권으로 사는 아이들은 그들끼리 어울릴 것이었다.

주고받는 인사는 짧았다.

"사실 말야, 팔십년대 형들? 그들은 투사였지, 투사. 그 형들 말하는 거 들어봐라. 투사적 관점으로 꿰맞추니까, 절대 몰라요. 광주를 알고, 노동자대투쟁을 알고, 전교조를 아는 세대가 우리 세대야. 물론 대가리로 아는 척하는 거구, 진실적으로는 좆도 모른다는 전제하에서 하는 말이야. 아무튼 몰라서 싸우지 않는 게 아니라는 게 내 말의 요지야. 우린 무엇을 위해 누구랑 싸워야 하는 건지를 잊어버린 거야."

고시를 준비하고 있는 덕재였다. 김영삼정권은 한국총학생회연합(한총련)을 때려잡겠다고 설치고 있었다. 이른바 '각서정국'이었다.

고향인 부산의 한 신문사에 취직이 되어 다음주면 낙향하는 윤길이 맥주컵을 힘껏 그러쥐었다.

"어찌되었든, 우리는 비겁해."

몇시간 뒤 그들은 노래방에서 악을 쓰고 있었다. 모두들 소리지르기 좋은 노래만 택했다. 노래목록책에는 투쟁가 몇곡도 버젓이 등재되어 있었다.

아무도 인관에게 노래하라고 강요하지 않았다. 아무도 강요하지 않자 노래가 하고 싶었다. 아마 강요받았다면 절대로 부르지 않았을 것이다. 그래서 인관은 처음으로 노래방에서 노래를 부르게 되었다.

1998년 겨울, 아이엠에프를 본 사람 있으면 손 들어봐

인관은 두 곡만 부르면 목청에 탈이 나는 경지에 이르렀다. 세 곡, 네 곡을 부르면 이박삼일간 목청이 쉰 상태로 지내야 했으며, 다섯 곡 이상을 부르면 일주일 내내 가래 끓는 소리를 내야 했다. 문제는 노래를 부를 때 너무나도 심하게 소리를 질러댄다는 데에 있었다. 어떤 때는 목청에 이상이 생기는 정도가 아니라, 피가 얼굴로 머리로 쏠려, 몸을 가누지 못하고 혼절하다시피 하는 지경에 달했다. 그러다가 성대가 파열되는 경우도 왕왕 있다는데 말이다. 그래서 웬만하면 부르지 않으려고 했지만, 점입가경으로 치닫는 노래 권하는 사회였다.

텔레비전에 등장하여 살빼기보다 더 힘든 음치클리닉 과정을 처절히 보여주는 사람들이 아니더라도, 자기가 음치에 근접하다고 인정하는 사람이라면, 이 사회가 얼마나 노래부르기를 폭력적으로 강요하는지 잘 알고 있을 것이었다.

"누구나 다 노래부르기를 좋아한다고 생각하는데 아니라니까요. 노래부르는 것 싫어하는 사람도 있어요. 저처럼요."

"아이, 새끼, 빨리 해, 임마."

"과장님, 진짜로 안할래요. 목 풀린 게 어젠데, 또 불러요?"

"살살 부르면 될 것 아냐. 누가 너더러 악써서 부르래."

실장은 노래목록책을 던져주었다.

"오늘은 진짜로 안할 겁니다. 노래는 하구 싶은 사람만 하면 되는 거 아닙니까? 실장님이나 얼른 하세요."

실장에게 노래목록책을 되미는데 은하가 채갔다.

"오빠들, 어지간히 빼네. 내가 먼저 운 띄울게."

인관의 파트너 은하가 클론의 「쿵따리 샤바라」로 개시했다.

"야, 이깡(어떻게 하다 보니 이렇게 불리고 있었다. 인관이 이깡으로 변하기까지의 과정은 굳이 설명하지 않으련다.)! 너 임마, 노래방도 아니구 단란주점에 와서 빼구 지랄이야. 단란주점에 와서 본전 못뽑구 가면 그게 병신이지, 뭐가 병신이야? 화끈하게 놀아. 후회 없이 놀아. 실컷 주무르고 실컷 부르란 말이야. 너한테 제일 싱싱하고 잘 빠진 것으로 붙여주었다. 은하라고 했지? 저년 입에서 곡소리 나게 갖구 놀란 말야. 얼른 나가 앵겨붙어."

그러게, 단란주점이 웬말이냔 말이다. 석달째 월급이 안 나오고 있는 판에. 하기사 내가 술 사달라고 조른 것도 아니니 미안해하지 말자. 공돈이 생기신 거겠지. 그래, 이럴 때는 실장이 원하는 대로 해주는 게 잘하는 짓이다. 내가 못 놀아봐라. 여자 하나씩 붙여가지고 술 사준 실장 마음이 얼마나 쓰리랴.

노래방과 더불어 구십년대를 평정한 단란주점에, 인관은 네번째로 와보는 것이었다. 인관은 자리를 박차고 나가 은하의 뒤에서 허리를 부여잡았다. 확실히 은하가 최고였다. 과장의 파트너 시내는 서른이 훨씬 넘어 보였으며, 실장의 파트너 마담은 아예 마흔살 이상인 것 같았다. 그런데 마담? 그렇군, 예명이 아니라 이 단란주점의 마담이라는 소리였군.

과장이 박상민의 「무기여, 잘 있거라」를, 시내가 이상아의 「스타가 될 때까지」를, 과장과 시내가 함께 김수희의 「남행열차」를 노래하는 동안, 인관은 은하의 젖가슴을 주물럭거리고, 허벅지를 비벼대고, 입술을 빨아대고 했다. 실장과 마담도 어지간히 낯뜨겁게 뒤엉켜 있었다.

인관이 마이크를 잡았다. 인관은 노래방 시대에 즈음하여 신촌블루스의 「골목길」과, 블랙홀의 「깊은 밤의 서정곡」, 이장희의 「한잔의 추억」을 고정 레퍼토리로 삼고 있었다. 그 중에 제일 자신있는 「골목길」로 일장을 열었다. 안타까운 것은, 그간 인관의 노래에 아낌없는 성원을 보여준 실장과 과장이 제 파트너 몸뚱이에 신경쓰고 있는 판이라,

노래를 들어주지 않았다는 것이다. 「골목길」 2절로 들어가는데 은하가 마이크를 홱 채뜨려갔다.

"오빠, 제발 노래하지 마. 알았지? 어떻게 사람에 대한 예의가 있지, 그 실력으로 마이크를 잡아?"

순간 모든 흥이 잦아들어버렸다. 이걸, 확 패버려? 직업정신이 없는 년 아닌가. 비싼 돈 내고 술 마시며 노래부르겠다고 찾는 데가 단란주점 아닌가. 그런데 노래를 부르지 말라고? 적반하장도 이런 적반하장이 없네. 인관은 부글부글 끓는 속을 주체 못하면서도 일단 앉았다.

이날 인관은 아주 잘 참았다. 인관이 직업정신 운운하며 판을 깼다면 큰일날 뻔했다.

"왜 이렇게 안 나오시지. 과장님, 들어가볼까요?"

과장은 단란주점 입구를 흘깃 보더니 "우리, 먼저 가자"고 했다.

"실장님은요?"

"혹시나 했는데 역시나 몸으로 때우나보다. 실장이 무슨 돈이 있겠냐."

"그렇다면?"

"몸 팔아서 우리 술 사준 거지. 마담하고 전적이 있는 사이였으니까, 크게 신경쓰지 마."

인관은 택시에서 내려 답십리 재개발 예정 마을의 골목길을 누비며 참 많은 노래를 불렀다. 아무렇게나, 마음내키는 대로, 신나게, 때로는 우울하게, 때로는 랩처럼 불렀다. 정오가 넘어서 출근한 실장이 인관에게 말했다.

"헤이, 이깡 어제 재밌었어?"

2001년 겨울, 지구는 망하지도 개벽하지도 않았다

서태지와 아이들의 「교실 이데아」가 겨울 들판을 쩌렁쩌렁 울려대었다. 호주인의 노래였다. 호주인은 쑥스러워하며 조수석의 원장에게 카세트테이프 볼륨을 줄여달라고 요구했다. 원장은 못 들은 체했다. 호주인의 행동은 지나친 겸양처럼 보였다.

"정말 끝내주네요. 나는 이렇게 잘 부르는 노래를 들어본 적이 없어요."

"환상적입니다. 데끼리!"

"가수 데뷔해도 성공은 따놓은 당상이야. 호주 가지 말고 오디션 보러 가자니까."

'사회'와, '과학'과, 핸들을 잡고 있는 원장 동생 '영어1'의 말이 전혀 과장으로 들리지 않았다. 호주인은 호주로 이민을 간 한국인 부부의 아들로 지난 1년여간 부모의 조국에서 중학생들에게 영어를 가르쳤고, 글피 호주로 가는 비행기를 탄다. 엊그제처럼 대폭설로 여객기 운행이 중단되는 사태가 벌어지지 않는다면 말이다.

이어서 '영어2'가 부른 태진아의 「사랑은 아무나 하나」가 흘러나왔다. 호주인보다는 못했지만 출중한 실력이었다. '영어2'는 노래방 끝나고 즉시 귀가하여 차에 없었다.

원장이 노래방 주인에게 녹음을 부탁했던 모양이다. 테이프에는 학원 사람들의 육성이 고스란히 남겨져 있었다. 내 목소리만 빼놓고. 호주인에게 저 테이프가 단순히 테이프가 아닌, 그 이상의 어떤 것으로 아주 오래도록 남으면 좋겠다.

정말이지 사랑은 아무나 하는 게 아닌가 보았다. '사회'와 눈길이 마주쳤다. 설을 쇠면 빼도 박도 못하고 서른한살이 된다는 '사회'는, 스물일곱이 되는 나와 아마도 비슷한 생각을 하지 않았을까.

승합차는 시속 20킬로미터 이하의 속도로 굼벵이 달리듯 하고 있었다. 도로가 꽁꽁 얼어 있었던 것이다. 집이 가장 먼 '과학'이 사는 마을로 향하는 중이었다.

이번엔 '과학'이 부른, 김민종의 「하늘 아래서」였다. '과학'도 볼륨을 어떻게 해보려고 했지만 헛수고였다. 노력은 하지만 못 부르는 노래였다. 물론 나보다는 나았다.

나는 어느 날 원더우먼으로 변신한다면, 우리나라에서 가장 큰 무기고를 털어 가장 잘 터지는 폭약을 약탈해다가, 노래방 주인들이 들으면 경기를 일으킬 소리겠지만, 노래방을 모조리 날려버리고 싶은, (노래방업계 여러분 죄송합니다) 염원을 안고 살아가는 여자다. 하지만 한국 사회는, 내가 죽으면 죽었지 못 가겠다고 버텨오던 노래방에 군소리없이 따라가서, 숱한 압력에도 굴하지 않고 마이크는 잡지 않은 채, 시종일관 매우 즐거운 얼굴로 손뼉을 마주치지 않을 수 없게 만드는 힘을 가지고 있었다.

나와 더불어 바윗돌처럼 노래부르기를 한사코 거부하던 '과학'이, 오늘은 별꼴이 반짝이었던지, 노래를 불렀다. 그것도 세 곡씩이나. 원장의 말마따나 '사회'의 발악적인 노래에 용기를 얻은 듯했다. '과학'의 배신에도 불구하고 나는 오늘도 끝까지 마이크를 잡지 않았다. 아무리 싫은 노래방이라도 특별히 유쾌한 날은 있어, 우러나오는 박수를 신명나게 쳐댔더니 그 어떤 때보다 손바닥이 아팠지만.

다음으로 원장이 부르는 김수희의 「애모」였다. 아이 셋을 낳은 마흔살 여자의 목소리에 묻어 있는 것들, 그것들. 원장이 잽싸게 볼륨을 줄였지만, '영어1'이 얼른 한껏 되올려놓았다.

다들 자기 노래부르는 목소리 듣는 것을 수줍어하고 있네? 노래부를 때는 그렇게 씩씩하던 사람들이. 자기 노랫소리를 한번도 들어본일이 없는 사람들처럼. 그런가? 나처럼 제 노랫소리를 들어본 일이 없는 사람들이 의외로 많은가? 그렇다면 사람들은 타자를 위해서 그토록 열심히 노래한단 말인가? 노래할 때 보면 오로지 자기 자신을 위해부르는 것 같던데. 노래방은 사람들에게 멍석이었나. 그 멍석 위에서, 남을 위해서, 혹은 나 자신을 위해서, 한번도 노래하지 않은 나는 또무엇일까.

'사회'의 도저히 노래라고 할 수 없는 노래가 뒤를 잇고 있었다. 조용필의 「킬리만자로의 표범」이 시궁창의 쥐쯤으로 망가져 있는 것 같은데, 그런데, 그런데 저 같잖은 육성이 알 수 없는 파동으로 내 마음을 흔들었다. 노래방에서 그랬는데, 지금도 그랬다. 나는 내 마음의움직임을, 커다란 웃음으로 표현해주었다. (다른 사람들도 마찬가지인 듯했다.) 어떻게 저따위로 노래부르는 사람을 사랑할 수 있겠나. 나는 보았다. '사회'의 눈동자에 어리는 물기를. '사회'는 제 노래에 취하였나보다.

지방 소도시, 말 그대로 눈 덮인 산야를 우리는 나아가고 있었고, 우리의 노래가, (나는 손뼉만 쳐댔지만 그 또한 한 노래였다!) 별로뒤덮인 하늘 아래를 활활 퍼져나가고 있었다.

—『문예중앙』 2001년 봄호

윷을
던져라

울을 던져라

우리나라의 자랑스러운 방송 3사는, 건설교통부 공무원들이 일요일에 비상출근하지 않았다고, 한 사흘을 나불나불대었다. 건설교통부가 욕을 얻어먹을 정도로 많은 눈이 내렸던 것이다.

도회지에 자식들을 진출시킨 안골 늙은이들은, 뉴스가 전달하는 고속도로 국도 상황에 저런 진풍경이 있나, 허허껄껄 흐이흐흥 신기해하고 유쾌해하면서도, 한편으로는 달력에 빨갛게 박혀 다가오는 설날 날짜에, 저때까지 내리면 곤란한데, 노심초사하기도 하였다. 이후로 일기예보의 '더욱더 큰 눈' 어쩌고 하는 공염불에도 불구하고, 더이상의 눈은 내리지 않았지만, 안골은 안으로 파고들어가 퍼져 있는 골짜기 마을답게 태양의 세례를 부족하게 받아, 그때 폭설이 산에 들에 상당량 자취를 남겨놓았다.

올 설은 양력으로 1월 26일, 겨울 한복판에 걸렸는데, 매섭던 바람이 오늘따라 잠잠하고 해도 활짝 떠 있어 겨울날치고는 족히 견딜 만했다. 허나 그건 날씨 간만에 맑은 소리요 평지 무탈한 소리였고, 산속길 사정은 만만치가 않았다. 쌓인 눈이 해파리처럼 신발창을 쭉쭉 빨아들였고, 바람들이 퉁겨대는 칼소리가 등줄기를 서늘하게 하였다.

"말도 마라, 세번이나 미끄러졌다니께."

"그리두 형네 산은 양지니께 덜했을規. 우리 할아버지 뫼는 저수지 뒤, 음지 중에 음지에 있어갖구 미끄러지는 것은 양반이구, 푹푹 진창이었다니께요. 아버지가 장화 신고 가라고 혔는디 객쩍어서 구둣발로 갔다가 뒈질 뻔했네."

김성길(31세)과 이덕성(29세)은 성묘를 다녀온 뒤, 한 해에 두번 열리는 안골친목회 모임에 참석하기 위해, 막바로 집을 나선 참이었다. 둘의 집은 안골의 제일 끝머리에 밭고랑을 맞대고 있었다.

"마음잡았나 보다? 그런 드런 꼴 보고도 참은 걸 보면."

"성질 많이 죽었쥬. 성질 때문에 때려친 공장만 예닐곱인디, 이번 공장에서는 벌써 이태째네. 옮기는 것두 이젠 귀찮아서 못허겄더라구유. 형은 학원강사한다믄서?"

양신기(38세)와 이재군(46세)도 말마디나 나누는 사이에 거의 다다라 있었다.

"형님, 농민은 대한민국 사람이 아닌가 보데요."

"배우신 분께서 또 무슨 말씀을 하실라고 그런댜?"

양신기는 서울에서 대학원까지 나왔다. 직장을 그만두기 전까지 유수한 언론사에서 정의사회 구현을 위한 필봉을 휘둘렀으니, 자신의 고향땅에서 배우신 분으로 통할 만했다. 낙향을 결심하던 그때가 언제이던가, 이러구러 계절이 많이도 바뀌었다. 배운 티는 쏙 빠지고 촌 티가 제법 붙었다. 누가 배우신 분이라고 놀림소리 비슷하게 추켜올 려줄 때나 서울의 양복쟁이 나날들이 있었지, 북쪽을 건성으로 바라 보게 되는 것이었다.

"형님, 신용카드 있으세요?"

"촌사람이 그런 게 있겠나. 게다가 나는 빚투성이라……"

"빚이 없어도 못 만들어요."

"거, 내는 못 배워서 잘 모르겠지만 대학생 애들도 말만 잘하면 만 들어주는 거 아니여?"

이재군이 카드에 대하여 잘 모른다는 말은 새빨간 거짓말이었다. 대학교 1학년짜리 아들이 무턱대고 사용하여 2백만원쯤 연체해놓은 카드대금을 결제해준 게 두 달 전이었다. 아들을 작대기로 작신나게 패주었다. 아내가 말리지 않았다면 일날 뻔했다. 아들이 겨울방학 동 안 딴전 피우지 않고 공장 아르바이트 하는 꼴을 지켜보고 나서야 화 가 좀 풀렸다.

"그러게 말이에요. 근데 예외가 있나 봐요. 바로, 우리 농민들요. 며 칠 전에 시내에 나갔다가 카드신청서 받는 사람을 만났는데, 내가 직 업란에다 '농민' 하고 적으니까, 관두라데요."

"어째서? 농사꾼은 직업도 아니라?"

"그게 아니라, 농민은 카드 발급 대상이 아니라데요."

"허긴 그럴겨, 직업이 농민인디 뭐는 디겄어. 자네는 농민이라고 혀 봤자, 지우 삼년 경력이지? 나는 농촌 경력 이십년인디, 참 드러운 꼴 많이 보고 살었네."

안골친목회는 스무살이 넘어 군대 다녀올 즈음을 기점으로 해서 회원 자격이 시작되고, 쉰살로 마감되었다. 음현네의 장남은 작년에 쉰살이 넘어 회원자격이 종료되었다. 차남도 두 해 지나면 곧 쉰살이 되었기에, 아예 셋째아들이 회원 자격을 떠안았다. 그 셋째아들이 김성철(43세)이었다. 금번 친목회 개최 장소는 김성철의 차례에 닿았다.

설날과 추석, 일년에 두번 열리는 모임 장소는, 누가 유치운동하여 얻는 장소도 아니고, 다 싫다 하여 강제로 떠맡는 장소도 아니고, 차례로 돌아가며 맡았다. 개최주 본인이야 상 펴고 술잔이나 돌리면 되었지만, 그 상 위에 음식을 차려놓아야 하는 여성들이 고생이 이만저만이 아니었다.

음현네가 안골로 시집온 지 십년이나 되었을까, 남편은 아들 셋에 딸 넷, 자식농사만 푸지게 지어놓고, 뭐 좋다고 저 먼 곳으로 먼저 훨훨 날아가버렸다. 장남이 쉰을 넘겼으니, 지난날을 따지는 것도 우습게 되어버렸다. 음현네는 남편에게 젯밥을 물려주기가 무섭게 며느리들을 진두지휘하여 만반의 차비를 갖추었다.

김성찬(45세)이 돼지냄새 풀풀 나는 트럭을 고샅길에 겨우 대고, 음현네 집에 바삐 뛰어들었을 때는, 이미 올 사람은 다 와 있는 듯했다. 구두, 슬리퍼, 운동화, 목 긴 장화까지 각양각색의 신발들이 토방에 뒤엉켜 있었다. 음현네 집이 퍽이나 비좁아, 앉아 있는 꼴들을 보니, 안방, 웃방, 마루에까지 상을 펴고서 대충 엉덩이들을 붙였는데, 그나마 겨울이어서 답답함도 못 느끼는가 보았다. 안방, 웃방은 넘보지 못하고 마루에 깔아놓은 전기장판에 간신히 하체를 들이밀었다. 나이 한참 어린 이십대들이 고개, 허리를 픽픽 꺾어 인사해왔다.

"왔구먼, 좀 늦었버렸네?"

반갑게 손을 내미는 불알친구가 있었다. 조수광(45세)이었다.

"명절때나 보는 죽마고우구만. 잘 지냈지? 직장은 별고 없고?"

"그럼. 자네는 돼지농사 좀 어떤가? 구제역인가 뭔가 땜이 고생했다던디."

조수광은 작년 추석 때는 귀향하지 못했었다. 해서 이제야 '구제역' 안부를 묻는 것이었다. 직장 이야기기 나오자, 주식투자하다가 박살나고, 직장에서는 빛 좋은 개살구라고 명예퇴직으로 모가지당했다는, 늙은 부모에게도 감추고 있는 사연을 구구이 풀어놓을 수는 없고 잽싸게 말을 돌린 것이었다.

김성찬은 '구제역'이라는 말만 들어도 이가 갈리고 경기가 들 것 같은 게 엊그제 같은데, 벌써 아주 어렸을 적 짝사랑하던 처녀애 이름처럼 들렸다. 같은 '구제역'이라는 말을 들어도 듣는 사람의 입장에 따라서 그 말은 무척 상이하게 들린다. 아마 대부분의 사람들은, 특히 도시 사람들은, '구제역' 때문에 쇠고기 돼지고기를 못 먹을지언정, 그 '구제역' 난리 때에도 '구제역'이 어떤 병인지 감도 잡지 못했을 것이다.

'구제역', 그때 참 죽는 줄 알았지. 사월이었으니께, 딱 십개월 되었구만. 홍성이 어디여? '홍성' 하면 대한민국이서 알아주던 최대 한우 산지였어. 최상품 쇠고기의 대명사가 '홍성 한우'였단 말이지. 아, 근디, 거기서 덜컥 '구제역'이 터진 거여. 근디 말이여, '구제역'이거나 말거나 내하고 무슨 상관이었어? 근디 엄청난 상관이 있더라고.

홍성이서 말여, 최초 발생 농가로부터 오백미터 내에 있던 소 이백 마리를 그냥 도살해버렸어. 햐, 이건 말도 안되는 것이여. 사람으로 치면 노근리인가 뭔가, 미국놈들이 애꿎은 한국사람들 싹쓸이한 것이나 똑같잖여? 미국놈들이 왜 그랬겠어? 빨갱이 하나 잡겠다고 초가삼간 태운 거 아니냐구? 아무리 '구제역'이 전염병이라지만 대명천지에 그르케 무참히 죽여버리는 경우가 어딨어? 짐승 키워본 사람들이나 알지. 짐승 목숨이나 사람 목숨이나 같은 거거든.

하여튼 그 소식을 듣는 순간 마빡에 도끼날이 꽂히는 것 같더만. 그제야 장난이 아니라는 걸 깨달아버린 거지. 홍성하고 여기는 지우 사십킬로미터 아닌가베? 그때 홍성은 완전히 귀신 동네였어. 가축은 물론이고 사람도 꼼짝달싹 못하게 초소 수십개를 세워놓고 지켰으니, 육이오가 따로 없었던 것이지. 어른들한테 듣기로 홍성이 육이오 때도 그렇게 걸어다닐 자유도 없는 동네가 아니었다는데 말여. 홍성이 그 정도였다면 그 옆뎅이 동네인 우리 동네는 어느 정도였겠나? 아무리 못해도 홍성 반만은 했을 것 아닌가베. 근디 웃기는 건 말여, '구제역'은 소이서만 발생하구, 도야지한티서는 한 마리두 발생을 안했는디 말여, 피본 건 우리 도야지 키운 사람들이었단 말이지. 왜 그런지 알어? 모를껴. 자네가 워칙히 알껴. 소는 사육두수가 적어. 글구 사육기간도 일년씩은 넘게 걸려. 근디 말여, 내가 키우는 도야지는 너덧달이면 출하를 혀야 뎌. 순환이 엄청나게 빠르다구. 순환이 너무 빨라가지구 며칠만 중단돼도 우리는 죽어. 새끼는 계속 태어나는디, 출하금지로 도축이 안되니 미쳐 안 미쳐? 더이상 수용할 축사 공간두 없고, 사료값은 워칙히 할 거여?

장관새끼는 테레비에 나와갖구 다 해결됐다구 말두 안되는 뻥이나 까구 있구, 증말 돌아번지겠데. 근디 더 웃긴 게 있어. 지나고 보니께 아무것도 아니란 말이지. 그러구 본께 언제나 그모양 그꼴이었던 거란 말이지.

　말을 하기로 작정하자면야, 이런 이야기를 돼지똥처럼 뽑아낼 수 있었을 테지만, 김성찬은 이렇게만 말했다.

　"도야지 새끼는 명절이 따로 없어갖구 성묘 갔다 와보니께 그새 줄줄이 까질러버렸더라구. 그거 받아주느라고 쫌 늦었는디, 이냥 명절도 안 가리구 생산을 해주는 마당이니, 그깟 구제역에 망허겄어. 그냥 저냥 늘 그 모양인 것이지."

　"그렇구만. 글구 보니께 돼지들한티 세배 받느라고 늦었구만."

　"윷놀이 밑천도 간당간당혀서 세뱃돈은 못 줬네. 자, 한잔 받어."

　"그려, 쭉 따라봐."

　안방에서는 여차하면 멱살잡이 나겠다 싶게 살벌한 분위기로 치닫고 있었다. 홍장택(43세)이 땅속에 묻혀 있는 사람을 화제에 올린 탓이었다. 홍장택은 이놈에 입방정, 속으로 후회했으나 이미 늦어버렸다. 서탁환(43세)이 때마침 시체 잘 꺼냈다는 식으로 달려들며 난도질을 해대기에, 몇마디 두둔까지 한 것은 재차 입푼수였다. 그렇지 않아도 분풀 자리를 찾아다니는 게 요새 일인 서탁환을 더욱 광분하게 만들어버린 것이다.

　"아니, 그 씹새끼가 잘했다는 것이여? 지 새끼는 죽어서 편한 세상으로 갔다 치자. 남은, 남은, 나는 어쩌란 말여? 씨발, 놈의 것."

　서탁환은 씩씩대며 맥주컵에 든 것을 한입에 마셔버렸다. 그 맥주컵에는 맥주가 아니라 맑은 소주가 가득 차 있었다. 제사를 지내고 일찍 성묘를 다녀와서 이미 상당한 소주를 마신 상태였으나, 그의 주량은 끄떡없다는 듯 음현네 집에 와서도 말술질이었다. 하기사 죽음을 생각하고 있는 입장에서 그깟 소주쯤이야. 이승호(이태 전 자살)처럼 농약을 막걸리처럼 들이켤 용기는 없고, 이렇게 마시다 마시다 죽어버릴 수만 있다면 얼마나 기쁘랴. 아버지 말이 맞어. 술 마시다 죽는 게 제일 행복한 거여.

서탁환에게는 절대로 잊을 수 없는 기억이 있었다. 아버지는 죽기하루 전에도 고주망태로 삐뚤어져 하꼬방에 쓰러져 있었다. 아버지를 리어카로 실어오며, 스물세살이었던 서탁환은 부르짖었다. 아버지, 대체 왜 술을 마시는 거유? 술이 그렇게 좋아유? 아버지는 취한 건지, 아직도 덜 취한 건지 껄껄 웃으며 손가락으로 하늘을 가리켰다. 이 주정뱅이 자슥아, 저 별을 봐라. 내는 저 별처럼 되고 싶은 거라. 나는 마시다 죽을 끼다. 오늘은 못 죽었다만, 내일은 기필코 죽으련다. 내는 마시다, 마시다 죽을 끼다.

서탁환은 별에다 대고 울부짖었다. 아버지, 아버지가 죽으면, 우리는, 엄마는, 나는 어쩌란 말이유! 제발 술 좀 작작 처드시란 말유! 아버지는 또 헐헐 웃었다. 천상 주정뱅이 자슥이구만. 내는 모른다. 니도 모른다. 나는 그저 죽고 싶다. 그리고 아버지는 다음날 정말로 운명을 끝냈다. 원대로 술을 마시다가.

서탁환은 무서웠다. 아버지처럼 되고 싶다는 생각이 치솟았던 것이다. 그러나 그럴 수는 없지! 탁환은 고개를 뒤흔들었다. 아버지는 한 여자와 아들 둘과 딸 셋을 병뚜껑처럼 버리고 떠났으나, 나는 견딜 거구만. 아내와 아들과 딸을 버리고 나는 갈 수 없구만. 하지만, 하지만, 목을 죄어오는 연대보증이라는 놈을 어떻게 감당해야 한단 말인가.

아버지, 아버지의 청년기를 얽어맨 건 이념이었고, 장년기에는 그놈의 연좌제였쥬? 맞쥬? 그런데 아버지, 그 지랄맞은 연좌제보다 더 무서운 게 있더라구유. '연대보증'이라구, 있슈. '연좌제' 엔 아버지의 그 잘난 이념의 대가라도 있었다지만 나의 '연대보증'은 대체 뭐래유? 돈을 사랑한 대가유? 그럼 날 보구 어쩌란 말유. 돈, 돈, 돈! 돈이 모든 것인 시대를 살구 있슈, 나는.

"오죽했으면 죽었겠나? 것두 맛 드러운 농약을 마시구."

"그니께, 그 죽은 씹새끼만 죽어서 불쌍하고, 그 씹새끼 대신 연대보증으루 개피 보구 있는 나는 하나두 안 불쌍하다 그 말 아녀?"

"자네만 연대보증 섰어? 이 안골이서 그놈의 것 안 선 사람이 어디 있어? 서로 품앗이하듯 서준 거잖아? 그걸 가지구……"

"말 잘혔네. 거미줄 얽히듯이 서로간에 다들 서줬어. 그게 마을 사랑이구 동네 사랑이께. 근디, 하필이면 내가 보증 선 이승호, 그 새끼가 죽었단 말여. 이봐, 장택이, 니 연대보증인 중에 나두 있지? 내가 죽으면 내 빚, 내 빚뿐만 아니라 승호 것까지 니가 책임져야 돼. 내가 죽어도 자네 입에서 고운 말 나올까."

"하여튼 같이 대화하기 여간 힘든 친구가 아니라니께. 내가 자네만 보면 피해 앉을라구 깨나 노력하는디 오늘은 재수가 옴팡시러워서 대좌를 해버렸구만."

총무 김성식(41세)은 A4지 두 장을 돌렸다. 결산보고서였다. 항시 빠지지 않는 해묵은 안건이 하나 있었다. 결산보고를 말로만 해줄 게 아니라, 서류로 꾸며달라는 거였다. 김성식은 지난해 여름 컴퓨터를 들여놓았고, 회원들이 그렇게도 원하던 글자로 된 결산보고서가 작년 추석 때 처음으로 등장할 수 있었다.

"다들, 받으셨쥬? 웃방분들 제 말 들립니까? 예, 그럼 제가 읽어보겠습니다. 이천일년 안골친목회 설날모임 결산보고서. 수입내용. 추석모임비, 삼십오명 정회원 모두 공히 이만원씩 납부해서 칠십만원. 김민중 회원 기부금, 십오만원. 다들 아시겠지만 이번이 김민중 회원한티 좋은 일이 기셨어요. 부시장급으로 승진을 하셨어유. 안골친목회가 심심으로 밀어준 덕분이라고……"

"요번이두 안 오셨구만. 기부금은 관두구 얼굴이나 비춰주시지."

"높은 자리는 명절이 더 바뻐서 그렇다는디 어쩔겨."

"그리두 영 섭섭하네. 낮은 신분이로다 높은 분하고 친목 좀 도모혀보려고 혔더만 쉽질 않어."

"……지방방송은 이따가 결산보고 끝난 다음에 혀주시면 감사허겠습니다. 그럼 수입내용 계속하겠습니다. 윷놀이 선배팀 승리, 십육만원. 작년에 윷놀고 가신 분도 있고, 그냥 가신 분들도 계신디, 선배팀이 이겼습니다. 선배팀이 후배들 돈 따서 집이 그냥 가기 거시기 허다고 회비로 납부하셨고……"

"우리가 잘못헌 거 같여. 그러면 승부의 의의가 없잖여."

"맞어, 이자부터는 얄짜리 없어."

"걱정 말어유. 오늘은 우리가 이길규."

"……기타 회비가 사만원 있습니다. 작년 설 때 불가피하게 회비를 못 내신 회원이 계셨는데, 그거 후납된 겁니다. 양순기 회원 모친상, 육십만원. 예, 우리 친목회 모임 취지 중에 하나가 서로간에 경조사를 잘 챙기자는 겁니다. 이번이 양순기 회원이 모친상당하셨을 때, 친목회가 별루 도와드린 것도 없는디, 고맙다고 이냥 거금을 기부하셨습니다……"

"지가 상제 노릇을 하느라 경황이 없어, 물심양면으로다 도와주신

친목회와 동네분들께 변변히 고맙다는 말씀도 못 챙겨드린 것 같은데, 이 자리를 빌어서 다시 한번 감사의 말씀 올립니다."

"근디 젊은 사람들이 너무 안 왔던디?"

"맞구만. 총무, 다 연락했을 거 아녀?"

"……일일이 연락을 시도한다구 하기는 혔는디, 된 분도 있구 안된 분도 있고 그렇쥬……"

"무조건 와야 된다고 봐. 도시 사는 사람들 하구, 젊은 사람들, 바쁜 핑계 대구 얼굴을 안 비추는디, 그럼 뭐러 상조회(정식 명칭은 친목회였는데, 상조회 또는 청년회 등으로 두루 언급되기 예사였다)를 허나. 상조회를 하는 가장 첫번째 까닭이 뭐여? 서로간에 경조사를 챙겨주자는 거 아녀? 까놓고 말혀서, 다들 딴 디서 따로국밥으로 살지만 부모님은 여기 고향이다 모셔야 될 것이니께, 내일을 위한 부조로다 이 모임을 허는 거 아녀? 옛날이는 동네서 초상나면 너두나두 팔 걷어붙이고 달겨드는 게 우리네 인심이었다지만, 도시놈들은 예전에 집어던 저버린 그 인심을 우리가 무지랭이 촌놈이라고 언제까장 곳간이다 쟁여놓을 수는 없을 것이니께 말여. 그리서 우리의 흔들리는 인정을 붙잡아보겠다는 취지로다, 이런 모임을 허는 것인디, 이 모임을 장차 받아 이끌어나갈 젊은 사람들이 그 모양으로다 비참여적으로 나오면 위칙혀?"

"맞어. 도시 사람이구 젊은 사람이구 간에 다음부터는 무조건 참석혀. 바쁘다는 건 핑계밖에 안뎌. 바빠서 그런 거라면, 농촌 사는 우리는 안 바빠서 초상만 났다면 열일 제쳐두고 뛰어가는 건감?"

도시에 터를 잡은 이, 젊은이의 구분을 떠나서 양순기의 모친상 때 얼굴을 비추지 않은 회원들은 고개를 푹 수그리고 있거나 딴전을 피우고 있거나 영 찝찝해들 하고 있었다.

"……결산보고 읽다가 해 넘어가겄슈. 윷도 놀아야 할 텐데. 이젠 진짜루 지방방송 커들지 말아주시기 바랍니다. 수입은 그게 전부고 거기다, 예금이자가 십이만육천오백칠십오원이 붙었습니다……"

"이자가 너무 헐혀. 그러니 누가 예금헐려고 혀?"

"빌릴 때는 되로 빌리구 말로 갚아야 되는디?"

"내 말이 그 말여. 농협 하는 짓을 봐. 그게 농민을 위허는 지랄이여? 고리대금업자지."

"쌍녀러, 연대보증 또 떠오르네. 그걸로 농협이 농민 잡은 거 아니냐 말여."

"우리 아부지 말씀이 일제시대 고리대금업자도 그 개지랄까지는 안 혔댜."

"……해서 수입총액이 백칠십칠만육천오백칠십오원입니다. 이어서 지출내용입니다. 서적 구입 이십오만이천원. 원래 이십팔만원인디 십 퍼센트 할인받았습니다. 그 책을 등기우편으로 부치는디 삼만원 들었습니다. 제가 부친다고 부쳤는디 반송된 게 많아서, 다시 부치느라고 애먹었습니다. 아직두 도착 안한 분 안 계시죠?……"

"받어놓기는 혔는디, 글씨를 읽어본 적이 있어야 읽는가 말든가 허지. 아들놈한티 던져줬더니 재밌다고 허대. 어찌되었든간에, 여러 신문이도 나오구 라디오서두 나오구 우리 동네 인물 나버렸어. 내 일같이 자랑스럽더만."

김성길은 얼굴이 발갛게 달아올라 고개를 푹 수그렸다. 일년 전에 첫 소설집을 내었다. 동네에는 불알친구와 이웃집 사는 후배 이덕성, 그리고 사촌형들에게만 돌렸다. 그런데 이번에 친목회에서 회원 숫자

대로 서른다섯 권이나 구입해준 것이다. 총무를 맡고 있는 김성식은 사촌형이었다. 사촌형이 사촌동생을 위하여 친목회 돈을 축냈다는 말을 들을 수도 있었다. 김성식은 김성길이 중앙일간지 신춘문예에 희곡이 당선되었을 때에는 동네 입구에 플래카드를 걸려고 했었다. 그때는 회원들의 눈초리를 의식해 뜻을 접고 말았는데, 이번에 밀어붙인 것이다. 다행히도 회원들은 책 구입을 당연한 행위로 인정해주는 분위기였다.

"……다음이 한장규(50세) 회원 문병비 십만원. 다들 소식을 들으셨겠지만 우리 친목회 회장을 맡고 계시기도 한 한장규 회원께서 불의의 사고를 당했습니다. 조속히 쾌유를 빌어 마지않습니다……"

모두들 이 자리에 없는 한장규를 잠깐이나마 떠올렸다. 한장규는 목숨을 건진 대신 신체의 거의 전부에 마비라는 낙인을 찍어야 했다. 걸을 수 있다는 것이 기적 같기만 했다. 쇠지팡이에 의지하여 일분에 일미터를 걸을 수 있었다. 다섯 발짝만 움직이면 곧 혼절할 듯이 전방이 흐물거렸다. 차례도 간신히 치른 뒤끝에, 회의에 참석하기 위해 겨울길을 걷기는 당연히 무리일 터였다. 해서 이 자리에 없었다. 한장규가 회원들 각각에게 심어놓은 이미지는, 그가 큰 교통사고를 당함으로써 슬픈 격조를 띠고 모두의 가슴에 드리워지는 것이었다.

"……다음이 상가집 화환과 상여 구입 이십팔만원. 원래 삼십만원인디 이만원 할인받았습니다. 역시 상가집에 백미 십육만원. 삽, 괭이를 다시 구입하는 데 삼만원. 감사패 두 건 십육만원. 이번에 감사패를 받으실 분은 양주기(50세) 회원과 한장규 회원입니다. 이렇게 해서 지출총액이 백일만이천원입니다. 수입총액에서 지출총액을 뺀 잔액은 칠십육만사천오백칠십오원이 되겠습니다. 여기에 이월된 금액을 합하여, 회비총액은 팔백십육만칠백오십삼원이 되겠습니다. 회비 총액이 팔백만원을 돌파한 것입니다. 그래서 현재 육백만원짜리로 들 구 있는 정기예금을 칠백만원으로 올렸습니다. 이상, 결산보고를 마 치겠습니다."

"박수!"

송영찬(45세)이 동을 대었다. 삼삼오오 치기 시작한 손뼉이 한순간 우렛소리를 내었다.

"이상의 결산보고에 대해서 문의사항 있으신 분은 발언해주시기 바 랍니다."

김성식이 결산보고하는 동안에는 수시로 끼여들며 염불을 못 달아 안달하던 이들이, 막상 멍석을 펴주자 강제로 입이 다물린 사람들처 럼 눈치들만 살폈다. 35명의 회원 중 고향을 떠나 있는 이가 태반이 고, 고향에 터를 박은 지킴이들은 3분의 1도 채 못되는 열한 명에 불 과했다. 친목회의 모든 사업이 고향땅 안골에 초점이 맞춰질 수밖에 없다는 점을 감안하면, 나머지 스물네 명의 회원은 늙은 부모만 고향 에 남겨놓고 타지에 줄을 대고 있는 입장에서, 고향과 함께 고투하고 있는 지킴이들 앞에서 할 말이 있어도 입을 열기가 쉽지 않을 터였다.

고향을 떠나 있는 자들은, 고향을 떠나 있다는 이유 하나만으로도 고향을 지키는 자들 앞에서 떳떳하지 못했다. 적어도 고향땅에서는. 타지인이 돼버린 자들은, 고향일을 말하는 순간 남의 젯상 앞에서 감 놔라 배 놔라 하는 천둥벌거숭이가 돼버렸다는 것을 절감할 수밖에 없을 것이다. 해서 결산보고에 대하여 딴지를 걸 수 있는 자들은 어떠 한 형태로든 안골을 지키고 있는 자들일 수밖에 없었다. 자신들의 땅 에서 자신들을 위하여 투쟁하고 있는 자들만이 자신들의 터에 대해서 중뿔나게 왜자길 수 있는 기득권이 있는 것이니까.

그런데 당연한 말이겠지만, 그들 열한 명의 안골 지킴이들은 일년 사시사철을 수시로 부닥뜨리며 사는 이들이었다. 어떤 문제가 있다면 곧 집결하여 바로바로 해결할 수 있는 행동반경에 있었던 것이다. 즉 결산보고에 등장한 지출내역은 총무 김성식의 독단이 아니라, 이들 열한 명의 신속한 만남과 중지에 의해 이루어진 바였다. 물론 회장과 총무와 그 측근 몇몇이 총대를 메고 모든 사업을 집행해나가는 게 보통인 친목회 성격상, 안골친목회도 그런 경향을 보이지 않았다고 말할 수는 없겠지만, 또 그 경우에는 그들에게 총대를 메놓고, 따라가기만 한 입장에서 무슨 이의를 제기할 수 있겠는가? 그러므로 다들 말이 없는 게 당연하다 하겠다.

"그럼 문의나 이의는 없는 걸로 알고 안건을 받겠습니다. 안건 있으신 분은 기탄없이 발언해주시기 바랍니다."

안건을 내놓는 때에도 타지인이 돼버린 자들에 비하여, 안골 지킴이들의 말발이 앞에 서는 것은 당연했다. 고향의 이름을 걸고 모두가 한 동아리로 앉아 있는 자리였으나, 타지인이 돼버린 자들은 자신들이 손님의 입장이라는 것을 잘 알고 있었다.

"거 몇년 전인가, 경로잔치를 했었잖어유? 그게 꽤 좋았던 것 같은디, 다시 해보면 어떨까 싶네유."

"좋기는 좋았지. 노인네들 칭찬도 받고 말여. 근디 돈이 엔간히 들어야지. 우리가 명절이 모일 때마다 걷히는 돈이 칠십만원인 것으로 아는디, 그거 다 날라거는 거 아냐."

"더 들쥬. 그때도 백만원 넘게 들었던 것 같은디?"

3년 전 양력으로 3월 말일, 안골이라는 동네가 형성된 이후 최초로 경로잔치가 열렸다. 마을은 언제나 잔치 태세였다. 누구네 회갑, 결혼, 상(잔치라고 대놓고 말하기는 뭣하지만, 호상이라면 그 또한 잔치가 아니겠는가)이 있을라치면, 온 마을 사람들이 집결하여 일을 치러 온 게 언제부터였는지 몰랐다. 잔치 준비는 일도 아니었다는 것이다. 그러나 누구네 잔치가 아닌, 마을 사람이 모두 모여, 비록 경로라는 방점을 달았다지만, 마을 사람들 자신들을 위하여 잔치를 연 것은 그때가 처음이었다. 하루를 온통 놀았다. 누구네 무슨 조목이 걸리지 않고 순전히 하루 먹고 놀자는 취지로 연 잔치라 다들 쑥스러워하기는 했다. 그날 종일 고기냄새가 안골 하늘을 휘돌았고, 풍물소리가 논바닥을, 산자락을 들쑤시고 다녔다.

"예, 우리가 처음이 시작할 때는 매년 하기로 허고서 시작혔는디, 역시 돈 문제가 크긴 커서 그 이후로는 중단을 혔었쥬. 게다가 아이엠에프가 터지는 바람에 더욱 거시기혀서 할 수가 없었쥬. 어떻습니까. 경로잔치를 다시 열어보자는 안건이 나왔는디?"

"아엠에프 때보다 더 심각한 경제위기가 닥쳐온다고 서울이서는 떠들썩한데, 좀 생각해볼 문제가 아닌가 싶네유."

"아엠뿐가 뭐가 별거 아녀. 아, 솔직히 말혀서 농촌이서 살아온 사람치구, 맨날 아엠뿐였지, 아엠뿐 아닌 적이 어딨었어. 작년에만 봐도 찬란허잖여? 구제역으로 시작해서 농민시위로 끝났잖어. 오죽허면 뒈지게 순진허고, 인내심 하나로 버티는 걸로 소문난 우리 안골이서두 달랑 한 명뿐이었지만, 대표로다 데모에 참가했었겄냐 말여. 구데기 무서워 장 못 담그나? 놀자구. 늙은이들 핑계대고 다만 하루라도 잘 놀아보자구. 그려야 힘내서 일년 농사를 짓는가 말든가 할 것 아닌가베. 그리구 늙은이들한테도 그게 대접여. 늙은이들, 이 안골을 만든 사람들여. 잔치 대접 정도는 해주는 게 후배된 도리 아니겠어?"

"그럼 투표를 허겠습니다. 경로잔치를 하자는 안건에 찬성을 하는 분들 손들어주시기 바랍니다."

거의 전부가 손을 들었다. 손을 안 든 경우에도 반대를 한다기보다는, 들기가 쑥스러웠거나, 남들 다 드니까 일부러 안 들었거나, 딴전 피우다가 못 들었거나 한 것 같았다. 아예 날짜까지 정해버렸다. 3년 전의 예에 따라 양력 3월 말일로 타결되었다. 전례라는 것은 때로 유용한 것이었다.

안골친목회의 안건발의 역사를 보면, 발의가 되면 일단 거개 통과가 되는 게 일반적이었다. 애초에 심각한 찬성 반대 의견이 오갈 만한 소지가 있는 안건이 제기되지를 않았다. 인지상정상 반대하기가 어려운 안건만 오르는 것이었다.

물론 찬성보다 반대가 더 많은 안건을 제기하는 사람도 하나쯤은 있었다.

"회비가 팔백만원이나 모였으니께, 회비를 그만 내는 게 어떤가 싶은디유."

이런 안건은, 아무리 돈이 많이 쌓여 있어도 회비를 내야만 유지가 되는 친목회 속성상 당연히 반대의견을 덤터기로 받을 수밖에 없었다.

"감사패 수여식을 갖겠습니다. 패를 받으실 분이 두 분인데, 아까도 말씀드렸습니다만, 한장규 회원께서는 와병중이시라 참석하지 못하신 관계로 후일 따로 전달하겠습니다. 양주기(50세) 회원은 앞으로 나와주시기 바랍니다."

양주기는 부스스한 뒷머리를 매만지며 나와섰다.

"감사패. 당신은, 친목회의 흔들리지 않는 기둥이었으며, 발전하는 안골의 중심축이었습니다. 윗세대를 공경하고 아랫세대를 이끌어, 세대간의 화합으로 마음이 아름다운 마을 안골을 이루는 데 특히 발자취가 깊습니다. 마을 안팎의 대소사에 앞장을 도맡아 동분서주하던 당신의 형용이 오래도록 향기로 남을 것입니다. 당신은 멋진 농사꾼이었습니다. 안골친목회 회원 일동은 이 패에 감사와 존경을 담아 당신을 기리고자 합니다. 당신의 한없는 건강과 나날의 번창을 바랍니다."

무진장한 손뼉소리가 있었다.

"한말씀 혀야지. 그냥 들어간댜?"

내년이면 역시 감사패를 받게 되는 박철준(49세)이 권했다.

"혀야 되나?"

"혀봐. 기념이루다."

"국민핵교까지만 다녔는디, 공부가 뭔지도 모르고 핵교를 다녀싸서 그런가, 상이 워칙히 생긴 것인지 구경두 뭇허구 살아온 지가 어언 오십줄이유. 그러니께 다 늙어서, 태어나서, 상은 아니더라두, 뭘 처음으로 받아보는디, 받고 보니께 좋기는 허네유. 내가 한 게 뭐가 있었어. 나갈 때 되면 으레 주는 것이니께 받는 것이지, 라고 생각하면서두 뿌듯하네. 친목회가 계속적으로다 발전하기를 기원하는 것으로, 이상 마치겠습니다."

회장과 총무를 새로 뽑아야 했다. 회장 뽑는 절차를 두고 설왕설래가 오갔다. 해오던 대로 다음 명절 때 감사패 받을 사람이, 즉 나이가 가장 많은 자가 회장이 되어야 된다는 안과, 딱히 그런 규정을 정해놓은 것도 아니니 나이에 구애받지 말고 회장 그릇이 될 만한 사람으로 뽑자는 안이 티격태격이었다. 뒤에 안을 박철준이 가장 강력히 주장했다. 앞에 안 대로 하자면 회장은 박철준이 되어야 했다. 늘 꾸어다 놓은 보릿자루들마냥 입다물고 있다가 가끔 거수기 노릇을 하는 젊은 축들이, 회장 하기가 싫어서 억지로 저런 주장을 펴시나 보다, 라고 생각한대도 박철준은 별로 할 말이 없을 것이었다.

박철준의 바로 아랫세대는 해오던 대로, 최고 연장자가 곧 회장이라며 막무가내로 나왔다. 표결을 붙이는 것조차 우습다는 거였다.

"달리 친목회여? 친목회의 회장은 그 친목회의 얼굴여, 얼굴. 얼굴은 당연히 최고 늙은 사람이 해줘야 하는겨."

"누구나, 무조건, 한번씩은 회장 하고 나가야 뎌. 더이상 말을 마셔."

박철준은 울며 겨자 먹기로 회장직을 수락했다.

"생각은 짧구, 능력은 딸리는, 변변치 못한 지가 회장을 맡게 되어 송구스럽습니다. 이왕지사 맡았으니, 최선을 다해보겠습니다. 친목회의 간판된 자로서, 안으로는 회원들간의 이해와 정리를 수렴하구, 밖으로는 안골친목회의 위상을 높일 수 있도록 노력하겠습니다. 믿구 많이 도와주시기 바랍니다. 이상입니다."

다들 놀랐다는 눈치였다.

"못허겠더구 뻗대더니, 수락연설문까지 준비를 해왔구만그려."

"준비된 회장님이었어."

"그럼 이번이는 준비된 총무를 찾아봐야 겄는디."

이때 양봉기(37세)는 별뜻없이 금전출납부를 들춰보고 있었다. 양영기(46세)가 벼락소리를 질러 좌중의 시선을 끌어모았다.

"여기 있었네. 준비된 총무. 벌써 회계 감사하구 있잖여."

"어이, 자네들, 집에 갈 생각 말어. 한판 놀아야지."

양규근(45세)이 헛간께에서 웅성웅성대고 있는 삼십대 초반 이하들에게 말했다.

김성철네는 집만 비좁은 게 아니라 마당도 강아지들이나 어떻게 뛰어볼까 매우 비좁았다. 젊디젊은 축들은 마당 탓에 요번 명절은 윷 안 던지고 일찍 파할 수 있지 않을까 공그려보고 있었는데, 헛꿈 꾸는 분위기였다. 윷놀이를 즐겨할 만한 세대가 아닌데다가, 말이 같은 회원이지, 연배가 한참 높은 동네 아저씨들하고, 한 자리에서 놀자니 여간 서먹서먹한 게 아니었다. 그렇다고 고의로 핑계를 마련해 회피할 만큼 야박하지도 못했다.

하지만 노장 축들이 싫은 표정 역력한 젊은애들 붙잡아 놓으면서까지 윷판을 벌이려는 것은, 젊은애들 괴롭히자는 수작이 아니었다. 잽싸게 가버릴 이는 가고, 남은 노장 축들은 이렇게 생각했다. 점심만 후딱 먹고 헤어지면 그게 무슨 친목 도모냐. 그것도 일년에 딱 두번 만나는 자리인데. 억지로라도 놀면서 서로간의 유대를 쌓아야 하지 않겠는가. 그렇지 않아도 일신일 일신우일신(日新日日新又日新) 세대차이 나는 작금에, 일년에 두어번 윷판이 세대차이 줄이는 데 무슨 대수로운 방편이 될까마는, 그래도 하지 않는 것보다는 백번 천번 좋지 않겠는가.

해마다 거듭되어오는 동안, 젊은 축들이 회의에 갈 때, 금년에 제발 안했으면 툴툴거리기는 해도, 빼도 박도 못하고 윷놀이까지 하고 올 것을 작정하며, 회비 이만원에 윷놀 값 만원을 더 챙겨오게끔 되었다는 것만으로도, 노장 축들의 윷놀이 정착 노력은, 친목 도모의 일환으로 정립하고자 하는 마음은, 대강 이루어졌다고 볼 수 있을 것이었다.

물론 모든 회원이 참여하는 것은 아니었다. 오늘도 열댓 명은 찾아올 손님이 있다, 돌아갈 길이 바쁘다, 무슨 사정이 있다, 서둘러 떠나고, 열여덟 명이 남았다. 가만 보면 대개의 모임이 그렇듯이 늘 남는 사람이 남았다.

김성철네 집 앞 시멘트도로가 그대로 윷판이 되었다. 돌맹이로 대여섯 발짝 간격의 금 두 개를 긋자, 던지는 자리와 벗어나면 낙이 되는 범위가 자연스레 정해졌다. 요번엔 젊은 축들이 윷을 만들기 위해 산속으로 나무 베러 가지 않아도 되었다. 옆집 김성식이 미리 준비해둔 윷을 내왔다. 서탁환은 종이박스를 찢어 말판을 그렸다.

"금년에 누구기서 끊어진댜?"

"난가뷰."

"그랴, 이번이는 신기가 노장이 되어버렸구만. 소장에서 그중 잘 노는 자네가 우리 편이 되었으니, 우리가 무조건 이겨버렸네."

"잘 데려갔슈. 허당이었는디. 우리는 신기 형만 빠지면 자신있슈."

"그럼 봉기 자네가 소장측 우두머리인감?"

양신기(38세)까지 노장 편, 양봉기 아래로 소장 편이 되었다. 양신기 또래는 노장 편이 될 때도 있었고 소장 편이 될 때도 있었다. 많게는 스물다섯 해까지 차가 벌어지는 세대간을 잇는 나이라고 할 수 있었다.

나이 순으로 끊어 반반씩 편을 먹었다. 방식은 일대일 겨루기로 남는 사람이 없을 때까지였다. 한쪽이 일방적으로 우세하여 윷을 잡아보지도 못한 이가 있는 명절이 전혀 없었던 것은 아니나, 대개는 박빙 승부를 거듭하여 누구나 한번씩은 윷가락을 패대기쳐볼 수 있었다.

윷놀이 정석대로 네동나기 했을 때는 네댓 시간이 걸렸다. 시간이 너무 걸린다 하여 여러 방편이 왁자지껄 되었는데, 어느 해부터인가, 몇 명씩 패지어 던지자는 의견을 누르고, 두동나기가 틀로 굳어졌다.

"그런가뷰. 어이, 소장들. 회비 내. 회비!"

"오늘은 냉정하게 갖아가뿌려야더. 돌려주고 회비로 내고, 그게 뭐여. 그럼 윷 노나 마나지."

"누가 회비로 내랬슈. 갖구 가유."

양봉기가 젊은 축들에게서 만원씩 받아 챙기며 날름날름 이기죽거렸다. 노장측은 졸지에 노장 편의 막내가 된 양신기가 걸었다.

"니, 말 잘했다. 이번이는 얄짜리 읎어."

"옳어, 옳어. 오늘은 냉정하니 갖구가 버리자구."

"떡 줄 사람들은 생각도 않고 있는디, 설왕설래가 시끌벅적이네유. 추석 때 이겼다고 설날에두 이길 줄 아는가베유."

"그럼, 그럼. 자네들은 상대가 안되거든."

"안되겠슈. 몇번 져췄더니. 이봐, 동생들 오늘은 지면 집에 못 가. 집합혀, 집합."

양봉기의 웃음기 어린 선언에 젊은 축들이 헐헐거렸다.

현재 35명의 회원 중 열네 명이 양씨 성을 가지고 있는 것에서도 알수 있듯이, 안골은 대대로 양씨 집성촌이었다. 육이오 끝나고 김씨가 들어왔고, 김씨의 후손들이 차차로 양씨들의 땅을 사들여, 안골의 신흥 유력 가문으로 자리잡았다. 육십년대 이후에는 탄광 경기를 타고 타성바지들이 슬금슬금 들어왔다. 촌수로 얼키설키 연결된 양씨들이라 안골의 대소사에서 무서운 결속력을 최근에도 보여준 바가 있었지만, 팔십년대 이후로는 더이상 양씨의 안골이라 할 수 없게끔 된 것이었다. 그러고 보면, 지금은 석탄박물관으로만 남은, 저 허옇게 누워 있는, 한 20년 좋았던 성주산의 탄광 경기는 돈의 위력을 마음껏 뽐내며 인근의 마을공동체의 체질을 참 많이도 바꿔놓았다.

노장측 세번째 선수 양규근은, "으쌰, 모다!" 힘차게 던져보았으나, 이번에도 돼지를 면하지 못했다.

"또 도야지네. 도야지말구 딴 것 좀 나보랑께."

말판잡이 서탁환은 돌멩이 말을 한 칸 전진시키며 불뚝 성을 내었다.

"나는 뭐나면 된대유? 윷도 모도 필요 없고, 걸? 걸이야 우습지. 자, 걸어간다, 걸어가, 이야, 거얼!"

소장측 네번째 선수 양광기(36세)는 개를 났다.

"걸이 아무나 나나. 요번이는 꼭 모를 내겄구만."

양영기(46세)가 뛰어들어 양규근의 팔을 나꿔채었다.

"어이, 잠깐. 중차대한 순간에 술 한잔 허구 던져야지."

양영기는 양규근을 모퉁이에 차려진 술상으로 이끌었다. 종이컵에 소주를 철철 채웠다.

"카아, 좋다. 자네밖에 없구만. 젊으나 늙으나 술 한잔 따라주는 것이 읇어."

"맨 돼지밖에 못 나면서 뭔 면목이 있다구 술탐을 한댜."

김성찬이 엇박자를 넣었다.

"안주는 안 주나?"

"왜 안 주겄어. '안골 투사'님한테 그 정도는 당연지사지."

양영기가 바삐 산적 하나를 집어 양규근의 입에 물려주면서 끄집어낸 '안골 투사'라는 말에, 윷놀이판 사위는 한바탕 웃음으로 흥건해졌다. 알 만한 사람들은 양규근이 안골의 자랑스러운 투사임을 다들 인정하고 있었다. 시위 때 같이 싸우러 나가지는 못할지언정, 평소에 웃는 게 뭐 아깝겠는가, 웃음으로 격려해주곤 하는 것이었다.

양규근은 작년 11월 말, 이 고을 유력 신문에 얼굴이 명약관화하게 찍혀 나온 적이 있었다. 전국 각지에서 농가부채 해결을 위한 농민총궐기대회가 진행되었다. 이 고을에서도 시내의 하천 주차장에 3백여 명이 모여 정부를 성토하고 농촌을 살릴 대책을 마련하라고 외쳤다.

농촌의 삼사십대는 내남없이 빚더미에 올라앉아 있었다. 1992년 우루과이라운드 협상이 타결되었다. 이후 농림수산부(현재는 농림부)는 국제경쟁력을 키운다며 농업의 규모화, 첨단화 정책을 밀어붙였다. 농업경쟁력 강화 10개년(1991~2001)계획을 세우고, 이 기간 동안 총 42조원의 정책자금을 각종 투자, 융자 사업을 통해 농촌에 지원하기로 한 것이었다. 즉 정부는 농민들에게 파격적인 지원, 시쳇말로 돈 폭격을 가한 거였다. 주요 돈 폭격 대상은 영농후계자(현재는 후계농업인)였다.

농촌을 이끌어갈 삼십대 연령층의 젊은이들아! 너희들을 영농후계자로 선정할 것이다. 돈을 줄 것이다! 이 돈으로 시설하라, 시설하라! 농업을 현대화하라! 농촌에 뿌리를 박고자 했던 젊은이들에게 그것은 은총과도 같았다. 젊은이들은 앞다퉈 영농후계자가 되고자 했고, 시설자금을 신청했다. 그 절정이 1996~97년이었다.

양규근은 마을 어른들을 비웃으며 안골에 하우스 단지를 세웠다. 그간에 하우스가 전혀 없었던 것은 아니었으나, 안골에 여남은 개의 하우스가, 그것도 첨단이라는 명토가 붙은 하우스가 한꺼번에 세워진 것은 처음이었다. 그리고 지금이사 말이지만 마지막이 될 게 틀림없었다. 모두가 양규근의 처절한 실패를 속속들이 지켜보았기 때문이다. 양규근의 실패에는 여러 요인이 있을 것이다. 그런데 양규근의 실패만큼이나 처절했던 노력에 대해서는 안골 사람들 모두가 인정하는 바였다. 그러므로 양규근의 실패는 개인의 노력이 있었느냐 없었느냐보다는, 개인적으로 어떻게 해볼 도리가 없는 외적 요인들에서 기인하는 바가 많다고 해야 할 것이다.

소위 시설재배의 대명사인 하우스만 해도 그렇다. 정부는 하우스를 세울 돈은 내주었지만, 하우스를 운용할 기술과 하우스에 심을 적절한 작물은 제시하지 않았다. 그리고 결정적으로, 정부는 농민들이 생산한 것에 대하여 수요와 공급을 조절하기 위한 대책이 전혀 없었다. 아마 의지조차도 없었을 것이다. 수요와 공급 조절은 잘해야 본전이고 못하면 패가망신이다.

양규근의 하우스가 피땀으로 내놓은 것은, 예외없이 가격폭락으로 인건비도 못 건지는 꼴이 나버렸다. 조금이라도 손해를 덜 보려면 촌각을 다투어 시설을 정리해야만 한다는 게 양규근의 결론이었다. 그래서 지금 양규근의 하우스는 뼈다귀만 남은 공룡처럼 들판에 을씨년스럽게 누워 있었다. 바람이라도 불라치면 쇠에 엉겨붙은 비닐, 헝겊 쪼가리들이 귀신이라도 깨울 것 같은 살벌한 춤이나 춰대고 있었다. 그리고 양규근에게는 죽었다 깨어나도 갚을 도리가 없는, 엄청난 빚만 남았다.

"딱 이거여. 초등학교 학생한티 백만원짜리 수표를 내주고 나 몰라라 한 것여. 글구 몇년 있다가 갚으라는 거여. 이런 씨팔, 원금만 갚으라면 워칙히 갚을 염이라도 내볼껴. 근디 그 백만원짜리 수표 한장으로 벌린 사업 땜이 내 돈, 친척 돈, 친구 돈 다 끌어다 박아놓고 정신이 나가 있는디, 원금의 몇배나 되게 불어버린 이자까지 갚으라는 거여. 이러니 내가 환장을 하겄어, 안하겄어."

이런 신세타령을, 양규근은 입에 달고 살 수밖에 없게 된 것이었다. 그런 양규근이 어쩌다가 농업경영인회의 사무국장을 만나게 되었다. 그 사무국장은 이런 얘기를 했었다.

"……첫째로유, 그 씨발놈의 우루과이라운드 협상 실패유. 그 우루과이라운드는 따져보나마나 실패한 협상유. 간단히 말혀서, 그거 한 다음이 외국 농산물이 똥물처럼 밀려들어왔잖유. 물르쥬, 또. 도시 사는 사람들은 식탁이 풍성해졌다고 좋아했을라나. 어쨌거나 한국 농사꾼은 끝장나게 된 거쥬. 바로 둘째가 그 우루과이라운드 협상 실패에 따른, 정부의, 농업구조개선사업의 결과거든유. 정부놈의 새끼들은 돈만 줄 게 아니라, 생산을 혀서 판매를 하는 데까지 일괄적인 대책을 세워놓았어야 됐슈. 당해봐서 알규. 시간 읎으니께 좀더 빨리 지껄여볼께유. 그 다음이 셋째로는 농촌 사는 우리들두 문제라는 거여유. 바로 농협 놈들이 문제유. 그놈들이 농협에 있다지만 농협을 더 몰르는 놈들유. 그놈들은 앞뒤 생각없이 지들 실적만 쌓을라구 생각없는 농민까지 파탄에 몰아넣었다니께유. 글구 대출금 받아다 노래방 개업한다든가 한 일부 농민들도 도덕적으로 책임이 있겄쥬. 그리구 네번째로다, 이게 결정적으로 문제였는지도 물르겄는디, 그놈의 아이엠에프였슈……"

양규근은 이후로 투사가 되었다. 안골에서, 면내에서 거의 유일한 투사였다. 별명이 그렇게 나버렸다. 하우스로 망하더니 투사 감투를 얻었다고. 이번에 이 고을 농민대회에서도 앞장서 경찰들과 대결한 양규근은 몸싸움 도중 사진이 찍혔고, 하필이면 그 사진이 신문 일면에 났다. 양규근의 투사 별호는 한층 성가가 드높아진 것이었다.

"그럼 안골 투사가 던져보겄네. 쌍녀러, 도 아니면 모 아녀. 왜들 안싸우는 거여. 우는 놈한티는 쥐도, 가만 있거나 실실 웃구 자빠졌는 놈한티는 국물도 없는 게 정치허는 놈들, 가진 놈들 대가리여. 왜들 그걸 모르는겨. 자, 던지네, 던져. 으랏차차, 모다!"

노장들이 이겼다.
"미치겄구먼. 지면 한갖질 텐디, 이겨갖구 매번 고민여."
"뭘, 고시랑대. 게임 전에 작정한 대로 챙기자구."
"그러면 좋겠는디, 영 찝찝혀. 젊은애들 돈 따갖구 갈라니께."
"또 회비에 넣자구? 에이, 그럼 경기의 의의가 없다니께."

윷놀이가 끝나기가 무섭게 젊은 축들은 작별인사를 해대었다. 양영기는 그냥 보내지 않고 기어이 붙잡아 소주 한잔씩을 먹였다.
"안골의 미래는 자네들 손에 달린 것이여. 명심하라구."
양씨건 김씨건 다른 성씨건 자식들을 도시로 보내고 있었다. 안골에는, 자고 나면 흰머리 한 움큼이 늘어나 있고 밥 먹고 나면 잔주름살이 한두 줄기씩 새로 패여 있는, 늙어가는 사람들이나 남아 있었다. 늙어가는 사람들은 뼈가 묻힐 때까지 농토를, 고향을 떠나지 않을 것이다. 하지만 떠나지 않을 수는 있어도 농토를 지키기는 벅찰 것이다.
이철희(29세)는 도시에서 발을 붙이기 위해 발버둥치고 있는 자신이 어떻게 안골의 미래를 책임질 수 있을까, 씨도 안 먹히는 얘기라고 생각했다. 아마 안골의 미래를 책임질 것은, 사람이 아니라 자본일 것이다. 안골에서 경제의 중심인 성식이형도 자본과 싸워 이기기란 쉽지가 않을 것이다. 자본에게 안골을 넘겨주지 않으려면, 성식이형은 스스로 자본으로 탈바꿈하는 길밖에 없을 것이다. 구십년대 농촌에서 일어났던 일은, 소위 선진국이라 불리는 나라들이 그랬듯이, 자본이라는 에일리언이 들어서기 직전의 싹쓸이 작업이 아니겠는가.

"형은 툭하면 자본 자본 해쌓는디, 그놈의 자본이라는 것이 대관절 워칙히 생겼댜?"

어렸을 때, 온 동네 꼬마아이들의 놀이터였던 산등성이를 넘어가고 있었다. 겨울엔 태가 안 나지만 여름이면 이 산등성이 하나만 봐도 요즘 아이들과 불과 15년에서 20년 전 아이들이 얼마나 다른가를 느낄 수 있었다. 그땐 아이들이 하도 짓밟아대서 등성이에 잡풀도 솟아날 짬이 없었다. 그런데 요즘은 아이들의 발길을 전혀 타지 못해서, 낮밤 구분 못하는 귀신이라도 튀어나올 것처럼 우거져 있었다.

이철희는 서울에서 대학원과정을 밟고 있었고, 일년 후배 양종경(28세)은 서울의 한 위성도시에서 운전일을 하고 있었다. 양종경의 차로 같이 귀향하면서 이러저러한 얘기를 풀었는데, 이철희는 툭하면 자본을 끄집어내어 썼다. 근일에 잡고 있는 화두라나. 친목회 파하고 집으로 돌아가면서 또 그 소리였다. 종경은 이제까지 건성으로 들어넘겼던 그 자본이란 말이 문득 되게 궁금해져서 물어본 것이었다.

"어떻게 생겼냐구? 어라리, 잘 모르겠다. 그러구 보니께 맨날 자본 자본 하면서두 그놈이 워칙히 생긴 놈인가 한번두 그려보지를 않았네."

"혹시, 거 돈 아녀? 돈. 돈이라고 하기가 거시기 하니께 자본 어쩌구 한 거 아녀. 형처럼 배운 사람들은 뭐라도 색다르게 말해서 폼 잡잖어?"

겨울해는 짧아 2001년의 민족의 설날도 거지반 저녁때에 다다라 있었다.

—『문학과경계』 2001년 여름호

언론낙서
백일장

언론낙서백일장

　한탕은 소위 소설가소설이라고 일컬어지는 형태의 소설을 쓰려고
한다. 그런데 아무리 본때 있게 쓴다 한들 감히 소설가소설의 범위에
들 수 있을는지 미지수이다. 당대의 평론가들이 증명해주고 있듯, 소
설의 수준에 대한 판별이 어려운 시대이기 때문만은 아니다. 한탕의
소설가로서의 정체성이 모호한 탓이 훨씬 더 크다.

　한탕을 소설가로 인정해준다면, 지금부터 한탕이 펼칠 이야기는 소
설가소설이 되겠지만, 소설가는 무슨 얼어죽을 소설가, 하늘을 우러
러 한점 떳떳한 바가 없는 백수로 못박아버린다면, 지금부터 한탕이
풀어놓은 사설은 백수소설이라는 비아냥도 감지덕지일 터이다.

　서울에만 문학의 향기가 질펀한 것이 아니어서, 무궁화 삼천리 어
느 구석을 가더라도 문학의 기운 몇줌은 봉오리져 있게 마련이니, 이
지방 소도시, 혼주시에도 당연 문학이라는 것에 감정이 많은 사람들

이 상당수 있었다.

서울, 그 넓고 사람 많은 곳에서는 문학 하는 사람들끼리 어떻게들 교류하고 있는지 모르겠지만, 여기처럼 바다와 산까지 포함하여 넓기는 하되, 사람은 적고, 문학 하는 사람은 더욱 적은 이런 조그만 고을에서는 문학 하는 사람들끼리 비교적 빈번하게 교류했다.

이 고을이 비록 좁아도, 지구의 어느 골짜기는 안 그렇겠냐는 당연한 생각에 걸맞게, 서울문단인가 중앙문단인가 하여튼 그 한국의 대표문단처럼 사색당파로 갈릴 만큼은 다 갈려 있어, 늘 만나는 사람끼리 만나기는 했지만.

한탕이 주로 만나는 문학인들은 흔히 오가형제라고 일컬어졌다. 물론 친형제도 의형제도 아니다. 굳이 덧붙이자면 패거리를 지칭하는 별호이겠다. 이야기 전개의 유연함을 위하여, 오가형제의 주요 구성원을 소개하고 넘어가겠다.

별명—늘은. 이름—정병연(36세). 상용어—"오늘은 어때?" 직업—중학교 교사. 주력 분야—평론. 혼주문학의 창간호 구성원이고, 현재 10집발간위원회의 편집장. 대학교 시절, 지금까지 이름이 남아 있는 어느 문예운동집단에서 활동한 경력이 있다. '올해 문집에는 기필코 평론을 싣고야 말겠다'는 각오를 해마다 했지만, 해마다 각오로 그쳤다. 2001년이라고 다를 것이 없어서 금년 벽두에도 이번 10집에는 기필코 본때나는, 중앙문단인지 서울문단인지 한국문단인지 하여튼 그곳까지 진출할 수 있는 평론을 싣고야 말겠다는 각오를 보였다. 하지만 금년의 반 하고도 한 달이 지나가도록 여태 첫문단도 못 썼다.

별명—늘만. 이름—조범종(34세). 상용어—"오늘만 마실 겨." 직업—낙서인 겸 지방 7급 공무원. 혼주시 혼주4동 동사무소 건축과에 근무. 주력 분야─낙서를 접어두고 소설 쪽으로 전향 노력중. 공무원 세계의 애환과 비리를 그리는 데에는 낙서의 한계가 너무 크다는 판단 아래 소설이라는 그릇을 모색할 수밖에 없었다. 혼주문학 3집부터 참여. 현재 혼주문학 사무국장.

별명─늘도. 이름─김찬호(27세). 상용어─"오늘도 마셔야지요." 직업─판매사원 및 학생. 혼주시에서 가장 큰 마트인 혼주마트에서 판매직 사원으로 근무하고 있으며, 혼주대학 야간부 컴퓨터공학과 2학년에 재학중인 늦깎이 대학생이기도 했다. 주력 분야─시와 소설. 의무경찰로 근무할 때, 혼주문학이 4집에 실을 원고를 모집한다는 기사를 보고 시를 투고했었다. 그것이 채택되어 혼주문학에 처음으로 글이 실렸고, 이후로 죽 혼주문학의 막내 회원으로 자리매김해오고 있다. 현재 혼주문학 총무를 맡고 있는데, 돈 관리를 책임지고 있다고 보면 되겠다.

세 사람 다 상용어에 '오늘'이 들어가 있는 데에서 '오가형제'라는 별호가 탄생한 것이다.

명확히 말해서 오가형제는 이 세 사람만을 묶는 말이었는데, 좀 넓게 말할 때에 이 셋에 네 사람 정도가 덧붙었다. 추가되는 넷 중의 하나가 바로, 물에 빠져 곧 죽게 될 지경을 당하여도 그 가벼운 입은 둥둥 떠서 '나, 전업소설가'라고 떠벌릴, 한탕이었다. 나머지 중에서 한 사람만 더 소개하기로 하겠다.

별명─소주귀신. 이름─박세현(29세). 상용어─"내 잔 비었어." 직업─기자. 이 고을의 유일한 신문인 혼주신문에서 5년째 근무하고 있다. 주력 분야─소위 순수문학 혹은 본격문학, 혹은 정통문학, 또 무슨 뽀다구나는 어휘가 있을지 모르겠는데, 하여튼 그런 류의 문학을 한다는 사람들이 보통 개무시(이 낱말이 생소한 분들이 많으실 줄 안다. 하지만 이 나라의 내일을 짊어질 세대들의 상용어라는 점을 주지해두겠다. 뜻이야 느끼신 그대로이다. 수학 공식처럼 말하면 개 더하기 무시)하는 판타지문학을 심심풀이 땅콩으로 종종 읽는 것 외에는 문학에 관심이 없다. 혹시 직업이 기자니까 문학적 소양과 문학에 대한 관심도가 심상치 않은 수준일 것이라 생각하는 분들이 계실지도 모르겠는데 그것은 전적으로 오해이다. 3년 전 조범종과의 소개팅을 계기로 오가형제 패거리와 인연을 맺게 되었다. "나는 범종오빠와 발전적 관계를 이루지는 못했지만 오빠보다 몇배 인간적인 인간들을 술친구로 갖게 되었어"는 소주 세 병쯤 들어가면 어김없이 나오는 말씀이었다.

좁은 의미의 오가형제는 한탕과 박세현을 혼주문학에 가입시키기 위해서 숱하게 종용하였는데, 둘 다 한사코 거부했다. 한탕은 조직은 무조건 싫다는 이유를 댔다. 문학회가 무슨 조직이냐고 따져 물으면, "하여튼 나는 여러 사람 모여서 회의를 하느니 마느니 하고 뭐를 선출하고 뭐를 공동보조하는 데에는 결단코 안 가" 하고 손사래를 쳤다.

박세현은 이유에도 소주 냄새를 풍겼다.

"씨이, 나는 소주 마시려고 만나는 거니까, 딴 데 가서 알아보셔. 문학회? 그거 광어회나 우럭회 같은 거면 내가 먹기는 하겠다."

이제 본격적으로 이야기를 시작해보겠다. 좁은 의미의 오가형제와 한탕, 박세현은 이날도 마시고 있었다. 무슨 공식처럼, 정병연이 김찬호에게 전화를 걸어 "날도 후적지근한데, 오늘은 어때?"라고 운을 뗐었고, 김찬호는 "물어보나마나, 오늘도 마셔야지요" 했고, 조범종에게 연락 "오늘만 마실 겨. 오늘은 진짜다. 내일 심사보러 가야 돼"라는 대답을 듣고 난 뒤, 약 30분 후 호프에서 만났다. 한잔 두잔 마시면서 한탕을 불러내었고, 박세현이 마지막으로 착석함으로써 이날의 인적 구성은 끝이 났다. 마시자, 따라라, 안주 더 시킬까 말까, 오백 하나 더, 피처로 하자니 마니, 엉덩이 무겁게들 신나라 마시고 있었던 것이다.

와중에 조범종은 다음날 심사를 봐야 된다는 핑계로 술발을 올리지 않는 것이었다. 자연스럽게 조범종이 다음날 심사를 보러 간다는 언론낙서백일장이 화제로 올랐다.

언론낙서백일장은 전두환정권의 언론통폐합 당시, 낙서문학계에 명망이 드높은 몇몇 분이 주창, 언론통폐합이라는 언론대학살 속에서도 용케 살아남은, 용케 살아남은 대신 언론판을 독점하게 된, 몇몇 언론사들로부터 약간의 후원을 받아 제1회를 개최한 이래, 87년 민주화대투쟁, 노태우 군부정권(군부정권이 아닐 수도 있다. 각자의 판단에 맡기겠다), 김영삼 문민정권(한탕이 고등학교 3학년일 때 문민이라는 이름을 가진 친구가 있었다. 그 친구 이름 때문에 고생 많이 했다), 김대중 정권('애매모호 정권'이라고 하고 싶지만 이렇게 주관적인 판단을 소설에서 함부로 썼다가는 덤터기로 손가락질 받을 테니 그냥 정권이라고만 하겠다) 등의 정권변화에 아무런 영향을 받지 않고 매년 백일장을 사수해왔으며, 금년 언론개혁의 폭염 속에서도 변함없이 백일장을 개최할 예정이었다.

늘만 조범종은 5년 전 이 언론낙서백일장에서 영예의 대상을 수상하였고 상금 3백만원을 수혜한 바가 있었다. 그로부터 5년이 흘렀고, 상금은 2백만이 올라 5백만원이 된 것이다.

조범종은 과거 자신의 대상 수상을 왕재수라고 표현하고는 했다. 범종은 자신이 대상 수상자가 되기 전까지 낙서문학에 대해서 잘 몰랐다. 범종이 정성을 기울여 공부하고 습작했던 부문은 시문학과 시조문학이었다. 형태상으로 볼 때 낙서문학은 시문학, 시조문학과 흡사했다. 하지만 소설문학이 동화문학, 수필문학과 엄연히 다르듯이, 희곡문학이 시나리오문학과 엄연히 다르듯이, 낙서문학은 시문학, 시조문학과 엄연히 류가 다른 문학이었다.

다시 강조하는데 조범종은 정말이지 낙서문학에 대하여 공부가 미흡했다. 낙서문학이라면 평생을 통틀어 「한국의 대표낙서 100선」 「영상낙서집」 「민중대표낙서선집 1, 2, 3」 「낙서의 향기」 그리고 낙서집 사상 가장 많이 팔렸던(어느 정도로 많이 팔렸느냐면 「해리 포터의 마법사」 시리즈만큼이나 팔렸다) 서정두 낙서인의 「단군의 미소」가 읽어본 것의 전부이고, 고등학교 때도 아니고 중학교 때에 질 나쁜 연습장에다 끼적끼적하던 낙서 백여 수 가량이 써본 것의 전부인 범종이, 뜬금없이 언론낙서백일장에 참가하게 된 것은 순전히 꿈 때문이었다.

우연은 우연을 낳는 식으로 거듭하여 발생하는 의아스러운 면이 있고, 그러하니 우연의 연속을 그 자체로 필연의 과정이라고 보아야 하지 않느냐는 논의도 있는 모양이다. 우연이 연속하여 발생하였고 끝내는 대상을 수상하게 되었는데, 이런 우연의 중첩에 대하여 차라리 필연적이라고 말해야지, 도대체 무슨 현상에 대하여 필연이라는 어휘를 가져다 붙일 것이냐고, 범종은 자신의 그 이틀 동안에 대하여 우연 필연 타령을 해대고는 했다.

그 이틀 동안의 일을 간략히 적어놓으면 다음과 같다. 범종은 근무처(동사무소)에서 대변을 보는 일이 좀체 없었는데 그날은 우연히 큰 것을 보게 되었다. 화장실에 언론낙서백일장 개최를 알리는 포스터가 종이비행기로 접혀 있었다. 깜박 잊고 휴지를 챙기지 못한데다가 화장실의 두루마리 휴지는 한 쪼가리도 남아 있지 않았다. 그 포스터라도 사용해볼까 하고 펴보았다. 그래서 언론낙서백일장이 다음날 있다는 것을 알게 되었다. 이것은 좀 샛길로 빠지는 소리인데, 그래도 하고 지나가자면 결국 포스터를 잘게 찢고 박박 비벼서 항문을 처리할 수밖에 없었는데, 예상대로 무지 아팠다.

토요일이었는데 노총각으로서 늘 무슨 유쾌한 사건이 일어나지 않으려나 두리번거리다가 역시 세속의 일은 냉정한 법이라는 것을 깨닫고, 하릴없이 퇴근하여 뜨는 둥 마는 둥 하고, 고등학교 졸업한 이후 한번도 본 적이 없는 만화책을 우연히 빌렸다. 몇 권 읽다가 베개로 용도를 변경하여 잠들었는데, 우연히 돼지 백 마리하고 노는 꿈을 꾸었다.

꿈속에서 만난 공주가 저 백 마리 중 한 마리는 돼지껍질을 뒤집어쓴 악마(왕을 죽인)라면서 그 돼지를, 즉 악마를 찾아내어 죽이는 자가 있으면, 자기 몸뚱이와 왕이 남겨두고 간 모든 것을 바치겠노라고 했다. 숱한 도전자들 중에는 한국문학판을 주름잡는다, 난다 긴다 하는 소설가, 낙서가, 시인, 시조인, 극작가, 아동문학가, 시나리오작가 등등이 많이많이 있었는데, 태반이 악마가 숨어 있는 돼지조차 찾아내지를 못했다.

한데 범종이 짠 하고 나타나 차돌멩이 하나를 하늘 높이 던졌다. 공중에 포물선을 그리며 떨어져내린 돌멩이는 어떤 돼지의 정수리를 정통으로 맞췄다. 그 돼지는 "차라리 시험으로 뽑는 게 낫다니께. 선거는 말짱 황이여!"라고 한국의 국회의원 선거에 대하여 한 말씀 한 뒤에 사망했다. 껍질을 벗겨보니 이마에 구멍이 뚫린 악마가 죽어 있었다. 공주는 약속대로 다 주었다. 공주의 몸뚱이 가운데 어느 구멍에다가 뭔가를 배설하던 중 잠에서 깨어났는데, 아무리 꿈이라지만 너무나도 심한 우연의 전개가 아닐 수 없었다.

이러한 돼지꿈을 꾸고 즉석복권 긁으러 갈까 고민하고 있는데, 생뚱맞게 5년 동안 소식이 없던 서울 사는 대학 동창에게서 인근의 저수지로 얼른 나오라는 전화가 왔다. 중학교 때 이후 해본 적이 없는 낚시를 우연히 하게 된 것이었다. 또 그 저수지 역사상 최고의 월척에는 못 미치지만 그래도 엄청난 월척을 우연히 낚아, 그때까지 범종이 한 마리를 잡는 동안 백 마리 넘게 잡았던 대학 동창을 기절하게 만들었다.

설마 월척 낚으려고 돼지꿈을 꾸었나 어쨌나 하면서 저수지에서 돌아오는 길에, 언론낙서백일장에 참여하러 간다는 문학회 선배를 우연히 만났다. 밤새 낚시로 굉장히 졸렸지만 따라가게 되었다. 돼지꿈 때문이었다. 꿈이 아니었다면 결단코 따라가는 일은 없었을 것이다.

선배를 따라 백일장에 참가, 아무렇게나(말은 이렇게 하지만 나름대로 낙서문학에 준한다고 생각하는 낙서를 매우 열심히) 써서 제출하고서는, 공짜로 주는 점심을 먹고 두세 시간 가량 잔디밭에서 푹 잤다. 이번엔 꿈을 꾸지 않았다. 드디어 발표! 백일장은 속전속결이라 좋았다.

대상 하나만 남겨놓도록 이름이 불리지 않자 절망하고 있는 선배를 위로하고 있는데, 난데없이 "일반부 대상 조범종" 하고 호명하는 소리가 들려왔다. 선배는 자기 때문에 삼팔광땡 잡은 거나 다름없으니, 상금의 반을 나누어달라고 했지만, 선배와의 절교를 각오하고 전액 독차지했다. 이상이 조범종이 말하는 자신의 우연의 우연을 거듭한 언론낙서백일장 대상 수상의 전말이었다.

오가형제 중의 첫째와 셋째는 둘째의 이 이야기를 백번쯤 듣고 스무번쯤 더 들은지라 참으로 더 듣고 싶지 않은 소리였으나, 한탕은 저번에도 몇번 들었지만 기억력이 좋지 않아 또 들어도 재미있어했고, 소주귀신 박세현은 처음 들어서 그런지 웃다가 소주 사레가 들려 캑캑대었다.

　그런데 늘도 김찬호가 이번 백일장에 참가하겠다는 것이었다. 조범종의 압력과 협박에 견디지 못하고 백일장이 개최되는, 버스로 세 시간 거리의 그 도시까지 운전기사 노릇을 하게 된 게 짜증나니까, 이왕 간 거 참가나 해보겠다는 그저 단순한 의도인 줄 알았는데 말하는 폼이 그게 아니었다.

　"나도 엊그제 꿈꿨단 말이요. 돼지꿈은 아니지만 돼지꿈보다 더 좋다는 똥 밟는 꿈이었소. 뭐, 내가 꼭 똥 밟았대서가 아니라, 나도 문학한다고 발버둥친 지가 어언 몇년인가, 참 답답하오. 시문학, 시조문학하고 낙서문학은 거기서 거기라니까, 이참에 시문학 하며 갈고 닦은 기량을 한번 마음껏 펼쳐볼 요량이요. 누가 알으오? 똥 밟을지. 하하."

　이 정도면 단순히 운전기사 자격으로 그 먼 도시에 간다 할 수는 없지 않겠는가.

　이러한 언론낙서백일장에 대한 설왕설래를 듣는 동안, 한탕의 가슴은 한탕주의로 풍선마냥 부풀어올랐던 것이다.

　한탕주의란 어떤 사조를 가리키는가. 인류의 역사를 통틀어 가장 위대했던 사상. 민주주의보다도, 마르크스주의보다도, 자본주의보다도, 그 어떤 사상보다도 위대했던 사상. 그러나 그 누구도 사상으로 인정하지 않은 사상. 엄연히 확실히 핵폭탄 급수의 장악력으로 늘 존재하면서도 존재를 인정받지 못했던 사상. 하지만 거의 누구에게나 있는 사상. 지극히 간단히 말해서, 말 그대로 한탕해서 모든 것을 만회하거나, 혹은 이후의 모든 것을 마련하자는 사상.

한탕은 백일장의 상금 5백만원이 자신을 위해 이미 차려진 밥상이라도 된다는 듯한 얼굴로 외쳤다.

"나도 갈래!"

범종은 한탕의 한탕주의에 대해서는 전혀 감을 못 잡고, "구경하러? 소설 소재로 삼게?" 하고 물었다.

"아니, 오백만원 따먹으러!"

"따먹어?"

"상금이 오백만원이라면서요. 낙서문학 그거, 뭐 별거겠어요. 날고 뛰어봤자 낙서겠지."

"낙서, 아무나 쓰는 게 아닌디."

"그래도 내가 소설가인데 낙서 정도야. 문학은 다 통하는 거 아닙니까. 그렇지 않아도 경제적 위험수위에 처하여 뭘로 한탕하나 고민이 많았었는데 잘됐다, 갑시다. 돈 따먹으러!"

조범종의 얼굴이 삽시간에 황혼 무렵만큼이나 달아올랐다. 범종이 무지막지하게 열받았을 때 일어나는 현상이었다. 범종은 언론낙서백일장에서 대상을 수상한 이후, 낙서문학에 투신해왔다. 현재는 비록 소설문학 쪽으로 방향전환을 획책하고 있지만, 지난 3, 4년 동안 낙서문학에 기울인 노력은, 종교주의자들의 종교에 대한 맹목에 비견할 만한 것이었다.

늘 주장하는 대로, 우연히, 지극히 우연히, 낙서문학계에서 그 권위가 매우 드높은 언론낙서백일장에서 대상을 수상함으로써, 낙서인으로 데뷔 혹은 등단을 했다. 시문학과 시조문학은 아무리 두드려도 열리지 않았는데, 생각지도 않게 우연히 딱 한 번 두드려보았던 낙서문학은 문을 활짝 열고 성대히 맞아주었다.

이것은 계시다. 어떤 절대자의 계시다. 계시가 아니라면 도저히 설명할 길이 없다. 범종은 낙서문학에 복무하라는 어떤 절대자의 계시를 기꺼이 섬기어, 낙서문학에 영혼을 바쳤던 것이다.

그동안 거의 읽은 바가 없던 한국 낙서문학의, 거의 모든 성과를 찾아 공부했다. 그리고 낙서문학이라는 위대한 바다를 형성하는 데에 한 방울의 힘을 보탠다는 각오로 낙서를 열정적으로 창작했다.

범종은 재작년 출간했던 첫번째 낙서집 『언론 화형식』에 자신의 낙서문학에 대한 경외와 각고에 찬 복무가 아주 훌륭히 담겨 있다고 자부했다.

세계인이 알아주지 않아도, 한국인이 알아주지 않아도, 심지어는 이 조그만 땅덩어리 혼주시에서까지 알아주는 사람이 없어도, 더불어 문학을 한다고 자주 만나 어울리는 패거리들조차 알아주지 않아도, 범종은 슬프지 않았다.

소위 문학 한다는 자들로부터 문학으로 취급받지도 못하는 낙서문학에 투신하는 자로서 그만한 푸대접은 숙명이라고 생각했고 그 숙명을 기꺼이 받아들여왔다.

하지만 한탕의 지금 발언에 대해서만큼은 도저히 참을 수가 없었다. 낙서문학을 얼마나 무시하면 저따위로 말할 수 있겠는가. 5백만원 따먹으러라니. 이게 문학 한다는 녀석의 주둥이에서 나온 말인가. 소설가? 데뷔한 지 넉달밖에 안된 햇병아리 새끼가, 입만 더러워서. 소설가 운운하기 전에 먼저 인간이 돼야지.

자신이 주력하는 소설문학이 아니라고, 다른 문학에 대해서, 아무리 문학으로 대접받지 못한다지만 엄연히 문학의 한 장르인 낙서문학에 대해서, 어떻게 저토록 싸가지없는 태도를 취할 수 있단 말인가.

낙서문학 쪽에서는 다른 문학에서의 공모제도와 똑같은 권위를 지닌 백일장을, 무슨 주인 없이 묻혀 있는 돈, 곡괭이로 캐러 간다는 식으로 말하고 있지 않은가.

"야, 이 씹새꺄"와 함께 소주병이 한탕의 이마에 작렬했다. 한탕의 이마가 깨졌을까, 소주병이 깨졌을까. 소주병이 깨졌다. 좁은 의미의 오가형제와 소주귀신 세현, 그리고 호프 안에 있던 모든 사람들이 한탕의 피가 한방울도 나지 않는 이마를 경악에 차 바라보았다. 술집이 이렇게 조용할 수 있을까.

이렇게 참으로 조용한 시간은 길이를 가늠할 수 없을 때가 종종 있다. 일초도 안되는 시간일 수도 있고, 한시간도 넘는 시간이 될 수도 있다. 누가 이 조용한 시간을 깨주어야만 했다. 누가 깼는가. 한탕이 깼다.

"아, 되게 아프네."

그러고서는 좋다고 낄낄거리는 것이었다. 웃음이 나오려는 것을, 웃을 상황이 아닌 것 같아 꾹 참고 있던 늘은 정병연은, 맞은 당사자가 웃어버리자 참았던 웃음을 한껏 터뜨렸다. 김찬호도 정병연만큼은 아니었지만 웃었다. 하지만 폭력을 휘두른 조범종은 아무래도 웃을 수가 없었다.

텔레비전에 칭찬을 해주자는 취지의 프로그램이 있는 모양인데, 그 프로그램에서 외치는 칭찬을 받을 만할 행동을 가장 열심히 보인 것은 박세현이었다.

피가 나야 되는데 피가 나지 않았다. 이것은 극히 위험한 현상이다. 빨리 병원에 가야 한다며, 기자 신분의 위력으로써 최고의 의사를 당장 대령시키겠다며 법석을 떤 것이었다. 한탕이 괜찮다며 결사적으로 거부하여(한탕은 병원이라면 대경실색을 했다. 주사공포증이 있었다) 의도를 관찰시키지는 못했다.

호프의 운영측과 다른 손님들도 칭찬합시다 수준은 못되더라도, 인간적인 관심을 보여주었으나, 한탕은 한사코 병원행을 거부하며 웃어 댔다.

"범종형, 뭔가 오해한 모양인데요. 내가 한탕주의적으로 발언한다고 해서 내 본심이 그런 건 아니라고요. 나랑 허구한 날 술 마시면서 내 위악적 표현을 몰라요?"

한탕이 정색을 하고 폭력을 가한 자 범종에게 말한 바였다.

"니는 위악적 표현이라고 하지만, 그건 니 생각이고, 듣는 사람은 들리는 표현을 들리는 바대로 해석할 수밖에 없는겨. 뺨도 아니고 이마를 소주병으로 쳐서 하마터면 아끼는 후배 하나를 골로 보낼 뻔한 내 행동은 무척 잘못되었어. 사과헌다. 허지만 니가 낙서문학을 화장실의 회충만도 못하게 생각하는 것 같아 내 산이 돌아버린겨."

"범종형, 아무래도 내가 주둥이를 함부로 놀린 것 같아요. 나도 사과할게요. 하지만 소주병으로 때리면 어떡해요. 내 이마빡이 단단해서 망정이지 나 죽었으면 형 인생 어쩔 뻔했어요."

"나도 섬쩍지근혔다."

"형, 근데 산이 돌다니요?"

"아, 그거, 여행전문가 선배한테 들은 얘긴데 야마 돌았다는 말 있잖아? 거기서 야마라는 일본 말이 산이래. 즉 야마 돌았다는, 산이 돌았다는 말이지. 폼나는 것 같아서 나는 앞으로 열받을 때 산이 돌았다고 표현하기로 혔다."

소주병 소동이 진정된 뒤에 정병연이 말했다.

"찬호도 가고 한탕도 간단 말이지. 그럼 나도 한번 가볼까?"

조범종은 기가 막혔다. 무늬만 평론가까지? 이거, 산 돌겠군. 낙서문학백일장이 즉석복권 긁는 건 줄 아나.

"늘은이엉아까지 왜 그러는 거여? 언론낙서백일장이 개나 소나 모여서 고스톱 치는 덴 줄 알어?"

"왜 성질을 내고 그러냐."

"내가 성질 안 내게 생겼어? 누구는 신앙처럼 모시고 있는 낙서문학을 장기판에 졸로 보구들 있잖여."

"거 참 이상하네. 낙서문학백일장이 뭐겠어. 한국 낙서문학의 주역으로 성장할 야심 있는 독창적이고 개성적인 신인들을 뽑겠다는 거 아니겠어? 상금이야 둘째치고."

"알기는 나보다 더 잘 아네."

"그리고 그런 행사일수록 다다익선이라고 참가자가 많을수록 좋은 거 아니냐. 나는 백일장에 참가하여 백일장 참여자의 총계 머릿수를 늘리는 데 기여하는 한편, 혹시 내게 있을지도 모르는 낙서문학적 독창성과 개성을 한껏 끌어올려보겠다는 건데, 그게 잘못된 거냐?"

듣고 보니 구구절절이 옳다고까지야 말할 수 없겠지만, 그릇된 말 같지는 않았다.

하기사 모르는 일이지. 전례라는 것은 의미심장할 때가 많아서, 나 같은 뜻밖의 대상 수상자가 나오지 말라는 법은 없어. 한탕 저것은 소설가, 공식 데뷔한 소설가, 낙서문학과 소설문학은 굉장히 다르다지만, 녀석의 주장대로 문학이라는 깃발 아래 그게 그것으로 통한다면, 가능성이 높지. 찬호도 최근 들어 꽤나 열심히 하고 있어. 소설 쪽은 잘 모르겠지만, 시문학과 시조문학 쪽에서는 일신을 거듭하고 있단 말이야. 혹 모르는 일이야. 꼭 대상이 아니더라도 8등까지만 들면 대성공이 아니냐. 병연이형은 한번도 평론을 보여준 바가 없는 얼치기 평론가, 어떠한 가능성도 없지만, 바로 그 점이 무서운 잠재적 가능성인지도 모르지. 무에서 유가 나온다고.

그래, 다들 데리고 가보자. 혹시 알아. 셋 중에 하나만 돼도 대성공이잖아. 그리고 다들 데리고 가면 전혀 심심하지 않을 거야. 조범종은 마치 무리를 이끄는 지도자처럼 선언했다.

"좋다, 다 가자. 가서 낙서백일장을 우리 혼주시 문학인 판으로 만들자."

한탕이 소주잔을 들어올리며 외쳤다.

"한탕을 위하여!"

김찬호도 한 문장 발하였다.

"똥을 밟기 위하여!"

정병연도 가만히 있지 않았다.

"참여의 의의를 위하여!"

그런데 이 전도양양한 분위기에, "꼴깝떨구들 자빠졌네"라는, 찬물을 양동이로 퍼붓는 소리가 있었으니, 박세현의 이죽거림이었다. 세현의 말이라면 우선 딴지를 걸고 보는 게 버릇인 김찬호가 대표로 항의성명을 내었다.

"누나, 또 그 서푼어치도 안되는 기자적 히스테리요? 좋은 것은 좀 좋은 눈으로 보시오. 우리들 중에 하나라도 성공하면 제일 좋을 사람이 누군데? 누나 아니오? 공짜 술이라면 시장(혼주시의 정치적 수장을 지칭하는 말이다)을 취재하다가도 달려오는 그대 박세현."

박세현은 말로써 누군가를 이겨야 할 때, 여자로서 이 문제투성이의 고장에서 기자 생활을 하자니 그럴 일은 정말이지 많았는데, 쾌도난마의 공격에 앞서 흐물거리는 미소로 상대방이 가슴을 어루만져준 뒤에(일종의 미인계라고나 할까), 뒤통수 찍어대듯, 발등 하이힐 굽으로 밟아버리듯 역공하는 전술전략을 애호해왔다.

김찬호는 하도 당해서, 박세현의 미소에 조금도 동요하지 않고 응수를 기다렸다. 그런데 세현은 어떤 엽기적인(이 낱말이 최근 획득한 가치들을 떠올려보라) 말로 요즘 들어 사뭇 기어오르는 찬호를 응징해줄까 가늠하다가 생각이 엉뚱한 쪽으로 새었다.

"가만 있자, 만약 셋 중에 하나라도 되면 그건 특종에 해당하는 건가?"

기자로서의 촉수는 알코올 속에서도 녹지 않고 면면히 살아 있었던 것이다.

이 질문에 대해서는 낙서가 조범종이 답했다.

"당연혀. 니가 월급 받아먹는 혼주신문 하는 꼬락서니를 볼 때, 언론낙서백일장 대상 수상은 대서특필감이여. 이 고을 사람이 등단을 하면 니네 신문 문화면에서 최소한 반쪼가리로는 할애를 하던디?"

"그렇지."

"그런디 내가 그 기사들을 읽어보니께 그 등단들은 대개 사기성 등단이거든."

"그게 무슨 소리래?"

"자기 글이 실릴 잡지를 몇백 권 사준다거나, 아예 대놓고 기부금을 내놓다든가 해서 한 등단이거든. 그런 이상한 등단에 비하면 언론낙서백일장의 등단은 한참 제대로 된 등단이지. 상금 오백만원이 그것을 증명해주지. 그럼 봐라, 이상한 등단에 반쪼가리 기사를 할애했으면, 제대로 된 등단은 대서특필감이지?"

"그런 것 같기도 하네. 좋아, 그럼 나도 가겠어. 심심한데 따라가보지. 뭐, 셋 중에 누가 되리라고는 절대로 기대하지 않지만, 밑져야 본전, 누가 되면 특종 취재고, 안돼도 소주는 누구 주머니에서든 나오겠지. 나는 소주만 있으면 돼."

김찬호가 불퉁거렸다.

"누가 데려간다오? 사나이들끼리 뭐 할 때 여자가 끼면 재수 드럽단 말이오."

박세현은 서슴없이 김찬호의 얼굴에 소주잔을 끼얹었다.

"새끼, 지두 불알은 달았다구 좆나게 나불거리네. 페미니즘의 잣대로 마빡을 이등분해버릴라."

김찬호는 여러번 당해서 기꺼이 참을 수 있었다.

"하여튼 누나는 나보다 두 살 많은 덕에 여러번 목숨 건진 줄 아시오."

충동적인 담합은 또다른 충동적인 담합을 낳게 마련이어서, 그들은 또 하나의 충동적인 담합을 했다. 바로 당장 떠나자는 것이었다.

혼주시에서 백일장이 개최되는 언론시까지는 버스로 약 세 시간여가 걸린다. 백일장 개최 시각은 오전 열시. 아침 일찍 출발해도 넉넉히 갈 수 있지만, 이 밤으로 달려가, 개최지 인근에 여관을 잡고 밤새 마시자는 것이었다. 그리고 덜 깬 정신으로 백일장에 참가, 술기운을 빌려 천하를 놀라게 할 낙서를 빚어보자는 거였다.

다들 충동적인 담합이라는 것을 공통 인지하고 있는 바여서, 헤어지고 돌아가 잠이 들면 일요일 아침나절부터 눈을 뜨고 싶어할 만큼 백일장에 의지가 있을 턱이 없는 위인들인지라, 반드시 가야 할 입장인 조범종과 김찬호가 강력히 주장했고, 충동적인 일이라면 사족을 못 쓰고 사로잡히기 일쑤인 한탕이 기꺼이 쌍수를 들었으며, 소주만 계속 마실 수 있다면 아무래도 상관없다는 신조로 살아온 박세현이 가는 도중 차 안에서 소주를 계속 마셔야만 하고, 여관에서도 마실 것을 다시 한번 확인한 뒤에 동조했으며, 맑은 정신으로 써도 힘들 낙서를 밤새 술 먹고 쓰자니 제 정신이냐며 유독 아침 일찍 떠나자는 쪽이었던 정병연이 일행의 완강한 주장에 어깨를 굽히는 것으로 논의는 마감되었다.

그렇게 해서, 혼주시의 오가형제 패거리는 김찬호의 92년식 구형 엘란트라에 우겨 타고, 언론낙서백일장을 향하여 장도에 오르게 되었다. 소설의 시간적 진행을 유추해볼 때, 찬호가 술을 많이 마신 상태가 아니냐고? 당연히 많이 마셨다.

이 점을 말해두고 싶다. 대한민국에는 김찬호와 같은 젊은이들이 제법 많을 것으로 사료되는데, 찬호라는 청년에 국한하여 말해본다면, 찬호는 술 마시고 운전하는 행위에 대해서 고민해본 적은 없었다. 찬호가 고민하는 문제는 음주운전시 교통경찰에게 어떻게 하면 걸리지 않을까였다. 찬호는 운전경력 십여년 동안, 숱한 음주운전의 경험으로 이미 자정이 넘어버린 시간, 혼주시에서 언론시까지 교통경찰을 구경하지 않고 통과하는 길 정도는 꿰고 있었다.

그들은 차로 두 시간 동안(찬호는 지나친 음주로 눈에 보이는 게 없었던지 엄청난 속도로 달렸다) 무슨 이야기를 했는가. 그리고 언론시에 도착, 여관을 잡자마자 술판을 벌였는데 또 무슨 이야기를 했는가. 그 이야기들을 기록해보았자, 술냄새 묻어나는 잡소리에 지나지 않을 것이다.

다만 이 정도는 말해두는 것도 나쁘지 않다 싶다. 동서양의 고금을 아우르는 화젯거리들이 출몰했으며, 다종다양한 이야기 전개방식, 어법, 수사 등이 현란하였으며, 짜놓고 번갈기라도 한 것처럼 돌아가며 침묵의 사색을 가미하기도 하였으며, 대화를 포기하고 폭력적인 수단을 동원하려는 작태도 간혹 있었으나 대사를 앞둔 터라 그런지 우려할 만한 상황은 발생하지 않았으며, 뭐 이러구러했다.

그리고 고스톱도 쳤다. 약 30분도 안 걸렸지만. 어떻게 하다 보니 술값과 여관비를 모조리 뒤집어쓴 한탕은, 그게 아까웠던지 내내 우거지상을 쓰고 있다가, 그것을 벌충하고자 화투짝에 깊은 열의를 쏟았는데, 그 정성이 갸륵했던지 연승행진을 거듭했고 막판에는 양쪽 모두 피박 광박까지 씌워 쓰리고를 달성했으나, 손에 들어온 것은 만 원도 안되었다. 즉 한탕 빼고는 다들 돈이 없었던 것이다. 누구 하나쯤은 꼬불쳐놓고 내놓지 않은 것일 수도 있었지만.

가장 나이가 어린 김찬호만큼은, 그런 고스톱판을 시답지않게 여기고 단독으로 사창가를 탐색하였다. 대한민국에는 불법이면서도 휘황찬란하게 성업하고 있는 사창가 지대들이 다소 존재하는 모양인데, 이 언론시에도 유명한 사창가가 있었다. 돈이 없는 관계로 찬호는 구경만 했다.

김찬호가 이미 동이 터버린 길을 터벅터벅 걸어 여관으로 돌아왔을 때는, 모두들 잠이 들어 있었다. 소주귀신 박세현도 한계에 달했던 모양인데, 그래도 별명값을 하느라고 한 손에 소주병을 움켜쥐고 있었다.

그런데 김찬호가 직업여성들의 호객행위 속을 단기로 헤매고 있을 때, 최후까지 술판에 붙어 있던 한탕과 박세현은 다음과 같은 대화로 대미를 장식했다.

"혼주신문에서 거시기 신문 안 보기 운동을 전개한다며? 난 혼주신문 안 보기 운동을 펼치고 싶던데."

"우리 혼주신문에 무슨 불만이 있으신데?"

"그게 신문이냐? 시장님 행로 기록지지."

"하긴 그래. ……기자 하는 기분 정말 끝내준다."

"그래?"

"내가 언론고시 세번이나 떨어지고 혼주신문 기자 그냥 되고서 5년째인데 말이지, 아무리 변두리 지방도시 신문기자래도, 끗발 죽여줘. 나를 포함해서 혼주신문 기자들이 왜 기자 하는지 알아? 돈? 여기는 서울하고 달라서 촌지 같은 거 얼마 되지 않아. 돈도 아니고 사명감도 아니야."

"그럼 뭐야?"

"권력."

"수도권급 기자는 고사하고 남북도급 기자도 못되고 겨우 지방도시급 기자 나부랭이가 무슨 권력이 있어?"

"내가 기자 노릇하면서 허구한 날 만나는 게 이 고을의 정치적 경제적 법적 지배자들이야. 내가 기자가 아니었다면 보따리 싸들고 쫓아다녀도 만나기 힘든 자들이지. 그런데 그 만나기도 어려운 것들이, 속으로는 좆 같은 년 어쩌구 욕하는지도 모르겠지만, 내 앞에서는 내 비위를 맞추느라고 설설 기어. 심지어 시장, 경찰서장까지. 내가 머리꼭

지가 돌아 이거 잘못된 거 아니냐고, 이대로 기사 내보낸다고, 큰소리 탕탕 쳐가면서 지랄을 쳐대도 꼼짝 못한다고. 이러니 기자 하는 내 기분 죽이지 않겠어?"

"지방신문 기자가 그 정도라면 거시기 신문 기자는 더욱 대단하겠는데."

"말하면 잔소리지. 언론은 정말 개혁되어야 해. 나 같은 언론쓰레기들의 인생 정화를 위해서라도."

"그런데 말이지, 혼주신문하고 혼주 조직깡패하고 붙으면 누가 이기냐?"

"우리가 질걸."

"주먹이 언론보다 세단 말이야?"

"아니, 우리 혼주신문이 혼주시민들에게 지지를 받는 신문이면 우리가 이기는데, 알다시피 혼주시민들이 우리 혼주신문을 개좆으로 알잖아. 깡패들이 신문사 엎어버리면 잘했다고 할걸."

"그럼, 거시기 신문하고 전국 조직깡패 연합하고 붙으면 누가 이길까?"

"거시기 신문이 이기지."

"어째?"

"거시기 신문한테는 지난 대통령선거 때 이회창 후보를 찍었던 국민들의 숫자만큼은 충분히 되는 지지자들이 있거든. 깡패들은,「친구」가 아무리 잘 팔린 영화라고 하더라도 깡패에 불과하잖아. 국민들이 그렇게 좋아하고 난리쳐대는 것부터가 깡패는 더이상 없다는 거 아니겠어.「친구」같은 만화영화에나 있고……"

"그거 만화영화 아니라던데."

116

"참 나, 그럼 현재 대한민국의 언론개혁 전반에 걸친 현황에 대하여 만화영화 같다고 해도 곧이곧대로 듣고 아니라고 따지겠네."

"아닌 것은 아니니까."

"혼주신문 기자는 이만 쓰러질 테니까, 소설가씨께서는 독불로 계속 마시든지……"까지 말했을 때, 기다렸다는 듯이 한탕이 풀썩 무너졌다. 소주귀신 박세현은 흐뭇한 미소를 지었다. 그렇지, 역시 최후의 승자는 나야. 아, 이 절정의 술 실력! 이로써 술판은 마감되었던 것이다.

훌쩍 건너뛰어, 아홉시, 접수 개시 시점에서 잇겠다.

간밤에 마셔버린 술값과 숙박비에 이어, 고스톱에서 타의 추종을 불허한 압승을 한 죄로, 일행 전부의 아침식사 해장국값까지 계산한 한탕은, 내내 오줌보가 터지기 직전의 얼굴을 하고 있었다.

지금까지는 장난이 반이었다고 해도, 이제 장난일 수가 없었다. 열몇 시간 만에 깨진 돈이 십만원이 넘었다. 늘 돈이 없었기 때문에 좁은 의미의 오가형제에게 항상 얻어먹는 입장이었는데, 이렇게 한 번이나마 갚는 것도 의미는 있다 싶으면서도, 한 달 생활비가, 이틀치 일당이(현금 부족으로 견딜 수 없는 상태가 되면 용역회사에 나갔다) 날아가버렸음을 생각하니, 가슴을 치고 땅을 쳐도 안타까움이 가시지를 않았다.

만회하는 방법은 유일했다. 대상 수상까지 바란다면, 감나무 밑에 누워 홍시 떨어지기 바라는 백수건달일 테고, 2등 3등도 감히 바라지 않고, 다만 8등 안에만 들자는 일념이었다. 8등까지만 상금이 주어지고, 그 8등의 상금이 10만원이라니, 8등만 해도 본전치기는 하는 것이었다.

접수증을 받아든 한탕은 하늘을 우러렀다. 뭔가 다짐할 때 취하는 자세였다. 모든 문학적 역량을 끌어내어 최소한 8등은 해야 되겠다. 소설문학과 낙서문학, 달라도 한참 다른 장르간이지만, 문학을 아버지로 본다면 동기간들 아니겠는가. 거기에서 거기일 것이다. 할 수 있다! 이렇게 굳게 다짐했던 것이다.

늘은 정병연은 자신의 능력 없음을 인정하고 있었다. 정말이지 참가에 의의를 두었다. 평론문학이라면 쓰지는 않았어도 애증이 강했던 부문이니만큼 자신감이라도 있었을 터인데, 흘겨보는 관심도 가져본 바가 없는 낙서문학에서 괜찮은 결과를 기대한다면 그건 도적놈 심보일 것이었다. 그래도 혹시, 하는 일말의 기대까지 없다고는 할 수 없겠지만, 정병연이 접수에 임하는 자세는 이토록 순수하게 참여에 의의를 두는 수준이었다.

그렇다면 김찬호의 경우는 어떠했는가? 찬호는 야심에 불타 있었다. 그리고 입상을 자신했다. 아무리 못해도 8등은 받아놓은 생일상이라고 확신하고 있었다. 어째서? 시건방져서? 아니다.

김찬호는 석 달 전부터 이 언론낙서백일장을 준비해왔다. 자신을 문학적으로 깔보는 선배들을 깜짝 놀라게 해줄 작정이 전혀 없던 것은 아니지만, 문학은 자기 홀로 하는 것이라는 나름의 생각에 따라 함구해왔을 뿐이었다.

김찬호는 지난 석 달 동안, 백여 권의 낙서집을 독파했으며, 2백여 수의 낙서를 창작했다. 특히 역대 언론낙서백일장 입상작품집을 집중 공부했다. 해마다 심사위원들이 바뀌지 않고 있는데, 그분들의 기호를 분석하여 도표로 그려놓기까지 했다. 그리고 예상할 수 있는 거의 모든 주제를 연습해보았다고 해도 과언이 아니었다. 이렇게까지 했는데 입상을 못할 수 있겠는가. 김찬호는 누구보다도 자신만만하게 접수증을 받아들었다.

그런데 소주귀신 박세현도 이름 석자를 기입하고 인주 묻혀 지장을 찍고, 접수증을 받아쥐는 것이었다.

"심심하잖아. 뭐, 초파리(초등학생을 일컫는 박세현만의 용어)들도 하는 것을 대 혼주신문 기자가 못할라고."

이때 조범종은 오래간만에 만난 낙서가들과 안부를 주고받느라 바빴다. 간만에 만난 사이였다고 해서 할 이야기가 많을 턱이 없으므로 곧 화제는 백일장 전반에 대한 비판으로 옮겨졌다.

나이드신 분들이 물러날 생각을 안한다. 이번에도 본심 심사를 꽉 틀어쥐었다. 그 나이에 대통령 하시는 분도 계시기는 하지만, 그래도 그 나이에 원고지에 쓰인 글자가 보이기나 할 것이냐, 매년 고색창연한 시각으로 구태의연한 낙서를 뽑아버리니, 새 시대를 새롭게 담아낼 역량의 낙서가 출현할 수 있겠느냐. 이래가지고서는, 그렇지 않아도 타 문학에게 문학도 아니라고 모욕당하는 낙서문학의 미래는 깜깜하다. 쇄신이 필요하다. 박정희, 전두환 식으로 쿠데타를 일으킬 수도 없고, 언제까지 나이드신 분들의 그것도 권력이라고 그 욕심을 지켜보아야 하느냐, 뭐, 이런 이야기들이었다.

그런데 이렇게 젊은 낙서문학인들 사이에서 낙서문학의 현실과 장래를 걱정하는 조범종의 모습은, 낙서문학백일장 참가자들(접수는 열 시에 마감되었다. 초등학생부 134명, 중등학생부 84명, 고등학생부 79명, 대학생부 34명, 일반인부 45명으로 집계되었다)의 숲에서 오롯한 존재가 아닐 수 없어서 그랬는지, 나머지 넓은 의미의 오가형제 패거리들에게 새롭게 보였다.

넓은 의미의 오가형제는 조범종과 낙서문학을 한 두름으로 묶어서 별것 아닌 것으로 무시해온 게 사실인데, 지금은 조범종과 낙서문학이 대단히 훌륭한 것으로 생각되는 것이었다. 절로 긴장이 될 정도로 말이다.

그런데 어느 곳의 무슨 행사든 긴장을 축축 늘어지게 만들어버리는 절차가 있게 마련이다. 이 백일장도 예외는 아니어서 열시부터 장장 30분에 걸쳐 그 절차가 있었다.

국기에 대한 경례, 애국가 제창(대부분의 행사는 시간 없다고 1절만 하던데, 4절까지 다 했다)이 있었고, 대회장의 인사말이 시작되었다. 대한민국 낙서가협회 부이사장이라는 직함을 가진 예순살 무렵으로 돼 보이는 양복쟁이가 언론낙서백일장의 유구한 역사를 바탕으로 뭐라고 뭐라고 떠들어대었다.

소주귀신 박세현은 불뚝 짜증이 났다. 지금 내 꼬락서니를 좀 보라지. 노인네, 아주머니, 아저씨, 고삐리, 중삐리, 심지어는 초파리들! 이 남녀노소 아우르는 대열에 줄 맞춰 서 있잖아. 공휴일날 기차표 끊을 때나 서볼까 하는 줄을 내가 왜 서 있는 거야. 저 늙은이는 자기가 서서 이빨 깐다고, 듣는 사람들한테 앉으라는 말도 안하네. 하긴 앉으라고 해도 앉을 자리가 땅바닥이라 고민은 되겠다만. 취재하러 가서 누구는 연설하고 누구들은 떼거지로 멍청히 듣고 있는 모습을 대하면, 연설하는 놈이나 듣고 있는 놈들이나, 하며 비웃었더랬는데, 내가 그 꼴 당하니 소금을 사발로 먹는 기분이군. 아, 내가 왜 따라왔지. 씨발, 아무 유지나 하나 취재차 찾아가서 소주나 좆나게 얻어마실걸. 박기자, 오늘 완전히 좆됐다.

주제가 발표되었다. '통일'과 '언론' 중 택일이었다. 분량은 자유였으며, 오후 한시 마감이었다. 주최측은 언론시 문화광장을 몇몇 구역으로 나누어, 부별로 배정하였다. 아주 빠른 시간 내에 원고를 작성하여 제출하고 퇴장해도 되었으나, 한번 퇴장하면 다시 입장할 수 없었다. 또한 배정된 구역 밖에서 작성된 원고는 무조건 실격처리였다. 커닝도 안되고, 무슨 책이 되었건 꺼내놓는 것도 안되었다. 고등학생들의 모의고사 풍수는 되고도 남음이 있다고 생각하면 되겠다.

초등부 진행위원 겸 예심 심사위원으로 위촉되어 초등학생 무리를 감독하게 된 조범종을 제외하고, 나머지 오가형제 패거리는 언론시 문화광장이 자랑해 마지않는 야외무대로 몰려갔다. 야외무대가 일반부에게 배정된 구역이었다.

일반부 접수자의 총계는 45명. 대상을 제외하고 1등상에서 8등상까지는 각 부별로 모두 수여된다고 했다. 그렇다면 대상이 일반부에서 나오지 않는다고 전제하더라도, 45명 중에 8명은 입상을 하게 된다. 45 대 8. 대충 약분해보면 5.6 대 1의 경쟁률이었다.

한탕은 주제를 통일로 할까 언론으로 할까 저울질하다가, 엉뚱하게 그런 경쟁률 계산을 하고 있었다. 좌우사방을 둘러보았다. 오가형제 패거리가 유난해 보일 정도로, 대개 전업주부들이거나 노익장들이거나 했다. 전업주부와 노익장들, 이거 젊음으로 밀어붙여도 그냥 승리하겠는걸, 입상은 따놓은 당상이구나, 히히. 설마 5.6명 중 하나에 못 들겠어. 한탕은 주제도 선택하지 않은 주제에 기고만장했다.

김찬호는 자신의 선견지명에 우선 쾌하였다. 언론과 통일, 모두 충분히 예상하고 넉넉히 습작을 해두었던 주제였다. 당선용 작품 혹은 모범답안적 작품으로 습작해두었던 것을 기억에서 끄집어내어 일필휘지로 써갈긴 뒤에 한 시간 정도 퇴고하면 되겠다.

참신한 것? 새로운 시각으로 무장한 것? 웃기지 마셔. 말은 그렇게 떠벌려놓고 뽑을 때는 늘상 그러면 그렇지 혀를 차게 만드는 것, 뻔에 뻔해 가지고 뻔뻔하기까지 한 것을 뽑지 않았는가. 당선용 작품 혹은 모범답안적 작품이란 말이 왜 나왔겠는가? 강산도 변한다는 세월 동안 시각도 관점도 변함이 없는 초지일관의 작품관을 가진 심사위원들이, 거의 바뀌지 않고 해마다 심사하니 그런 말들이 나온 거 아닌가.

이렇게 자신이 만만한 김찬호와 한탕과는 달리, 정병연은 야코죽어 있었다. 쓴다는 것은 무서워. 평론, 평론 외쳐왔지만, 무서워서 쓸 수가 없었어. 젊었을 때의 기억은 치명적이야. 글을 써서 칭찬을 받은 적이 없었지. 합평회는 내가 글재주가 없다는 것을 자인하는 고통스러운 시간이었지. 차차로 쓰지 못했고, 쓰지 못하는 세월이 직장생활의 편안함에 편승해버리자, 이젠 누가 패죽인다 해도 원고지 한 장을 메울 용기가 없어. 낙서? 낙서도 엄연히 문학이고 글인 것을. 이번 백일장을 계기로 삼아 다시 글을 써보겠다는 다짐은 정녕 간밤의 찰나적인 감상에 불과했구나. 그래도 왔으니 뭐든 써보기는 해야겠는데, 통일, 언론, 말할 때는 그렇게나 쉬웠던 게, 글로 쓰려 하니 이토록 깜깜할 수가. 바다에나 갈걸. 아내와 자식이 몇주 전부터 노래를 불러댔었잖아. 어쭈, 박세현 기자는 뭐라고 잔뜩 써대고 있잖아?

그랬다. 평소 문학을 꽤나 말하였던 정병연이 글자 한 개도 못 쓰고 있는 반면, 평소 문학을 소주병 뚜껑만큼도 여기지 않았던 박세현은 신들린 듯이 펜을 놀리고 있었다. 문학에 대하여 상식이 매우 부족한 사람이, 심지어는 장르 구분도 못하는 사람이, 글 쓰라고 하면 글의 종류를 무시하고 마구잡이로 잘도 써내려가는 경우가 간혹 있는데, 세현이 그러고 있었던 것이다.

하여튼 네 사람은 마감을 넘기지 않고 낙서 한 수씩을 완성하여 제출하였다. 도시락이 공짜로 나왔다. 오랜 세월 동안 언론을 꽉 잡고 있는 신문들이 후원하고 협찬하는 대회여서 그런지, 5백명 분의 도시락을 마련했다는 것이다. 참가자와 심사위원, 그리고 기타등등을 합쳐도 5백명이 안될 것 같은데, 남는 도시락은 어떻게 할 작정인가? 이런 누가 시키지도 않는 걱정을 도시락 먹으면서 내내 한 한탕이 제출한 낙서는 다음과 같다.

쬐그만 땅이, 하나로 붙어 있어도 시원치 않을 판국인데, 두 쪽으로 나뉘어 있어, 북쪽이든 남쪽이든 일부의 핵심세력만이, 체제를 담보 삼아, 잘 먹고 잘 살고 있으니 그 꼴 보기 싫어서, 통일되면 내줄까봐, 잃을까봐, 빼앗길까봐, 옛날처럼 못 살게 될까봐, 위대한 소비향응의 문화를 박탈당할까봐, 겁내는 자들 어쩌나 보고 싶어서, 좀더 거대한 공동체를 건설하기 위하여, 즉 사방팔방의 덩치 큰 것들이 까불지 못하도록 몸집을 불리기 위하여, 소비시장을 확대개편하기 위하여, 정치적 경제적인 희망이 모두 헛된 망상에 지나지 않았다 할지라도 최소한 분단을 끝내고 '한 민족 한 핏줄 한 국가 한 체제'를 이루었다는 후세의 치사를 듣기 위하여, 개인적 현실이 고통스러울지라도 전체적 대의명분을 획득하기 위하여, 전쟁의 공포로부터 해방되기 위하여, 결론적으로 우리의 소원은 통일만 외치면 한국인으로서 최소한의 정치적 양심은 지켰다는 민족적 자기 위안으로부터 정신적 진보를 이루어, 인류의 일원으로서 진정 투쟁해야 될 가치들과 대면할 수 있는 기회를 가질 수 있기 때문에. 〈제목─통일이 되어야만 하는 이유〉

이번에는 늘은 정병연의 각고가 어린 낙서이다. 제목은 '죽창을 똑바로 꽂으리라'였다.

몸통은커녕 꼬리의 털도 보여준 바가 없으면서도, 일주일 동안 방치된 종량제 봉투 속의 음식쓰레기가 풍기는 악취와도 같은 영향력으로, 우리의 영혼을 장악해온 당신, 당신을 향하여, 우린 죽창을 들었어라, 우린 잘도 잘도 속아왔지, 당신이 북쪽 사람들 머리에 뿔 달렸다 했을 때, 정말 그런 줄 알았고, 당신이 북쪽의 금강산 댐에 맞서 평화의 댐 건설을 주장할 때 성금을 내었고, 당신이 전국교직원노동조합 소속 교사들을 빨갱이로 몰아붙일 때 진실로 그러한 줄 알았고, 당신이 한국총학생연합 소속 대학생들을 좌경용공세력으로 매도할 때 참말이지 그러한 줄 알았고, 당신이 일본의 역사교과서 왜곡을 성토할 때 일제시대 일제한테 붙어먹은 연놈들과, 그 연놈들의 후세들에게 이 나라의 모든 노른자위를 떠맡기고 잘도 살아온 우리 한민족, 일본보다 축구를 못해서, 그러나 이현세의 「남풍」을 너무 열심히 보았나, 애국의 함성으로 연일 북새통 이루는 것을, 당신이 열광적으로 보도할 때 우리 국민들은 또다시 나무(일본 역사교과서 왜곡)는 보고 숲(언론개혁)을 보지 못하는 우를 범하고 있지는 않는가, 나무(일본 역사교과서 왜곡)는 나중에라도 솎아낼 수 있지만, 숲(언론개혁)은 지금 바로잡지 않으면, 나무 잡고 자위행위하다가 숲을 잃으리, 하는 기우에 사로잡혔는데, 당신은 당신에게 날아온 죽창을 피하기 위하여, 엉뚱한 곳을 치는 게 아닐까, 소용없다, 우리는 당신에게 겨눈 죽창을 좀더 똑바로 꽂으리라.

심사위원들은 어떻게 판단해줄지 모르겠으나, 정병연으로서는 무지스레하다 할 정도로 애써 써낸 작품이었다. 본인은 대만족이었다. 쓰니까 되잖아. 역시 나에게도 숨겨진 필력이 있었어. 무턱대고 평론 쓴다 폼잡아온 게 아니라고. 나에게도 말을 갖고 노는 가락이 있었다는 것이지. 보라고. 이 훌륭한 낙서를. 정말 놀라워. 내가 어떻게 이것을 쓸 수 있었을까. 일대 쾌거가 아닐 수 없어!

이러한 자기만족을, 정병연은 도시락 먹을 때 숨김없이 드러낸 반면, 한탕은 자신이 쓴 낙서에 대하여 대단히 불만스럽다고 토로했다.

특히 통일주의자들에게 욕을 먹을 내용이지 않은가 우려된다며, 예심 심사위원이 통일주의자이면 생각이 다르다는 이유로 무조건 탈락일 것이라고, 지레 절망했다.

나머지 두 사람은, 지난 일은 말하지 않는다는 신조를 가지기라도 한 것처럼 조용했는데, 소설의 특권을 활용, 속마음을 간단히 진술해보면, 김찬호는 입상은 당연한 것, 이변이 없는 한 대상 수상을 확신했다.

그리고 박세현은 다소 엉뚱한 데 생각을 모으고 있었다. 만약 '채유라'라는 이름을 가진 여인이 입상한다면 무조건 의심해야 한다는 것이었다. 가까이 앉았던 사십대 초반의 여인이 준비해온 쪽지를 몰래 필사하여 원고를 작성하는 것을 보았는데, 기자적 감각으로 비리의 냄새를 맡았고 그래서 그 여인의 이름을 굳이 알아두었다. 낙서를 쓰다 말고 여인이 뒤를 쫓아 일어서는 바람에, 여인의 원고에 적힌 이름 석 자는 확인할 수 있었으나, 제 원고에는 이름도 쓰지 못했다.

여기서 마저 박세현과 김찬호의 낙서도 감상해보는 게 좋겠다. 그래야 소설의 구성적 측면으로 볼 때 균형이 잡힐 듯하고, 그보다는 독

자님들이 이 소설에서 운운되고 있는 낙서문학을 곤혹스러울 정도로 생소하게 느끼시고 있을 게 틀림없을 것 같기에, 아까의 두 수에 이어, 다음의 두 수를 덧붙임으로써, 낙서문학을 이해하시는 데 도움이 되시라고 조금 더 배려한다는 취지이다.

우리는 언론중흥의 역사적 사명을 띠고 이 땅에 태어났으니, 권력과의 야합 역사를 반성하며, 안으로는 언론개혁의 자세를 확립하고, 밖으로 자주언론 쟁취에 이바지할 때, 이에, 성실한 마음과 튼튼한 몸으로, 사고력과 판단력과 문장력을 연마하고, 과거 언론개혁의 역사를 발판으로 삼아, 불의에 대한 투쟁력과 당면문제에 대한 비판의 정신을 기르고, 사회구성원에 대한 경애와 신의로 무장하여, 소수보다는 다수의 이익을 숭상하고, 무법보다는 질서를 앞세우며, 언론이 민주사회 발전의 근본임을 깨달아, 언론의 자유와 권리에 따르는 책임과 의무를 다하여, 민주정신에 투철한 언론만이 우리의 삶의 길이며, 자본주의 세계의 이상을 실현하는 기반이니, 길이 후손에 물려줄 영광된 통일조국의 앞날을 내다보며, 신념과 긍지를 지닌 근면한 언론으로, 민족의 슬기를 모아 줄기찬 노력으로, 새 역사를 창조하자. 〈김찬호 지음. 제목—언론교육헌장〉

사장님, 하지만 이제 모두 끝났잖습니까, 혼주시가 없는데, 언론이 어떻게 있을 수 있습니까, 제아무리 언론이라도 혼주시가 없다면, 사람들이 어울려 살고 있는 공간이 없다면, 무슨 의미가 있습니까, 보십시오, 서로 죽이고 난리가 났습니다. 누군들 살아남겠습니까, 너처럼 도망치는 것들이 살아남지, 또한 나처럼 교활한 작자들이 살아남지,

아무리 많이 죽어도 누군가는 생존하게 돼 있어, 그들 생존자들은, 다시금 자신들을 스스로 지배하기 위한 체제를 만들 것이고, 자신들의 사상을 흐릴 언론을 만들겠지. 인간은, 자신들이 스스로 만들어낸 체제와 언론에 지배당하지 않고서는 불안해서 살 수 없는 족속이거든, 저 총성과 불꽃은, 또다른 지배체제가 만들어지는 필연적인 과정일 뿐이야, 우리 언론은, 혼주시민이 그 어떤 가면을 쓰고 있든, 그들의 사상의 좀비가 될 것이야…… 〈박세현 지음. 제목—언론은 최후가 없다(미완성)〉

　식사를 끝낸 뒤, 오가형제 패거리는 언론시의 드넓은 문화광장에서 소요했다. 발표시각은 시시각각 다가오고 있었다. 그런데 심사위원으로 활동하고 돌아온 조범종이 나머지 오가형제들을 김 팍 새게 만들었다.

　"으휴, 바보들, 워칙히 예선 통과자가 하나도 없냐. 내가 명단 보고 기가 막혀 말두 안 나오더라. 45명 중에 예선통과자가 17명인데 넷이서 그 중에 하나에두 못 드냐? 으휴, 머저리들. 혼주시 망신 넷이서 다 시켰슈."

　김찬호는 "형이 잘못 봤겠지" 하며 단호히 믿지 않았고, 한탕은 "아, 역시 씨발, 통일주의자한테 걸렸구나!" 하며 분개하였고, 박세현은 "올바른 결과가 나왔군" 하며 고개를 끄덕였고, 정병연은 "야, 새꺄, 어따 대고 바보, 머저리야" 버럭 성을 내었다.

　"형한테 한 말이 아니라, 얘들한테 한 소리지."

　"새꺄, 나도 참가했단 말야."

　주최측의 입상자 발표를 듣는 오가형제 패거리는 착잡했다. 입상을 자신하는 김찬호를 제외하고는. 초등학생부 발표 때, 한탕이 "쟤들은 햇병아리 때부터 글을 저렇게 잘 써갖고 어쩔라나 몰라"했다. 박세현이 "왜?" 묻자, 한탕은 "세살 버릇 여든까지 간다고, 한번 글 잘 쓰는 것처럼 보이면 평생 골치 아프다니까. 글 쓰는 거 제 골수 파먹는 거나 똑같거든"이라고 대답했다. 중학생부, 고등학생부, 대학생부에 이어 드디어 일반부 발표에 돌입했다.

일반부 8등, 7등, 6등까지 입상자의 이름이 불렸을 때 한탕이 탄식했다.

"어디 가서 소설가라고 하지 말아야지. 쪽팔려, 아, 쪽팔려!"

조범종이 한탕의 뒤통수를 쳤다.

"애새끼, 아직두 정신을 못 차렸슈. 너는 그놈의 싸가지없는 소설우월주의부터 청산해야 돼."

5등, 4등, 3등, 2등까지 불리었다. 오가형제 패거리 중 그 누구의 이름도 호명되지 않았다.

"일반부 일등, 채유라!"라는 발표가 있자, 박세현이 벌떡 일어섰다. 정병연이 떨리는 목소리로 물었다.

"왜? 너, 가명으로 냈냐?"

가명이라는 말에 나머지 패거리도 혹시나 해서 박세현에게 순간적으로 기대를 건 얼굴이 되었다.

"저 아줌마, 저거 베낀 거야. 내가 아까 봤다고. 저거 분명히 심사위원하고 짜고 친 고스톱이야."

다른 패거리는 맥빠져 하는 것으로 그쳤으나, 김찬호가 껄껄거렸다.

"왜, 비웃어 새꺄. 정말이라니까."

"누가 박기자의 시간과 장소를 불문하는 기자정신 때문에 웃나. 내가 대상 수상을 하게 되었으니까 좋아서 웃지. 남은 게 대상밖에 없잖소?"

다들 코웃음을 쳤다. 대상 수상자의 이름이 호명되었는데, 김찬호라는 성명과는 성마저 달랐다.

이로써 오가형제의 언론낙서백일장은 막이 내렸다. 이들의 쓸쓸한 귀로를 기록해보았자 뭐하겠는가마는, 김찬호는 받은 충격이 얼마나 거세었던지 문학 포기 선언을 열몇번이나 거듭했고, 박세현은 언론낙서백일장의 비리로 의심되는 바를 기사화하겠다고 펄펄 뛰었다는 것, 그리고 한탕의 말에 자주 열받은 조범종이 또 한번 열받아 한탕의 코피를 터뜨렸다는 것, 정병연은 전화로 아내에게 무지막지한 야단을 맞았다는 것을 밝혀두고, 이쯤에서 한탕의 소설가소설인지 백수소설도 과분한 소설인지도 끝을 내야겠다.

—『주머니 속의 송곳』, 이룸 2001

서점, 네시

서점, 네시

"불릴 '자(滋)'와 맛 '미(味)'가 어울려 '자미(滋味)'라는 말이 만들어졌고, 거기에 'ㅣ'모음이 붙어 '재미'가 되었다. 즉 '재미'는 맛을 불린 것이다." 미란은 두어 시간 끙끙거린 끝에, 겨우 이 두 문장을 완성하고 글쓰기를 멈췄다.

'노래를 찾는 사람들'의 음성을 물 끓는 소리가 압도하고 있었다. 2리터 용량의 주전자 뚜껑은 천장에 박치기라도 하겠다는 듯 무섭게 껄떡댔다. 미란은 카운터 서랍에서 사기컵을 꺼냈다. 일회용커피를 탔다. 페트병에 담아 온 정수기 물을 주전자에 부었다. 헐떡이던 뚜껑은 금세 자지러졌다.

미란은 신간을 뉘여놓은 중앙진열대와 문학 코너인 왼편 책장 사이의 좁은 폭을 통과하여 창가에 바투 섰다. 창문을 활짝 열었다. 난마와도 같은 바람에 실린 눈송이는 방범용 쇠창살을 허수아비로 만들며 맹렬히 쏟아져 들어왔다. 미란은 커피를 다 마실 때까지 눈바람에 휩싸여 있었다.

휴대폰이 울렸다. "붉은책집입니다." "박경잽니다." "아, 경재씨." 미란은 반가운 티가 역력했다. "죄송합니다. 지금 일어났습니다." "어디 가신 줄 알았어요." "제가 미란씨를 놔두고 어디를 가겠습니까. 후딱 머리 감고 나가겠습니다." "굳이 나오실 필요 없어요." "삐치셨군요. 선배들한테 기습당해서 어쩔 수 없었습니다. 밤새 술 마시고……" "고스톱도 치셨겠죠?" "잘 아시는군요."

"몇권이라도 팔렸습니까?" "사람 구경도 못했어요." "그러려니 하십쇼. 원래 저희 학교가 겨울방학만 되면 '전설의 고향' 세트 같아집니다." "눈이 너무 많이 와서, 학생들이 더 안 오나봐요." "그렇군요. 벌써 며칠쨉니까, 참 지독하게도 퍼붓네요. 저라도 빨리 가겠습니다. 그럼 조금 있다가 뵙죠."

출입문이 부서질 듯한 소리를 냈다. 미란은 경재인 줄 알았다. 얼굴이 자동적으로 반가움을 그렸다. 그러나 낯선 사람이었다. 미란은 시들먹해진 표정으로 "어서, 오세요" 했다.

대규는 서점의 협소함에 잠시 어리벙벙했다. 잘못 들어온 게 아닌가 싶었다. 그는 생후 처음 서점 안에 들어와보는 것이었다. 순 책뿐인 것으로 보아 서점이 맞기는 한 모양이었다.

미란은 사내의 옷차림 때문에 잠깐 현기증을 느꼈다. 날선 까만 정장에 달라붙은 눈송이들, 검은색과 흰색의 조화가 미란의 눈을 콕 찔렀던 것이다. 미란은 서점을 휘 둘러보는 사내에게 말했다. "문 좀 닫아주시겠어요."

대규는 뒷발로 출입문을 걸어찼다. 출입문이 요란한 파열음을 내며 닫혔다. 미란의 눈꼬리가 파르르 떨렸다. 대규는 테이블에 다가가더니 목도리를 집어들었다. 뜨개질바늘을 빼내고서는, 제 몸의 눈을 탁탁 떨어내는 게 아닌가?

미란은 새되게 소리쳤다. "이봐요, 지금 뭐하는 거예요?" 대규는 대꾸하지 않았다. 수건보다는 못했지만, 얼굴까지 닦아내기에 부족함이 없었다. 목도리를 아무렇게나 팽개쳤다.

대규는 중앙진열대의 신간을 뒤적였다. 그러다 불쑥 지껄였다. "나 같은 놈이 보면 뭘 알겠어. 이봐, 책 좀 몇권만 골라주지." 미란은 잘못 들었지 싶었다.

"음, 내 여동생한테 선물할 겨. 신희는, 신희가 내 동생 이름인데 말야, 걔는 나하고 달라서 머리가 좋아. 전교 일이등을 다퉈. …… 책을 무지 좋아해. 고등학교 이학년인데, 아니, 삼학년인가? 본 지가 오래라, 헷갈려. 해튼 그쯤 되거든. 걔는……"

"왜 반말이신 거죠?" "뭐?" "지금 나한테 반말하고 있잖아요. 나보다 어린 것 같은데." 미란은 스물여섯살이었다. 사내는 기껏해야 이십대 초반으로 보였다. 덩치가 엄장했지만 나이 어린 태를 숨기지는 못하고 있었다. "지금 나이 따지자는겨?" "이봐요. 정말 예의범절이 없군요."

대규는 한바탕 웃었다. 웃음을 그치고 미란에게 바싹 다가섰다. 대규는 미란의 작은 키에 맞추기 위해서, 보스에게 인사할 때처럼 허리를 한껏 굽혔다. 혀를 내밀어 입맛을 다셨다. 미란의 얼굴을 핥기라도 할 것 같은 태세였다. 미란은 엉거주춤 뒷걸음질치다가 카운터 모서리에 허리를 찧었다.

"귀여운데." 사내의 입냄새에 미란은 숨이 막히는 줄 알았다. 미란은 어느결엔가 덜덜 떨고 있었다. 물론 추위 때문이 아니었다.

대규는 미란에게서 떨어졌다. "신희는 웬만한 대삐리들보다 머리가 좋거든. 좀 어려운 책도 괜찮아. 해튼 좋은 책이어야 돼. 거, 뭐라더라? 음, 맞어! 양서, 양서로 골라줘야 돼."

미란은 빽 소리를 질렀다. "너 지금 몇살이야?" "내 나이? 글쎄, 스물둘인가 스물셋인가 뭐 그쯤 될겨. 그러고 보니 내 나이가 몇살인지도 모르겠군. ⋯⋯뭐하고 있어. 시간이야 남아돌지만, 그래도 시간은 금덩이라잖여. 빨리, 골라. 다섯 권, 아니 열 권, 그래 열 권."

미란은 출입문을 가리켰다. "나가. 너처럼 버릇없는 애한테는 책 안 팔아." "이거, 뭐라구 씨부렁거리는겨?" "너한테는 책 안 판다니까." "왜? ⋯⋯왜 안 팔아, 쌍년아? ⋯⋯빽까지 말고 빨리 골라와. 양서, 양서로." 미란은 카운터 전화기에다 손을 얹고 소리쳤다. "경찰에 신고할 거야."

대규는 달려들어 전화기를 빼앗았다. 전화기를 들어 미란의 머리통에다 대고 내리쬤었다. 두번, 세번, 그러고는 가슴팍을 때렸다. 미란은 전화기를 안고 카운터 뒤 책장에 부딪고는 고꾸라졌다. 미란이 비명 한번 제대로 못 질렀을 정도로 순식간에 진행된 일이었다. 결에 오디오도 바닥에 떨어졌는데 그래도 소리는 내고 있었다. 대규가 오디오를 집어올리자, 뽑혀나온 코드가 미란의 어깨를 세차게 때렸다. 대규가 던진 오디오는 창문 위 천장에 박치기를 한 뒤 낙하해서는 부서지는 소리를 냈다.

"경찰, 경찰에 신고를 해? 쌍년!" 대규는 씩씩거리며 카운터를 걷어찼다. 그제야 미란이 비명다운 비명을 질렀다. "경찰, 경찰, 경찰⋯⋯" 중얼거리며, 대규는 미란의 가슴팍에서 전화기를 떼어내 획

던졌다. 전화기는 사회과학 코너에 헤딩한 뒤 떨어져내렸다.

"난 왜 경찰이란 말만 들으면 미친 개가 되는 걸까." 대규는 좁은 서점 안을 왔다갔다했다. 대규는 '소설' 코너에서 멈췄다. 책을 손가락으로 짚어가며 제목을 읽기 시작했다.

"여수의 사랑. 여수의 사랑? 씨발, 연애소설이구만? ……내 정신의 그믐? 좆까구 자빠졌네. ……화두·기록·화석? 뭐야, 이건. ……공중누각? ……웃음? 정말, 웃음밖에 안 나온다. 제목들이 다 이따위냐? ……가면 지우기? 흥. ……검은 상처의 블루스? 씨발, 연애소설 또 있네. ……아늑한 길? 아, 정말 아늑한 길 없다. ……완전한 영혼? 이건, 씨발 좆나게 어렵겠다. ……달빛 밟기? 미친 놈, 달을 어떻게 밟냐? ……그리운 남쪽? 그래, 씨발, 내가 남쪽이 그리워서 이렇게 왔잖냐. ……아버지의 땅? ……아버지의 땅? 아버지의 땅! ……아버지의 땅!"

대규는 제목 읽기를 멈추고 머리를 푹 숙였다. 한숨을 내쉬었다. 약 십초가 흘렀다. 머리를 번쩍 쳐들더니 다시 제목을 읽기 시작했다.

"녹천에는 똥이 많다? 씨발, 똥 자랑하는 얘긴가. ……소지? 씨발, 뭔 말이야. ……미쳐버리고 싶은, 미쳐지지 않는? 뭐, 미쳐버리고 싶은, 미쳐지지 않는? 야, 이거 죽여주는데. 완전히 나잖아. 제목이 좆나게 이상하지만 하여튼 잘 지었다. 어떤 분이 썼나 보자? 이인성? 좋았어. 끝에 성자 들어간 분들 거는 보나마나 무협지야. 이건 패죽여도 무협지다. 야, 이인성이라는 분이 쓴 거, 이거 미쳐버리고 싶다는 거, 무협지 맞지? ……야?"

미란은 카운터께에서 기어나와, 난로 곁을 지나(몹시 뜨거웠지만 소리를 내지 않기 위해 꾹 참았다), 테이블 위의 휴대폰을 집어내리는

데 성공했다. 119가 퍼뜩 떠올랐다. '9'를 눌렀을 때, 대규가 부른 것이었다.

"쌍년, 신고정신 한번 투철하네." 대규는 휴대폰을 밟아버렸다. 미란의 머리칼을 움켜쥐고 '소설' 코너로 끌고 갔다. "쌍년아, 이거, 미쳐버리고 싶다는 거 무협지냐구?"

미란은 숨 넘어가는 목소리로 간신히 더듬거렸다. "무협지 아냐." "그럼 뭐야?" "소, 소설." "소설? 좆까구 자빠졌네. 쌍년아. 누구를 바보로 아냐? 씨발, 무협지는 소설 아냐?"

대규는 미란의 머리채를 힘껏 뒤흔들었다. "무슨 소설이냐구, 쌍년아?" "관, 넘, 소설." "관 뭐? 좀 크게 얘기해봐." "관념소설." "관념소설? 그게 무슨 관 뚜껑 뒤집어쓰는 소리여. 생전 처음 듣는 얘기잖아, 쌍년아. 알아들을 수 있는 얘기를 하란 말야."

"무협지 맞아, 무협지야." "이 쌍년이 완전히 나를 호구로 아네. 방금 무협지는 아니라고 했었잖아, 쌍년아!" "순수소설, 순수소설야." "순수소설? ……순정만화 같은 거?" "순정만화하고는 다른…… 맞아, 순정만화 같은 거."

대규는 흡족해졌다. "그렇군. 순정만화, 그건 씨발, 만화도 아냐." 미란의 머리채를 놓아주었다. "쌍년들 질질 싸기나 해쌓고, 영 밥맛야." 그 자리에 퍼질러앉게 된 미란은 넋이 나간 듯했다.

대규는 다시 제목 읽기를 시작했다. "푸른 나무의 기억? 씨발, 나무가 어떻게 기억을 하나? ……세상에서 가장 지겨운 일? 야, 이 책 재밌어?" 대규는 미란의 대답을 꼭 듣고 싶었던 것은 아닌 듯했다. 제 스스로 답을 구한 듯 도리질을 쳤다.

"아냐, 아냐, 재미없을 거 같다. 제목부터가 지겹다야. ……명왕성

은 눈물을 흘리지 않는다? 씨발, 명왕성이 뭐야, 좆도. 야, 명왕성이
뭐야?"이번엔 미란의 대답이 꼭 듣고 싶었나 보다. 그러나 미란은 선
뜻 입을 열지 않았다. 대규는 미란의 머리를 쥐어박았다.

"뭐냐구, 쌍년아?""뭐, 뭐가?"미란은 저 세상에라도 다녀온 듯했
다. "명왕성.""명왕성? 천왕성, 해왕성 할 때 명왕성?""맞다. 그거
다. 아, 씨발 알았었는데, 까먹었다. 그거, 신문에서 낱말맞추기 했던
건데. 에이 돌팍. 근데 이분 허벌나게 웃기시네. 명왕성이 어떻게 눈
물을 흘린다냐. ……단 한 편의 연애소설? 이건 좀 재미있겠다. 연애,
죽이지, 죽여. 야, 너 연애해봤냐?"

대규는 미란의 머리를 사정없이 후려쳤다. "내가 물으면 즉시 대답
해. 난, 두번 말하는 것을 끔찍이도 싫어한다구. ……연애해봤어?"
미란은 입술을 꽉 깨물었다. 벌떡 일어나서는, 대규의 뺨을 갈겼다.
대규는 조금도 아프지 않았다. 대규는 빙긋이 웃었다. 은근한 목소리
로 말했다. "한번 하까?"

미란은 달아나려고 했다. 그러나 난로와 테이블 사이에서 멈칫하다
가 어깻죽지를 잡혔다. 미란은 힘에 끌려 나동그라지고 말았다. "사람
살려! 사람 살려! 사람 살려!"미란은 무턱대고 소리를 질러댔다. 그
러고 보니 소리를 지를 수 있다는 것도 잊어버리고 있었다. 하지만 소
리를 지른 대가는 지독했다.

대규는 미란을 사정없이 짓밟아댔다. "소리지르지 마! 난 계집년들
소리지르는 게 제일 듣기 싫어!"미란은 막힌 숨구멍을 트느라 캑캑거
렸다.

대규는 난로가 회전의자에 앉았다. 주머니를 뒤져 담배를 꺼냈다.
가스라이터로 불을 붙이려다가 회심의 미소를 짓고는 라이터 뚜껑을

닫았다. 대신 석유난로에 불을 붙였다. 담배를 피우다가 혼잣말을 했다. "난 왜 이렇게 싫은 게 많지?"

그러고는 한동안 조용하더니 문득 말했다. "이봐, 괜찮아?" 미란은 여전히 널브러진 채 대꾸가 없었다. 대규는 미란을 번쩍 들어서는 반대편 의자에 강제로 앉혔다. 미란은 정신병원 밥을 십년은 먹은 것 같은 얼굴을 하고 있었다.

대규는 아까 얼굴을 닦았던 목도리를 집어들고서 물었다. "애인한테 줄거?" 미란의 눈에 맹렬한 적의가 초점으로 모이고 있었다. "너 깡패지?" 대규는 대수롭지 않았지만 약간 놀라는 척했다. "어, 어떻게 알았지?" 미란은 또 맞을까봐 두려웠지만 될 대로 되라는 투로 답했다. "깡패처럼 생겼어."

대규는 미소를 지었다. "맞았어. 바로 그거야. 그래서 나는 깡패가 됐거든. 나는, 깡패처럼 생겨서 깡패가 되었다, 이거야. ……깡패처럼 생겼다는 거, 그거, 인상 더럽다는 얘기잖아? 그렇지? 어렸을 때부터 그 말 참 많이 들었어. 대놓고 말했던 새끼도 있었어. 수학선생이었는데, 이러는거. '너 인상 한번 과감하다. 천상 깡패 아니면 형사 되겠다', 기가 막혀서. 아니, 그게 선생이란 새끼가 제자한테 할 소리냐? ……하지만 그 새끼 말이 맞았어. 난 형사가 못되고 깡패가 되었지. ……참 이상해, 인상은 너무 정확해. 내가 직업이 그래서, 상대방을 한눈에 파악해야 되거든. 인상을 딱 한 번 보면 답이 나오지. 저건 태권도 사단짜리다. 저건 머리가 좆나게 잘 돌아가는 놈이다. 저년은 꽃뱀이다. 저건 짭새 새끼다. 저년은 여대생 보지나. 저 늙은이는 최소한 사장이다. ……네 인상을 한번 봐줄까?"

대규는 말을 멈추더니 미란의 얼굴을 뚫어지게 바라보았다. "너, 너는, 그래, 너는 한번도 안해본 년이다. 야, 아직도 이런 국보가 있었나. 최소 스물다섯살로 보이는데 한번도 안했다니. 인간 이대규, 오늘 여러가지로 기념비적인 날이다. 야, 내가 아다라시, 아다라시 모르나? 거, 뭐냐, 니, 숫처녀 말야. 숫처녀 좆나게 먹어봤는데 스물다섯살 이상에는 한 년도 없었다. 안 뚫린 년이 있어야 말이지……"

미란은 귀를 틀어막았다. "쓰레기!" "쓰레기? 나? ……야, 미치겠다. 네가 점점 더 먹음직스러워 보인다." 대규는 천장의 형광등을 올려다보았다. "조명발 때문인가?" 미란은 겁이 없어지고 있었다. "개새끼. 개새끼보다 못한 새끼." '개새끼'는 미란이 태어나서 처음으로 해보는 욕이었다.

대규는 호탕하게 웃었다. "네가 그러면, 자꾸 먹고 싶어진단 말이야." "나쁜 새끼."

대규는 꽁초를 밟아버리고 또하나의 담배를 꺼내 물었다. 이번에는 가스라이터로 불을 붙였다. "근데 여기 대학교 맞냐? 쥐새끼 한마리 안 보인다. ……말 좀 받아주라, 쌍년아. ……쌍년아, 너 지금 자존심 따지고 있는 거야? 그 좆도 아닌 거에 목숨걸지 마. 병신같이. 존심도 상대를 보고 세워야지. 나 같은, 네 말대로 개보다 못한 개새끼한테 자존심을 세워?"

대규는 씩씩거리며 좁은 서점을 한바퀴 돌았다. 미란이 일어났다. 대규는 또 도망치려 하는 줄 알고 바짝 긴장했다. 그러나 미란은 카운터로 갔다. "뭐하는겨?" "커피." "커피? 맞어, 마음을 가라앉히는 데는 미제의 똥물이 대빵야. 나도 한잔."

대규가 갑자기 중앙 진열대를 발로 찼다. "에이, 씨발." 책 몇권이 떨어졌다. 미란은 헛웃음이 났다. 저것도 사람은 사람인가보네. 생각을 하긴 하는 존재인가봐. 그런데 대체 무슨 생각을 한 것일까?

대규는 미란이 테이블에 올려놓은 커피잔을 집어들고 아까 했던 질문을 다시 했다. "왜 이렇게 손님이 없어?" 이번엔, 미란이 순순히 대꾸해주었다. "원래 그래." "대학생 새끼들 어지간히 책 안 보는구만. 공부하는 새끼들이 책을 안 보면 누가 봐."

"방학이라 그래." "방학? 방학 때고 뭐고 허구한 날 시끌벅적한 게 대학 아냐? 만날 공부한다는 핑계대고 학교서 노는 새끼들. 그게 대학생들 아냐? 우리 구역에도 대학 하나 있어서 내가 잘 알아." "거기는 대도시 얘기지." "하기는 대학이랍시고 산비탈 깎은 데다 세워놓았으니. ……아니, 그럼 미쳤다고 가게를 열어? 쟁일 파리 날리면서."

"일주일에 하루만 열어. 화요일에만. ……책을 팔겠다기보다는 예의상 여는 거지." "그래? 그럼, 내가 일주일에 딱 한 번 여는 날에 귀신같이 맞춰온겨." "귀신같이? 나름대로 훌륭한 표현이네." "너 지금 비꼬는겨?" "칭찬하는 거야." "칭찬? 년, 거 맹랑하네. 어제만 같았어도 너는 벌써 보지 찢어졌다. 내가 지금 상(喪)중이라 참는다."

미란은 이제 겁이 나지 않았다. 대신 웃음이 나왔다. 사내가 하는 짓이며 말은 미란이 처음 대해보는 것이었다. 자신과 다른 부류의 언어와 행동이, '공포'에서 '코미디'로 바뀌어 있었던 것이다.

"웃어?" 대규는 따라 웃었다. 대규는 웃는 여자가 편했다. 자신 앞에서 웃지 않는 여자는 드물었지만, 가끔 있었다. 바로 주먹으로 응징해주곤 했다.

"어떻게 알고 왔지? 여기 다니는 학생들 아니면 모를 텐데. ……서점은 시내에도 있잖아?" "수위가 가르쳐줬어. 후문 수위 말야. ……실은 책 같은 건 전혀 생각을 않고 있었는데, 집이 보이는 순간 갑자기 생각이 났지. 동생이 책 좋아한다는 거, 그게 번개처럼 생각난 겨."

"집이 근처야?" "죽리야. 알지?" "후문 밑엣동네?" "음. 후문에서도 보이지. ……삼년 만에 고향땅 밟는 거야. 삼년 만에." "그래도 기특하네. 동생한테 책 선물할 생각을 다 하고." "동생이 불쌍해." "네가 불쌍한 것도 알아?"

대규는 회상 속을 걷고 있는 듯했다. "큰집에 얹혀 살았거든. 씨발, 눈칫밥 어지간히 먹었을겨. ……내가 못나서 그래. ……동생이 고등학교만 졸업하면 데리고 살려고 했는데. ……다 틀렸어. ……신희가 사년 대학 다닐 등록금 다 벌어놨거든. 뿐인가. 신희 명의로 된 집도 한 채 만들어놨어. ……그런데 다 소용없는 짓이 돼버렸단 말야. ……쌍."

"어린 나이에 많이도 벌었군." 미란의 빈정거림에 대규는 회상 속에서 현실로 돌아왔다. "네년도 만만치 않은데. 벌써 서점 사장이라니." "내가 서점 주인으로 보여?" "그럼 지배인?" "지배인? 깡패답지 않게 좋은 표현이었어." "이상하다. 네가 자꾸 빈정거려도 화가 안 나. 아까 봤지? 내가 얼마나 성격 더러운지. 그런데 지금은 성질이 안 난단 말야."

"그런데 동생한테 무슨 일이 생겼어?" "뭐?" "말하는 게 꼭 그렇잖아. 동생한테 무슨 안 좋은 일이라도……" "맞았어. 정확해." 대규는 생각을 떨어버리고 싶은 듯 서점을 서성댔다.

대규는 진열장에 코를 흥흥댔다. "이거 책냄새 맞지? 만화책방하고는 냄새가 질적으로 다르구만. 확실히 지성인들의 책방 같구만. ……난 사실 서점에 처음 와보는 거야. 만화책방엔 좆나게 갔는데, 서점은 진짜 처음야."

대규는 책을 향해 삿대질을 했다. "대체 이따위 것들이 사람 사는데 무슨 쓸모가 있지? 좀 가르쳐주겠어?" "만화책은 너에게 무슨 쓸모가 있었는데?" 대규는 잠시 생각했다. "재미를 줬어." "어떤 재미?" "어떤 재미냐? 재미가 재미지." "관두자." "관두자니? 뭘? 너 지금 날 무시한 거지. 비꼬는 것은 참을 수 있어도 무시하는 것은 못 참아."

"좋은 책을 골라달라고 했지?" 미란은 어느결엔가 명랑해져 있었다. 미란은 책을 고르기 시작했다. 대규은 그런 미란을 멀뚱히 바라보다가 소리쳤다. "양서여야 돼. 알지? 양서."

출입문이 조용히 열리며, 눈을 잔뜩 맞은 경재가 들어왔다. "미란씨 저 왔습⋯⋯" 경재는 미란이 혼자 있는 게 아니라는 것을 알고 말끝을 채우지 못했다. 미란은, 경재가 이렇게 반갑지 않기는 처음이었다. 어서 분위기를 감지하고 돌아가주었으면.

대규는 눈을 터는 경재를 노려보았다. 경재도 대규를 탐색하고 있었기 때문에, 두 사람의 눈길은 어쩔 수 없이 마주쳤다. 경재가 시선을 피했다. 경재는 책을 고르고 있는 미란에게 붙었다.

"미란씨, 저 왔습니다. 오래 기다리셨죠?" "예, 오셨군요." 경재는, 이토록 어색한 미란의 음성을 들어본 적이 없었다. "어, 왜 얼굴색이 안 좋습니다. 어디 아프십니까?" "그냥 좀⋯⋯" "옷에 웬 신발자국입니까? ⋯⋯무슨 일 있었습니까?" 미란은 저도 모르게 대규를 쳐다보았다. 경재도 대규를 쳐다보았다.

대규는 싱긋 웃었다. "너 이리 와봐." "나 말입니까?" "그래, 너." 경재는 당당하려고 애썼다. 경재는 창가의 대규에게 다가가서는 짐짓 강한 어조로 말했다. "왔다!" 대규는 어디 한구석 사내 같지 않게 생긴 경재가 가소로웠다. 키 작지, 깡말랐지, 이런 것도 사내라고 할 수 있나.

경재는 용기를 냈다. "미란씨. 이놈이 미란씨한테 못되게 군 거 맞죠?" 미란은 뭐라고 대답하지를 못했다. 경재는 대규에게 말했다. "너 미란씨한테 어떻게 했어? 무슨 짓을 한 거야?"

대규는 장난기가 동했다. "어떻게 했냐구? 글쎄, 아, 맞어. 따먹었다. 따먹었어." 숫제 속삭였다. "맛없더라."

경재는 주먹을 날렸다. 대규는 얼굴을 정통으로 맞았지만, 감각이 없었다. 사내 새끼가 이것도 주먹질이라고. 경재는 두번째 주먹을 날렸다.

대규는 날아오는 주먹을 익숙하게 막은 뒤, 약 2분간 경재를 짓이겼다. 경재는 무력하게 일방적으로 맞았다. 경재의 몸이 진열장과 부딪힐 때마다 책이 타다닥 떨어져내렸다. 미란은 비명을 질러댔다. 사실 비명을 지르고 싶지 않았다. 하지만 비명이라도 질러야 할 것 같았다. 경재는 자신을 만나러 왔다가 봉변을 당하는 것이니까.

"일어나." 경재가 안 일어나자, 대규는 축구공 차듯 옆구리를 발길질했다. "일어나라니까, 이게 장난하는 줄 아네." 또 발길질을 하려다가 그만두고는 난로의 주전자를 가져왔다. "하나 셀 때까지 안 일어나면 붓는다."

경재는 소스라쳐 일어났다. 대규는 참 재미난 모양이었다. "허, 발보다 물이 무섭다? 차려." 경재는 차려를 하지 못하고 미란의 표정을 살폈다. "이 씹새끼가."

대규의 맹렬한 구타가 또 경재를 바닥에 뉘었다. 대규는 주전자를 경재에게 던졌다. 경재는 다행히 주전자물을 통째로 뒤집어쓰지는 않았다. 하지만 몇방울 튄 것으로도 뜨거워 정신을 차릴 수 없었다

"일어서!" 경재는 아픔을 참고 벌떡 일어섰다. "차려!" 경재는 차렷 자세를 취했다. "열중쉬어!" 경재는 열중쉬어 자세를 취했다. "자동!" 경재는 차마 못하겠는지 가만히 있었다. 대규가 손바닥을 들어올렸다. 경재는 얼른 자동으로 열중쉬어, 차려를 반복했다.

"좋아. 이제 말을 알아듣는군." 짐승을 조련시킨 뒤 구경꾼 앞에서 무사히 첫 공연을 마친 조련사처럼, 대규는 기뻐했다. "차려!" 경재는 차려 했다.

"묻는 말에 예 아니면 아닙니다로 대답한다. 예, 아닙니다 이외의 말이 나오면 한대씩이다. 알았나?" 대규는 주먹을 쥐어 보였다. "예." 미란은 얼굴을 감싸쥐고 주저앉아 흐느끼고 있었다.

대규는 미란을 가리켰다. "'미란'이 저년 이름인가?" "예." "짝짜꿍 인가? ……너하고 저년하고 연애하는 사이냔 말야?" 경재는 대답을 못했다. 대규가 주먹을 휘두르려고 했다. 경재는 화급히 대답했다.

"아닙니다." "아냐? 아니란 말야? 이럴 수가! 그럼 내 직감이 틀렸다는 거야?" 대규는 미란을 일으켜 세웠다. "네가 대답해봐. 저 새끼하고 연애하는 거 맞지?" 미란은 대규를 경멸의 눈초리로 바라볼 뿐이었다.

이때였다. 경재는 잽싸게 카운터 쪽으로 난로를 피해 달아났다. 쫓아나가는 대규도 동작이 잽싸기는 마찬가지였다. 혼자 남은 미란은 전화기를 찾으려고 했다. 전화기보다 휴대폰을 먼저 발견했다. 그러나 대규가 던질 때 충격 탓인지 배터리가 붙어 있지를 않았다. 책더미를 헤집은 끝에 겨우 찾을 수 있었다. 그러나 번호를 누를 수가 없었다.

문이 부서져라 열렸고, 대규가 경재의 목덜미를 나꿔채 미란에게 밀어버렸기 때문이다. 경재와 미란은 함께 나동그라질 수밖에 없었다. 그 결에 미란이 놓친 휴대폰이 대규의 발 밑에 떨어졌다. 대규는 힘껏 밟아대서 완전히 뭉개놓았다.

대규는 담배에 불을 붙인 뒤 발발 떨고 있는 경재를 발끝으로 툭툭 찼다. "야, 일어나야지. ……안 일어날래?" 대규는 담뱃불을 경재의 얼굴에 들이댔다. 경재는 벌떡 일어나 차렷자세를 취했다.

"아까 연애하는 사이가 아니라고 했지? 씨발, 그거 너무 안 좋은 대답이었어. 내 직감은 틀려서는 안돼. 알아? 그런데 틀렸단 말야. 그럼 또 묻겠어. 너 저년을 좋아하지?" "아닙니다."

"뭐, 아냐? 정말 아냐? 거짓말하면 죽여버리는 수가 있어. 새끼 아직도 분위기 파악을 못하고 있는데 말야. 지금이 어떤 상황이냐면 네 목숨이 왔다갔다하고 있어. 넌 영화도 안 보고 살았냐? 너 정말 뒈진다 말야. 자, 다시 한번 기회를 주겠어. 저년을 좋아하지?" "예."

대규는 기분좋게 웃었다. "아, 그럴 줄 알았어. 그럴 줄 알았다니까. ……자, 또 묻는다. 저년을 따먹고 싶지?" 미란은 참혹했다. 경재는 발악하듯 외쳤다. "아닙니다." 대규는 경재의 가슴을 발로 찍어찼다.

"씹새끼가 뻥까고 있어." 경재는 쓰러져 간신히 호흡을 추슬렀다. "어쭈?" 경재는 냉큼 일어나 아까처럼 부동자세를 취했다. "다시 묻는다. 따먹고 싶지?" "예." "그래, 그럴 줄 알았어." 대규는 때릴 시늉을 했다. 경재는 몸을 움츠렸다. "처음부터 솔직히 말했으면 덜 맞잖아, 쌍."

미란은 천천히 걸어서 출입구 쪽으로 향했다. 대규는 당황해서 미란이 출입구를 나가도록 놔뒀다. 대규는 정신이 들었는지 쫓아나갔다. 혼자 남게 된 경재는 주저앉아서 멍하니 천장을 바라보았다.

곧 대규가 미란을 끌고 들어왔다. 경재는 얼른 일어서 부동자세를 취했다. "놔. 놓으란 말야." 대규는 울부짖는 미란을 경재 발치에 밀어 뜨렸다. 미란은 바닥을 쳐가며 울음 섞인 목소리로 소리질러댔다.

"네가 인간이야? 네가 사람 새끼야? 너 같은 놈도 제 핏줄은 알지? 제 여동생 책 사주겠다는 놈이 사람을, 사람을, 동물만도 못하게 만들어? 그게 말이 돼? ……죽여줘. 제발 죽여줘."

대규는 애꿎게도 허수아비처럼 서 있는 경재를 이단으로 돌려찼다. 경재는 재빨리 일어나 부동자세를 취했다. 경재는 아직도 군대시절이 끝나지 않은 것이라고 생각하려고 애썼다.

미란은 흐느껴댔다. 대규는 씩씩거리며 서성댔다. "쌍년, 네가 그런다고 내가 멈출 줄 알아? 난 계속할 거야. 쌍." 그리고는 경재에게 물었다. 미란의 머리채를 잡아 흔들면서. "이년 벗은 거 생각하면서 몇 번이나 쳤어? 백번 이상? ……딸딸이 말야 새꺄."

"예." "백번 이상 딸딸이 쳤다는 얘기지? 좋아. 백번을 쳤으면 천번도 쳤겠지?" "아닙니다." "하기는 좀 무리다. 천번은 무리야. ……너, 고자지?" "아닙니다." "그럼 이상하잖아. 고자도 아닌 놈이 이걸 못 따먹어. 보아하니 이 책방 여는 날마다 짝짜꿍으로 놀아나는 모양인데. 섹스도 않고 뭐 했어?"

"그냥 사는 얘기 하고 그랬습니다." "사는 얘기 좋아하시네. 섹스도 못하는 것들이 무슨 사는 걸 얘기해. ……좋아, 지금 해. 옷 벗어. ……벗어!" 경재가 어쩔 줄 모르고 있자, 대규는 경재의 티셔츠를 찢어버렸다. 미란이 단말마처럼 부르짖었다. "부처님!" "바지는 네가 벗어. ……벗을 때까지 이년 머리통을 때린다."

대규는 미란의 머리통을 때리기 시작했다. 미란의 비명소리를 견딜 수가 없었다. 경재는 바지를 후딱 벗었다. 내복을 입지 않는 경재는 이제 달랑 팬티 차림이었다. "좋아. 잘했어. 이제 이년을 벗겨. 네가 직접 벗겨. 여자 옷 벗기는 것까지 내가 도와줄 수 없잖아. 안 그래."

미란은 다시 "부처님!"을 불렀다. 경재는 대규의 다리를 끌어안았다. "형님, 선생님, 살려주세요, 제발." "이거 미친 놈 아냐. 누가 죽인대. 오입시켜주겠다니까." "제발, 제발." "병신새끼." 대규는 경재를 지근지근 밟았다. "여자도 못 따먹는 놈."

대규는 담배를 피워물고 서성였다. 미란은 넋이 나가 있었다. 경재는 괴로운 신음소리를 내며 엎어져 있었다. 휴대폰 울리는 소리가 났다.

대규는 시각뿐만 아니라 청각도 발달되어 있었다. 직업상 그럴 수밖에 없었다. 경재의 바지 호주머니에서 나는 소리였다. "새꺄, 전화 받아." 경재는 덜덜 떨며 벗어놓은 바지 호주머니에서 휴대폰을 꺼냈다.

"여보, 세요." "경재냐? 엄마다." 휴대폰 저쪽 사람의 음성이 대규에게도, 미란에게도 들렸다. 경재는 그것을 알지 못했다.

"예, 어머니세요. 별, 일 없으시죠?" "여기는 별일 없다. 너두 별일 없쟈?" "예. 잘, 있어요." "목소리가 왜 그러냐? 어디 아프냐?" "아, 아네요." "감기 걸렸냐?" "아니,라니까요." "그려, 아프면 안된다. ……콤퓨타는 샀냐?" "예." "콤퓨타가 꽤 비싸다던디, 그럼 돈 읎겠다?" "있어요." "아버지한테 얘기혀서 돈 좀 부쳐주까?" "이제부턴, 제가 아르바이트로 번다니까요." "네가 벌면 얼마나 벌겠냐? 네가 등록금 번다고 큰소리 뻥뻥 쳤다만, 아버지 기대도 않는다신다. 돌아오는 장날이 소 팔 거다. 소금(값)이 한참 좋아서……" "엄마, 제가 좀 바쁘거든요. 제가 다음에 걸게요." "그러냐? 알았다. 네가 하도 전화 안혀서 혀봤다." "있다가 제가 하께요." "그려, 끊는다, 니."

대규는 모자의 통화를 감동적으로 듣고 있었다. 대규는 감상에서 깨어났다. "차려." 경재는 차려 했다. "소 키워?" 경재는 고개를 끄덕였다. 대규는 때리는 시늉을 했다. "예, 아닙니다로 대답하라고 했지?" 경재는 도로 기합이 들었다. "예!" "우리 아버지도 소 키웠는데. ……그래, 뭘로 돈 벌어?"

"예?" "무슨 아르바이트하냐구?" "학원강사 합니다." "학원강사? 사기꾼이구만. ……그래, 안 그래?" "사기꾼 맞습니다."

"그래 학원강사도 사기꾼야. 선생, 교수, 하여튼간에 애새끼들 가르쳐서 먹고 사는 것들은 다 사기꾼야. 씨발, 가르치나마나 머리 좋은 놈은 머리 좋고, 머리 나쁜 놈은 머리 나쁜겨. 머리 좋은 새끼들은 안 가르쳐줘도 일등 다 해처먹고, 머리 나쁜 새끼들은 아무리 가르쳐 봤자 맨날 밑바닥서 헤매게 돼 있어. 어차피 그렇게 정해져 있다구. 근데 이 선생이라는 것들은, 너두 좆나게 열심히 공부하면 좋은 대학 갈 수 있다, 일등할 수 있다, 맨날 뻥까잖아. 돈 벌어처먹을라구. 쌍, 이왕이면 남자다운 아르바이트를 해라. ……노가다, 노가다 좋잖아?"

미란은 테이블에 앉아 있었다. 대규는 미란 가까이 앉았다. 부동자세의 경재에게 말했다. "야, 너도 앉아." 경재는 머뭇거리다가 카운터 의자에 앉았다. "이쪽으로 와 춥잖아." 경재는 의자를 들고 난롯가로 왔다.

대규는 문득 생각이 나서 미란에게 말했다. "책 다 골랐어? 양서 말야?" 미란은 부스스 일어나 책장으로 갔다. 미란은 미리 골라놓은 몇 권에 아무렇게나 몇권을 얹어 열 권을 채워가지고 돌아왔다.

"이것들이 양서란 말이지. 이봐 아가씨, 대충 어떤 책이라는 것은 알려줘야지. 그래야, 동생한테 아는 척 좀 할 것 아냐?" "죽이든지 입을 찢든지 마음대로 해." 대규는 두꺼운 책으로 미란의 머리를 후려쳤다. "쌍년, 오냐오냐했더니, 정말 못 봐주겠구만."

이번엔 경재에게 말했다. "야, 학원강사, 너두 대학생이니까 책 좀 읽었겠지?" "많이 못 읽었습니다." "이것부터 해봐." "뭘 합니까?" "뭘 하긴 뭘 해, 새꺄. 나한테 그 책에 대해서 떠들어보란 말이야."

경재는 대규가 내민 책의 표지를 보았다. "25시군요. 소설입니다." 대규의 표정을 보니 말이 부족한 것 같았다. 경재는 급히 덧붙였다. "25시는, 25시는 루마니아의 망명작가 게오르규라는 사람이 쓴……"

대규가 두 손을 흔들며 제지했다. "잠깐, 잠깐! 25시는 뭐고 루마니아는 뭐야?" "25시는 그러니까. 이 장편소설의 제목입니다." "제목인 건 나도 알겠는데 무슨 뜻이냐구, 새꺄." "말하자면 최후의 시간에서 한 시간 후의 시간을 뜻하는 겁니다." "좀 쉽게 말해봐, 새꺄."

경재는 곤혹스러웠다. "그러니까, 간단히 말해서, 모르겠습니다." "뭐, 몰라? 뭐 이런 좆 같은 경우가 다 있어. 대학생이 이까짓 것도 몰라?" "대학생도 모르는 것 많습니다." "솔직해서 좋군. 내가 왜 대학생을 싫어하는지 알아? 애새끼들은 모르는 것도 아는 척해. ……루마니아는 뭐야?"

"그건 나라이름입니다." "장난치냐? 그런 나라가 어딨어?" "있습니다. 저기 동유럽에, 러시아 밑에…… 제 기억이 맞다면 우리나라랑 월드컵에서도 붙은 적이 있는 것 같습니다." "진짜야?" "예."

미란이 불쑥 말했다. "내가 25시가 뭔지 가르쳐줄까?" "그래, 알고 싶어." "바로 지금, 지금 이 시간을 말하는 거야. 우리 인간이 세운 도덕 관습 법률, 그 어떤 것으로도 어떻게 해볼 수 없는 시간. 우리들이 있는 이 서점은 지금 25시지." 대규는 시계를 본 뒤에 말했다. "미친 년! 네시밖에 안됐어, 년아."

교수가 들어왔다. "무슨 눈이 이렇게 많이 오지." 세 사람은 눈을 떨어내는 교수를 바라보았다. "미란씨 보러 일부러 들렀어요." 교수의 목소리는 금방 낮아졌다. 예사롭지 않은 낌새를 눈치챈 것이다. 특히 팬티만 입은 경재의 모습에 당황했다.

"다음에 들러야겠네." "이봐. 왔으면 볼일을 보고 가야지." "학생 지금 뭐라고 그랬나? '이봐'라고 했나?" "그랬지. 내 판단이 맞다면 넌 틀림없이 교수다. 내가 진짜로 싫어하는 새끼들." "이놈, 너 무슨 과 몇학년이냐?" 대규는 교수에게 다가들어 목덜미를 잡아챘다. "나? 조직과 깡패 학년이다."

미란이 흥얼거리듯 말했다. "교수님, 저자는 사람이 아니에요." "그래, 말 잘했어. ……교수양반. 난 사람이 아냐. 그러니까 내 앞에서 사람의 도리 같은 거 따지지 않는 게 좋아. ……알아들었나?"

교수는 순식간에 상황을 판단한 얼굴이었다. "알았네. 그런데 난 지금 바빠서." "좆까구 자빠졌어. 올라가." "어디로 말인가?" 대규가 카운터를 가리켰다. 교수는 얼른 올라갔다.

"무릎꿇어. ……손 들어!" 교수는 무릎을 꿇고 손을 들어올렸다. "좋아, 그렇게 있어." "언제까지 말인가?" "25시까지." "25시?"

대규는 미란에게 말했다. "교수새끼한테도 설명을 해주시지." "인간으로서의 모든 존엄이 붕괴된 바로 이 시간이 25시죠." "그런가? 그렇다면 이미 25시는 와 있잖은가. 지금이 25시란 말일세."

대규는 시계를 보지도 않고 말했다. "네시가 조금 넘었을 뿐야.

……그런데 교수, 너는 네가 왜 벌받고 있는 건지 알아?" "아네, 알아."

"어쭈, 알아? 그럼 말해봐." "죄가 많아서…… 나는 잘못한 게 많네." 대규는 교수의 뺨을 때렸다. "뭘 잘못했다는 겨, 쌍." 교수는 울먹였다.

"학생들을 잘못 가르쳤네." "그것밖에 없어?" "잘 생각이 안 나네." "여대생 안 따먹었어?" "맹세코 그런 일 없네." 대규가 뺨을 서너 대 후다닥 갈겼다. "먹었네. 먹었어." "그래, 몇학년짜리?" "일학년, 아니 이학년이었네." 대규는 점점 재미있어했다. 또 뭔가를 물으려고 했다.

미란이 불쑥 끼여들었다. "짐승아. 하나만 묻자." 대규는 미란이 말을 먼저 붙여주면 무조건 고맙다는 투였다. "물어봐." 교수는 지옥에서 살아나온 듯한 표정이었다. "동생과 안 만날 거야? 여기서 이러고 있을 시간이 있어? 네 동생이 기다리잖아."

대규는 생각하는 표정이 되어 서성였다.

경재는 기침을 해댔다. 감기기운이 몰려오는 듯했다.

대규의 눈에 그로서는 저런 제목이 존재한다는 것부터 이상한 책 한권이 눈에 띄었다. 그 책을 집어올렸다. "이건 뭔 책이지?" "소, 소설입니다." "어떤 얘기야?" "죽음에 대한 얘깁니다. 제목 그대로 죽음에 관한 얘깁니다."

"한마디로 죽음이 뭐래?" "글쎄요." "읽긴 읽은 거야?" "읽기는 했지만 너무 어려워서……" "무식한 새끼. 무늬만 대학생이구만."

다음 차례는 미란이었다. "넌 읽어봤어?" "안 읽었어." "교수, 이 책 읽어봤어?" "읽어봤네." "그래. 역시 교수라 다르구만. 그래, 죽음이 한마디로 뭐래?" "하도 오래 전에 읽어서, 잊었네." "믿을 놈이 없구만……"

대규는 책을 내려놓았다. "이봐 죽음이 뭐라고 생각해. 네 생각을 말해봐." 경재는 대답했다 "삶과 동의어요." "이 새끼는 꼭 대삐리 티를 내려고 하네. 알아듣게 말하란 말야." "죽는 거나 사는 거나 같다고요." "넌 구제불능이야. ……교수는 어떻게 생각하지?"

"완성이네. 삶의 완성." "교수답군. 교수답게 좆같게 말하고 있어. 삶의 완성? 씨발, 완두콩을 삶아라. ……똑똑한 아가씨는 어떻게 생각하지? 죽음에 대하여."

"탄생." "뭐?" "죽는 순간 다른 무엇으로 태어나게 되지. 너는, 지렁이로 환생할 거야." "하필 지렁이 새끼야?" "너는 죽는 순간까지 사람들을 지렁이 밟듯 밟아댈 거야. 너는 다음 생애에 그 죄를 갚아야 돼. 지렁이로 기어다니면서, 네가 밟아댄 사람들을 기억하게 되겠지."

"해튼 죽으면 다시 태어난다는 거지? ……네년 말대로 다시 태어난 나는 지렁이도 과분하겠지. 하지만 착하고 예쁘고 머리 좋고, 그런 사람은 좋은 것으로 태어나겠지? ……정말 그랬으면 좋겠어. 다른 무엇으로 태어났으면 좋겠어……"

"책 좀 챙겨라." 경재는 "예!" 대답하고는 부산하게 움직였다. 카운터께에서 큰 비닐주머니를 가져와 책을 담았다.

"실은 동생이 죽었어. ……강간당했대. ……자살했대. ……내가 강간했던 년들은 잘만 살고 있는데, 병신 같은 년, 죽어도 싸." 대규는 경재에게 내미는 책 담은 비닐주머니를 받아들었다. "이 책을, 같이 묻어줄 거야."

대규가 밖으로 나갔다. 교수는 출입문 쪽을 살피며 내려와야 할지 말아야 할지 고민이었다. 경재는 정신없이 찢어진 티셔츠와 바지를 꿰었다. 교수는 출입문께를 힐끔거리며 카운터 위에서 내려왔다.

출입문이 열리고, 대규가 도로 들어왔다. 교수는 다시 카운터로 올라갔다. 미란은 멀뚱히, 경재는 바싹 겁먹어서 대규를 바라보았다. "책값을 안 주고 갈 뻔했어. 얼마지?" "계산해봐야 돼."

대규는 수표 한장을 테이블에 던져놓았다. 경재의 가슴팍을 쿡 찌르며 말했다. "잔돈은 이 새끼 줘." 대규는 경재의 머리를 쓰다듬었다. "귀여운 자식. 공부 열심히 해서 높은 자리에 오르는 게 효도하는 거야. 공부가 안되면, 소 팔아서 대학 보내준 네 부모 생각을 해."

나가려다가 아직도 카운터 위에 있는 교수를 보고도 한마디 훈수를 아끼지 않았다. "야, 교수놈아. 작작 따먹어라." 대규가 나갔다. 잠시 침묵이 흘렀다. 교수는 카운터에서 내려와 황급히 서점에서 나갔다. 멍청히 서 있던 경재가 휴대폰을 꺼냈다.

"신고하겠습니다." "신고를 한다고요?" 미란은 시답지 않다는 투였다. "뭐라고 신고할 건데요?" "폭행당했잖습니까?" 미란은 잠시 헛웃음을 지었다.

─아담 스미스 2000(e-book)

당구장

십이시

당구장 십이시

4층 당구장 문은 닫혀 있었다. "뭐야, 이거!" 큐와 당구공이 평생 단 짝이라고 광고하듯 깔끔하게 어우러진 유리문에 눈을 처박고 살펴보니, 온통 시커멓기만 한 것이 내부에 전등이란 전등은 모두 꺼져 있는 것임에 틀림없었다. 이주영(21세)은 유리문을 깰 테면 깨져라, 하이힐 코가 뭉뚝해지도록 뻥 찼다. "장난치나, 썅!"

주영은 카운터를 지키고 있었기 때문에 전화를 직접 받았다. "여기 아련당구장인디 커피 셋, 빨리." 졸다가 받았지만 확실히 들었다. 대개의 당구장들과는 달리 아련당구장은 칼같이, 세시가 되기 전에 문을 닫았다. 네시가 넘어 있었기 때문에 별일이다 싶으면서도 부리나케 달려왔다. 그런데 헛걸음이라니. 그러고 보니 아련당구장 사장 목소리가 아니었던 것도 같다. "어떤 개새끼가 잠도 안 자구 장난질이야."

"나여." 겁대가리 상실하고 산다고 자부하는 주영도, 형광등빛이 감돌고는 있다지만 시각이 시각인 만큼 화들짝 놀랐다. 계단 밑에서 들려온 음산한 목소리였다. 3층 성모외과 입원실 입구에 김몽구(30세)가 우뚝 서 있었다.

"난 또 누구라고. 간 떨어질 뻔했잖아." "커피 시켜놓으니께, 친구가 졸려 뒈지겠다구 날러부렀다. 워칙한다니, 여기서 묵자." 몽구는 능글맞게 웃으며 계단 턱에 엉덩이를 붙였다. 몽구는 아련당구장 사장과 초등학교 동창이었다.

"맞어, 오빠 목소리였어. 졸다가 들어서 그랬나, 몰라봤네. 미안하게 됐어요." 주영도 계단에 쪼그리고 앉아서는 커피보자기를 끌렀다. "물를 수도 있지 뭐. 네가 불원천리 마다 않고 바삐 와준 것만으로도 난 무지 감사허다."

몽구는 주영의 단골 중에서도 최고의 고객이라 할 수 있었다. 몽구는 주영이 일하는 69다방에 일주일 내내 나타나다시피 했다. 몽구가 들어와 낡은 소파에 등 기대고 앉으면, 주문을 하지 않아도 으레 커피 열 잔 분량을 한 대접에 쏟아부어 내갔다. 몽구는 그걸 한 입에 들이켰다. 밥은 하루에 한 끼니 먹을까 말까 하고, 커피가 주식이라나.

뿐만 아니라, 몽구는 수시로 주문을 해주었다. 비디오방 옷가게 술집 화장품대리점 등에서 시킬 때도 있었지만, 주로 당구장에서 시켰다. 그것도 보통이 여남은 잔씩이었다. 가보면 일찍이 인연을 쌓아온 친구 선후배들은 물론, 일면식만 있어도, 그날 처음 만났어도, 거리낌 없이 커피인심을 쓰는 눈치였다. 그렇게 다방 아니면 제 지인들이 하는 가게에서 허구한 날 죽치고 있는 위인이었다.

언젠가 한번은 "오빠는 돈이 그렇게 많어? 나한테는 표창장 못 받더라도, 커피회사한테는 꼭 받아야겠네. 아버지가 재벌이야? 아니면 주식으로 한탕 했어?" 물어본 적이 있었다. "농사져. 이께 것 커피, 백 잔 혀봐야, 쌀 한 가마니밖에 더 되가니."

"오빠는 좋겠네. 나는 쌀 한 가마니 벌려면 이백 잔은 팔아야 되는데."

주영은 대개의 레지의 경우처럼 월급제가 아닌, 예외적이라고 할 수 있는 반반으로 나눠먹는 계약을 했다. 커피 한 잔에 1300원이니까, 주영이 커피 한 잔을 팔면 주인도 650원, 주영도 650원을 버는 것이다.

"근데 이해가 안 가네. 농사가 그렇게 안 바쁜 직업이야? 오빠는 당구장서 살다시피 하잖아? 언제 농사를 짓는다는 거야?" "몰러. 우리 아버지는 만날 바쁘구 어려워 죽겠다는디, 나는 노상 할 일이 없어." "아버지가 일 안 시켜?"

"옛날이는 시켰는디 요샌 안 시켜. 차라리 개새끼를 시키겄다…… 너두 한잔 마셔라. 잔뜩 타왔을 텐디." 심야에는 기본이 세 잔으로 통했다. 한 사람이 시켜도, 두 사람이 시켜도, 세 잔은 시켜야 레지 입장에서는 흔쾌히 배달을 나갈 수 있는 거였다. "그러까." 주영은 입원실에서 흘러나오는 빛을 바라보며, 옅게 탔다.

"오늘도 술 먹은 거야?" "냄새 맡아봐라. 술 안 묵었어. 오늘은." "술도 안 마시면서 이 시간까지 뭐 했어?" "몰러, 그냥저냥 싸댕겼어." "신세 좋네. 어떤 년은 새벽별 꼭지 돌 때까지 다리품 팔고 자빠졌는데." "오늘은 별 안 떴던디." "마셔도 마셔도 변비더만, 간만에 한바탕 쏟아질라고 하네. 나 거시기 좀 갔다 오께." "그려, 조심햐."

아련당구장 외부화장실 출입문을 닫자, 아무것도 보이지 않을 정도로 깜깜해졌다. 전등이 꺼져 있었구나. 하지만 주영은 오줌이 급했고, 다시 나가 전등 스위치를 누르고 오는 게 귀찮아서, 그대로 양변기 화장실 손잡이를 더듬어 잡고는 돌렸다. 대충 자리를 짐작하여, 문을 눌러 잠그는 것도 잊고는 치마와 팬티를 걷어내리고 쪼그려 앉았다.

외부출입문이 열렸다 닫히는 소리가 났다. 그러고 보니 외부출입문도 잠그지 않았다. "씨발, 뭐여?" 어리둥절한데, 성큼성큼 다가온 발소리가 문을 벌컥 열어젖히는 것이었다. 오싹 끼치는 이 소름은 가을 새벽의 찬 공기 때문이 아닐 거였다.

돌발상황에 전혀 개의치 않고 오줌보는 터졌다. 쏴아. 오줌 줄기를 끊지 못하겠으니 어쩔 도리 없이 굳어 있는데, 음부께에서 불이 번쩍 올라왔다. 라이터를 켜든 몽구의 얼굴이 오줌 떨어지는 양변기 바닥에 닿을 듯 말 듯 하고 있었다. 몽구는 주영의 음부를 올려다보고 있는 거였다. 오줌발이 멎자 라이터불도 얼른 꺼졌다.

"씹새꺄, 지금 달라는 거야 뭐야? 달라는 거면 그냥 달라고 하지, 씨발, 얼마 되지도 않는 보지털, 다 탈 뻔했잖아!" 몽구는 아마도 달아나는 모양이었다. 화장실 출입문이 부서지는 소리에 이어, 계단 밟아 내려가는 소리가 춘향전에 나오는 이몽룡 어사또 출두 때 황황 황망한 변사또 떨거지 중 하나의 것인 듯싶었다.

"뭐야, 달라는 것도 아니잖아? 정말 보지 구경할라구 그런 거야? 내 참, 씨발이 따로 없네. 살다 살다 별 미친 꼴을 다 당하네." 주영은 나불대면서 팬티와 치마를 걷어올렸다.

당돌이(3개월)는 제 모습을 본 적이 있다. 하루는 사장이 네모 모양에다가 앞에 둥그런 것이 달린 것을 가지고 와서는 눌러댔다. 눈앞이번쩍번쩍했다. 그 며칠 뒤 사장이 좋다고 웃어대며 직사각형 한 장을 내밀었는데, 거기에 참 희한한 놈이 혀를 헐떡이고 있었다.

"이게 바로, 너야 임마!" 워낙 장난이 심한 사장인지라 처음에는 안 믿었는데, 사장의 친구들도 이구동성인 점을 감안, 자신의 모습이라고 인정하지 않을 수 없었다. 당돌이는 그때 비로소 자신이 사람들과 아주 다르게 생겼다는 걸 알았다. 거울 앞에 서본 뒤에는 더욱더 명백한 사실이 되었다.

그러니 당돌이는 깜짝 놀랄 수밖에 없었다. 조영삼(33세)의 가슴에 안겨 있는 뭔가가, 분명 자기와 아주 흡사하게 생긴 거였다. 그 뭔가도 다리가 네 개였고, 온몸이 털로 뒤덮여 있었다. 뭔가가 꿈틀거리더니 눈알을 빙그르르 굴렸다. 당돌이는 목줄을 출렁이며 후닥닥 집으로 뛰어들어갔다. 눈만 빠끔히 내밀고는 경계하였다.

"양털처럼 생겼네." "그랴, 이쁘지? 푸들(1개월)이랴." "푸들요?" "니." "우리 당돌이보다는 조금 못생겼지만, 그리두 반반하게 생겼네." "우리 푸들이가 한참 이쁘지. 네 당돌이는 저게 개 얼굴이냐? 족제비 상판이지." "근디 어서 났슈?" "샀어." "사유? 형이 개를 다 사?"

"니, 어째 인간들이 딴 때보다 많다 혔더니 장날이고, 내가 어디를 허위허위 걷고 있나 혔더니 장바닥 한복판이데 그랴. 글구 깨갱깽 강아지 혀 깨무는 소리 들어보니께 하필이면 강아지 난전 앞이데. 근디 강아지들이 한눈에 깨물어주고 싶게 이쁜 겨. 글구 말여, 연상작용으로다 우리 이쁜 공주님 생각이 나는 것이여. 이쁜 값 하느라고 이 사람 속을 무던히도 썩이는 그 공주님 말여. 내가 참, 이 나이 먹도록 장가도 못 가고 있다가, 이번엔 기어이 기어코 반드시 결사적으로, 한번 가볼라고, 그 공주님한테 진짜루 지극정성하고 있는디, 드러운 대천천에 빠져죽는다고 다이빙까지 해봤는디, 하다하다 안되니께, 개새끼까지 안겨줘봐야겠다는 생각이 치밀더란 말여. 말하자면 애완견인디 애완견처럼 생긴 걸 고르자니께 이 푸들이란 놈이 딱 보이데. 딴 놈들은 네 당돌이처럼 생짜 똥강아지였거든."

어쩌고저쩌고 하더니 그 푸들이라는 놈을 바닥에 내려놓는 것이었다. 푸들은 곧장 눈여겨보고 있던 당돌이에게로 달려갔다. 푸들은 당돌이와는 달리 사람보다 자기 족속이 더 익숙했다. 그래서 반갑다고 달려간 것인데, 자기 족속보다 사람이 더 익숙한 당돌이는 놀래서 집 속 깊이 기어들어갔다. 난리 만났다고 비명을 질러대면서.

사장이 당돌이를 개집에서 끌어내어서는 푸들 앞에 놓았다. 푸들은 또 한번 반갑다고 미소지으며 발을 내밀었다. 그런데 이번에도 당돌이는 반갑지 않은 표정을 지으며 그 듣기 싫은 비명을 냈다. 기분이 삽시간에 변덕을 부리지 않으면 그게 어디 개던가? 푸들은 화가 났다. 당돌이의 목덜미를 확 깨물었다. 당돌이는 기겁하여 푸들을 후려치고는 제 집으로 뛰어들려고 했다. 그러나 어느새 푸들이 집을 가로막고 있었다. 푸들이 앞발을 치켜들었다. 당돌이는 쏜살이 따로 없게, 싱크대 밑으로 몸뚱이를 내던졌다.

"이 병신새끼. 네가 임마, 덩치도 더 커! 나와서 싸워." "하하하, 역시 종자가 다르구만." "아이, 저 병신, 먹인 고기가 얼만데." "야, 불쌍한 당돌이 탓할 것 없다. 우리 푸들이가 원래 잘난 걸 어쩐다니. 아이구 이뻐라, 미남인 줄로만 알았더니 싸움도 잘하네." 사장은 기어코 싱크대 밑에서 당돌이를 끄집어냈다. 그리고는 푸들 앞에 내팽개쳤다. 푸들은 잴 것도 없이 달려들어 이번엔 귀를 깨물고 늘어졌다.

깨갱깽! 당돌이는 퍼뜩 눈을 떴다. 악몽이었다. 며칠째 반복해서 꾸고 있었다. 하지만 당돌이는 꿈인지 생시인지 분간을 하지 못했다. 으르렁으르렁 소리가 들리고 있지 않은가? 놈은 아주 가까이 있다! 미명이 스며들어와 기괴한 색깔을 띠고 있는 어둑새벽을 앞발로 할퀴어대며 필사적으로 울부짖었다. 무서워, 무서워.

"당돌아, 잠 좀 자자!" 이건? 김태우(25세)의 목소리이다. 그 성질 더러운 푸들인가 뭔가 하는 놈이 아니고, 태우다. 그렇다면 태우가 코고는 소리였나? 심하게 장난을 칠 때면 몇 시간이고 물어뜯어주고 싶지만, 오징어다리나 참치캔을 줄 때는 이박삼일간이 길다 하지 않고 연신 뽀뽀해주고 싶은 태우. 그런데 이 시간에 태우가 왜 있지?

야간대학 다니는 태우가 강의 끝나고 동기들과 술 한잔 거하게 걸치면, 부모님 있는 집에 들어가기 귀찮아 아르바이트하는 당구장에서 소파잠 자는 일은 일주일이 멀다 하고 있는 행사인데, 당돌이로서는 일일이 기억하기가 벅찬 사항이었다.

형광등이 켜지면 편히 잘 수가 없다. 주물러대는 놈들이 하나 둘이어야 말이지. 개다운 개가 되려면 잠을 충분히 자야 될 텐데, 사람들이 도와주지를 않는다. 그러니 형광등이 켜지기 전에 조금이라도 더 자두어야 한다. 그 푸들이란 놈이 밉다. 그놈 때문에 잠을 계속 설친다. 나쁜 놈, 그날 그렇게 못살게 굴었으면 됐지, 잠 속까지 따라오다니. 당돌이는 앞다리에 머리를 괴고 눈을 감았다.

귀신(1998년 1월 사망)은 쾌지나 칭칭 나네 노래부르며 덩실덩실 춤추며 한바탕 기꺼워했다. 그렇게 시끄럽게 법석을 떨었는데도 김태우는 잠에서 깨어나지 않았다. 입이 근질근질해 미치겠는데. 간지럼 태우고 성기를 주물럭거리고 머리칼을 쥐어뜯었다. 태우는 눈은 뜨지 않은 채, "아, 귀신은 잠도 안 자요? 미치겠네요. 나 어제 술 많이 먹었단 말입니다" 앙탈을 부려보았지만 통하지 않았다. "청년, 얘기 좀 하자. 대화 좀 하자. 간질간질." "아, 그게 무슨 대화예요? 귀신님 혼자 떠드는 거죠." "오늘은 청년도 말 좀 시켜주게. 꼬집꼬집."

태우는 울고 싶은 심정으로 잠에 대한 미련을 떨칠 수밖에 없었다. 아홉시도 안됐는데. 거의 모든 사람들은 귀신을 보지 못하고 심지어는 느끼지 못하기 때문에 귀신은 없다고 믿는다. 하지만 예외인 사람들이 있다. 태우처럼 귀신을 보고 느끼는 사람에게는, 귀신은 있는 것이다. 더불어 존재하는 호흡인 것이다. "오늘은 무슨 얘기를 하고 싶으신데요?"

"제이의 경제환란이 임박했대. 너무 신나서 미치겠어." "쳇, 귀신아줌마는 죽었으니까 신이 날 수도 있겠지만 살아 있는 사람들 입장에선 그게 신이 날 일예요?" "이봐, 청년! 내가 왜 죽었다고 했지? 나혼자 죽는 것도 모자라 여덟살, 네살밖에 안된, 그 어린 것들을 꼭 끌어안고…… 흑흑흑." "툭하면 질질 짜고 그러시는데요, 좋은 일도 한두번 들으면 질리는데 안 좋은 일을 수십번째 들으니까 슬프지도 않고 짜증만 나네요." "청년은 싸가지가 바가지야." "이왕 일찍 일어났으니까 오늘은 대청소를 좀 해볼까."

태우는 양탄자 바닥을 쓸기 시작했다. 귀신은 졸졸 쫓아다니며 나불나불대었다. "기름값은 높이높이 솟았다. 포드는 대우차 인수 포기했다. 반도체 똥값 되었다. 주가는 떨어지고 떨어지고 떨어져 더 떨어질 것도 없다. 아노미다. 아노미야. 확실한 거야. 아이엠에프는 비교도 안되는 경제난국이 도래하는 거야. 아이, 기뻐라. 너희들도 당해야돼. 너희들 말야, 우리 가족이 그렇게 비참한 죽음을 맞이할 때 뭐했어? 불우이웃돕기 성금 냈다고? 금반지 금가락지 팔기 운동 했다고? 중소기업 살리기 운동 했다고? 했으면 뭘해. 그 돈 다 어디로 간 거야? 우리 가족은 결국 아무런 도움도 못 받고 박살났단 말이야. 좋아, 좋아. 하지만 너희들 말야. 지난 일이년간 너무 웃겼어. 아이엠에프가 태고적 단군할아버지 시대 때 얘기라도 된다는 듯이 말이야, 줄줄이 사탕으로 외국에 돈 쓰러 다니고, 올림픽 메달이 밥 먹여주나 그거 몇 개 딴다고 국민세금 다 끌어다 시드니에 퍼붓고, 너도 나도 이 미제 저 일제 그 유럽제 사 쟁여 집구석 숨막히게 하고……"

"아줌마, 숨막히겠어요. 숨 좀 쉬어가면서 말씀하세요." 귀신 말마따나 여러가지로 어수선한 시국이었다. 어떤 이들의 예상처럼 이 나라의 대통령이 노벨상을 받는다 해도 타개가 쉽지 않을 불안 덩어리가 사람들의 지갑 속에 지폐 대신 들어 있는 것이다. 특히 주식시장의 파탄은, 혹 아이엠에프를 진짜로 벗어난 것이라면, 그렇게 되는데 결정적인 역할을 한 것이 주식 만만세 시국이었다는 점에서 절대 파국의 전주곡일 수도 있었다. 기우가 기우로 끝나면 얼마나 좋겠는가마는.

태우의 집안에도 주식으로 망가진 사람이 있었다. 사실 집안에 그런 사람이 없다면 주식시장이 무너지건 가라앉건 인도네시아 산불로밖에 보이지 않았을 것이다. 보름 전 귀향한 형은 아버지에게 천만원만 해달라고 머리를 조아렸다. 그간 삼천만원 상당의 돈을 형에게 내주었던 아버지는 "나가라, 이 버러지 같은 놈"이라고 대답했다.

형도 자존심 하면 한가닥하는 사람이어서 아버지에게 애걸복걸하기보다는 나가란다고 그 자리에서 인사도 없이 휙 나가버리는 쪽을 택했다. 태우보다 다섯살 위인 형은 지금 시내의 친구 자취방에서 웅

크리고 있다. 가려면 제 사글세가 있는 도시로 가야지, 겨우 버스로 삼십분 거리인 시내바닥에 머물러 있는 것으로 보아, 형의 사정이 절박하긴 한 모양이었다. 아마도 아버지는 형에게 또 돈을 마련해줄 것이다. 논을 팔아서라도. 아버지는 형이 두세번쯤 더 무릎꿇고 애원하기를 바라고 있을 것이고, 형은 아버지가 가슴아프게 이것저것 따지지 말고 돈 뭉치만 척 내주기를 원하고 있을 것이다.

형은 친구에게도 빚을 졌다고 한다. "다른 것은 몰라도 친구 것은 갚아야지." 신념에 차서 말하는 거였다. 태우는 "아직도 정신 못 차렸어. 그만큼 헛지랄했으면 뭔가 깨우쳤을 법도 한데, 어째 생각하는 게 만날 그따위래?" "야, 이 새꺄. 네 눈에는 내가 아무것도 아닌 것으로 보이지? 네 눈엔 주식이 그냥 손대면 망하는 부질없는 것으로 뵈지? 아냐, 임마. 주식투자도 엄연히 하나의 일이야. 가치 있는 직업행위라고. 그리고, 그리고 임마, 믿지 않겠지만 나도 한때는 일억씩 벌었어, 하루에." "형은, 정신을 차리기에 앞서 철이 들어야 해." 형은 폭발해버렸다. 태우는 진단서 끊었으면 5주는 너끈히 나오도록 얻어맞았다. 어렸을 적부터 형한테 많이 맞았다. 맞을 땐 맞더라도 할 말은 하자는 게 태우의 신조였다.

"귀신 아줌마, 그래도 그때와는 달라요. 당장 외환보유액에서 차이가 나요. 구십칠년엔 삼십칠억 달러까지 바닥났었지만 지금은 천억 달러가 눈앞이래요. 경제위기설은 한국경제의 번영을 저해하려는 어떤 이들의 음모일 수도 있어요." 말은 이렇게 했지만, 태우 역시 한국경제의 영원한 번영을 확신하고 있지는 않았다. 귀신은 가소로워서 낄낄대었다.

"청년, 이 답답한 청년아, 나랑 내기 걸자. 나는 제이 경제난국 도래에 서태지 씨디 석 장 걸란다.""아줌마는 죽어서, 이 세상 속시원히 떠났다고 무지 즐거워하는데요. 아줌마 살아 있을 때를 생각해보세요. 살아 있는 사람들에게 삶은 온몸으로 끌고 가야만 하는 총체라구요. 내기 같은 장난으로 살면 안된다고요.""아으, 청년은 너무 경건해. 에이, 재미없어." 귀신은 3층 성모외과에서 죽음을 맞은 혼들을 만나러 나가버렸다. 그곳에 가면 한국사회와 한국인들에게 욕을 트럭으로 할 준비가 늘 되어 있는 동무들을 많이 만날 수 있었다.

"이런 거 읽어봐야 말짱 황이다. 책 나부랭이에서는 아무것도 안 나와. 직접 몸뚱이로 부딪히는 게 장땡이야. 젊었을 때는 그저 몸뚱이 하나 믿고 뭐든지 해봐야 돼. 전국일주도 해보고, 노가다도 해보고, 공돌이 노릇도 해보고, 씹질도 좆나게 해보고. 그야말로 산 경험으로 점철된, 첫경험의 나날을 견뎌야 해. 이십대 때 부모가 대주는 돈으로 호의호식하며 책 끼고 연애질이나 하고 다니는 것들 봐. 그것들이 서른 돼서 인간 구실 하나. 그런 인간 같지도 않은 것들이 결국엔 높은 자리에 올라 엄청난 월급 받으면서 세상을 재단한다니까. 그러니까 우리나라가 이 모양 이 꼴이야. 인간다운 것들은 바닥서 박박 기고 인간답지 못한 것들은 위에서 쥐고 흔들고, 한마디로 개좆 같아."

환자복 차림으로 들어온 전중대(30세)가 20분이나 딱딱거렸을까 했는데, 이렇게 진동하는 걸 보면 병원냄새가 독하기는 한 모양이었다. 중대는 석 달 전 교통사고를 당했다. 늑골 두 대가 나가고, 팔 한 짝 다리 한쪽이 부러졌다. 덕분에 막대한 돈을 만지게 되었으므로 기쁨의 나날을 보내고 있었다. 합의금에다가, 그동안 언젠가는 이와같은 일생일대의 호재가 오리라 이를 악물고 무리할 정도로 부어온 보험이 세 개나 있었다. 미래를 생각하면 온통 쾌청함 해맑음 창창함이었다. 그리고 과거를 생각하면 이런 오늘날이 있기 위한 고난의 행군이었다는 감회가 어리는 것이었다. 누구든 붙잡고 자신이 살아온 이야기를 들려주고 싶은 게 요즘 중대의 가장 솔직한 심정이었다. 그러고 싶을 때 가장 만만한 게, 나이 어리겠다, 인생 경험 미천하겠다, 태우 같은 후배였다.

태우가 "형은 직접 경험이 엄청 많나 보죠?" 물었다. 그렇지 자식, 그렇게 추임새를 넣어주고 그래야 말할 맛이 나지. "그럼. 내 인생은 한마디로 파란만장 그 자체였다. 수상전 공중전 육박전 안해본 게 없다. 내 인생을 소설로 쓰면 열 권 하고도 두 권은 더 나올걸." 콜라로 목을 축이고 본격적으로 파란만장의 역사를 사자후해나갔다.

태우는 고까웠다. 겨우 서른밥에 안 처먹은 게, 돈벼락 맞았다고 어지간히 나불거리네. "근데, 형!" 하고 말머리를 잘랐다. 한참 스스로의 말에 도취되었던 중대는 "왜, 임마? 아직 얘기 끝나려면 멀었어. 들으면 다 약이 되고 살이 될 것이니까, 죽은 듯이 들어봐"라며 이어나가려고 했다.

"더 들어봐야 그 나물에 그 밥 같은 이바구일 테고, 형이 안해본 일 없다고 큰소리치지만, 안해본 일 있을걸." "뭐, 임마? 내가 안해본 일이 어딨어, 새꺄?"

태우는 각오를 단단히 한 얼굴로 이렇게 물었다. "형, 도서관에서 하루종일 공부해본 적 있어요?"

노인은 당구장에 들어올 때부터 예사롭지 않았다. 비루먹은 강아지 꼴이었다는 점에서. 노인은 거의 기다시피 해서 카운터까지 왔다. 그리고는 땟국에 절고 전 손을 모아 내밀었다. 한 손만 내밀었어도 이렇게까지 화나지 않았을 것이다. "사장님 천원만 적선합슈. 지가 배가 고파서 그류. 이 불쌍한 것한테 천원만 적선합슈." 노인이 '청년, 내가 배가 고파서 그래. 천원만 도와줘' 반말을 했더라면, 이렇게까지 화나지 않았을 것이다.

아련당구장 사장 이재복(30세)은 카운터가 뒤집힐 듯 요란하게 일어서서는 주먹을 꽉 쥐고 부르르 떨었다. 노인은 놀란 모양이었다. 불쑥 무릎을 꿇고는 합장하여 비는 것이었다. "아이구, 사장님. 지가 배가 고파서 그류. 화내지 마시고, 그저 천원만 도와주슈. 아이구, 이렇게 빕니다. 사장님, 사장님 이 불쌍한 것한티 적선을 베푸슈."

재복은 노인의 턱을 날려주고 싶었다. 아무리 낮게 잡아도 예순다섯은 돼 보였다. 아버지 또래다. 연륜이 곰팡이 필 정도로 쌓여 있어야 할 때이다. 인생의 단맛 쓴맛 매운맛 맛이란 맛은 다 보아 더이상 볼 맛이 남아 있지 않은 때이다. 삶이라는 도저한 바다를 당당히 거쳐온 자로서, 흰머리를 거만스럽게 매만지며 젊은것들에게 산다는 것에 대하여 반나절도 좋고 하루도 좋고 잔소리를 늘어놓아도 좋을 때이다. 누군가에게 도덕적이고 교훈적인 말을 듣는 것을 끔찍이 싫어하는 재복이었지만, 인생의 까마득한 대선배가 강론한다면야 발가락을 꼼지락거리면서라도, 온몸을 뒤틀면서라도, 최소한 열심히 듣는 체는 할 자세가 되어 있었다.

아, 그런데 노인은 지금 무릎을 꿇고 있었다. 40년쯤 덜 산 것 앞에서. 재복은 화나다 못해 눈물이 나려고 했다. 왜 이다지도 세상은 불평등한 것일까? 이 노인은 왜 칠칠하지 못하게 이러고 있단 말인가? 이 노인이 못나고 열심히 살지 않아서, 남들 하는 것만큼 하지 않아서

이 모양 이 꼴일까. 아닐 것이다. 아니야. 이 노인은 이런 운명을 타고 난 것이야. 그렇지 않고서야, 이 나이에 어떻게 이럴 수가 있지? 아, '이놈! 늙은이가 돈 천원만 달라는데 왜 성질을 내구 그랴. 빨랑 줘!' 라고 말했으면, 얼마나 좋았을까?

재복은 손님이 하나도 없는 것이 이 순간처럼 기쁜 적은 없었다. 혼자 본 것으로 족해. 여럿이서 보았더라면 정말이지 노인의 머리통을 깨버렸을 거야. "아이구, 사장님 천원만 적선합슈. 이 늙은 것 뱃가죽 달라붙은 거 봐유." 재복은 그렁그렁한 눈으로 허겁지겁 서랍을 열었다. 5천원짜리 한 장을 쥐어주며 "빨리 가세요. 빨리!" 하고 부르짖었다.

"아이구, 사장님, 이렇게 많이 안 주셔도 되는디유. 아이구, 사장님. 이 은혜를 어쩐대유." "제발 좀 빨리 사라져주세요!" 재복은 참고 참았던 눈물을 주룩 흘리며 당구장 천장이 울리도록 소리를 질렀다. "아이구, 사장님 그렇게 아까우시면 천원만 가지구 가께유. 지는 천원만 있으면 되유." "아, 할아버지. 제발 좀 나가주세요."

노인이 남겨놓고 간 인생 냄새는 짰다. 재복은 팔뚝으로 눈가를 쓱 훔치고는 하하하 웃어댔다. 누구 들으라는 듯이 실컷 웃었다. 파리 한 놈이 기분도 모르고 알짱거렸다. 재복은 당구공을 집어들어 테이블을 향해 던졌다. 잠시 앉았던 파리는 초죽음을 면치 못했다. 재복은 "노인은 노인다워야 하는데" 중얼거리며 휴지로 파리의 주검을 닦았다.

……3차 과정은 지긋지긋했던 '학교 다니기'였다네. 초등학교 6년, 중학교 3년, 고등학교 3년, 대학교 4년, 도합 16년 동안 학교 다니기 훈련을 받았다네. 대학원이나 해외유학이라는 시설을 갖춘 신병 훈련

소도 있다는 이야기를 들은 적이 있었는데, 다행히도, 정말 다행히도, 내가 있던 훈련소에는 재정이 모자라 그런 시설은 없었다네. 물론 내가 있던 훈련소보다도 재정상태가 불량한 훈련소도 있었다네. 거의 드문 경우로는 중학교나 고등학교 시설이 없는 훈련소가 있었고, 흔한 경우로는 대학교 시설이 없는 훈련소가 있었다네.

　재정이 모자라 시설이 부족한 훈련소의 직원들은 대개 자기네들의 재정이 탄탄하지 못함을 못내 아쉬워했다네. 그러니까 그들은 대학교, 대학원, 해외유학(더이상의 시설도 물론 있을 수 있었다네. 그리고 실제로 있는 훈련소도 있었다네)까지의 모든 시설을 갖추기를 원했다네. 그래야만 전선에 배치되었을 때, 군인으로서의 역할과 의무를 충분히 다할 수 있을 것이라고 믿었던 것이라네.

　아무튼 내가 있던 훈련소 직원들의 안타까움(더이상의 훈련시설이 없음으로 인한 것이었다네)과는 상관없이, 나는 3차 과정, 학교 다니기 훈련을 수료하고 나자 미칠 듯이 기뻤다네. 정말이지, 학교 다니기 훈련은 내게 고통스러운 훈련이었다네. 훈련병마다 차이가 있지만, 나의 경우에는 그러했다네.

　그리하여 16년에 걸친, 길고 긴 학교 다니기 훈련이 끝나고 드디어 나는 군인의 자격을 얻었는가 싶었다네. 내가 배치될 부대는 어디일까, 설레기도 하면서, 초조하고 불안하기도 하면서 말이네. 그러나 그것은 나의 착각이었다네. 4차 과정이 기다리고 있었다네.

　4차 과정은 모든 훈련소가 다같이, 재정에 관계없이 가장 많은 시간을 들여 실시하는 훈련이라는 것을 나는 곧 깨달았다네. 모든 훈련소는 그 훈련과정을 운영하는 데 단 일원의 경비도 투자할 필요가 없었다네. 어느 훈련소의 경우에는 직원들조차 없었다네.

살기 훈련, 그것이 4차 과정이었다네. 죽는다는 것이 밥을 먹지 않는다는 것을 말하는 것이라면, 산다는 것은 밥을 먹는다는 것을 말할 것이네. 4차 과정은, 살기, 다시 말해서 밥먹고 견디기였다네.

처음엔 낙관적이었다네. 그 훈련이 아무리 길어봐야 학교 다니기 훈련보다 길기야 하겠느냐고 말일세. 직원들은 나에게 살기 훈련이 몇년이나 걸릴지 가르쳐주지 않았다네. 오히려 그 살기 훈련이 몇년이나 걸리겠느냐고 물으면 화를 냈다네.

나는 곧 비관적이 되고 말았다네. 이미 살기 훈련을 시작한 지 오랜 세월이 지나 있었다네. 그러고도 훈련의 끝은 보이질 않았다네. 보이기는커녕 끝이 있기나 한 것인지 의심스러웠다네. 그러나 그 훈련의 끝이 있는 것만큼은 분명하다는 것을 알고 있었다네. 여기저기 훈련소에서 드디어 살기 훈련을 끝내고 사라지는 훈련병들이 발에 채일 정도로 많았기 때문이었다네. 그렇게 제4차 과정을 마치는 사람들을 보면, 훈련이 쉬워 보이기도 하고, 단기간인 것처럼 보이기도 하고, 별 대수롭지 않은 일 같기도 했는데……

재복은 A4지 묶음을 건성으로 붙잡고 여기까지 지루한 표정으로 읽고 난 뒤 이렇게 물었다. "이게, 소설이냐?" 재복이 철들어 가장 어려워하는 일이 있다면 글자 읽는 일일 것이었다. 김종광(30세)의 첫 소설집 『경찰서여, 안녕』도 한 50장이나 읽었던가? 대체 시간이 없었다. 한달에 두어번씩 영화관 표 끊어주고 사는 이들보다 더 팔자 편한 사람들이 있다면 책을 읽고 사는 이들일 것이다. 그리고 그보다 더 팔자 늘어진 자들이 있다면 종광 같은 글쟁이들일 것이다. 종광은 "아, 씨발, 나도 좆나게 힘들어요. 누구는 가만히 있으면 하늘에서 뚝딱 소설 한편씩 내려주는 줄 아네" 하며 고통을 주장하는데, 아무리 어렵게 보아주어도 참으로 편히 산다 싶었다.

글쟁이 하면 대개의 사람들이 생각하듯이 돈도 못 벌고 피죽도 못 얻어먹은 꼬락서니로 골골거리며 돌아다니면 그러려니 할 텐데, 돈도 부정기적이지만 이놈의 당구장 수익만큼은 버는 것 같고, 밥은 지가 게을러서 못 먹고 다니는 것이지, 사흘이 멀다 하고 마신다는 술로 개개 풀어진 낯짝을 보면, 직업도 소설가만큼 세상 편한 직업도 없다 싶은 거였다. 소설 쓰는 게 직업이라고 선뜻 인정해주기는 좀 저어되었지만.

"재밌지?" 종광은 강요하듯 되물었다. "솔직히 말해서 재미없다. 난 무식해서 뭔 얘기를 쓰려고 한 건지 모르겠다." "재미없었다니, 안타깝군." "야, 이런 거 써서 밥먹고 살겠냐? 무협지 같은 거 써. 아니면 거, 무슨 고기냐? 니, '가시고기' 같은 걸 써야지." "그런 소설은 아무나 쓰나." "아무나 쓰는 거 아니냐?" "글쎄, 나는 못 쓸 것 같은데."

리모컨을 못살게 굴며 텔레비전 앞에서 하품하고 있던 대우공장 야근조 최종필(30세)이 "너 책 얼마나 팔렸냐?" 하고 끼여들었다. "너, 샀어?" "아직." "네가 안 샀는데 팔렸겠냐." 종광의 책을 두 권이나 사준 재복이 "야, 불우이웃돕기 차원에서 친구도 좀 돕구 그래" 했다. "나두 그러고 싶은디, 책 살라구 그러면 왜 그렇게 돈이 아깝냐. 천하에 쓸데없는 짓 하는 것 같아서." "술 먹을 때는 하나두 안 아깝지?" "당근이쥐." "하긴 나부터도 그려. 씨발, 책 내고 반성 많이 했다. 책은 사서 보자, 이것이 나의 슬로건이라니께."

장종웅(27세)은 허리를 90도로 꺾었다. 이재복과 조찬호(30세)는 낯선 이의 생뚱맞은 짓에 멀뚱해졌다. "안녕하십니까. 형제님들." 6시간짜리 향토예비군훈련을 마치고 군복 차림으로 들렀던 찬호가 사태가 파악된 듯 장난스럽게 받았다. "그럼요, 안녕하죠."

"저는 땅신님의 말씀을 널리 알려야 한다는 역사적 사명감을 갖고 이 땅에 태어나 이날 이때까지 한 사람이라도 더 땅신님의 품에 안기도록 최선을 다하고 있는 전도의 화신 '땅의 아들'입니다." "그류?" 재복은 손님은 안 들어오고 이런 같지않은 것들이나 불쑥 들어와대니 장사가 될 턱이 있나 자조하며 눈꼬리를 치켜올렸다.

"형제님들, 아직도 회개하고 있지 못한 형제님들, 아직도 땅신님 품에 안기지 못한 불쌍한 형제님들, 이제 저의 말씀을 오른귀로 듣고 옳은뇌에 담아서, 이 땅의 진정한 화합과 진리사회 구현에 앞장서는 계기가 되기를 진심으로, 충심으로 바라는 바입니다. 형제님들, 땅신님은 정말 위대하십니다. 보리수나무 아래서 도를 깨우치신 이후 코란을 높이 들고 서쪽으로, 동쪽으로 말을 달리셨습니다. 오로지 한 사람이라도 더 영생의 진리를 깨닫도록 하기 위해서, 회귀의 공즉시색을 깨우쳐 열반에 들도록 하기 위해서, 내가 곧 하늘이고, (찬호가 벗어 놓은 군화 한 짝을 물어뜯고 있는 당돌이를 가리키며) 저 강아지도 하늘임을 깨닫도록 하기 위해서, 충심으로, 충심으로 애쓰셨습니다."

재복은 이걸 쫓아내, 아니면 날도 스산한데 참고 말아 저울질이었다. 반면에 찬호는 심심한데 이것 참 잘되었다는 듯이 귀를 쫑긋 세웠다.

"형제님들, 형제님들은 제가 마치 정신병자라도 된다는 듯이 보시면서, 제 말을 허투루 들으려는 저의를 보이시는데 말입니다, 그리 하지 마시고 믿어주셔야 합니다. 기도해야 합니다. 끝없는 의지와 신념으로 그분께, 오로지 하나밖에 안 계신 그분께 백팔번뇌의 절을 올려야 합니다. 기도해야 합니다."

애마다방 박시라(22세)가 종웅의 뒤에서 듣고 있다가 "뭐야?" 왔다는 체를 했다. 재복은 노골적으로 "미친 놈여" 했다. 시라는 테이블에 커피 등속을 늘어놓는데, 종웅은 전혀 개의치 않고 계속했다.

"저는 실제로 땅신님의 말씀을 들었습니다. 이 두 귀로 똑똑히, 똑똑히 들었습니다. 저한테 어떤 문제가 일어났을 때 저는 충심으로 기도했고 땅신님은 저의 기도를 들어주셨습니다. 그럼 자세히 말씀드리겠습니다. 저한테 영장이 나왔던 것입니다. 군대를 오라는 것이었죠. 저는 가기 싫었습니다. 미쳤다고 팔팔하게 젊은 나이에 좆같은 국가를 위해 봉사해야 한단 말입니까. 어떤 놈은 빽으로 빠지고, 어떤 놈은 재주가 좋아 대충 하고, 진짜 군대 가는 놈들은 바보 얼간이 멍충이란 말입니다. 난 싫었습니다. 그래서 땅신님께 빌었습니다. 땅신님 군대 좀 안 가게 해주십시오. 제발 좀 안 가게 해주십시오. 하지만 저는 결국 군대에 끌려가고 말았습니다. 저는 땅신님이 저를 배신했다고 생각했습니다. 그런데 아니었습니다. 땅신님은 저의 기도를 들어주셨습니다. 군대에 갔더니 이것저것 묻는 겁니다. 그래서 저는 땅신님의 명예가 실추되지 않도록 삼강과 오륜을 짚어가며 진리의 사도로 충실하고자 했습니다. 그랬더니 제가 돌았다는 겁니다. 정신이 이상하다는 겁니다. 그래서 저는 의가사제대했습니다. 입대한 지 삼주 만에. 이처럼 땅신님은 기도하시면 들어줍니다. 꼭 들어줍니다. 꼭 들어주십니다. 여러분 기도하셔야 됩니다. 그럼 저는 여러분을 믿고, 여러분이 기도하심을 믿고 이만 안녕을 고하고, 또다른 형제님들을 찾아가보겠습니다."

시라가 "커피 한잔 하고 가요" 했다. 찬호가 거들고 나섰다. "그려요. 땅신님인가 뭐시긴가 선전하고 다닐라믄 목도 어지간히 마를 것인디." 재복은 기막혀했다. "니덜은 벌써 교화됐구나." 그러나 종웅은 정중히 사양했다. "성의는 고맙습니다만 저는 마실 수 없습니다. 땅신님께서 커피는 제국주의의 똥물이니 마시면 안된다고 말씀하셨기 때문입니다."

"그런데 그 화상이 나보다 먼저 출근해 있더라구. 무릎꿇고 있더라구. 마담언니한테 물어보니까 삼십분 전부터 그러고 있었다. 커피 공양도 안하고. 어쨌거나 한쪽 다리를 꽉 움켜쥐고서는 잘못했다고 막 비는 거야. '내가 잘못했어. 한번만 용서해줘, 니? 한번만. 딱 한번만. 내가 죽을 죄를 졌구만. 한번만. 딱 한번만' 이 지랄하는 거야. 내 참 배꼽 아파서."

"대체 왜 그랬다? 너랑 거시기 하구 싶어서 그런 것은 아니었던가 빈디." "몰라요. 양심선언도 않고 마냥 빌기만 하더라구. 진짜 그냥 내 물건 구경하고 싶어서 그랬나 봐." "하여튼 몽구 그놈 웃기는 놈여. 친구들 심심할까비 또 한건 방송했구만."

일치감치 일등으로 나버린 백수 박영수(30세)는 69다방 이주영이 들려주는 커피사발(친구들은 김몽구를 그렇게 불렀다) 이야기에 흥겨웠다. 경찰 진덕룡(30세)과 정직기획 직원 서창원(30세)은 피아간에 마지막 한점을 남겨놓은 상태였다.

덕룡의 회심의 일타는 아슬아슬하게 무위로 그쳤다. 창원은 가슴을 쓸어내리며 세 개의 공을, 희망실업 직원들 바라보듯이 했다. 아무리 친구끼리 시간 때우기 위해서 치는 것이라지만 승부는 승부, 그것도 내기가 걸렸다. 주영이 마신 녹차까지 물값이며 게임비며 돈도 돈이지만 게임은 이기라고 하는 것이다. 창원은 게임할 때 '잃어주려고' 혹은 '즐기기 위해서'라고 말하는 자들을 희망실업 놈들 보듯이 했다.

희망실업은 창원의 직장 정직기획과 이 고을의 사채시장을 양분하고 있었다. 두 회사는 한번 걸려든 채무자는 동원가능한 모든 방법으로 확실하게 거덜낸다는 창업정신을 가지고 있는 것을 비롯해서, 여러가지 면에서 공통점이 많았다. 시장이 좁다 보니 서로 충돌할 때가 많았다. 한쪽에서 사채를 얻어쓰고 패가망신하다 못해 죽음의 공포에 시달리던 채무자가 여우 피하려다가 호랑이굴로 들어가는 격이겠지만, 하여튼 다른 쪽에 붙는 일이 많았던 것이다.

일년 전 정직기획과 희망실업은 더이상의 대화와 타협이 불가능한 상태에 이르러, 정면으로 치고 받았다. 그 어느 쪽도 이겼다고 말할 수 없는 전쟁은, 금전적인 상납과 꼬붕 몇을 바치는 실적 제공으로 경찰 좋은 일만 시켜놓고 끝났는데, 그때 창원은 칼을 열세 방 맞았다. 살아난 것이 기적이었다. 희망실업 직원들은 창원의 필생의 원수가 되었다. 어차피 한 굴에서 두 마리는 못 산다. 전쟁은 또 벌어질 것이다. 그때 피의 복수를 다짐다짐하고 있는 것이었다. 포커를 칠 때도, 당구를 칠 때도 희망실업 놈들만 생각하면, 이가 갈리며 없던 수가 돋고는 했다.

덕룡은 2백점 치는 창원의 실력으로는 어림없다고 생각했다. 그러나 창원의 크게돌려치기(속칭 하꼬마우시)는 3백점 치는 덕룡의 예측을 깨버렸다. "야, 방금 친 것은 5백 수준이었다." 덕룡은 진정으로 감탄했다. "씨발것, 희망 새끼들만 생각하면 연짱(延長) 썹질이 열번도 모자라는디 이 좆도 아닌 당구공 쯤이야." 우쭐우쭐 손을 탁탁 털고는 그제야 커피잔을 잡았다.

주영은 다른 손님 같았으면 벌써 일어났겠지만, 정직기획 진상처리조에게는 일말의 인간다운 행동도 용납되지 않는다는 것을 늘 명심하고 있었으므로, 전혀 안 급한 척 "오빠가 이겼어? 야, 사기꾼이 경찰을 이겼네" 하고 방글방글 너스레를 떨었다.

"야, 이것들은 사채 뜯으러 갈 때 빼놓고는 허구한 날 하는 일이 포커를 치든 계집 엉덩이를 치든 당구공을 치든, 치는 일인디 오죽하겠냐?" "새끼, 그려도 네가 임마, 나보다 백이나 높잖어?" "내가 내리든지 네가 올리든지 해야겠다. 이렇게 접어주고 치면 내가 만날 물리겠다." "누가 방청하면 나는 치지도 않은 것으로 알겠구면." 일등으로 끝냈던 영수가 슬며시 끼어들었다.

셋은 고등학교 때부터 너나들이였다. 싸움실력이 돋보였던 덕룡은 경찰이 되었다. 생각하기 싫어하며 걱정될 정도로 용감무쌍하며 '죽기 아니면 까무러치기'와 '인생은 짧고 굵게'를 신조로 했던 창원은 깡패시절을 거쳐 사채업소의 직원이 되었다. 싸움실력은 그저 참가하는 데 의의를 두는 정도였고 생각이 많았으며 대학에 가보려고도 했던 영수는 변변한 직업 없이 서른을 맞고 있었다.

덕룡은 경장 계급장을 단 지도 이태, 평생직장을 마련한 것임에 의심이 없어 보였다. 창원은 1억원 상당의 주식을 가지고 있는 것도 모자라 30평 아파트의 소유자였다. 영수가 두 친구보다 나은 것이 있다면 당구를 더 잘 친다는 것밖에는 없는 것이었다.

영수는 한 지역에서 계속 머물러 지낸다면 고등학교 때의 우정이, 요새는 십년 삼년이 아니라 몇달 사이로 변화한다는 강산과는 관계없이 지속되는 것으로 생각했었는데, 최근 들어서는 그게 아닌 것 같았다. 우정을 갈라놓은 것은 세월이 아니라 돈인 것이다. 경제력인 것이다. 금년 들어 셋이서 술을 마신 적이 있던가? 친구의 당구장에 들르면 으레 만날 뿐이고, 어쩌다가는 내기당구를 칠 뿐이다. 술 마실 때는 따로국밥들로 놀고 있지 않은가? 네놈들은 단란네나 싸롱네 가서 계집년들 끼고 폼나게 마시고, 누구는 골방 먼지 닦으며 깡소주나 들이켜고.

영수는, "우리한티는 너처럼 대가리가 쌈박하게 돌아가는 놈이 필요혀야" 하는 창원이 같이 일해보자는 제의를 거절하며, "그놈의 시험 아무것도 아니더라구. 오죽하면 나 같은 놈도 붙었겠냐" 하는 덕룡의 말에는 탐탁하여 네번이나 응시하여 떨어지며, 친척의 사료가게에서 지배인격으로 있어보기도 하며, 해수욕장에서 폭죽장사를 해보기도 하며, 공장에 들어가 기계와 친해보려고도 하며, 다방아가씨 기둥서방으로 막나가보기도 하며, 고기잡이배에 몇개월 진득하게 붙어 간만에 목돈을 쥐어보기도 하며 딴에는 산다고 살았는데, 서른살도 다 끝나가는 마당에도 한번 때깔나게 붕붕 떠볼 기미가 안 보이는지라, 나오느니 한숨뿐이었다.

주영의 우스개가 똑 들어맞는 말인가, 경찰과 사기꾼은 영수를 은근히 소외시키며 주식 얘기며 자동차 얘기며 보험 얘기며 결혼 얘기며 열심이었다. 그러고 보면 이 두 놈의 우정은 영원할지도 모르겠다. 이놈의 당구장에를 오지 말아야지. 영수는 다 마셔버린 커피잔을 훑어보고는, 아쉬운 눈길을 주영의 매끈한 허벅다리에 깔았다.

"야, 좆같지 않냐? 씨발, 똑같은 돈 내고 다니는데 어떤 놈은 특별반이고, 우리 같은 새끼들은 니 좆대로 반이냐?" 이무현(18세)은, 문과 이과에서 각각 전교 35등 이내에 드는 학생들을 반 강제 반 자유

의지로 선별, 연·고대 이상 진학반을 꾸린 학교당국에 대하여 툭하면 욕질이었다. 지금도 특별반 소속인 정두환(18세)이 서점으로 들어가는 뒷모습을 보더니, 아니나다를까 씹었다. 하회창(18세)과 조민석(18세)은 이젠 아예 대꾸도 아까워했지만, 이죽거리기 좋아하는 박허재(18세)만큼은 반응을 내줬다. "새끼, 헛소리 그만 작작 해라. 왜 걔들하고 네 새끼하고 똑같은 돈 내고 다니냐? 걔들은 장학금 받고 다니는데." "맞어, 씨발. 우리는 그 새끼들 수업료 대주러 학교 댕기는 거여."

"좆까덜 말구, 호주머니들 까보셔. 나는 달랑 한 장 있어." 회창이 걸레쪽 같은 천원짜리를 내보였다. 민석은 그들이 방금 빠져나온 오락실로 들어가는 여고생 두엇의 교복치마께를 눈길로 좇으며, "나는 늘 그렇듯이 무일푼" 했다. "네 새끼는 돈 가지구 다닐 때가 없다니께." 모처럼 주머니에 돈 좀 들어 있었으나, 오락실에서 한턱 크게 쓴 무현이 짚고 넘어갔다. 허재는 막 종착지에 도착하여 몇 다스 분량의 여고생을 토해놓는 버스를 황홀하다는 듯 바라보며 딴전이었다. "야, 새끼야 넌 얼마 있어?" "내가 왜 저것들을 눈독들이고 있는 줄 아냐? 제일 지갑 두둑한 걸로 찍어 삥 뜯을라구 그런다." "애새끼, 없으면 없다구 그러지. 만날 삥 뜯는다는 소리는. 야, 씨발 우리가 언제는 돈 갖구 댕겼냐? 일단 들어가자. 외상도 없잖아." 별명이 '무대뽀'인 무현이 앞장서 계단을 올랐다. 이들은 오락실에서 한 시간 좀 넘게 부수고 때리고 펌프에서 흔들고 실컷 땀을 흘렸음에도 불구하고, 그놈의 당구장을 그냥 못 지나치겠는 거였다.

기차역과 시외버스터미널이 20미터 상관으로 붙어 있어, 명실공히 과거부터 시내의 중심이라고 할 수 있는 위치답게 다방도 많고 당구장도 많았는데, 이들은 여덟 개나 되는 당구장 중에서 유독 아련당구장을 고집했다. 아련당구장이 시설이 월등히 좋은 것도, 서비스가 기가 막힌 것도 아닌데 말이다.

이들이 돈걱정 없는 폼으로 어슬렁어슬렁 들어와서, 출입문과 가장 가까운 8번 테이블을 잡고, 큐를 고른다. 화장실에서 교대로 담배 빤다, 요란 떠는 것을 뻔히 알면서도 사장은 "삼사천원짜리들 또 왔네" 혼잣말로 씨부리기나 했을까, 당구공 갖다줄 생각을 하지 않았다. 결국 무현이 카운터로 왔다. 사장은 거지한테 적선한다는 투로 공을 내주었다. 이들은 게임 시작 단추를 누를 필요가 없었다. 몇번인가, 이들이 공 때리기 시작한 지 반 시간이 경과하도록 단추를 누르지 않는 꼬락서니를 경험한 사장이 잽싸게 눌러주기 때문이었다.

무현이 "아저씨, 여기 콜라 안 줘요" 당구장 무너져라 공짜 달라고 소리치자, 사장은 "지깐 것들두 손님이라구" 중얼거리고는 느리적느리적 일어섰다. 사장은 한참 불티가 나야 할 저녁시간에도 두서너 테이블밖에 손님이 안 붙어 장사를 하는 건지 마는 건지 하는 처지지만, 이들 패거리만큼은 전혀 반갑지가 않았다.

이들은 대개 돈이 태부족이었으므로, '자장면 내기' 같은 것은 생각할 수도 없고, 매번 '수단과 방법을 가리지 않고 게임비 내기'였다. 실력이 80에서 100으로 고만고만해서, 어떻게 편을 먹든 난전이었다. 무현과 허재가 한편을 먹고, 회창과 민석이 또 한편이 되었다. 말로만이지만 삥을 잘 뜯는다 해서 '삥쟁이'인 허재가 오늘따라 상태가 무척 좋았다. 늘 얻어먹는다 해서 '왕거지'인 회창이 폭죽 터뜨리듯 '씨발'을 찾고, 이들 중 성격이 담대하다 하여 '강심장'인 민석마저 "새끼야, 살살 좀 다뤄주라" 엄살을 떨 정도였다.

편갈라 친 3판 2승제 게임이 끝나면, 이때는 사장이 절대 안 눌러주므로, 얼른 종료단추를 눌러놓고 누가 쿠션 많이 때리나로 들어간다. 이긴 쪽은 이긴 쪽대로 내일 점심 식권 사주기, 진 쪽은 진 쪽대로 게임비 몰아주기 같은 것을 하며, 사장이 공을 걷으러 올 때까지 끈질기게 버텼다. 전에는 운이 나쁘면 한 시간여, 재수가 좋으면 두어 시간 넉넉히 공짜 당구를 쳤는데, 요샌 사장이 봐주지를 않았다. 사장이 바빠서 신경 못 쓰는 행운이 따라도 30분 남짓이 고작이었다.

회창이 뒤집어썼다. 45분 친 것으로 돼 있었다. 사장은 4천원만 내라고 했다. 회창은 동전까지 합쳐 2천원을 내고 나머지는 그었다. 사장은 2천원을 떼어먹어도 좋으니, 이들이 영영 발 끊었으면 바랐다.

그러나 이들은 이런당구장에 의지할 수밖에 없는 처지였다. 사장이 아무리 쌀쌀맞게 대해도, 다른 당구장 사장들에 비하면 아무것도 아니었다. 다른 당구장에서는 일체 외상이 없었고, 게임 외에는 공을 만져볼 수도 없었다. 이들 패거리는 당구장 사장들에게 시쳇말로 찍혀 있었던 것이다. 당구장을 나오면서 뻥쟁이 허재가 "씨발, 우리 진짜 뻥 뜰을래?" 했다가, 무현한테 "너 이 새꺄 만날 뻥뻥 하다가, 진짜 뻥 뜨는 새끼들한테 말 들어가면 뼈도 못 추려 새꺄" 하는 핀잔이나 들었다

김노갑(29세)은 당구장에서 먹고 자며 아르바이트를 한 적이 있었다. 대학교를 2학년까지 마치고 입대통지서를 기다리고 있을 때였다. 돈도 돈이었지만, 당구를 최소한 150점까지 끌어올리겠다는 포부였다. 종일 큐와 당구공을 벗삼아 뒹굴면, 자신처럼 아무리 손놀림이 둔한 자일지라도 그 정도는 충분히 가능하리라 믿었다.

예상보다 영장이 빨리 나와 40일 동안 일했다. 150점은 고사하고, 우겨서 80점 놓고 치던 당구가 50점도 터무니없게 퇴보한 상태에서 그만두었다. 작정한 대로 큐와 당구공을 사생결단이라도 내듯 붙잡고 늘어졌음에도 불구하고. 그 어이없는 일을 아무도 믿어주지 않았다. 무슨 일이건 '하면 는다'는 것은, 모든 사람에게 형통하는, 상식을 넘어선 진리가 아닌가.

노갑은 자신에게 있어 연애는 그 당구장 아르바이트와도 같은, 밑 빠진 쇠항아리에 물을 부어넣는 정도가 아니라, 용암을 부어넣어 쇠항아리마저 녹여 본전도 못 뽑는, 해도 해도 늘기는커녕 상처만 키우는 짓거리 같다고 생각하며 7번 공을 때렸다. 7번 공은 생각한 대로 기운차게 굴러가 11번 공과 땅 부딪혔다. 11번 공은 뜀뛰기하듯 우그르르 굴러가 코너포켓에 처박혔다. 연애도 이렇게 시원시원 결판이 나면 얼마나 좋을까. 하지만 억수로 들어가지 않다가 겨우 하나 들어간 것이라 멋쩍게 뒤통수를 긁었다.

"와, 눈먼 공 하나 들어갔다." 한희라(27세)는 강종강종 환성을 질러댔다. 희라는 게임 시작한 지 20여분 만에 노갑이 구멍넣기에 성공한 것을 처음 보는 것이었다. 희라는 노갑처럼 당구에 젬병인 남자도 생짜 처음 보았다. 노갑의 당구에는 눈에 확 뜨이는 특징이 있었다. 어떤 경우에든 있는 힘껏 때린다는 것. 그래서 당구공이 당구대를 벗어난 적도 세번은 되었다.

희라는 자신이 어디 내놓아도 부족함이 없는 훌륭한 여성이라고 자부했다. 고졸이고 다리가 짧지만, 학력과 외모를 따지는 것들은 사람도 아니라고 생각하기 때문에 상관없는 일이었다. 그래서 뭇 남성들의 집적거림을 당했다. 심지어는 유부남의 추파도 있었다. 희라가 이 정도는 되어야 연애를 해보든가 말든가 하지, 탐탁했던 인물은 하나도 없었다. 그래서 이제껏 한번도 연애를 해본 적이 없다.

연애 근처까지는 더러 가보았지만. 이 남자, 서울에서 대학교를 다녔으며 아이엠에프 때 낙향하여 학원강사 생활을 시작한 이후로, 수년 만에 이 고을 학원계에서 가장 잘나가는 축에 드는 영어강사로 부상한 노갑, 이 남자와도 연애 근처까지는 온 모양이었다.

노갑은 또 힘껏 내질렀으나 이번엔 매번 그래왔듯이 주위에 공들을 요란하게 건드려놓았을 뿐이었다. 노갑은 적어도 열번의 연애를 했다. 4년 동안 사귄 여자와 헤어진 뒤로 연애는 일년을 넘긴 적이 없었다. 차이기만 하다가 석 달 전에 한 여자를 찼다. 차보니까 알 것 같았다. 차는 것과 차이는 것은 같은 것이라는 것을. 차이는 것은 상대방이 자신을 차도록 상황을 몰아간 것이나 마찬가지이기 때문에, 그게 그거인 거였다. 연애가 끝나고 나서, 어떤 때는 여자를 원망했다. 어떤 때는 자신을 증오했다. 어떤 때는 둘 다 했다.

노갑은 '연애가 나의 사상인가, 왜 이렇게 껄떡거리고 살지?' 참담해하다가, 다시는 여자를 욕망하지 않겠다는 다짐을 하곤 했었다. 어떤 남자는 가만히 있어도 여자들이 떼로 달려드는데, 자신처럼 환장한 개처럼 껄떡거려야 그나마 성사가 된 듯하다가도 몇달 못 가 흐지부지되는 남자도 있는, 타고난 불평등에 대하여 탐구하곤 했었다. 그리고 '사랑은 존재하지 않는 것이다'라는 문장을 주문처럼 되뇌었고, 어떤 여자가 마지막으로 남겨준 '오빠는 절박한 것이 하나도 없어!'라는 말을 곱씹어보기도 했다.

어쨌거나 노갑은 또 연애의 수렁에 빠져들 조짐을 느끼고 있었다. 불안하면서도 곤혹스러우면서도, 자신을 구원해줄 환희를 드디어 만날지도 모른다는 가없는 설렘과 떨림을 동반한 그 연애가 다가오고 있는 것이다. 그러고 보면 연애를 통해서 상처를 쌓아왔다는 말은 순전히 사기이고, 연애의 그 복잡다단한 과정을 걷다 보면 절로 얻게 되는 쾌감에 길든 것인지도 몰랐다. 중독된 것이다.

희라는 세 개의 공을 남겨놓고 있었다. 4구경기를 해본 적이 없어 자신이 몇점을 치는지 모르고 있지만, 상당한 실력에 이르지 않나 싶었다. 남겨놓은 세 개의 공을 한 큐에 뽑을 자신도 있는 것이다. 당구장을 벗삼아온 지, 포켓볼에 깊은 맛을 들인 지 어언 3년째였다. 사실 이제까지 남겨놓은 공은 못 쳤다기보다는 안 친 거였다. 딴에는 봐주느라.

희라는 자동차판매회사에서 관리·계출·회계 업무자로 일하고 있었다. 고등학교 졸업 후 입사 초기만 해도 사환 같았지만, 세월이 그녀를 능숙한 일꾼으로 만들어주었다. 스스로도 인정하는 바이지만, 도도하기 이를 데 없는.

"오빠, 이거 술 사기 맞죠?" 그런 약속은 하지 않았다. 그러나 노갑으로서도 무척 바라는 일이었다. "물론이지. 하, 오늘 이거 동생한테 술 얻어먹게 생겼네." 친구의 고등학교 문예반 때 선배라, 처음 만날 때부터 두 살밖에 많지 않은 남자를 '씨'라는 접미사가 아니라 '오빠'로 호칭하게 되었다는 것부터가 예사롭지 않다고 생각하며, 희라는 수구(자기가 치는 공. 속칭 시프)를 때려 쿠션에 맞혔다.

쿠션에 맞고 반동으로 튀어나온 수구는, 2번 공의 중앙을 때려 바로 붙은 포켓에 퐁당 하게 만들고, 계속 또르르 굴러가 쿠션에 붙어 있던 12번 공을 살짝 건드려 그쪽 코너 포켓에 첨벙하게 했다. 걸쳐치기(속칭 시까게)로 한꺼번에 두 개를 처리한 것이다. 노갑은 입을 쩍 벌렸다. 이거, 여우잖아? 이어 희라는 겨를없이 수구의 중심을 때렸다. 때린 수구는 가만히 정지한 가운데 맞은 8번 검은 공이 기운차게 굴러가 쏙 들어가버렸다. 죽여치기로 게임을 끝낸 것이다. "야, 오빠가 술 산다!"

노총각 이만길(32세)은 화가였다. 화가는 화가인데 아직 그림 한 장 못 팔아보았고, 국전도 노크만 열심히 해대고 있었다. 미술학원 강사로 생계를 지탱하며 도전을 멈추지 않고 있었다.

사장의 고등학교 미술반 선배였던 만길은 영화감상을 목적으로 당구장을 찾고는 했다. 만길은 학원 강의 이후, 작업실 겸 자취방으로 즉시 가지 못했다. 비디오방에 들러 한 30분을 뭉그적거렸다. 이상하게도 여주인의 몸에서 나는 냄새가 좋았다. 화장품 냄새일 테지만, 화장품에도 격이 있는 것이니까. 그러니까 비디오를 고르기보다는 유부녀에 혹하여 어쩔 줄 모르고 있다가, 결국은 유부녀가 골라주는 비디오를 보기는 보아야겠기에 당구장에 오는 것이었다.

자취방 겸 작업실에는 비디오가 없었다. 텔레비전도 없었다. 있다면 그것만 보다가 해 다 갈 것 같았다. 당구장이 비디오 보기에 나쁘지도 않았다. 열시 이후로 워낙 손님이 없어, 후배도 기꺼워했다. 단, "선배, 다 좋은데 열두시 넘어서는 오지 말구, 제발 두 개짜리는 빌려오지 말아요"라는 소리는 했다.

석인재(30세)는 사장과 고등학교 때 이과 동기였다. 인재는 삼수 끝에 대학 진학을 포기했다. 사수에 들어갈까 말까 고민하고 있는데 우연히 9급공무원 시험 공고를 보았다. 에라 모르겠다 응시한 시험에 덜

컥 붙었다. 역시 대입시 공부가 보통 공부는 아닌 모양이었다.

하지만 대학생이 된 동창들을 보면 배알이 꼴렸다. 그러다가 군대를 다녀와 보니, 대졸들이 최대의 고전을 하고 있었다. 머릿수 많기로 객관성을 인정받고 있는 70~72년생인데다가 경제난국이 임박해 있었던 모양이다. 기어코 아이엠에프가 터졌고, 공무원사회도 초비상이 걸렸지만 8급으로 외려 승진한 인재는, 대학을 졸업하고도 취직을 못하여 빌빌거리다가 우르르 낙향한 동창들을 보고서야 비로소 대학 못 간 것에 대한 아쉬움을 접게 되었다.

인재는 사귀던 여자와 친구의 당구장에 몇번 왔었는데, 이별을 겪은 후 더 자주 나타났다. 그는 사장의 만류에도 불구하고, 당돌이의 목사리를 끌러 밖으로 나갔다. 개를 끌고 시내 한 바퀴를 도는 것이다. 그냥 끌고 다니는 것도 아니고, 막 뛰어서 다녔다. 친구가 "야, 너는 공무원 신분에 그러고 다녀도 누가 뭐라고 안 그러냐?" 물었었다. "어떤 할 일 없는 시민이 공무원이 개 끌고 다니는 것 구경하고 다닌다니." "시민들은 그렇다 치구 너보다 높은 분들은?" "그것들은 술집이나 여잣집에 있지. 봐도 취해서 보는 거구." "야, 그건 그렇고 대체 왜 끌고 다니는겨?" "나두 몰르겠다. 이 개새끼만 보면 막 날뛰고 싶다니께." "넌 분명히 전생에 개장사였다." "그럴겨."

오늘밤도 변함없이 비디오 빌린 값 본전을 뽑으러 온 이만길 선배도 가고, 당돌이를 끌고 한바탕 시내를 질주하고 돌아온 석인재도 가고, 일찌감치 손님 발이 끊겨 고요했다. 술이 거나해서는 열한시 훌쩍 넘어 들어와 자정을 뭉개고 나가는 손님도 없는 것이다.

버거 가게 문닫기 전에 습관처럼 주문해놓았던 햄버거 두 개와 샐

러드, 그리고 우유를, 이재복은 이제서야 먹고 있는 중이었다. 1층 오락실과 편의점 사이에 '별하나 버거'가 들어선 것은 한 달 전이었다. 이재복은 지난 한 달 동안 거의 하루도 거르지 않고 버거를 먹었다. 한 보름간은 젊은 여사장에게 홀딱 반하여 두근반 세근반 하느라, 가게에 직접 가서도 먹고 시켜서도 먹고 하루에도 서너 차례 매상을 올려주었다. 소설 써서 먹고사는 종광으로부터 제 사촌형수라는, 애가 둘인 유부녀라는 산통 깨는 소리를 들은 후부터는 이틀에 한두번으로 대폭 줄었다. 전에는 몰랐는데 햄버거 등속이 아주 짧은 시간에 약간 고픈 허기 달래기에 제격이었다. 큰일은 큰일이었다. 제대로 된 식사는 집에서 점심밥 한번에 불과하고, 밀가루 음식에, 튀긴 것에, 제대로 먹고살려면 하루바삐 이놈의 당구장을 때려치워야 할 거였다.

재복은 큐장을 돌며 탭(tap, 흔히 '담프'라고 하는데 정확한 용어는 '큐탭')을 손질하기 시작했다. 탭 대가리는 당구공과 박치기하는 게 일인지라, 내일의 장사를 위해서는 그날 그날 일기 쓰듯 손질해줘야 했다. 사포와 줄판(흔히 일본말로 야스리)으로 문지르고 두드리고, 심한 놈은 칼로 깎기도 하고, 아예 망가진 놈은 새로 해 달았다. 그리고 못쓰게 된 초크를 걷어다 가차없이 휴지통에 던져넣었다.

고등학교 때, 사람들이 알아주지 않아도 역사에 영원히 남는 걸작을 그리는 게 꿈이었던 재복은, 이십대 중반까지만 해도 자신이 서른 살에 당구장 사장을 하고 있을 줄은 몰랐다. 장사는 갈수록 되지 않았다. 아이엠에프 때는 오히려 경기가 괜찮았다. 실업자들이 갈 곳이 그리 많지 않았을 테니까. 결정적인 타격을 준 것은 게임방을 탄생시킨 새로운 시대였다. 이 고장에서 게임방의 우후죽순이 어느 정도였냐면, 단 일년 사이에 당구장 숫자와 맞먹고 있었다. (물론 게임방이 늘어난 만큼 당구장이 줄어든 탓도 있겠지만.) 가히 90년대 중반 노래방과 단란주점의 창궐에 비견할 만했다.

오래간만에 특별행사나 해볼까. 재복은 큐를 모두 들어내 당구대에 굴렸다. 흰 놈은 데구루루 구르지 못하고 뭐 잘났다는 것인지 울퉁불퉁 요란스럽다. 하도 오랜간만에 하는 점검이어서 그런지 아주 못쓰게 휜 놈이 다섯 개나 나왔다. 인정사정없이 버려야 할 놈들이다. 약간 휜 것들을 지그시 눌러 바로잡았다. 이음새가 휜 것들에게는 소량의 뭉친 휴지를 끼워넣어 다스렸다.

개인 전용 큐 열댓 개도 살펴볼까 하다가 그만두었다. 자식들, 당구칠 시간이 그렇게들 없나. 좋은 것으로 골라 이름표만 붙여놓으면 다인가. 도통 오지들을 않았다. 내친 김에 왁스를 바른 헝겊으로 닦아주고 나니 세시가 훌쩍 넘어 있었다. 아무래도 무리한 것 같았다. 탭을 새로 해단 큐들은 내일 손보기로 하고, 재복은 소파에 등을 붙였다. 얼른 집으로 가야 하는데, 오늘도 드디어는 하루가 마감되고 있는데, 몸뚱이가 천근만근 무거웠다.

—『내일을 여는 작가』 2000년 겨울호

서울,
눈 거의 내리지 않음

서울, 눈 거의 내리지 않음

"희망? 너 지금 희망이라고 말했냐? 희망은 없어. 희망 같은 건 없는 거야. 아프리카 르완다라는 나라에서는 석 달 동안 백만 명이 죽었어. 중국 문화혁명 때는 십년이 걸렸는데, 단 석 달이 걸렸단 말이야. 하루에 만 명씩 학살당한 거야. 어떻게 그런 일이 일어날 수 있지?"

갑자기 광호는 게거품을 물고 있었다. 지뢰를 밟기라도 한 놈처럼 '희망'이라는 단어에 열이 올라서는 침방울을 사태나게 뿌려대는 것이었다. 기수는 단지 그 흔하게 굴러다니는 '희망'을 얘기한 것뿐이었다. 너도나도 외쳐대는 그 희망을.

"인간으로 사는 이상 희망은 없어. 나는 두려워. 나는 어느 날 갑자기 말도 안되는 이유에 의하여, 학살당할 수도 있는 백만 명 중의 한 명에 불과하거든. 아등바등 살아보았자야. 그리고 내가 학살당할 수도 있는 운명이라는 것보다 더 무서운 것은, 더 공포스러운 것은, 내가 학살자가 될 수도 있다는 사실이야. 광주시민을 학살한 자들은, 르완다에서 백만 명을 학살한 자들은, 우주에서 날아온 외계인이 아니었어. 그들은 이웃이었지. ……그런 인간이란 존재로 살면서, 그런 비열한 인간으로 살면서, 희망 운운하는 것부터가 역겨운, 역겨운 일 아니냐는 거지?"

기수는 짜증기를 숨기지 않는 목소리로 타박을 했다.

"너, 오늘따라 말이 많다. 그것도 꽤 진지한 척 폼을 잡고?"

"그러게, 내가 미쳤나."

광호의 목소리에는 또 갑자기 힘이 쏙 빠져 있었다.

"주식회사 유니버시티의 편집기획부 팀장이었다고요? ……구멍가게였군. 스물일곱에 편집기획부 팀장이라는 건, 더군다나 수습 떼고 바로 팀장이 되었다는 것은, 웬만한 회사에서는 있을 수 없는 일이거든. 그렇게 생각되지 않나요?"

"맞습니다. 구멍가게였습니다. 사장님을 합쳐 열두 명이 총인원이었습니다. 편집기획부는 저 혼자였습니다."

"혼자서 부원, 팀장 다 했군."

"정확하십니다."

"그런데 왜 그만두었죠?"

돈 때문일 것이다. 돈이 아니라면 그렇게 헌신짝 집어던지듯이 사표를 쓰지 않았을 것이다. 그러나 광호는 돈 때문이 아닌 다른 이유를 대고 싶었다. 그놈에 돈이 아닌 다른 무언가를 내세우고 싶었다. 하지만 돈이 아닌 그 무언가가 쉽사리 떠올라주지를 않았다.

"그곳은 제가 있을 곳이 아니라고 생각됐습니다."

"왜 그런 생각을 했을까?"

"부도 직전의 회사였습니다."

"사업을 하다 보면 부도위기는 일상적인 거죠."

이사는 광호의 속을 훤히 들여다보고 있는 것 같았다.

"월급을 제대로 못 받았겠죠?"

"예, 추석 이후로는 받아보지 못했습니다."

"사업을 하다 보면 월급을 제대로 못 줄 때도 있죠. ……요새 젊은 사람들은 참아주지를 않죠. 회사가 위기에 처하면 나 몰라라 떠나버려요. 희생할 줄을 몰라. 이광호씨 생각은 어때요?"

"희생은 필수적인 관념이라고 생각합니다. 그러나 밑 빠진 독에 물 붓는 것은 희생이 아니라 미련이라고 생각합니다."

"전에 다니던 회사가 밑 빠진 독이었다는 뜻입니까?"

광호는 "예!"라고 목청껏 대답하고 싶었다. 그러나 그런 식으로 대답해서는 안될 분위기 같았다.

"이광호씨는 언제고 떠날 준비가 되어 있군요. 언제라도 보따리를 싸겠군요. 혼자만 살겠다고."

이사는 노골적으로 비아냥대는 것 같았다.

"우리 회사도 여섯 달 동안 월급을 지급 못한 적이 있어요. 이렇게 보아란 듯이 성장하기까지 실로 수많은 난관을 극복해왔지요."

여섯 달 동안이나? 미친 놈들이군. 여섯 달씩이나 월급을 못 받으면서 회사를 다녀? 광호는 믿을 수가 없었다. 그러나 이 회사 사람들이라면 능히 그럴 수도 있었겠다는 생각이 뒤미처 들었다.

광호는 오늘 여의도에 처음 와보았다. 지하철역에서 지상으로 나오자, 우죽우죽 솟은 (광고방송에 단골로 등장하는 대기업 상호를 마빡에 붙인) 빌딩들이 '꺼져! 너 같은 촌뜨기가 발붙일 데가 아냐' 하고 손가락질을 해대는 것 같았다. 어디를 가나 볼 수밖에 없는 빌딩이었지만, 여의도의 빌딩들은 유난하게 느껴졌다. 유행가 소절처럼 가까이 하기엔 너무 멀어 보였다. 앞으로 저 빌딩숲에서 직장인으로 살아야 한다니, 겁이 더럭 났다. 정효숙 선배는, 면접은 다만 형식적인 절차일 뿐 (만에 하나의 경우는 늘 있는 것이니 생각하지 않는다면) 취직이 확정된 것으로 생각해도 좋다고 했다.

"우리 회사도 밑 빠진 독이라고 생각되는 순간 바로 보따리를 싸겠군요?"

광호는 이제 분명히 감지할 수 있었다. 이사가 자신에 대해 탐탁지 않아 하고 있는 것임을. 선배가 만나보라고 한 대리는 단박에 광호가 마음에 든 모양이었다. 대리는 자신의 후배 파트너로 광호가 입사하게 된 것을 기정사실로 인지하고 있는 듯, 돌아오는 월요일 첫 출근하면 해야 할 업무에 대해서 자상히 설명해주기까지 했다. 대리는 면접이라기보다는 인사나 드리라고 이사 집무실을 노크한 것이었다. 그러나 이사는 냉정한 면접을 준비하고 있었던 듯했다.

한 시간여 동안 보고 느낀 바에 의하여, "그런 불행한 일은 일어나지 않을 훌륭한 회사라고 생각됩니다" 제법 소신있게 답했다. 대리의 설명에 따르면, 다섯 개의 소기업으로 이루어진 그룹이었다. (아마도 본사인 것 같은데) 여기 십층의 백여 명은 족히 되어 보이는 직원들의 모습에서 이 회사의 훌륭함을 분명히 느낄 수 있었다. 직원들은 오로지 일을 위해 존재하는 전사들처럼 일분 일초를 아끼며 싸우고 있는 것 같았다. 직원들을 로봇처럼 철두철미하게 부릴 수 있는 회사라면, 훌륭하지 않을 수 없을 것이었다.

광호는 자신의 대답이 이사를 만족시키지 못했으며, 정효숙 선배와 교분이 두텁다는 대리마저 당혹스럽게 했다는 것을 감지할 수 있었다.

"정효숙씨와는 어떤 사이죠?"

"학과 육년 선뱁니다."

"선배 하나는 잘 두셨군. 정효숙씨가 일을 참 잘했지. 정효숙씨의 추천을 우리가 몰라라 할 입장은 아니지."

이력서를 건성으로 훑어보던 이사는 무슨 대목에서인가 눈을 부라렸다.

"운전을 못해요?"

운전을 못하는 것이 범죄라도 된다는 표정이었다.

"예, 못합니다."

"그 나이 먹도록 운전도 안 배우고 뭐했어요?"

광호는 고개를 떨구었다. 고개를 들고 있기가 민망했다. 오히려 대리가 안절부절못했다.

하기는 그렇다. 대리는 (정효숙 선배의 말만 믿고) 운전도 못하는 놈을 여의도에 입성시키려 했다고 문책을 당할 수도 있을 것이었다. 광호는 정효숙 선배에게 미안했다. 어쩐지 자신이 못나 선배의 위상을 깎아내리고 있는 것 같았다. 하지만 정효숙 선배가 알려준 바와 아까 대리의 설명에 의하면, 운전을 못해도 그다지 지장이 없는 업무였다.

"뭐, 운전 못할 수도 있지. 서울 지리는 잘 알겠죠?"

"잘 모르는데요."

"잘 모른다고요? 그럼 안되는데. 이광호씨는 서울 지리를 훤히 꿰고 있어야 합니다."

"서울 지리는 잘 모르지만, 약도만 있으면 어디라도 찾아갈 수 있습니다."

이사는 허허 웃었다.

그 웃음은, 광호의 헤아림이 절정에 이르도록 했다. 이사는 자신을 쓸 마음이 없는 것이다. 취직이 되면 좋고, 안되면 말고, 이따위 생각은 취직이 거의 확실시된다는 전제 아래에서 가능한 것이었다. 분위기가 취직이 안되는 쪽으로 굳어간다고 생각되자, 광호는 다급해졌다.

"정효숙 선배님께, 제가 만약 이 회사에 입사하게 된다면 제가 하게 될 일에 대해서 좀 들었습니다. 제 체질에 부합합니다. 전 잘할 수 있습니다."

"그거야 해봐야 아는 일이고. ……누구나 면접관 앞에서는 체질이라고 말하죠. 최선을 다하겠다, 분골쇄신하겠다, 그러나 알 수 없는 일입니다…… 연봉 천팔백에 대해서는 어떻게 생각하죠?"

광호는 취직이 안되는 쪽으로 속단하고 낙담에 빠졌다. 그런 광호에게 이사는 다시 미소를 짓고 있는 것이었다.

"만족합니다."

만족하는 정도가 아니었다. 광호로서는 감도 잡히지 않는 어마어마한 액수였다.

"유니버시티에 있을 땐 얼마나 받았습니까?"

"천이 되지 않았습니다."

"천이라, 천팔백과는 많은 차이가 있군요. 그렇죠?"

그래, 취직은 무조건 되는 거였어. 아무렴, 정효숙 선배가 청탁한 자리인데. 광호는 김칫국을 마시는 것인지도 몰랐지만, "그렇습니다" 명랑하게 대답했다.

"형, 아직도 자요?"

벌써 깨어 있었다. 오래도록 뒤척이다 창밖이 희붐해져서야 잠결에 들고, 깊은 잠에 근접해보지도 못한 채 오전 햇살을 억지로 눈꺼풀 안에 담아야 하는 나날이었다. 특별히 하는 일이 없는 대가로 쉼없이 사념에 시달려야 했다.

광호는 부스스한 머리카락으로 주인집 아들 명진을 맞았다.

"커피 한잔 타줄까?"

"커피 마실 시간 없어요. 아르바이트 나가봐야 돼요."

명진은, 열 시간 가까이 총판점에서 책을 포장하고 운반하며, 여덟 시간여를 공무원 시험 준비에 바치는 일상을 사느라 그런지, 무척 지쳐 보였다. 그러나 그렇게 열심히 사는 사람만이 가질 수 있는 의기양양함 때문에 눈동자가 맑았다.

"일은 힘들지 않아?"

"뭐, 별로…… 형, 이런 얘기 하고 싶지 않지만, 어쩔 수 없이 해야 되겠네요."

명진은 두고두고 벼르던 말을 하고 싶은가 보았다. 광호는 선수를 쳤다.

"방세 말이지?"

"일주일 후면 석달치가 밀리는 거예요."

알고 있었다. 광호의 사념 중 50퍼센트 이상이 그놈의 방세 해결을 위한 대책 마련이었다.

"그래, 그때 한꺼번에 주께."

말은 하기 쉬워서 좋았다.

"분명히 해주세요. 한 지붕 밑에 살면서 이런 얘기 저도 하고 싶지 않았어요. 아버지가 아무 말도 못하고 계셔서 할 수 없이 제가 말하는 거예요. 형도 짐작하셨겠지만, 우리 가족은 이 방 사글세 받아서 살아간다구요. 영세민이라고 조금 나오는 돈, 내가 책 날라서 몇푼 버는 돈, 이걸로는 누워 있는 엄마 약값 대기도 빠듯하다고요."

"알았어. 내가 잘못했어. ……그래 어머니는 좀?"

"여전하시죠. 죽을 때까지 그 모양으로 살아야 할 팔자죠. ……우리 집구석도 참 웃기는 집구석이죠. 어머니는 식물인간, 아버지는 알코올중독자. 그리고 나는, 나는 뭘까요?"

"집안의 기둥이겠지."

"미안해요. 아침부터 돈타령해대서."

"아냐, 내가 잘못했지."

광호는 진심으로 명진에게 미안했다. 진심이라는 것이 있다면 말이다.

"글쎄, 그걸 원한이라고 해야 될까, 원한은 아니겠네요. 하지만 오래도록 잊지 못할 술집인 것만큼은 분명합니다."

처음 만난 사람이었다. 담뱃불 빌리고 어쩌고 하다가 말을 나누게 되었는데, 한시간여째 노닥거리고 있었다. 어느결엔가 광호가 일방적으로 말하고 상대방은 장단이나 맞춰주고 있었다.

"왜죠?"

"제 평생 가장 비싼 술을 마셔봤습니다. 거기서 ……하나씩 끼고 넷이서 세 시간인가 마셨나 그래요. 젖탱이를 주무르긴 했지만 썹도 안했는데, 백팔십삼만원이 나왔어요. 일인당 사십육만원, 만원 깎아주더군요."

광호는 제 말에 취해 낄낄대었다. 상대방은 진지함을 잃지 않았다.

"양주였나보죠?"

광호는 낄낄댐을 멈추지 못한 채 대답했다.

"아뇨. 맥주였습니다."

상대방은 이해가 되지 않는가 보았다.

"원숭이 골 요리라도 올라왔나보죠?"

"아뇨. 과일안주였습니다."

"여자들이 쇼를 했나보죠?"

광호의 얼굴이 급작스럽게 일그러졌다.

"아뇨. 그 쌍년들은 아무것도 보여주지 않았습니다. 심지어는 노래
도 안 불러줬습니다."

상대방은 갸우뚱거렸다. 광호는 말을 이었다.

"노래방 기계가 없어서 그랬나봐요. 요샌 기계 없이 노래부를 수 있
는 년들이 없어요."

"비쌌군요?"

"비쌌습니다."

"더치페이였나요?"

"아뇨, 한 사람이 덤탱이 썼습니다. ……카드를 긁더군요."

"덤탱이라."

상대방은 그제야 광호가 지껄이는 바에서 졸가리 비슷한 것을 붙잡
았는가 보았다. '바보 같은 놈들, 바가지 왕창 썼군' 이렇게 말하고 싶
어하는 얼굴이었다.

"그러니까 댁은 돈을 내지 않았군요?"

198

"그럼요. 난 돈 같은 거 가지고 다닌 지 오래 됐습니다."

광호는 돈 없는 것이 무슨 자랑이라도 된다는 투였다.

"그런데 웃기는 건, 그때 우리 네 사람은 사오년 만에 만나는 거였어요. 중학교 동창이었죠. 예비군 훈련장에서 만난 겁니다. 그 덤탱이 쓴 친구가 한사코 술을 한잔 사겠다는 거예요. 근사하게."

"그 친구분은 돈을 많이 버는 모양이군요?"

"한달에 백팔십은 번다고 하더군요."

"댁들은 한 달치 월급을 마셔버렸군요."

"그렇죠. 그런데 그 친구 짤렸어요. 일주일 뒤에 전화해봤더니 짤렸다는 거예요. ……그 친구 아직도 새 직장을 못 잡고 있습니다."

상대방은 광호 또래로 보였다. 두 사람은 연못가에 있었다.

"그런데 금붕어를 좋아하십니까?"

"특별히 좋아하지는 않습니다만."

광호는 상대방의 금붕어타령이 생뚱맞았다.

"내가 지켜본 바에 의하면 댁은 한 시간 동안 연못만 바라보고 있었어요. 대부분의 남자들은 여자를 바라보는데."

성욕은 넘쳐흐르는데 그 성욕을 노동으로 풀 직장이 없는 젊은 수컷에게 도서관만큼 환상적인 곳은 없을 것이다,라고 광호는 생각했다. 도서관에는 젊은 암컷도 엄청 많았던 것이다. 그리고 어떻게 된 것이 도서를 열람하거나 공부를 하는 공간보다, 조경 잘된 휴식공간이 더 넓었다. 광호는 서울의 이 도서관과 첫대면했을 때 무척 생경했다. 촌에서 건물만 달랑 서 있는 도서관만 보다가, 아버지 소유의 논마지기보다 더 넓은 정원을 거느린 도서관을 보자, 헛웃음이 나왔던 것이다.

"나 역시 주로 여자를 바라봅니다. 관음이죠. 하필이면 댁이 나를 지켜볼 때, 금붕어를 관찰하고 있었을 뿐입니다."

"무엇을 관찰했다는 거죠? 금붕어한테 관찰할 게 있을까요?"

광호는 멋대가리없이 생긴 이 작자도 자신처럼 어지간히 한심한 청춘이다 싶었다. 묻는 놈이나, 대답하는 놈이나. 하지만 광호는 그럴싸한 답을 해보려고 머리를 굴렸다.

"외따로 노는 놈요. 금붕어 세계에도 외톨이는 있나 봅니다. 떼거리에 속하지 못하고 혼자 노는 놈이 꼭 있어요."

"왕따 얘기군요."

상대방의 정리는 명쾌했다.

"무얼 공부하시죠?"

"아무것도. ……소설책을 읽죠."

광호는 이 도서관에서 소설 읽으러 온 사람은 자신밖에 없을 것이라는 생각이 들었다.

"갈 데가 없어서 도서관에 왔군요?"

광호는 상대방의 얼굴을 새삼스럽게 훔쳐보았다. 점쟁이 아냐?

"맞습니다. 댁은 무얼 공부하죠?"

"경찰직 시험을 준비하고 있어요."

"공부하러 도서관에 왔군요?"

"대체 뭐가 두렵지?"

"한번도 안해본 일이잖아."

"자식아, 웃기지 좀 말아. 누구나 처음엔 안해본 일을 하는 거야."

기수는 어이가 없다 못해 화가 났다. 기껏 일거리를 얻어다 주었더니 무서워서 못하겠다는 것이다.

"하께. ……고마워. 정말 고맙다. 원고료가 얼마랬지?"

광호의 태도가 돌변했다. 참, 변덕스러운 녀석이라니깐. 기수는 속으로 혀를 찼다.

"장당 만원. 열다섯 장이니까 십오만원."

"원고료 나오면 오만원어치 술 살게."

기수는 기가 막혔다.

"아직도 정신을 못 차렸군. 자식아, 네가 누구 술 사주고 그럴 형편이야? ……방세도 못 내는 주제에."

"방세는 냈어."

"부모님이 부쳐줬어?"

"아니."

"그럼 유니버시티한테서 받아낸 거야?"

"무슨 수로 받아내. 배 째란데. 사장이 본래 가진 게 쥐뿔도 없는 놈이었어.. 감옥에 보낼 수는 있어도 받아낼 수는 없는 상황이지."

"그럼 누구한테 꿨군."

"그런 셈이지. ……은행한테 꿨어."

"대출받을 건덕지도 없잖아?"

"신용카드."

"정지당했다면서?"

"그랬지. 그런데 갑자기 은행에서 전화가 왔어. 사십오만원 긁은 거 내라고 난리칠 줄 알았지. 그런데 정지를 풀어줄 테니까, 오십만원을 긁어서 사십오만원을 갚으라는 거야. 결국 그게 그거지. 난 정지 풀려서 좋고."

"그게 그거 좋아하네. 그거 다 은행에서 하는 수작이야. ……정지 풀렸다고 잽싸게 긁었겠군?"

"그렇지. 방값을 내야 되니까. 오십만원 뽑아서 방세 석 달치 사십오만원에 전기세 수도세 어쩌구 셈해주니까, 천원짜리 세 장 남더군."

"그것 봐 자식아. 순식간에 카드빚이 구십오만원이 됐잖아?"

"똑같은 거지. 주인집한테 오십만원 빚지고 있었으니까."

"그래, 생각이라도 그렇게 하고 살아라. ……전화비는 당연히 못 냈겠군."

"곧 끊기겠지."

"실컷 먹어. 언제 또 네가 고기 구경 해보겠냐?"

그간 기수에게 얻어먹은 게 얼마인가? 기수는 영세규모의 기획사에 다니고 있었다. 월급 백만원 정도를 받는데 전세 대출금 갚아나가랴, 적금 내랴, 빠듯한 살림살이였다. 백수한테 술 사주고 그럴 형편은 아니었다.

"고맙다. 너 때문에 내가 산다. 한잔 받아라."

기수는 전라도에서, 광호는 충청도에서 고등학교까지 마쳤다. 경기도 남부지역에서 함께 대학을 다녔다. 생짜 촌놈들이 서울살이를 시작한 지도 어언 1년이었다.

"그래, 따라라."

"댁이 내게 쪽지를 보냈나요?"

"그렇습니다. 단박에 알아보시는군요."

"나도 댁을 눈여겨보았으니까."

"아, 그거 고무적인데요."

"댁 같은 시골뜨기는 가만 있어도 표시가 나는데, 며칠째 내 주위를 얼쩡거렸잖아요? 눈치 못 채면 내가 바보죠."

그랬다. 광호는 2주일째 이 여자와 가까운 거리에서 알짱거렸다. 소설을 읽으러 도서관에 오는 게 아니라, 이 여자를 보러 도서관에 오고 있었다. 오늘은 용기를 냈다. 하지만 쪽지라니, 아무래도 유치했다. 그러나 결과는 좋았다. 이렇게 이 여자가 먼저 말을 붙여온 것이다.

"나한테서 정말 촌티가 납니까?"

"물씬 풍겨요."

"그래요, 난 촌놈입니다."

"자랑스러운가 보군요?"

"기죽을 필요는 없다고 봅니다."

"촌놈 타령을 듣자고 아까운 시간 축낸 건 아녜요. 용건이 뭐예요?"

"더불어 바람을 쐬면 어떨까 해서."

"바람?"

"예, 강바람 말이에요."

"지금, 한강 나루터에라도 가자는 거예요?"

"예, 바로 그거예요."

"그러니까 나랑 연애하고 싶다 이거군요?"

광호는 이런 식으로 말하는 여자가 숫제 처음이었다.

"그렇죠, 뭐. ……왜 그런 눈으로 바라보십니까?"

"내가 보기엔 소 팔고 논 팔아 대학 졸업시켜준 농부님의 아드님쯤 되시는 것 같은데, 마치 일제시대 친일지주의 자제분처럼 폼잡고 있군요."

"예리하시군요."

“도서관에 왔으면 공부나 하세요. 도서관은 공부하러 오는 곳이지 몽상하러 오는 곳이 아녜요.”

“당신은 모범 백수군요. 아니 백수가 아니로군요. 무슨 시험인지는 모르겠지만, 시험에 모든 것을 걸고 최선을, 다, 하고, 있으니깐요.”

광호는 이 여자가 공무원시험 준비를 하고 있다고 단정했다. 도서관이라기보다는 시험공부하는 곳, 아마 틀리지는 않을 것이었다.

“비웃는 거예요?”

“아닙니다. 난 단지, 최선을 다하는 삶에도 잠깐의 바람은 불 필요가 있다고 말하고 싶은 겁니다.”

“댁처럼 말하는 사람들치고 최선을 다하는 작자들은 없지.”

이 여자의 목소리에는 최선을 다해 산다고 자부하는 자들만이 누릴 수 있는 결기가 서려 있었다.

“솔직히 말하자면, 나는 최선을 다해서 사는 사람들을 신뢰할 수가 없어요. 김지하 선생님의 오적들만큼, 최선을 다해서 열심히 산 놈들이 또 있습니까? 때로, 최선을 다해 열심히 산다는 건, 위험합니다. 자신의 최선을 다하는 삶이 때로는 타인에게 억압과 폭력으로 작용할 수 있단 말입니다. 열심히 사는 삶보다, 옳은 방향의 삶이 더 중요하단 말입니다. 옳은 방향의 삶이 아니다 싶을 때는 차라리 열심히 살지 않는 게 낫습니다.”

“궤변이로군. 댁처럼, 쓰레기 같은 생각을 갖고 사는 것보다는, 최선을 다해 사는 것이 천배는 훌륭해.”

그 어떠한 난관도 이 여자를 쓰러뜨리지 못할 것이다. 광호는 여자가 무척 존경스러웠다. 스물다섯살이며, 서초해라고 했다. 눈이 지독하게 내리지 않는 겨울, 잠깐의 바람이 불어오고 있는 것이다.

"정확히 새벽 여섯시에 기상합니다. 환자들한테 밤사이 별일 없었나, 응급실에 새 환자가 들어왔나 살핍니다. 라운딩이라고 하죠. 그다음엔 회진을 준비합니다. 일곱시 오십오분부터는 방사선과와 회의를 합니다. 입원환자 필름을 방사선과에서 리딩해주는 겁니다. 아홉시부터 오전 회진이죠. 교수님이나 담당과장님이 환자를 볼 때 그 환자에 대한 정보와 참고사항을 신속하고 정확히 제시하는 게 제 역할입니다. 아, 그때 환자의 상처를 드레싱하는 것도 제 몫입니다. 회진이 끝나면 오더를 짭니다. 담당과장님과 교수님이 내려준 결정을 정리해서 식사는 뭘로 해라, 양은 얼마큼 해라, 지시하는 거죠. 그 다음엔 수술이 있는 날엔 수술을 보조하고, 없는 날엔, 없는 날이 더 바빠요. 다른 스터디그룹의 CT촬영 결과도 봐야 하고, 과장님이 내려준 오더 중에 다른 과에 문의해야 할 것도 있고, 세상 돌아가는 거 알려면 신문도 보아야 하고, 제 나름의 공부도 해야 하고, 공부하다 보면 선배들 귀찮게 해드려야 되고, 모르는 건 무조건 붙잡고 물어봐야 되는 거 아닙니까? 그러다 보면 오후 회진 시간이 되죠. 오후 회진은 짧은 편이라 다섯시 전에는 끝나요. 퇴원한 사람들 기록 정리하고, 새로 입원한 사람들 살피고 위로해주고, 다음날 수술할 환자들 상태 점검해서 수술준비 해놓고, 그러다 보면 자정입니다."

레지던트는 광호보다 한 살이 적었다. 레지던트는, 광호가 인터뷰를 처음 해본다는 것을 모르는 것 같았다. 광호의 버벅거림을 인터뷰는 원래 이렇게 하는 것이구나, 오해하는 듯했다. 아마 레지던트도 인터뷰를 처음 당해보는 모양이었다. 나름대로 질문을 준비해오기는 했는데, 그것을 써먹지는 못했다. 다행히 레지던트가 알아서 하루 일상을 읊어준 것이었다.

"그럼 대체 밥은 언제 먹습니까?"

"아침 먹어본 지는 이년쯤 된 것 같고, 점심 저녁도 대중없습니다. 짬짬이 먹는 거죠."

"잠은 한 여섯 시간밖에 못 주무시겠군요?"

"아뇨. 전 별로 안 자요. 예술비디오 한편 때려주고, 통신도 하고, 그러다 한 세시쯤 자요."

"대단하시군요."

광호는 자기도 모르게 빈정거렸는데, 다행히 레지던트는 눈치채지 못한 듯했다. 역시 말할 때는 웃고 있어야 한다니까.

"우리는 다들 그렇게 살아요."

광호처럼 종일 하는 일이 없는 사람도 있는 반면에, 레지던트처럼 종일 일만 하는 사람도 있는 게 세상인 것이다.

"그럼 병원서 자겠네요?"

"그렇죠, 뭐. 자취방이 있기는 한데 주말에나 가볼까, 외과의사 숙소에서 자죠."

"연애 같은 것은 상상도 못하시겠군요?"

"아뇨, 연애했어요. 한달 전에 약혼식도 올렸는걸요."

"약혼녀분에 대해서 좀 듣고 싶은데요?"

"음대 출신이고 동갑내기예요. 저를 너무나 잘 이해해주죠. 피아니스트입니다."

레지던트와 피아니스트라, 어울리는 조합이었다.

광호는 자신이 쓸데없는 것만 질문하고 있다는 생각이 들었다.

"학교 다닐 때하고 비교하면 어떻습니까?"

"훨씬 힘들죠. 열배는 더 공부해야 하고. 하지만 재미있어요. 후배들이 지레짐작하고 외과를 기피하는 경향이 있는데, 제 마음먹기 나름이에요. 후배들이 외과 쪽으로 많이 왔으면 좋겠어요. 그래서 전 후배들이 찾아오면 일부러 노는 모습을 보여주죠."

"후배가 없습니까?"

"말썽 많은 일년차 막내죠."

어차피 진위 따위는 고려하지 않는 게 인터뷰인 것이다. 광호는 인터뷰를 해본 적이 없고, 인터뷰기사를 써본 적이 없지만, 인터뷰는 수없이 읽었고, 인터뷰기사에 대해서 가지고 있는 선입감도 상당했다. 그럴듯한 것은 강조하고, 그럴듯하지 못한 것은 삭제해버리는 것, 그것이 인터뷰 아닌가? 이렇게 섣불리 단정해버릴 정도였다.

"이 젊은 선생님만 보면 마음이 편안해지는 거야. 얼마나 사람 마음을 따뜻하게 해주는지 몰라. 정말이지 선생님 손 붙잡고 있으면 만사가 다 가벼워진다니까!"

이 레지던트가 인기가 있기는 있는 모양이었다. 광호와 사진기자는 전혀 요구하지 않는데, 환자는 레지던트의 손을 꽉 붙잡고 떠벌리는 것이었다.

"칭찬이 대단하시네요."

이동하며 물어보았다.

"그 환자분, 이쑤시개를 삼켜 배탈이 난 환자예요. 웃기는 건 한달 후에 증상이 왔다는 거죠. 이쑤시개는 한달 동안 환자 뱃속을 뱅뱅 돈 겁니다."

이 레지던트에게서도 지친 냄새는 났다. 열심히 살 수밖에 없는 것과 열심히 살 수가 없는 것은 종이 한장 차이인지도 몰랐다.

"명석하고 분명해서 일처리하는 걸 보면 똑 소리가 나요. 환자들을 대하는 게 마치 부모 같아서 인기 최고예요."

간호사가 그냥 추켜세워주는 것 같지는 않았다. 레지던트가 능력을 인정받고 있는 유망한 미래의 의사임에는 의심의 여지가 없어 보였다. 그런데 왜 자꾸만 의심하려드는 걸까? 광호는 그 어떠한 현상에 대해서도 긍정적으로 보지 못하는 자신의 성격이 혹 열등감 때문이 아닌지 씁쓸해졌다.

"간호사분들한테도 높은 점수를 받고 계시군요."

"책에 실린다니까 한없이 추켜세워주는 거겠죠."

"과장으로 들리지 않던데요?"

"그렇다면 다행이고요."

"웃음이 많으신 것 같네요?"

정말이지 레지던트는 한결같이 웃는 얼굴이었다.

"개인적으로 아무리 곤란한 상황에 처해 있더라도 항상 웃는 모습을 보여주려고 합니다. 환자들은 의사의 웃는 얼굴에 편안함을 느끼죠."

글쓰기에 딱 좋은 말이었다.

하지만 레지던트는 스스로 말을 즐기는 사람은 아니었다.

"특별히 하고 싶은 말 없습니까?"

뭔가 그럴듯한 말 한마디만 더 해주면 글쓰기가 한결 수월할 텐데.

"없는데요."

"그래도 한 말씀 해보시지요?"

"저는 거창한 말 같은 것 못해요. 행동으로 보여주는 것만이 최선이라고 생각합니다. 그래서 전 할 말이 없어요."

기다렸던 바로 그 한 말씀이었다.

'24시간 밀착취재' 꼭지였다. 단 두 시간 만에 해치운, 엉성하기 이를 데 없는 취재를 토대로 사기치는 것만 남았다. 광호는 몇 줄의 글로써 살아서 움직이는 사람을 가둬둘 수 있다고 생각하는 것 자체가 글의 오만이라고 생각하고 있었다. 글은 숙명적으로 사기가 될 수밖에 없는 것이다.

"아저씨, 기계가 돈을 먹어버렸어요. ……아저씨, 기계가 돈 먹었단 말입니다."

다섯 명이 줄을 서 있었지만, 그게 몹시 바빠서 들었다는 척도 못해 줄 이유가 되는가. 옆에 한놈 놀고 있는 것 다 보이는데.

"아저씨!"

"기다려요. 지금 손님들 줄 서 있잖아."

"아저씨, 기다릴 만큼 기다렸어요."

"이봐, 발매기한테 좀 가봐. 돈 먹었대."

광호는 치미는 욕지거리를 꾹 참았다.

자동발매기 내부를 살핀 역무원이 말했다.

"없는데."

"없다니요? 난 분명히 오백원짜리 동전 한개를 넣었단 말입니다."

"없잖아. 보라구, 없잖아."

"난 분명히 넣었단 말입니다."

"이 사람이 정말, 없잖아. 보라구 없잖아. 실험해볼까."

역무원이 오백원짜리 동전 하나를 밀어넣었다. 지하철표 한장이 툭 떨어져나왔다.

"자, 나오잖아. 또 한번 해볼까. ……또 나오잖아."

"아까 내가 넣었을 땐 분명히 안 나왔단 말입니다."

역무원은 마흔살쯤 되어 보였다. 광호처럼 연장자에게 저도 모를 예의가 단단히 박혀 있는 젊은이한테, 돌발사태를 두려워하지 않고 반말을 지껄일 수 있을 만큼 충분히 많이 먹은 나이일 것이었다. 하지만 공무원과 시민으로 만나는 순간이 아닌가? 군부독재 때라면 또 몰라. 새천년이 내일모레인데 공무원이 시민한테 이토록 아무렇지도 않게 반말을 해도 되는 것일까? 광호는 동전 한 개가 부린 마술에 넋이 나가서인지, 이처럼 엉뚱한 생각을 했다.

자동발매기를 단속한 역무원은 잠시 고민하는 듯했다. 공무원을 상대로 사기행각을 벌인 젊은 놈을 응징할 것인지, 아니면 똥 밟았다 치고 참고 말 것인지. 광호도 비슷한 갈등을 했다. 공무원을 상대로 진실을 위해 투쟁할 것인지, 아니면 지하철공사에 적선했다 치고 손해를 감수할 것인지. 역무원의 뒷모습을 멍하니 바라보던 광호는, 역무원이 매표소 안으로 확실히 들어간 뒤에야 중얼거렸다.

"……개새끼. 그냥 가버리면 어떡해, 나한테 오백원이 얼마나 큰돈인 줄 알아. 좆같은 새꺄."

광호는 천만다행으로 담배를 사려고 아껴둔 천백원이 있었다. 천백원이 없었다면, 이 지하철역에 무슨 일이 일어났을지 모른다.

"연락이 없어서 안된 줄 알고 있었어요."

한때 여섯살이라는 나이차이에도 불구하고 정효숙 선배를 그리워했다. 짝사랑이 식은 지 이미 오래건만, 선배가 담배피우는 모습을 바라보고 있노라니 까마득한 과거가 아릿하게 쳐들어오는 것이었다.

"면접 때 도대체 뭐라고 말한 거냐?"

"왜요? 면접 본 사람들이 뭐라고 그래요?"

"세상을 덜 산 것 같다던데. 그들은 즉시 투입할 수 있는 전력감을 원했다는 거야."

'세상을 덜 산 것 같다'는 말은 광호가 끔찍하게 싫어하는 평이었다. 아마도 본질을 꿰뚫는 화살이었기 때문일 것이다.

"제가 즉시 전력감으로 뵈지 않았단 얘기군요. ……뭐 대충 보니까 일 같지도 않은 거드만."

해보지도 않은 일에 대해서 이토록 건방질 수 있을까?

"나도 그렇게 생각한다. 네가 세상 덜 살고 경력이 짧은 건 사실이지만, 너 정도 실력이면 그 정도 일쯤은 우습지."

선배의 말이 참 고마웠다. 선배는 철없는 것한테 떡 한쪽 더 준 것인지도 모르지만.

"밑 빠진 독 얘기를 했다며?"

"왜 그 얘기가 나왔는지 모르겠어요."

"아무튼 그 밑 빠진 독이, 너를 채용하지 않기로 결정하는 데 결정적인 요인으로 작용했다."

"제가 밑 빠진 독에 빠졌군요."

"하지만 차라리 잘됐어. 그들은 광고업무에 무지하지. 개국공신이나 마찬가지인 내게 다시 연락을 해오더군. 이광호씨는 안되겠으니 다른 사람을 추천해달라고. 수선이를 소개시켜줬다. 수선이 알지?"

"알아요, 이년 선배예요. 박수선 선배는 당연히 채용됐겠지요?"

"물론. 걘 똑소리나는 애 아니냐. 냉정무비한 성격이 흠이지만. 걘 밑 빠진 독 같은 얘기는 안 꺼내지."

"그런데 뭐가 차라리 잘됐다는 거예요?"

"수선이는 출근한 지 한달 만에 짤렸다. 광고업무가 급증해서 하나를 더 채용했던 건데, 광고물량이 줄어드니까 도로 짤라버린 거지. 네가 채용됐어도 마찬가지라는 얘기야."

"그놈에 회사가 장난을 쳤군요. 저야 차라리 잘됐지만 수선 선배가 안됐네요."

"아니, 수선인 복이 있드라. 그 회사에서 짤린 지 사흘 만에 그 회사보다 더 좋은 회사로 스카웃되었어. 기본적으로 실력이 있는 애였지."

"잘됐군요."

"알아보고는 있다만 도통 자리가 없다. ……사람 찾는 데가 전혀 없는 것은 아냐. 하지만 최소한 경력 삼년 이상을 원해."

선배는 미욱한 후배를 위해 신경쓰기를 계속하고 있는 모양이었다.

"누님, 저한테 그만 신경쓰셔도 돼요. 어차피 홀로서기 아닌가요. 제 밥그릇 제가 찾아야지요."

말이야 쉬웠다. 광호는 말로는 세상을 손바닥에 올려놓고 살고 있었다. 말이 아닌 몸으로 부딪는 순간, 세상과 한번 을러보지도 못하고 단박에 나자빠지면서.

"그래, 그런 정신으로 살아야 돼. 나도 계속 알아보겠지만, 기대하지 말고 찾아봐. 있을 거야. 어딘가에는."

광호는 대학교 4학년 때 학원강사를 한 적이 있었는데, 그때 중학생들에게 가르쳤던 '희망'이라는 시가 떠올랐다.

"그럼요."

"더 마실래?"

"누난 가정을 수호해야 하잖아요."

"그럼, 술은 그만 하고 노래방에나 갈까?"

"노래방? 노래방 하니까 생각나는 게 있어요."

"뭐가 생각나는데?"

선배를 만나면, 헤어지기가 싫었다. 광호는 선배를 붙잡기 위해서라도 마구 지껄이지 않을 수 없었다.

"그 계집애 차례가 되었죠. 조용한 노래였어요. 난 노래를 잘 모르지만 춤추기에 적당한 노래라고 생각했죠. 그게 실수였어요. 난 그 계집애 어깨에 손을 올렸습니다. 그 계집앤 괴물의 발톱에라도 닿았다는 듯 기겁을 하더라구요. 다른 사람들 귀에 똑똑히 들릴 만큼 비명을 질렀어요. 난 절대로 못 잊어요. 그 계집애의 눈빛. 계집앤 날 경멸했다고요. 난 화장실에 가는 척 나와버렸어요. 노래방에 들어간 지 십분도 안돼서. 내가 노래 못 부르고 노래부르는 것 싫어하는 체질이기는 하지만, 노래방에 가서 노래 한 곡 안 부르고 나와보기는 그때가 처음이자 마지막이었어요. 난 밤하늘에 빌었습니다. 하늘이시여! 저 계집년과 다시는 마주칠 일이 없도록 도와주소서."

"그애를 좋아했었구나?"

"관심은 있었죠. 전 여자라면 다 관심 있어요. 여자들이 내게 관심을 안 가지는 게 문제죠. ……그 계집애가 날 좋아했다면 우린 연인이 되었을 거예요."

"그앤 널 좋아하지 않았구나?"

"나뿐만 아니라 남자를 별로 좋아하지 않았어요. 그앤 시를 좋아했어요."

"시(詩) 말이냐?"

"예."

선배도 시를 썼었다. 선배는 몇살 때 시를 포기했을까? 아니, 포기
하지 않고 여전히 남모르게 시 속을 헤매고 있을까?

"그 뒤로 만났니?"

"하늘이 저의 기도를 들어주었어요. 지금까지는 얼굴 안 마주치고
살아요. ……노래방에 가면 그 계집애 얼굴이 떠올라서 화끈거려요."

"노래방에 가긴 가는구나?"

"여자 어깨에다 팔을 올려놓는 행동은 절대로 않죠."

"가자, 넌 노래를 불러야 돼."

"투표했어?"

"아니."

"빨리 옷 입어."

"왜?"

"투표해야지!"

"난 투표하지 않을 거야. 나하고 무슨 상관이지? 권력의 수괴가 바
뀌는 것뿐이잖아."

"그렇지 않아. 권력이 교체되는 거야."

"권력계급과 피권력계급의 구도는 절대로 바뀌지 않아."

"권력을 한번도 교체해보지 못한 병신 같은 국민의 자포자기에 지
나지 않아. 네 한 표가 권력교체를 가능하게도, 불가능하게도 할 수
있어."

"그러나, 내가, 투표하지 않아도, K씨가 되는 건 불을 보듯 뻔하잖
아?"

"섣부른 소리 하지 마."

214

"귀찮아. ……투표? 그거? 내가 피권력계급임을 증명하는 슬픈 행위 아냐?"

"넌 숲은 생각하지 않고, 현상만을 생각해. Y새끼가 되는 것하고, K가 되는 건, 땅과 하늘의 차이가 있다는 걸 왜 이해하지 못하지?"

"설령 투표를 한다 해도 난 K를 찍지 않을 거야. 찍는다면 기호 4번을 찍을 거라고."

"바로 그거야, 넌 Y한테 표만 주지 않으면 돼. ……네 말대로 권력의 본질은 불변한다 해도, 권력의 양상은 확연히 달라진다. ……난 간다. 너처럼 방구석에 처박혀 있는 녀석들이 또 있어. ……이거 하나는 분명히 해두고 간다. 이번에 교체가 안되면, 난 너를 다시 보지 않겠다."

"우린, 다시 보게 될 거야."

"투표해. 자식아."

"한성재씨 알아요?"

"압니다. 삼년 선배님입니다."

"잘 알아요?"

"비교적 친했습니다."

"여기서 일해요."

사장은 자랑스럽다는 투였다. 처음 듣는 얘기였다. 성재 선배가 이런 구멍가게 같은 회사에서 밥벌이를 하고 있다니. 선배가 혹시 학원 이외의 직장을 다닌다면 대기업 홍보실은 무난한 실력자라고 생각했었는데.

"이정심하고 양미향은?"

"후배들입니다."

"그 친구들도 여기 다니다가 그만두었지. 요새 그쪽 친구들이 많이 오는군. 우리 회사와 인연이 닿나 본데."

어쩐지 광호는 자신이 나온 학과가 무시당하는 느낌이었다.

"우리 회사에 대해서 들어봤겠죠?"

광호는 솔직히 밝힐 수밖에 없었다.

"들어보지 못했습니다."

"섭섭하군. 우리 회사, 이래봬도 알아줍니다. 출판업계에서 알짜배기라고 소문이 났죠. 남들은 짜르려고 난린데, 뽑으려는 거 보면 알쪼 아닙니까? ⋯⋯교정은 잘하시겠군?"

"사년 동안 배운 게 그겁니다."

이토록 뻔뻔하게 자신감을 표출해도 되는 것일까?

"그래도 시험은 시험이니까 봐야 됩니다. 면접 끝나고 교정을 보고 가서야 돼요."

"자신있습니다."

"우린 육십밖에 못 주는데 그거 받고 일할 수 있겠어요? 이광호씨한텐 너무 적을 텐데?"

"돈보다도 일을 배우겠다는 생각으로 일하겠습니다."

전혀 거짓은 아니었다. 전에 다니던 회사에서는 이쪽 계통의 일을 배우지 못했다. 말만 편집기획부였다. 일거리가 전무하다시피 했던 것이다. 돈이 적더라도 일이 많은 회사를 각오했으니까 면접을 보러 왔을 것 아닌가?

"경력을 쌓겠다?"

사장은 비웃음을 그려놓고는, 광호가 들고 온 이력서를 좀더 뜯어보는 것이었다. 사장의 시선이 어떤 부분에서인가 멈추는 것 같았다. 알 만했다. 대학교 4학년 때 지방대학 주최의 문학상 소설부문 당선 경력을 적어놓은 난일 터였다. 광호는 그 어쭙잖은 이력을 기입할까 말까 꽤 망설였다. 그것이 면접에 유리하게 작용할는지 확신이 안 섰기 때문이었다.

"소설 당선이라, 글을 좀 쓰셨나 보군. 아직도 소설 쓸 생각을 가지고 있는 겁니까?"

당연한 것 아니겠는가? 물을 것을 좀 물어라. 광호는 긍정의 뜻으로 비굴한 미소를 지었다.

"그러면 곤란한데. 두 가지를 다 하겠다, 이거 아닙니까? 낮에는 직장 다니고 밤에는 소설을 쓰고?……"

광호는 다시 한번 긍정의 몸짓을 했다.

"안됩니다. 이광호씨가 뭘 모르셔서 그러는 건데, 한 가지밖에 할 수 없어요. 두 가지를 동시에 하면 두 가지 모두에 등한히하게 됩니다. 두 가지 다 나가리나는 겁니다. 소설을 쓰든가, 직장을 열심히 다니든가 둘 중에 하나를 해야 됩니다. 그래야 뭐가 돼도 돼요."

남는 시간에 소설을 쓰건 말 건, 직장에서 열심히 일하면 되는 것 아닌가? 우려한 대로 그 수상이력은 면접에 불리하게 작용하고 있는 것 같았다.

"효율적으로 배분한다면 두 가지 모두 최선의 경주가 가능하다고 생각합니다."

"천만에. 내가 이 바닥서 삼십년 굴러먹었어. 글쓴네 하는 인간들을 한두 명 봤겠어? 수백 명을 봤어. 직업을 가진 채 글쓰는 인간들치고 제대로 쓰는 걸 못 봤어."

어째 면접이 이상했다. 이런 게 면접이었나? 훈계를 듣고 있지 않나? 훈계를 들으러 왔단 말인가? 광호는 헷갈렸다. 과거에 딱 세번의 면접을 경험해본 광호는 그 세번 모두, 친구들의 면접 경험담과 비교할 때 제대로 된 면접이 아니었던 것으로 기억하는데, 이번에도 역시 면접답지 못한 면접을 당하고 있는 것 같아 언짢기가 이루 말할 수 없었다.

사장의 긴 훈계를 들으면서도 자리를 박차고 일어나지 못한 것은, 취직에 대한 미련 때문일 것이었다. 면접을 끝내고, A4지 열 장쯤 되는 무슨 논설문 비슷한 글을 교정 정도가 아니라, 윤문까지 힘닿는 대로 해보라는 지시를 받았다. 광호가 사장실을 나오는 것과 동시에 한 여자가 들어갔다. 면접자가 까마득히 줄을 서 있는 모양이었다.

여남은 명의 직원 중에는 한성재 선배도 있었다. 선배는 사장실 눈치를 보느라 그런지 눈짓으로만 인사를 해주었다. 응접용 원형 테이블에 붉은 펜을 꽉 쥐고 A4지 묶음을 잡아먹을 듯이 열심인 두 명의 여자가 자신과 같은 처지임을 금방 알 수 있었다. 그녀들은 광호보다 먼저 와 면접을 보고, 광호가 면접하는 동안 교정과 윤문을 했고, 아직 끝마치지 못한 것이었다. 광호도 그녀들처럼 붉은 펜을 들었다.

넉 장까지는 두동강낸 쌀알 같은 활자들을 혼신으로 요절냈다. 그러다가 자신이 교정과 윤문에 있어 아주 시원찮은 실력임을 인정하게 되었다. 문예창작과를 4년 다녔으니, 그리고 대학문학상 소설부문에도 당선된 실력이니, 교정 윤문쯤이야 하고 깔보았던 것인데, 그게 아니었다. 게다가 지금 붙잡고 있는 글은, 광호가 오로지 매달렸던 소설과는 너무나도 다른 이국적인 문체로 점철된 논문이었다. 모든 문장이 마음에 들지 않고 뭔 말인지 알딸딸했다. 광호가 알던 문장과 한

백년의 거리쯤 동떨어져 있었다. 어쩌면 이런 어색한 필기시험을 치르고 있는 자신이 견딜 수 없이 싫었는지도 몰랐다. 광호는 다섯 장째에 취직을 포기해버렸다.

한성재 선배는 1층으로 내려가는 계단 입구에서 담배 한대를 내밀었다.

"선배님, 언제부터 여기서 일하셨어요?"

"석 달쯤 됐다."

"대학원은 졸업하신 거예요?"

"하면 뭘 하냐."

"학원강사는 그만두신 모양이지요?"

선배는 쓴웃음을 지었다.

"늦었어. 더 빨리 그만두어야 했었는데. 학원은 평생 일할 생각이라면 모를까, 한동안 머무르기에는 위험한 곳이야. 강사생활 오년 하고 깨달은 거다."

유달리 친한 선후배간도 아니었는데다가, 뜻밖의 만남이 이러한 정경이니 할 말이 많지 않았다.

"교정은 제대로 한 거야?"

"대충 했어요. 그래도 창문 만드는 학과 사년 다닌 실력인데 교정쯤이야."

광호는 농담을 했다.

"여긴 어떻게 알고 왔나?"

"벼룩시장 보고요."

"그게 효과가 있군. 어제부터 한 오십명은 다녀갔다."

"몇사람 뽑는 건데요?"

"둘. ……사장이 신났어. 너한테 말 많지?"

"예, 별 같지 않은 걸 다 물어보더라구요."

"면접을 즐기는 모양이야. 사장이 면접하고 있는 것을 보고 있으면, 고양이가 쥐 데리고 노는 것 같애."

"전 쥐군요."

"모두가 쥐지."

"우리보다 학벌 높은 데서 오는 쥐도 있나요?"

"물론."

"그럼 기대조차 말아야겠군요."

"기대하지 마라. 내가 다녀봐서 하는 얘긴데, 여기는 다닐 데가 못 된다."

어차피 다닐 수 없는 곳일 테지만, 궁금했다. 쓸데없는 호기심은 광호의 거의 유일한 밑천이었다.

"왜요? 월급을 제대로 안 줘요?"

"월급은 제대로 줘."

"문제가 많군요."

"아주 많아."

"제가 전에 다니던 회사도 문제가 많았어요."

"다른 데를 알아보도록 해. 나도 곧 나갈 거야. 정심이하고 미향이도 한 달을 못 버티고 나갔다."

"저로서는 월급만 제대로 나온다면……"

아무 회사나 상관없는 처지임을 말하려다가, 신세타령이 될 것만 같아 광호는 입을 다물었다.

"육십만원에 너무 많은 걸 걸지 마."

"하기는 걱정할 필요는 없는 것 같네요. 어차피 채용되지 않을 테니까."

"언제 연락해라. 술 한잔 사마."

"고생하세요, 선배님."

대학 동안 유대가 깊지 못했던 선후배간의, 대학 떠나서의 만남은 대개 이럴 것이다. 우연히 만나, 공염불로 다음의 술 한잔을 기약해놓고는, 미련없이 헤어지는 것이다.

"세상 달라진 것 못 느끼냐?"

"글쎄 잘 모르겠는데."

"세상은, 달라졌어. 투표 다음날부터."

"뭐가 달라졌지?"

"사람들의 얼굴부터 달라졌어. 활짝 퍼졌어."

"K씨가 되었기 때문에?"

"아니지, 권력교체를 해냈기 때문이지."

"그럼 Y새끼를 찍은 사람들은 어쩌고 있나? 그들은 슬피 울고 있나?"

기수는 광호의 시큰둥한 반응에 별로 화내지 않았다. 원래 이런 놈이려니 포기하고 산 지 오래인 것이다.

광호는 초해에게, 10월에 놀러왔던 후배가 한강에서 소주를 마셔보는 게 소원이었다면서 졸라대던 얘기를 해주었다. 결국 후배의 조르기를 못 견뎌 자정 무렵에 한강에 도착했다. 후배는 완전히 취해서 발가벗고는 다이빙을 해버렸다. 후배 때문에 억지로, 서울살이 처음으로 한강변에 나앉아 있던 광호는, 비교적 괜찮았던 소주맛을 확 잃어버리며, 후배가 어떻게 될까봐 벌벌 떨었다. 후배는 광호를 비웃듯이 30분이나 수영을 했다. 겁대가리라고는 애당초 없게 생긴 후배는 겁쟁이 선배를 능멸했던 것이다.

"저 똥물에서 말이야."

"넌 수영을 못하는구나?"

"난 못해."

"네가 수영을 할 줄 알았다면, 너도 그 후배를 따라 다이빙했을 거야."

초해와는 그 도서관에서의 만남이 줄기차게 이어지고 있었다. 붙어다니는 초해 덕분에, 광호는 이제 도서관에서 외롭지 않았다.

"내가 오늘 배를 탔다면, 너와 나란히 앉아서 똥물을 바라보는 일은 없었을 거야."

"배라니?"

"어부들이 부족한가 봐. 선원 구한다는 광고가 정보지에 빼곡하더군. 초보자 환영, 월급 백팔십, 상여금 이백퍼센트. ……땡기더라구. 전화를 걸었지. ……오늘 연락이 온 거야. 짐 챙겨가지고 서울역으로 나오라고. 그런데 겁이 덜컥 나는 거야. 내가 과연 뱃일을 할 수 있을까? 편하게만 살아온 내가. 잠깐만 생각할 시간을 달라고 했지. 그랬더니 뭐랬는 줄 알아? ……실컷 생각하래. ……내가 만약 서울역에 나갔다면 지금쯤 바다에 도착했을는지도 모르지."

광호는 자신이 겁쟁이임을, 딴에는 고백한 것이었다.

"안 가길 잘했어. 넌 새우잡이배에 팔렸을 거야."

초해는 진정으로 칭찬하는 투였다.

"요샌 옛날처럼 무법천지는 아니래."

"배 타서 돈을 벌 수 없다는 것은 분명해. ……경험은 되겠지."

"경험을 얻기 위해서 배를 타기엔 너무 늦은 나이지. ……대학 나온 게 죄야. 대학 사년 군대 삼년, 그리고 사회에 나와보니까, 나는 쓸모가 없는 인간이 돼버렸어. 펜대 굴리는 재주밖에 없는데, 나를 받아주어야 할 펜대 진영은 붕괴해버렸어."

광호는, 자신이 겁쟁이가 아니라고 강짜를 부리는 것이었다. 자기합리화라고나 할까.

"대학을 안 다녔어도 마찬가지였을 거야."

"대학을 안 다녔으면 달랐을걸."

"대학을 안 나왔다면 네가 뭘 할 수 있었을까?"

"적어도 육체노동을 두려워하지는 않는 놈이겠지. ……아버지는 육십평생을 육체노동에 종사해왔는데, 그의 아들은 육체노동이라면 겁부터 내."

대학을 다니지 않았다면, 아버지처럼 농부가 되었을까? 아니다, 아버지처럼 농부는 되지 않았을 것이다. 노동한 만큼 대가를 받아야 마땅하다는 자본주의논리가 가장 안 통하는 곳, 농촌, 그곳에서 아버지처럼 살기는 싫었다.

"그래도 넌 농부의 아들이야."

초해는 위로하는 것인지도 몰랐다. 광호는, 과연 자신이 농부의 아들일 수 있을까, 자문해보았다.

"그건 그렇지. ……굴레야."

우골탑이 어떻게 생긴 것인지 피부로 느끼며 대학을 다니고도 월급쟁이가 되지 못한 광호는, 아버지를 생각하자 자괴감을 참을 수가 없었다.

차라리 아버지가 대부분의 가난한 농부처럼 자식을 대학에 보내지 못했다면, 아들은 스스로의 힘으로 앞날을 개척하기 위해 어쩔 수 없이 좀더 용감한 청년이 될 수 있었지 않을까. 하지만 이런 생각도, 자신의 삶을 희생하여 자식을 가르친 아버지를 생각한다면, 해서는 안 되는 불순한 감상일 것이었다. 하여튼 초해가 있어 그나마 고마운 겨울이었다. 참말이지 올 겨울엔 눈이 지독히 가물었다.

"형, 우리가 지금 이박삼일 동안 바둑만 두고 있는 거 알아요?"

광호는 참다 참다 못해 말했다. 성갑수 선배는 바둑을 워낙 좋아했다. 그러나 광호는 의무방어전 치르듯 하고 있었다. 광호는 선배 못지않은, 바둑을 몇날 며칠이고 둘 수 있는 체력을 지니고 있었지만, 단 한 판도 즐겁게 둘 마음이 아닌 요즘 심경이었다. 그럼에도 불구하고 지금까지 한 20여판을 싫은 기색도 없이 둘 수 있는 것을 보면, 광호가 대단한 놈이기는 했다. 싫은 것을 싫다 말하지 못한 채, 20여번의 짜증나는 수읽기를 반복한 것이었다.

"그만둘래?"

"예, 머리 찢어질 것 같아요."

바둑이 끝나면 술이었다. 지난 이박삼일간 바둑과 술 마시기, 두 가지 일만 번갈아 해온 것이다. 술도 그랬다. 광호가 술을 즐기지 않는다고 말할 수는 없었지만, 자취방에서 술이나 먹고 있을 만큼 마음의 여유가 되지 않는 시절을 보내고 있었다. 술이 아니라 독약을 마시는 것 같았다. 광호가 자취방에 있을 때 가장 조화롭게 여기는 상태는, (초해가 듣고서 너 미친 거 아니냐고 했지만) 써지지 않는 소설 때문에 머리를 쥐어뜯고 있는 꼬락서니였다. 사흘간 그 꼬락서니를 못했더니, 미치고 환장할 지경이었다.

또다시 술을 마시다가, 광호는 그만 떠나주지 않는 선배가 미워, 선배에게 그만 떠나가달라고 말하지 못하는 자신이 미워, 발악처럼 소리질렀다.

"죽겠어요, 씨팔. 왜 나는 이 모양일까요? 씨팔, 되는 일은 하나도 없고, 죽겠어요, 진짜."

잔머리를 굴려도 희한하게 굴린 것이었다. 선배가 이 미욱한 후배의 어쭙잖은 마음을 헤아려 그만 가주기를 기대하면서.

"임마, 너 죽겠다는 말을 입에 달고 산다?"

"그럼 안되나요?"

"임마, 몇살이나 처먹었다고, 세상 다 산 것처럼 나불대냐. 겨우 스물여덟이잖아? 앞날 창창한 놈이, 그렇게 앓는소리나 해대싸니 뭐가 되겠어? ……죽겠다니, 뭐가 그렇게 어려운데? 네가 뭐가 부족해? 불구야? 부모가 없어? 나이가 많아? 배우질 못했어? 뭐야, 네가 남보다 못한 게 뭐가 있어? 라면 살 돈도 없다고? 돈 없다고 죽나? 돈은 언젠가는 생겨. ……넌 그 죽겠다는 염불부터 입에서 떼어내야 돼."

"난 불구예요."

"자식이, 그래도."

선배는 광호의 속마음을 헤아리지 못한 것인지, 대화는 점점 이상하게 풀려갔다. 광호도 이렇게까지 앓는소리를 하고 싶었던 것은 아니지만, 이왕 입이 그딴 식으로 벌어졌으니, 나오는 대로 뱉어내고 있었다.

"정신적인 불구. ……선배님, 죽겠는 걸 죽겠다고 말하는 것도 죄가요? 젊다는 죄로 말도 못하고 사나요?"

"새끼, 넌 정신상태가 글러먹었어. 나한테 좀 맞아야겠다."

선배는 진짜 머리통을 한대 툭 때렸다. 누가 맞는 것을 좋아하랴.

"왜 때려요?"

선배는 후배의 개기는 말투에 어이없어하더니 이번에 좀더 세게 때렸다.

"씨발, 선배가 뭔데 나를 쳐요?"

'씨발'에 열받아버린 선배는 타격점을 뺨으로 옮겨 한대, 옹골지게 후려갈겼다.

"당장 가요. 여기는 내 방예요. 당장 나가요."

광호는 아이처럼 앙앙거렸다. 이 가련한 청년을 보고 누가 서른이 내일모레라 하랴.

광호보다 여섯살이 더 많은 선배는 후딱 배낭을 챙겨서는 자취방을 나갔다. 이제껏 인간 말종을 상대했다고 문득 깨달은 사람 같았다. 광호는 쫓아나갔다. 나와보니 그새 한밤중이 되어 있었다.

"형, 형, 죄송해요."

선배는 골목을 잰걸음으로 내려갔다.

"제가 술이 취해서 그래요. 제발 들어가요."

선배는 배신감을 곱씹고 있는 것처럼 보였다. 택시를 잡으려고 설치는 선배의 팔목을 붙잡고, 광호는 징징거렸다.

"정 가실라면 내일 가요. 자고 가세요."

"놔, 자식아."

"형, 이렇게 무릎꿇고 빌게요. 제발."

광호는 정말로 무릎을 꿇었다. 내려다보던 달님이 파안대소하며 말

하는 것 같았다. 웃기는 놈이구먼. 선배를 태운 택시가 금방 도로의
어둠속으로 빨려들어갔다.

광호는 중얼거렸다.

"씨발놈의 선배. 왜 나를 슬프게 하지?"

선배가 이렇게 떠나간 것에 대한 섭섭함이 아니라, 이렇게 선배를
떠나보내는 자신에 대한 혐오를 토로한 것인지도 몰랐다. 어쩐지 유
쾌한 것이었다. 이렇게라도 떠나준 선배가 고마운 것이었다. 이렇게
라도 선배를 쫓아보낸 자신이 대견스러운 것이었다. 박쥐 같았다. 싫
은 내색 한번 않고 이박삼일 동안 선배와 놀 수 있었다니. 속으로는
어서 가주기를 바라면서. 속과 겉이 다르다, 겉과 속이 달라. 광호는
자신이 싫고, 이렇게 자신을 싫게 만든 선배가 미워, 또 진정 자신을
마음 편히 여기고 찾아와준 선배를 이런 식으로 보낸 게 미안하여, 저
도 모르게 고래고래 소리질러대고 있었다.

"잘 가라, 선배여! 선배여, 잘 먹고 잘 살아라!"

그러다가 시비를 당했다.

"어이, 길거리 전세냈어?"

취한 듯 흐느적흐느적 거리를 방황하는 청년들과 맞닥뜨린 것이다.

"씨발, 소리도 못 지르나?"

광호가 태어나서 첫 대면에 이토록 용감하게 대거리해본 것은 처음
이었다.

"어쭈리, 이 새끼가 눈에 뵈는 게 없나."

"신고도 안했어?"

초해가 자취방까지 찾아왔다. 초해는 한 봉지 가득 싸안고 왔는데,

한시간여 분주하더니 된장국에 다섯 가지 반찬까지 갖춰 밥상을 차려냈다. 광호는 감격했다. 대체 이런 밥다운 밥을 먹어본 게 얼마 만인가.

"맞은 게 뭐 자랑이라고."

"오 대 일이었다면서?"

"일 대 일이라도 난 맞았을 거야. 내가 생전 싸움을 해봤어야지. 초등학교 육학년 때 얻어터진 이후 처음이었어."

초해는 너 그런 놈이었다는 것 만나는 순간부터 알고 있었다는 듯, 쉽게 고개를 끄덕였다.

"하도 안 나오길래 죽었나 했지. 반은 죽어 있군."

"빗살무늬토기 얼굴로 어딜 나가냐? ……발표났어?"

"떨어졌어."

"또 떨어졌단 말야?"

"한두번 떨어지나."

"어쩔 거야?"

"다시 해야지."

"또?"

"진인사대천명이야."

"그게 뭔 뜻이지?"

"글공부 십년 했다는 인간이 그걸 모르냐? 나는 할 바를 다했다. 결과는 하늘에 맡긴다."

"아하, 그거!"

"한두점 차이로 떨어져. 일점만, 이점만 더 맞았어도 합격이었단 말야. 그러니 쉽게 포기할 수 있겠어? 이제까지 해온 공부가 아까워서라도 포기하지 못하지."

"그런 생각 때문에 한 십년 고시공부만 하다 판나는 인간들이 한둘이 아니라던데."

"맞아. ……구십구퍼센트의 진인사와, 일퍼센트의 대천명, 뭐 그런 거지."

"백만원 있나?"

"만원짜리가 어떻게 생겼는지도 잊어버렸어."

"백만원만 있으면 좋겠다."

"뭐, 하게?"

"카드빚 막게."

"없는 인간이 카드 긁을 줄은 알았군?"

"그게 없는 놈의 딜레마야."

"개겨."

"개겨야겠지."

"너 나 먹고 싶어 미치겠지?"

"그렇다."

"먹어."

초해가 은근하게 웃었다. 그러나 곧 싸늘하게 변했다.

"멍충이. 먹지도 못하면서."

광호는 저도 수컷이라고 욱대겼다.

"씨발, 내가 왜 못 먹어."

절정이 가고 수컷이 한다는 소리가 이랬다.

"빨리 싸서 미안하다."

암컷이 받았다.

"빼지 마. 가만히 있어. ……이대로 영원히 있었으면 좋겠다."

"눈이 내렸으면 좋겠어. 미안하다."

수컷은 뭐가 미안하다는 것일까?

"올해는 너무 눈이 안 와. 경고하는데 미안하다는 말, 하지 마. 듣기 싫어."

암컷은 뭐가 미안하다는 것인지 알고 있는 모양이었다.

"못질할 줄 아쇼?"

"못질 못하는 사람도 있습니까?"

용역회사 출근 5일째. 광호는 지난 4일간의 성공으로 고무되어 있었다. 사장이 물었을 때 광호가 터무니없이 목소리를 높여 대답하자, 일종의 경쟁자들인, 아직 일거리를 받지 못한 사내들 여섯이 아쉬운 얼굴을 했다. 이날은 일거리가 박했다. 광호는 운이 좋았다.

"추씨! 저 사람 데리고 황산목재, 알죠?"

'추씨'라 불린 오십대 후반의 사내는 막노동판에서 잔뼈 굵은 태가 역력했다.

"또 거기? 다른 데 없어?"

"황산 사장이 추씰 특별히 원하는데, 어쩌?"

추씨는 이 용역회사에서 가장 중요한 일꾼 중의 하나인 듯했다. 인부 하청자들에게 익히 명성이 나 있는지 일거리를 따놓은 의원직처럼 했다.

"그 사장 깐깐하다면서?"

"감시하는 놈마냥 졸졸 붙어댕기니 일할 맛이 나. 노가다 주제에 가라면 가는 거지. 젊은 사람 갑시다."

목재 가다(거푸집)를 짜는 못질이었다. 못질을, 아버지 소 울타리 짤 때 제멋대로인 통나무에 큰 대못 박아대는 것이나, 자취할 때 옷걸이용으로 시멘트못 박아대는 것이나, 이런 것으로 알고 있었던 광호는 태양이 열시를 넘기도 전에 못질도 못하는 병신이 되어 있었다. 노가다판 못질은, 광호가 생각하기에 준목수 수준은 되어야 감히 못질한다 할 수 있는 기술 급인 것 같았다.

"오줌 지리고 자빠졌네. 몇번을 가르쳐줘야 허나? 쌍, 그렇게 하는 거 아니라니께. 이렇게, 이렇게, 이렇게. ……쌍, 못질도 못하는 새끼를 보내면 어쩌겠다는거. 누굴 호구로 아나. ……이 물건 추씨가 고른 겨?"

추씨보다 스무살은 덜 먹은 것 같은 황산목재 사장도, 추씨에게 함부로 말하는 버릇이 붙어 있었다.

"사장이 붙여줬어."

"거긴, 사람들 없어?"

"요새 사람들 없는 용역회사도 있나. 너무 많아서 탈이지."

"내 말이 그 말여. 쌔고 쌘 노가다들 놔두고 하필이면, 이런 재수방망이 없는 놈을 보내냔 말여. 내가 거기에서 사람 다시 부르면 성을 간다."

그래도 광호는 점심을 얻어먹을 수 있었다.

"밥 먹고 가! 당신 때문에 손해가 얼만 줄 알어? 쌍, 오늘 저거 다 짜야 되는데 반도 못 짜게 생겼잖아? 어떻게 책임질겨?"

"사장, 그만 좀 해둬. 밥 먹다 체하겠네."

추씨가 역성을 들어주지 않았다면, 광호는 미쳐버렸을 것이다.

"성질나니께 그렇지."

"죄송합니다."

진심이었다.

"평생 한 거라고는 학교 다닌 거밖에 읎지? ……군대 면제받고?"

"아뇨, 군대는 현역으로 다녀왔습니다."

"어쭈, 군대를 갔다 왔어? 그 말 믿어도 될까? 생전 망치 안 잡아봤던 부잣집 아들놈도 반 노가다 돼서 나온다는 군대를 갔다 왔다는 당신이, 못질도 못하는데 어떻게 믿지?"

사장은 광호를 군무비리 연루자의 자제로 생각하는 모양이었다. 그러나 그건 억측일 것이다. 군무비리 연루자의 자제가 노가다판에 올까닭이 없으니까.

광호는 고춧가루 덩어리 같은 밥을 억지로 목구멍에 밀어넣었다.

"야, 그만 해! 집에 가."

오후에도 이런 지청구를 여러번 들었다. 사장은 가다에 기름을 먹이는 일을 하고 있었는데 "못질 관두고 이거나 칠혀! 씨발, 칠은 할 수 있겠지?" 하며, 페인팅 롤러를 넘겨주었다. 그 일도 광호의 귀청을 편하게 해주지는 못했다.

"쌍, 구석탱이 안 묻었잖여. 반득반득하게 골고루 칠하라니께. 복장 터지겠네. 귀에다 까마귀좆을 박았나. 말귀 좆나게 못 알아듣네."

광호는 어찌되었든 시간은 간다는 것을, 제대 이후 처음으로 체감하고 있었다.

"뭐하구 자빠진겨?"

광호는 우두커니 서 있었던 것이다.

"칠을 다해서……"

"칠 다했으면 얼른 달라붙어야 될 거 아녀?"

달라붙을 것은 가다밖에 보이지 않았다.

"못질 말입니까?"

"어이구, 속터져. 누구 아들인가 참 대단허다."

'씹새끼, 내가 못난 것을 가지고 왜 아버지 욕을 해.' 그러나 광호는 이 지옥 같은 목재공장을 떠날 수가 없었다.

"좀더 세게 못 두드려! 최소한 남 두 개 짤 때 하나는 짜야 될 것 아녀? 아이구, 내가 말을 마야지."

사실 광호는 나름대로 최선을 다하고 있었다. 목숨을 걸다시피 하고 있었다. 열심히 해도 표시가 안 날 뿐이었다. 서투른 재주로 발버둥을 치다 보면, 제가 휘두른 망치로 제 손가락을 때리기도 하는 것이었다.

사장이 걱정해준다는 소리가 이랬다.

"지랄한다. 쌍, 못대가리를 때려야지 왜 지 손모가지를 때리고 지랄이야."

그러나 밥도 얻어먹은 주제에, 한푼 깎이지 않은 일당까지 셈 받을 수 있었다.

"내가 손해본 거 생각하면 속이 뒤집히지만, 씨발 준다 줘."

"죄송합니다."

"당신, 내가 인심 쓰는 거야."

"고맙습니다."

아무럼 어떠랴. 돈을 벌지 않았는가. 그러나 자꾸만 눈물이 나오려고 했다.

"추씨, 사장한테 전해주쇼. 다시 한번 이런 사람 보내면 거래 끝이라고. 누굴 핫바지로 아나, 쌍!"

"어디로 가나?"

"아현동요."

"비슷하군. 아현역에서 내려주지."

추씨의 프라이드는 서울의 지체 장애에 걸려 속도를 내지 못했다.

"손은 좀 괜찮나?"

많이 부어올랐지만 "괜찮습니다"라고 대답했다.

"기분나쁘지?"

"예."

"잊어버려. 다 그런 거야. 한 열흘만, 많이도 필요 없고 열흘만 죽어나면 그 다음부터는 이력이 붙지. 처음엔 다 그런 거야."

이런 말을 참 많이도 들어왔다. 쉼없는 반복은 노가다판에서도 통하는 불변의 진리인가 보았다.

"너, 산 잘 탄다. 나보다 나은데."

"아빠, 덕분이지. 아빤 나를 초등학교 일학년 때부터 산에 끌고 다녔어. 어린 게 뭘 안다고 끌고 다니셨나 몰라."

광호와 초해는 북한산을 오르고 있었다. 눈하고는 너무 먼 겨울이어서 그런지, 산에서 흰 구석을 찾을 수가 없었다.

"하지만 아빠 돌아가신 뒤로는 거의 산에 안 올랐어."

광호는 초해가 아버지가 부재하다는 것을 처음으로 알았다. 생각해보면 초해로부터 그녀의 가정사를 들어본 적이 없다.

"아빠와 산 타던 가락이 남아 있는가 봐. 아빠가 생각나네, 산에 오니."

"그래서 산에 가자니까 계속 싫다고 했구나."

"그래, 모처럼 산 구경한다."

"도망가지 않네?"

청솔모였다.

"인간을 두려워하지 않나 봐."

"과자를 좀 줘볼까. ……잘 먹는데."

청솔모는 기다렸다는 듯이 비스킷을 뜯어먹었다.

"청설모의 시대야."

광호는 정상에 오르는 동안 다섯 마리의 청솔모를 만났다.

북한산의 정상에서 바라보는 서울은 자욱했다.

"이틀인가는 방수 뜬 목재를 들어내는 일이었는데, 일 못한다는 욕은 안 들었지. 또 하루는, 재수가 무지 좋았어. 콘크리트를 치러 갔는데 눈은 안 내리고 비가 막 내린 거야. 점심도 먹기 전에 부랴부랴 일을 중단할 수밖에 없었지. 레미콘 차가 늦게 와서 일한 시간은 두 시간도 안되는데 하루 일당을 다 쳐주는 거라. 돈을 지급한 사람이 그 회사 신참이어서 착오가 있었던 것도 같은데, 어쨌든 돈을 너무 쉽게 버니까, 돈이 굴러다닌다는 생각이 들더군. 돈이 막 굴러다닌다. ……한데 그 운명의 날이 오고 말았지. 거저나 마찬가지인 굴러다니는 돈이 있는 반면에, 인간으로서의 존엄성을 상실하고서야 만질 수 있는 돈도 있었어. 아, 그 못질…… 내가 못질을 제대로 못한다는 것을 그날 깨달았어. 다음날 일어나보니, 집게손가락이 뻥튀기되어 있더군. ……나 한심하지?"

"못질을 못할 수도 있는 것 아냐? 왜 바보같이 참았어? 넌 자존심도 없어? 더러워서 못하겠다고 망치를 집어던지지 그랬어? 넌, 넌 배알도 없니?"

초해가 이렇게 성을 내주지 않았다면 얼마나 비참했을 것인가. 초해가 '그래, 너 참 못났다' 했으면 얼마나 참담했을까. 초해가 고마웠다.

"그러고 싶었어."

"그런데 왜 바보같이?"

"차비가 없어서. 집으로 돌아올 차비가."

그랬다. 버스 한번 타고 지하철 한번 탈 돈만 있었으면, 점심 얻어먹을 필요도 없이 그 지옥을 떠났을 것이다.

"그게 이유가 돼?"

"충분히 돼."

"넌 너무 멍청해."

"저게, 서울이구나. 서울은, 넓기도 하지."

"서울을 내려다보니까 너무 기분좋다."

그들은 감상에 빠져 있는 것 같았다. 바람이 점점 세어져, 광호는 악을 써야만 했다.

"삼십삼! 삼십삼 명이었어."

"뭐가?"

"구두를 신은 사람이. 구두를 신고 산에 오른 사람들이."

"보증금 빼서 카드빚 갚았어. 그 새끼들이 부모님한테 허구한 날 전화를 해대니, 견딜 수가 있어야지. 아버지, 어머니 간장이 다 녹아날 지경인가봐. ……그래서 네 신세를 져야겠다. 언제까지가 될는지 모르겠어."

"그래, 그렇게 해. 그러길래 애초에 카드는 왜 만들어."

"이렇게 될 줄 알았나."

앞으로 잘되리라고만 믿었다. 미래는 화창한 것이라 믿었다. 그러나 앞날은 겨울처럼 냉정한 것이었다.

"짐은 언제 옮길래?"

"너만 괜찮다면 이번주 내로."

"토요일에 옮기자."

그래도 기수가 있어 서울은 덜 삭막한 땅이었다.

취할 듯 말 듯 경계에서 오락거리던 광호는 탄식처럼 말했다.

"낙향해서 농사나 지을까?"

"농사를 짓겠다? 좋군."

기수는 분명히 비아냥거렸다.

"넌 농사 못 지어. 넌 이미 먹물이 들어버렸어."

그걸 광호가 모를 리 없었다.

"결정적으로 너넨, 우리집처럼, 땅이 별로 없어. 네 아버지 혼자 짓기에 충분한 땅쪼가리야."

"맞아."

이런 게 동병상련일 것이다.

"우리는 서울에서 개겨야 돼. 그게 농촌 출신들의 숙명이야. 대학 나온 우리가 농촌에서 뭘 할 수가 있지? 어떻게서든 서울에서 살아남아야 돼. 우리가 개겨볼 데는 서울밖에 없어. 서울만이 우리에게 관대하지."

기수가 또 말했다.

"취직을 해야지?"

"안되잖아."

광호는 딴에는 노력했다고 큰소리를 쳐보았다. 그러나 기수는 직시하고 있었다.

"냉정하게 말해서, 넌 발로 뛰지 않았어. 네가 목숨을 걸고 직장을 구했나? 갖은 핑계를 대고 소극적이었어. 구하는 자에게 구해지는 거야. 넌, 구하지 않았어. 늦지 않았어. 네가 아는 선배들한테 다 전화해. 제발 좀 취직시켜달라고 사정해. 벼룩시장에 나와 있는 모든 곳에 이력서를 내. 움직이란 말야. 진인사대천명이라고 했어."

"진인사대천명! 그 말을 누군가에게 들은 적이 있지."

광호는, 그게 누구였던지 잘 생각이 나지를 않았다.

—『문학과사회』 2000년 겨울호

열쇠가 없는
사람들

열쇠가 없는 사람들

　　민석은 셔터 내려진 단란주점 갈채의 지상 출입구를 지나쳤다. 곧
이어 수부빌딩의 1층을 애오라지 쓰고 있는 성주진미였다. 수부빌딩
에 처음 입주했을 때는 성주진미에 자주 갔었다. 지금은 너무나 먼 곳
이 되었다. 성주진미 사람들은 직원들에게도 30여만원에 가까운 외상
값을 언제 갚을 것이냐고 물었다. "사장님한테 얘기하세요." "사장?
만날 수가 있어야지. 허구한 날 없잖아?" "없을 때만 오시니까 그렇
죠." 한점 꿀리는 기색 없이 응대하기는 해도, 외상 먹은 뱃속이 편할
리 없었다.

　　왼쪽으로 돌았다. 일방통행로와 수부빌딩 사이의 좁다란 공간에 여
섯 대의 차량이 다다귀다다귀 주차되어 있었다. 민석은 그랜저와 에
스페로 사이를 힘겹게 쑤시고 들어갔다. 이삼사층 사람들은, 벌써 일
시작했을 시각에 출근한 것이 죄라면 죄겠지만, 사람 하나 넉넉히 통

과할 공간도 남겨두지 않았다. 그 마음보가 괘씸했다.

출입구 위에는 여섯 개의 간판(동보건설 · 나래무역 · 조일유통 · 신나라상사 · 책나라 · 아트)이 다닥다닥 붙어 있었다. 아트는 망해서 간판도 철거하지 않은 채 황망히 떠난 디자인 전문업체였다. 대신 입주한 21세기캠퍼스는 아트 간판을 떼어내지 않았을 뿐만 아니라, 제 회사 상호를 알리는 간판도 달지 못하고 있었다.

출입구에는 커피자판기가 수문장처럼 버티고 있었다. 자판기 옆에는 나무로 만든 우편함이 걸려 있었는데, 칸마다 층을 알리는 숫자가 표기되어 있었다. 민석은 숫자 대신 'B(지하)'가 씌어진 마지막 칸에 손을 넣었다. 세 개의 우편봉투가 잡혔다. 그 중에 하나는 ㄱ은행이 민석에게 보내는 것이었다. 봉투를 찢어 속지를 꺼냈다. 104만원. 현금서비스 받은 것은 생계유지를 위해서 어쩔 수 없었다지만, 주제넘게 긁은 술값에 대해서는 땅바닥을 치고 싶었다.

성주진미의 뒷문과 2층으로 오르는 계단 사이에는 화장실이 있었다. 화장실을 들렀다가, 민석은 지하로 내려가는 계단을 밟았다. 아홉시 오십오분의 지하는 암흑이었다. 지하 천장에 나붙은 형광등이 점등되어 있지 않았던 것이다. 책나라를 운영하는 정사장도 출근 전이라는 얘기였다.

책나라는 만화와 무협지를 주로 취급하는 도서도매점이었다. 만화방과 도서대여점 인테리어 시공업체이기도 했다. 정사장은 종업원을 두지 않고 있었다. 인테리어 때는 일용노동자들을 고용한다고 했다. "못 벌어도 달에 오백은 떨어져요." 아무렇지도 않게 말해서 21세기캠퍼스 직원들을 놀라게 했었다. 직원들은 정사장에게 만화와 무협지를 공짜로 빌려보고 있었다.

지린내가 훅 끼쳤다. 지하의 세 업소는 다같이 내부에 화장실이 없었다. 모두 민석이 방금 들렀다 온 1층의 화장실을 공용했다. 단란주점 갈채의 손님 중에는 간혹 오줌 눌 자리도 못 찾는 인간이 있는가 보았다. 20여개 남짓한 계단을 올라가기가 싫었는지, 술 먹어 눈에 뵈는 게 없었는지, 지하 현관의 계단 구석진 곳에 실례하는 것이었다. 한번 밴 냄새는 지하를 끈질기게 유린했고, 드디어 냄새가 가셨구나 싶으면 어김없이 새로운 방뇨가 이루어졌다.

민석은 지하 현관의 벽을 더듬어 스위치를 눌렀다. 퍼드덕 밝아졌다. 계단에 ㄷ일보 두 부가 걸쳐 있었고, 계단벽에 기댄 백리터짜리 종량제 봉투는 아가리를 쩍 벌리고, 기어나간 쓰레기들이 음식물 찌꺼기가 엉겨붙은 바닥에 두서없이 흩어져 있는 것을 무심히 바라보고 있었다. 종량제 봉투가 포화상태에 도달한 지 일주일이 되어가건만, 21세기캠퍼스 직원들은 건물 밖으로 내놓을 생각을 하지 않았다. 아무도.

ㄷ일보 한 부를 집어든 민석은 화재경보기함을 열었다. 어젯밤 마지막으로 퇴근한 직원이 넣어둔 열쇠를, 오늘 제일 먼저 출근한 민석이 꺼내는 것이었다. 사무실 문 열쇠인데 하나씩 복사해서 가지고 다니면 될 것을, 그렇게 하지 못하고 있었다. 민석은 21세기캠퍼스와 갈채가 함께 쓰는 철문의 손잡이를 돌려 잡아당겼다. 철문을 열면 21세기캠퍼스의 사무실 문과 갈채의 뒷문이 나타날 터였다.

민석은 흠칫 놀라며 물러섰다. 철문이 열리지 않는 것이었다. 열번도 넘게 손잡이를 돌려보았지만 쓸데없는 짓이었다. 철문이 잠겨 있다는 사실을 인정하지 않을 수 없었다. 철문 손잡이 자물쇠는 오래 전에 파괴되어 열쇠가 필요 없었다. 그냥 돌려서 열면 열려야 했다. 어제까지는 그랬다.

　지상으로 올라온 민석은 커피가 마시고 싶었다. 호주머니에 든 오백오십원을 만지작거렸다. 함께 자취하는 친구에게 천원을 빌렸는데, 지하철 차표 한장을 사고 남은 잔돈이었다. 그러니까 퇴근할 때 차표를 끊어야만 하는 돈이기도 했다. 민석은 망설임을 끝내고 오백원짜리 동전을 자판기 투입구에 밀어넣었다. '커피'를 누르려던 손가락이 순간 변심하고는 '야채수프'를 눌렀다. 아침을 먹어본 게 언젯적 일인지 가물가물했다. 어쨌든 요기를 하고 나니, 이번엔 담배가 간절했다. 자판기 주변엔 그 흔한 휴지통이 없었다. 금세 종이컵에도 못 들어가고 바닥에 찌그러져 있는 피울 만한 꽁초 두 개를 주울 수 있었다.

　두번째로 출근한 미현이 물었다. "왜 나와 있어요?" "들어갈 수가 없어서요." 미현은 민석이 장난말하는 것으로 알아들었다. 지하에 들어간 미현은 민석이 있는 그대로를 말했음을 알 수 있었다. 몇번이고 손잡이를 돌려보았지만 헛수고였다. 지상으로 나온 미현은 민석에게 말했다. "정말 들어갈 수 없군요. 어떻게 된 거지요?" "모르죠." "왜 갑자기 안 열리는 거지요?" "모르죠." "큰일이네." "L대 거 말입니까?" "L대도 바쁘지만, J대가 더 급한데." "아, 맞어, J대가 내일까지죠?" "예, 내일 오전중으로 시안 가지고 내려가야 하는데, 삼분의 이밖에 못했어요." "뭐, 안되면 또 연기하면 되죠."

　민석은 디자이너들을 이해할 수가 없었다. 항상 바쁜 척 부산떨면서, 일의 진척은 굼벵이 사촌마냥 더디었다. "안돼요. 내일은 꼭 가야돼요. 벌써 두번이나 연기했잖아요." "너무 공들이시는 거 아닙니까? 만날 야근하시고 일요일도 출근하시면서 아직 다 못했다면." 민석은 노골적으로 빈정거렸다. 미현은 단호했다. "제대로 해야죠."

"민석씨는 바쁜 거 없어요?" "저야 뭐, 늘 할 일이 없잖아요. 난 밥 먹으러 온 거 아닙니까." "그럼 놀지만 말고 디자인 좀 해줘요. 난 바빠 죽겠어요." "정말입니까? 맡겨만 주십시오." 미현은 농담으로 말했고, 민석은 농담으로 받았다. 민석이 매킨토시를 가지고 할 수 있는 작업은 쿽 프로그램으로 간단한 한글문서를 만드는 정도에 불과했다. 그는 유일한 편집/기획부원이었지 디자이너가 아니었다.

"마지막으로 나간 게 누구였죠? 미현씨 아녔나요?" "아뇨, 사장님하고 장대리님 있었어요." "사장님이요? 사장이 왔었어요?" "예, 일곱 시경에." "어디 싸돌아댕기다 그때 나왔대요?" "모르겠어요. 술 드신 것 같던데." "술값은 있었나 보죠. 뭐하러 나왔대요? 설마 월급 가지고 온 건 아닐 테고." "수고한다고 그러시데요." "수고하는 줄 알면 월급을 줘야지. 아무튼 장대리님이 나와봐야 진상을 알겠군요."

가을옷을 입은 민석은 잔뜩 웅등그린 채 ㄷ일보 스포츠면을 훑었고, 겨울옷을 입은 미현은 커피를 마셨다. 우중충한 10월 하순 하늘이 미현의 시선을 붙잡고 놓아주질 않았다. '내 마음을 디자인하면 저 하늘과 꼭 같을 것이다.'

미현은 보름 전 적금을 해약했다. 생활비를 감당할 수 없었다. 21세기캠퍼스로 옮긴 지 3개월, 한번도 월급을 받지 못했다. 전에 다니던 회사를 그만둔 결정적인 이유도 돈 때문이었다. 일곱 달 동안 월급봉투를 구경하지 못했다. 더이상 견딜 수가 없었다. 기껏 옮겼는데 상황은 똑같았다. 일에 만족하며 재미와 보람까지 맛본다는 것이 유일한 위안이었다. 이제까지 전전해온 회사들에서는 디자인이 글의 들러리가 될 수밖에 없는 사보를 담당했다. 그런데 21세기캠퍼스에서는 디자인이 80퍼센트 이상 비중을 차지하는 대학홍보물을 작업하고 있다.

게다가 거의 백퍼센트에 가까운 재량권을 부여받았다. 이 조건 때문에 마음에 차지 않는 연봉 제시에도 불구하고 새 둥지를 틀었던 것이다.

가정관리학과를 졸업하고 대학에서 배운 것과 너무나도 동떨어진 편집디자인의 세계에 발을 들여놓은 지 3년째 되는 해에, 비로소 전적으로 책임을 지고 한 세계를 창조하는 디자이너가 된 것이다. 그러나 가능한 빠른 시일 내에 새 직장을 구해야만 할 것이다. 21세기캠퍼스는 조만간 삼분될 것이다. 박사장도, 이이사도, 조부장과 서실장도 미현을 원하고 있었지만, 미현은 그들 모두에 대한 신뢰를 철회한 지 오래였다. 얼른 지하로 들어가 매킨토시를 켜고 싶을 뿐이었다.

세번째로 출근한 덕기가 두 사람에게 물었다. "왜들 나와 있어?" "들어갈 수가 없어서." "왜 문이 잠겼어?" "어, 어떻게 알아?" "뭐야, 진짜로 잠겼어?" "잠겼어. 알고 하는 말 아니었어?" "아냐, 난 그냥 농담 따먹은 거야. 진짜로 잠겼어?" "그렇다니까." "미현씨 정말이야?" "예, 잠겼어요." 덕기도 두 눈으로 직접 확인해보지 않고는 믿을 수 없었다. 확인하고 돌아온 덕기가 뇌까렸다. "진짜로 잠겼네." 짜증 섞인 목소리로 토를 달았다. "어쩌자는 거야. 오늘중으로 끝장 봐야 되는데. 씨발, 전화 열번은 왔었겠다."

이틀 동안 2차 교정지를 꼼꼼히 검토했을 서선생이 전화로 수정사항을 연락해주기로 되어 있었다. 서선생은 H대 입학과 직원이었다. 덕기가 맡고 있는 H대 44쪽짜리 학교 안내 책자는 나흘 후가 납품 예정일이었다. 아무리 늦어도 내일 저녁때까지는 인쇄소에 넘겨야 했다. 서선생이 애타게 전화를 해댔을 것이다. 덕기는 아홉시까지는 나와서 전화를 받을 생각이었다.

그러나 어젯저녁 일이 술술 잘 풀려나가는 바람에 늦게 출근할 수밖에 없었다. 단둘이 마시는 것은 처음이었다. 처음이니까 간단하게 한잔하고 헤어지려고 했다. 주희는 적어도 다섯번은 찔러야 넘어갈 유형이라고 판단했던 것이다. 그런데 주희는 겁없이 마셔댔다.

주희는 사장보다 동료 직원들에 대한 불만이 더 컸다. "너희들은 나쁜 새끼들이야. 언제 한번 나를 인간적으로 대해줬어?" "왜 그래? 취했어?" "취하지 않았어. 나쁜 놈들아. 너희들은 나를 왕따시켰어. 이 이사님 조카라고 따돌리고, 디자인 못한다고 따돌리고…… 아니야? 아니냐고?" 덕기는 돌려 말하기가 싫었다. "인정해. 사실이 그렇잖아?" 악을 쓰던 주희는 문득 조용해졌다.

작은아버지가 21세기캠퍼스의 새로운 물주로서 이사로 취임한 것은 올해 봄이었다. 전문대학 전산학과를 졸업한 주희는 취직을 못하고 있었다. 주희는 부모의 압력에 굴하여, 작은아버지 배경으로 21세기캠퍼스의 수습 디자이너가 되었다. "나는 주희에게 다른 길이 있을 것이라고 믿어. 이 길은 아냐." "나도 알아요. 월급만 받으면 당장 그만둘 거예요. 나는 애니메이션을 배울 거예요. 처음부터 다시, 다시 시작할 거예요." 주희는 본 말투로 돌아와 있었다. "그래, 잘 생각했어." "그때 그만둬야 했어요." "그때?"

90년대 들어 대학 홍보물 시장의 성장은 눈부셨다. 대호황을 맞은 대학 홍보물 제작업체 중에 캠퍼스디자인이 있었다. 그 회사에는 의기투합하여 친형제처럼 어울리는 다섯 사나이가 있었다. 그들은 공룡처럼 부풀어버린 회사에 환멸을 느꼈다. 사장은 옛시절을 잊고 전횡을 일삼았으며, 일등공신이나 다름없는 다섯 사나이에게 정당한 대우를 해주지 않았다. 그들은 마침내 반기를 들었다. 그들을 믿고 기꺼이 투자하겠다는 사람이 있었다.

그들(박사장·조부장·서실장·유실장·송과장)이 각기 천만원에서 2천만원씩을 합자하고, 유정운을 물주로 하여 21세기캠퍼스를 설립한 것은 2년여 전이었다. 1년이 넘었는데도 21세기캠퍼스는 이윤을 내지 못했다. 게다가 박사장이 회사돈을 개인적으로 유용한 사실이 드러났다. 유정운은 박사장을 내쫓고 조부장을 전면에 내세우려고 했다. 유정운은 박사장이 물러나지 않을 경우, 투자한 모든 것을 회수하겠다고 경고했다. 박사장은 버티면서 새로운 물주를 찾았다. 그 새로운 물주가 바로 이이사였다.

유정운은 올해 6월의 마지막 일요일에 경고를 실행에 옮겼다. 그날 성불빌딩 5층은 전쟁터 같았다. 유정운이 급파한 이삿짐센터 직원들은 돈 안되는 것과 쓰레기를 제외한 모든 것을 실어나갔다.

조부장은 자신을 따르는 직원들을 이끌고 서실장의 23평 전셋집에서 작업을 했다. 피난민 수용소 같았다. 일한답시고 매킨토시가 하루종일 윙윙거렸다. "독립군이 따로 없다야." 조부장은 자신의 신세가 기막히는지 탄식하고는 했다. 사실 가장 중요했던 매킨토시 등은 독립군이 빼돌려가지고 있었다. 조부장에게 미련을 버리지 못한 유정운의 배려였다. 유정운이 과격한 차압작전으로 노렸던 점은 박사장과 조부장의 확실한 결별이었던 것이다.

박사장과 이이사는 새로운 사무실(지금의 지하)을 구해놓고 조부장을 설득했다. 그러니까 조부장은 유정운 밑에서 사장을 하느냐, 박사장 휘하로 돌아가느냐, 아니면 유정운도 박사장도 아닌 새로운 물주를 찾아 독립하느냐 하는 세갈래 길에 서 있었던 것이다.

조부장은 보름여간의 독립군 생활을 마감하고 박사장에게 투항했다. 선택의 여지가 없었는지도 몰랐다. 이외의 길을 선택한다면 (21세기캠퍼스의 이름으로 계약되었기 때문에) 진행중인 작업을 포기해야했다. 그렇게 되면 21세기캠퍼스에 쏟아부은 돈을 찾을 방법이 없다. 밀린 월급은 그만두고라도 투자금이라도 되찾으려면 당분간은 박사장과 한 배를 타고 있어야만 했다. 근방에서 다섯째 안에 들 만큼 번듯했던 6층빌딩의 5층을 통째로 쓰다가, 지어진 지 수십년 되는 허름한 4층건물의 지린내나는 지하 한귀퉁이로 이전하는 것으로, 사태는 일단락된 것이다.

서실장과 송과장은 조부장을 군주 모시듯 하는 사람들이었다. 조부장의 뜻을 따랐다. 유실장은 사표를 냈다. 곧 유정운이 새로 설립한 회사에 출근을 시작했다. 사촌간이어서 어느 정도 예상된 진로였다. 유실장은 독립군에도 참여하지 않았었다.

그리고 장대리와 민석이 남았다. 장대리는 서실장 밑에서 배운 적이 있었다. 서실장에게 의리를 지키고자 했다. 민석은 유일한 편집/기획부원으로서의 기회를 놓치고 싶지 않았다. 억지춘향이식이겠지만 스물일곱 나이에 팀장 노릇 한번 해보자는 것이었다. 여자 직원들은 한 사람만 남고 모두 퇴사했다. 그때 홀로 남은 것이 주희였다. 주희는 부모의 압력과 이이사의 강권에 눌려, 냈던 사표를 되돌려받을 수밖에 없었다.

7월 하순에 입사한 덕기는 그때를 잘 몰랐다. 듣기는 했는데 실감이 나질 않았다. 이전에 다니던 회사보다 훨씬 높은 연봉을 약속받았다. 전문대학 동기인 장대리의 제의에 응해 기꺼이 옮겼다. 석 달은 그 선택이 잘못되었음을 깨닫기에 충분한 시간이었다. 밀린 월급 받는 대로 당장 그만두라는 충고는 자기 자신에게 하는 것이기도 했다. '내가 너보다 나은 게 뭔가? 너는 겨우 스물셋, 어리기나 하지. 나는 벌써 스물일곱이다.' 주희는 2차 가기를 원했다. 주희는 자리를 옮긴 지 얼마 안되어 곧 인사불성이 되었다. 예상보다 쉬운 여자였다. 새벽녘에야 눈을 붙일 수 있었다. 일어났을 때 다행히, 아니 당연히, 혼자였다.

"덕기씨, 나 담배 하나만." "뭐야, 또 빈대야?" 민석의 얼굴에서 아양기가 싹 가셨다. "화났어? 에이, 삐쳤구나. 주께, 자. 화 풀어." 덕기는 불까지 붙여주었다. 민석은 이렇게까지 담배를 피우려고 하는 자신이 증오스러웠다. 그러나 한 모금 흡입하자 증오는 깨끗이 소멸되었다. 오늘 처음으로 피우는 제대로 된 담배였다. 대학을 떠난 지 8개월. 군복무기간을 합쳐 7년 동안 대학물을 먹은 결과가, 담배 한 개비 앞에서도 초라해지는 스물일곱이었다.

"그런데 어떻게 된 거야. 왜 갑자기 문이 닫혔어?" 민석과 미현이 풀지 못하고 접어둔 문제를 덕기가 다시 끄집어냈다. 머리 하나가 더 해졌지만 결론은 같았다. 장대리가 나와봐야 한다는 거였다.

"안 추워?" "추워." "미현씨는?" "견딜 만해요." "젠장할, 이게 뭐야?" 몇몇 시민들이 좁은 현관께서 옹송그리고 있는 그들 세 젊은 남녀를 힐긋거리며 오갔다. "다리 안 아퍼?" "아프지." "미현씨는?" "견딜 만해요." "젠장할."

이삼사층 어느 구석엔가 책상이 있을 정장 차림의 사십대가 내려왔다. 이십대들은 길을 비켜줘야 했다. 지하 사람들과 이삼사층 사람들은 거의 교류가 없었다. 서로 보고도 본 체 만 체하는 사이였다. 사십대는 이십대들을 수상쩍은 눈초리로 훑어보더니, 검은 소나타를 타고 떠났다. 봉고 바로 옆에 있던 차였다. 덕기가 갑자기 묘수 찾아낸 얼굴을 했다. "우리 저거 타고 있자." "키 있어?" "키 있지. 하지만 키 없어도 열려."

이이사의 89년식 봉고였다. 종이박스 여남은 개가 아무렇게나 놓여 있었다. 종이박스를 뚫고 나온 작은 쇳덩어리들이 먼지와 자잘한 쓰레기들로 난장인 바닥을 안방차지하고 있었다. 기계 부속품을 배달하던 차였다. 민석은 ㄷ일보로 의자를 몇대 두들겨 팬 뒤에 박박 문질렀다. 더께먼지들이 풀풀 일어나 법석을 떨었다. 민석은 마뜩찮아하는 미현에게 말했다. "그래도 서 있는 것보다는 나을걸요." 곧 미현의 엉덩이도 의자에 놓였다.

"차를 이렇게 막 놔둬도 되나?" "걱정도 팔자야. 이런 건 줘도 안 가져가." 민석의 말에 운전석에 앉은 덕기가 스펀지가 비어져 나온 옆의자를 쥐어박으며 대꾸했다. "이이사님께서는 잘 숨어 계신가 몰라." 이이사는 기계 부속품을 만드는 영세 공장의 사장이기도 했다. 그쪽 사업이 부도를 맞았다. 닷새 전부터 오리무중이었다. 그대신 낯선 손님들이 지하를 방문하여, '그 새끼 어디 숨어 있느냐?'고 성질을 부리다 가고는 했다.

"덕기씨, 히터 안되요?" "되면 벌써 틀었지. 왜, 많이 추워?" "따뜻하지는 않아요." "음악은 되겠지?" "카세트도 갔어." "되는 게 뭐야?" "달리는 거." "움직이기는 하는가 보네." "나름대로 노력하는 차야." 운전석에 앉은 덕기는 엊그제 충무로 갔던 일이 떠올라서 피식 웃었다. 이이사는 잠적하기 전, 조부장에게 키를 주고 갔다. 조부장은 키를 덕기에게 맡겼다. 박사장이 회사 차인 스포티지를 끌고 나가 무소식이어서, 어쩔 수 없이 이이사의 봉고를 이용해야만 하는 일이 생겼다. 신호등 때문에 섰는데 시동이 꺼져버렸다. 충무로 한복판이었다. 조부장에게 운전대를 맡기고 20여분을 밀었다. 20여분이 20여시간 같았다.

결정적인 단서를 쥐고 있을 것으로 기대되는 장대리가 나타난 것은 열시 오십분께였다. 덕기가 뒤에 대고 말했다. "고개 숙여. 어떻게 하나 보자." 민석과 미현이 고개를 숙이기도 전에 장대리는 현관으로 들어갔다. 꽤 서두는 모양새였다. 잠시 후 되나온 장대리는 어리둥절해서 눈동자를 이리저리 굴려대었다.

21세기캠퍼스의 원래 출근시간은 대개의 회사들처럼 여덟시 오십분까지였다. 지하로 오면서 십분이 늘어 아홉시까지로 바뀌었다. 추석 때까지는 그런대로 아홉시까지 출근이 지켜졌다고 할 수 있다. 대개 아홉시 삼십분까지는 출근했으니까. 한가윗날 둥그렇게 떴던 달이 손톱만 해졌을 때, 주거지가 30분 거리인 민석을 제외하고는, 그 누구도 열시 전에 모습을 나타내지 않았다. 하지만 열시 삼십분까지는 대개 출근했다. 출근시간이 열시 삼십분까지로 자연스럽게 옮겨진 듯했다. 장대리는 닫힌 철문에 당황했으며, 열한시 가까운 시간에 아무도 없다는 것에 황당했던 것이다.

마침내 장대리는 낡은 봉고에서 웃고 있는 세 사람을 발견할 수 있었다. "어떻게 된 겁니까? 왜 문이 안 열립니까?" "네가 어떻게 한 거 아니야?" "장대리님도 몰라요?" 셋(민석·덕기·장대리)은 동갑이었다. "내가 어떻게 압니까? 대체 어떻게 된 겁니까, 이거?" "대리님이 늦게까지 있었다면서요?" "야근했습니다." "그럼 사장님만 남았네요." "사장? 사장 나랑 같이 나왔습니다." "그럼 아무도 모르는 거네요." "환장하겠습니다. A대 어떻게 합니까. 사흘 안으로 끝내야 되는데…… 난리났습니다. 정선생님 전화도 받아야 되는데, 이거 죽겠습니다." 정선생은 A대 기획과 직원이었다. 정선생은 1차 교정지 검토 결과를 알려주기로 되어 있었다. 전화 내용에 따라 장대리의 작업은

판이하게 달라질 수도 있었다.

"참, 사장, 오늘 N전문대 간 거 압니까?" 장대리의 말에 나머지 세 사람의 표정이 눈에 띄게 달라졌다. "정말요?" "진짜?" "그럼 오늘 월급 나오는 거예요?" 어젯밤 장대리는 박사장이 조부장에게 전화하는 것을 들었다. N전문대학에 가서 돈을 받아오겠으니 늦더라도 퇴근하지 말고 기다리라는 것이었다. 지난달에 52쪽짜리 학교 안내 책자를 납품했다. 당장 돈 나올 데는 거기밖에 없었다. 21세기캠퍼스 사람들은 눈 빠져라 N전문대학의 대금 지급을 기다려왔다.

장대리는 민석이 건네준 봉투를 찢었다. 83만원. 이것뿐이라면 얼마나 좋을까. 카드가 세 개였다. 나머지 두 카드 연체금액의 합계가 얼추 2백을 넘으니, 이것을 합치면 3백만원에 가까웠다. 그간 밀린 월급을 다 받을 수는 없다 하더라도 최소한 2백만원 이상은 받을 수 있을 것이다. 일주일 걸이로 전화협박을 해오는 두 개의 카드를 막을 수 있다.

그러나 박사장에게 믿음이 가지 않았다. "너무 기대는 하지 맙시다. 또 무슨 동티가 날지 모르는 일이니까." 장대리가 심각한 체 말하지 않아도 될 일이었다. 나머지 세 사람도 설렘만큼 낙심할 준비를 하는 데 익숙해져 있었다. 그동안 박사장의 (모일 모시에 월급을 지급하겠다는) 장담에 기쁨의 헛물만 켠 것이 한두번이 아니었다.

조부장이 다섯번째로 등장했다. 다들 그랬던 것처럼 조부장도 직접 철문의 손잡이를 돌려보고 나서야 사태를 인정했다. "어떻게 된 거냐?" 아무도 답을 해줄 수 없었다. 조부장은 화도 나지 않았다. 그저 허탈할 뿐이었다. 올해는 참으로 파란만장했다. 황당한 사건의 연속에 가슴이 마모되어버린 것일까. 이제 무슨 일을 당해도 그저 그런가

보다 담담한 것이었다.

직원들이 보지 못한 종이딱지를 조부장이 발견했다. 탐정처럼 철문을 비롯한 지하 현관을 샅샅이 훑어본 결과였다. '출장수리'가 적힌 종이딱지였다. 그것은 '중국성' '홍콩분식' '만리장성' 사이에 있었다. "누가 전화 좀 걸고 와라." 누군가(아마도 황마담이) 철문 손잡이를 고쳤을 것이라는 짐작을 못할 정도로 직원들의 머리가 안 돌아가는 것은 아니었다. 직원들은 열쇠 수리 기사를 불러봐야 철문을 열 수 없을 것이라고 확신하고 있었던 것이다.

아무튼 조부장의 명령이었다. 회사 휴대폰은 박사장이 가져갔고, 장대리와 미현의 휴대폰은 정지에 들어간 지 오래였다. 미현은 난 여자니까 하는 표정으로 남자들을 바라보았고, 남자들은 서로의 눈치를 보았다. "제가 갔다 오죠." 기획, 편집 일거리가 한발에 콩 나듯 하며, 운전도 못해 회사에 거의 도움이 안되는 민석이, 신호등에 걸리면 5분이 걸릴 수도 있는 제일 가까운 공중전화를 향해 떠났다.

이이사의 봉고가 이토록 훌륭한 회의실 구실을 해줄 줄은 그 누구도 예상하지 못했던 바였다. "정리를 해보자. 장대리, A대 언제까지지?" "오늘 합쳐서 사흘입니다. 그것보다 전화를 받아야 합니다." "수정사항 체크 말이지?" "예. 그러잖아도 아침에 전화를 자꾸 안 받으니까, 의심하는 눈칩니다. 열시가 되도록 전화 받는 사람이 없으니 이 회사가 일을 하는 건지 안 하는 건지." "그럼, 말이지. 장대리가 전화를 걸어. 전화가 잠깐 고장났다고 둘러대고, 오후에 전화를 드리겠다고 말야." 장대리는 투덜투덜 민석이 향한 길을 따라갔다.

사실 21세기캠퍼스의 전화는 고장은 아니었지만, 거의 고장에 가까웠다. 받을 수만 있고 걸 수는 없었던 것이다. 20여일 전부터 전화국이 취한 조치였다. 지하 생활을 시작한 뒤부터 전화요금을 한번도 납부하지 않았다. 미납 전화비가 백만원에 가까웠다. 그런데 팩스가 있었다. 전화를 걸 수 없다고 징징거리던 직원들은 태연자약 어디로인가 전화를 거는 덕기를 보고 배울 수 있었다. 팩스를 전화기로 사용할 수 있다는 것을. 한 달 전에 설치한 팩스는 무사했던 것이다.

"미현씨는 L대하고 J대지?" "예." "J대 내일 갈 수 있겠어?" "문만 빨리 열리면요." "L대도 거의 다 했지?" "J대 갔다 와서, 조금만 더 하면 될 것 같아요." "덕기는 H대지?" "예. 저도 문만 열리면 돼요." 덕기는 전화하러 가기가 싫어서, 자신도 전화를 받아야 한다는 말을 하지 않았다. 까짓것 이왕 늦지 않았는가.

"아, 그래, 문이 원수구만. ……미스 리는 아직 안 왔지?" "예." 요즘 들어 출근하지 않는 날이 더 많은 박사장을 제외하고 따졌을 때, 꼴찌 출근을 도맡고 있는 주희였다. 조부장은 직원들의 늦은 출근에 대해 신경 끊은 지 오래였다. "미스 리는 오늘 아예 출근 안할 모양이지?" 그래도 열한시까지는 출근하는 주희가 정오가 임박했는데도 나타나지 않아서 해보는 얘기였다. 아무도 대답하지 않았다. 덕기의 표정이 어두워졌다.

"미스 리가 맡고 있는 게 있나?" "T대 소식지 같이 하고 있잖아요." 정확히 얘기하자면 주희가 맡고 있던 T대 소식지를 장대리가 처음부터 다시 하기 시작했다. 주희의 작업은 아무도 만족시키지 못했다. 그러니까 요새 주희가 하는 일은 자신이 작업한 디자인이 전면 삭제된 자리에 장대리의 솜씨가 펼쳐지는 것을 구경하는 일이었다. 장대리는 서실장의 태업으로, 디자인실 수장 노릇까지 겸하고 있었다.

"이거 어제 내가 고친 건데." 열쇠 기술자가 말했다. "키 큰 여자분

이었는데." "역시 배구선수였군." 장대리는 예상했었다는 투였다. "배
구선수요?" 열쇠 기술자가 무슨 뚱딴지같은 소리냐고 물었다. "단란
주점 마담입니다." "알겠네요. 어째 쿵따리 샤바라 흘러나오고 불빛
요상하다 했더니 그게 술집이었구만. 척 보니까 술집여자 같더라구."

21세기캠퍼스와 단란주점 갈채는 방음이 전혀 안되는 얇은 벽을 사
이에 두고 있었다. 야근하는 직원들은 노래는 기본으로 들어야 했고,
조금만 귀를 기울인다면 갈채 종업원들이 손님들과 나누는 은근짜한
대화도 들을 수 있었다. 직원들은 갈채의 마담을 처음 만났을 때, 그
녀의 장대한 체격에 몹시 놀랐다. 직원들 중에서 키가 제일 크고 가장
뚱뚱했던 송과장도 주눅이 들었을 정도였다. 송과장이 사표를 내자
그녀의 체구에 견줄 만한 사람이 21세기캠퍼스 직원 중에는 없게 되
었다. 그녀의 신상명세를 두 귀로 직접 듣고 와서 직원들에게 알려준
것은 박사장이었다.

그날은 조부장의 생일이었다. 평직원도 아니고 부장의 생일에 사무
실을 나가지 못하고, 응접탁자에 생일상을 차렸다는 것부터가 회사가
심각한 곤궁에 처했음을 대변하는 것임을 직원들은 모두들 알고 있었
다. 성불빌딩에 있을 때만 해도 이런 생일파티는 있을 수 없는 일이었
다. 직급에 관계없이 생일 맞은 직원이 있는 날은, 3차 4차까지 번듯
한 술집을 순례하며 뿌리를 뽑았다. 거품의 시절에 불과했다는 게 드
러났지만, 과거는 화려하게만 기억되게 마련이다.

하지만 그들이 지하생활자가 된 이후 거의 최초가 아닌가 싶을 정
도로 모처럼 화기애애한 분위기였다. 케이크, 샴페인, 캔 맥주, 오징
어, 새우깡, 양파링 앞에 둘러앉은 직원들의 얼굴에는 웃음기가 흥건
했다. 표면적으로는 아무런 문제도 없는 회사 같았다. 그들은 이런 보

잘것없는 자리조차 참으로 간만에 맞았던 것이다. 그러나 현실을 왜곡한 파티는 위태로웠다.

입을 조심하지 않은 자가 있었으니, 바로 박사장이었다. 단란주점 갈채가 화제에 오른 것이 발단이었다. 직원들은 갈채 마담의 장대한 체격을 근거로 한때 운동선수가 아니었을까 마구잡이 추측을 해댔다. "배구선수야. 고등학교 때 청소년대표로도 뽑혔었다더만." 박사장이 단언하자 직원들의 얼굴이 한순간 싸늘해졌다. "사장님이 어떻게 아십니까?" 장대리의 말에는 가시가 있었는데 사태 파악을 못한 박사장은 자랑하는 것이었다. "감찰을 다녀왔지. 회사 사정 좋아지면 모두 가서 화끈하게 놀도록 하지. 황마담, 잘 놀데. 몸뚱이가 커서 그런가." 직원들의 얼굴은 맥주 캔마냥 찌그러졌다.

이제 21세기캠퍼스 직원들은 철문이 열리지 않는 이유를 (짐작은 했었지만) 확실히 알게 되었다. 단란주점 황마담이 드디어 파괴된 채 방치되어온 철문 손잡이를 수리한 것이었다.

철문 손잡이를 일별한 기술자는 고개를 저었다. "이거, 해보기는 해보겠지만 거의 못 연다고 봐야 돼요. 잠금쇠가 안으로만 되어 있거든요." "열쇠 따로 가진 것 없습니까?" "당연하죠. 공장에서 나올 때 자물쇠하고 열쇠하고 세트로 나와요. ……그러니까 이 문을 술집하고 같이 쓴다는 얘기 아닙니까?" "그렇습니다." "술집에서 열쇠 하나 안 주던가요?" "예." "거 참. 그러면 안되지. 이웃사랑 나라사랑인데. 아무튼 해봅시다."

기술자의 손에 쥐어진 열쇠뭉치가 절그렁거렸다. 기술자는 하나씩 꽂아보기 시작했다. 일곱번째 넣은 열쇠에 철문은 움찔했다. 열리는구나. 직원들은 김칫국을 마셨다. 철문은 스무 개도 넘는 열쇠들의 찔

러총을 번번이 무시했다. 마침내 기술자는 손을 들었다. 조부장이 바랐던 요행이 허무맹랑한 바람이었음이 증명되는 순간이었다. "안 열립니다. 부수는 수밖에 없어요. 부술까요?"

직원들은 조부장을 쳐다보았고, 조부장은 고개를 저었다. "죄송합니다. 이거 괜한 걸음 시켰네요." 열쇠 기술자가 오토바이를 타고 멀어져간 뒤에, 직원들은 다시 봉고에 탑승하여 오들오들 떨었다. 그들은 부술 수 없었다. 철문 손잡이를 부수고 새로 열쇠를 다는 데 기껏해봐야 만원이면 족하겠지만.

철문 자물쇠 구조가 파괴된 것은 두어 달 전이었다. 철문 열쇠도 달랑 한 개뿐이었다. 여러 직원들이 다투어 건의했지만, 박사장은 이번 주 안으로 열쇠 복사비를 내놓겠다는 말만 되풀이하고 실행에 옮기지 않았다. 직원들 중에서도 건의나 할까 제 돈으로 열쇠를 복사하겠다고 나서는 자가 없었다. 박사장이나 직원들이나 불평 없이 화재경보기함의 열쇠를 사용하는 데 길들어갔다. 그때는 화재경보기함에서 두 개의 열쇠가 꿰어진 고리를 꺼냈던 것이다.

그날 오늘과 똑같은 상황이 일어났었다. 열쇠는 누군가의 호주머니에 있을 것이었다. 21세기캠퍼스 직원들은 철문을 열기는 했어도 닫아본 적은 거의 없었다. 철문은 으레 영업이 새벽에야 끝나는 갈채 사람들이 닫고 갔던 것이다. 그런 이유로 직원들은 철문 안 사무실 문만 잠그고 퇴근하는데, 가끔 열쇠 꾸러미를 화재경보기함에 넣는 것을 잊고 호주머니에 넣은 채 그대로 귀가하는 경우가 있었다.

열쇠를 가지고 갔다는 사람이 열한시가 되도록 나타나지 않았다. 그날따라 무슨 날이었던지 열쇠점마다 문이 닫혀 있어 기술자 신세를 질 수도 없었다. 출근 전인 서실장과 덕기에게 전화와 호출을 대여섯

번씩 했으나 감감무소식이었다. 또 한명의 용의자 박사장이 먼저 모습을 보였다. "왜들 이러고 있어? 이 사람들이 정신이 있는 거야, 없는 거야?" 뒤이어 나란히 출근한 서실장과 덕기도 열쇠에 대해서 아는 바가 없었다. 그러나 그들은 열쇠 소지 혐의를 벗은 대신 너무 늦게 나타난 대가로 박사장에게 욕설을 들어야 했다. "너희들은 뭐하는 새끼들이냐, 엉? 도대체 지금이 몇시야?" 다른 직원들이 듣기에도 '새끼'는 서실장에게 대단히 심한 욕이었다.

부하직원들이 속수무책으로 바라보고 있던 철문을, 박사장은 간단히 처리했다. 박사장은 인근 공사장에서 해머와 드라이버를 빌려왔다. 해머로 손잡이를 여남은번 후려친 다음 드라이버 끝을 밀어넣고 서너번 돌리자, 철문은 슬며시 열리는 것이었다. 그렇게 해서 철문 자물쇠 구조는 파괴되었다. 사무실 문이 닫혀 있지 않았다. 열쇠는 사무실 안에 있다는 사실이 증명되는 순간이었다. 응접탁자 밑에 떨어져 있는 열쇠가 발견되었다. 그날 박사장은 조부장에게 싫은소리를 했고, 조부장은 서실장과 송과장, 장대리를 야단쳤다. 서실장이 나머지 평사원들을 다시 한번 모이게 했다. 기강 확립의 날이었다. 나중에 평사원들끼리 종합해보니, 마지막으로 퇴근한 사람은 박사장이었다.

그런데 박사장은 철문 자물쇠를 복원할 생각을 않는 것이었다. 사무실을 이전했기 때문에, 또 있던 사원들은 대개 퇴사하고 새로운 사원들이 입사했기 때문에, 새로이 명함을 찍었다. 그 명함을 칠만원이 없어서 못 찾는 실정이고 보면 철문 자물쇠 복원에 필요한 단돈 만원도 적다고 할 수 없기는 했다.

굳이 따지자면 철문이 없어서 더 위험한 쪽은 갈채였다. 절도범이 있다고 치자. 철문 안으로 들어간 절도범은 두 개의 문 앞에 서게 된다. 하나는 21세기캠퍼스 사무실 문, 또 하나는 갈채의 뒷문. 같은 나무 문이었지만, 21세기캠퍼스 것은 두껍고 단단한 재질이어서 그 문에 매달린 자물통을 마저 파괴해야 할 것이다. 그러나 갈채의 뒷문은 주먹 한 방이면 부서질 만큼 약했다. 그 불리함을 잘 참고 지내던(밤 늦게까지 영업하고, 아침부터는 21세기캠퍼스 사람들이 아주 가까이 있으니 절도범이 노려볼 짬이 별로 없기도 했지만) 황마담이 도저히 참을 수 없었던 모양이다.

21세기캠퍼스는 전기세도 갈채에 신세지고 있었다. 두 업소는 계량기를 함께 썼는데 그동안 갈채가 전기세를 전적으로 부담해왔다. 이번 달에는 갈채도 전기세를 내지 않았다. "우리가 뭐 자선사업가야? 이게 말이 돼? 술 팔아서 번 돈으로 왜 우리가 남의 전기세까지 내야 되는데, 대답을 좀 해보시라니까." 늙은 관리원도 요즘 거의 날마다 박사장을 찾아왔다. "관리비도 못 내고 말여, 이거, 회사 맞는겨?"

이러하니 염치가 있지, 어떻게 또다시 철문 자물쇠를 파괴할 수 있을 것인가. 하지만 야속한 일이었다. 사무실로 들어가야 돈을 벌든 말든 할 것 아닌가. 조부장은 황마담의 과격한 처사에 할 말을 잃었다. 전기세를 내야 열쇠를 주겠다는 초강수인 것 같았다.

점심때가 되도록 열쇠가 없어서 사무실에 못 들어간다니. 헛웃음이 나왔다. 하산한 지 십년째, 조부장은 인생의 최대 위기에 처해 있었다. 잘나가던 은행원에서 고시생으로의 변신. 도전과 실패의 연속. 한 여자를 만나 하산. 그리고 월급쟁이지만 승승장구해왔다. 그런데 21세기캠퍼스는 답이 안 나왔다. 조부장은 정말이지 '열쇠'가 필요했다.

"어디 밥 먹을 데 있나?" 조부장은 외상으로 밥 먹을 데가 있느냐고 물은 것이었다. "없습니다. 이제 시킬 데도 없습니다." 그들은 이 근방

거의 모든 중국음식점과 밥집에 외상값이 있었다. 일주일 내내 주문해 먹고도 결재를 못해준 곳도 있었다. 조부장은 호주머니에서 꺼낸 돈을 헤아려보았다. 팔천원. "가서 라면이나 먹지."

세 사람씩 택시 두 대를 잡았다. 기본요금 거리에 서실장의 전셋집이 있었다. 독립군 생활을 했던 바로 그 집이었다. 덕기가 초인종을 누르자 팬티만 입은 서실장이 문을 열어주었다. 남자 직원들이 점심때 라면 끓여먹으러 오는 것은 자주 있는 일이었기 때문에, 서실장은 조금도 놀라지 않았다. 추석 이후 서실장이 열두시 이전에 출근한 날은 다섯손가락으로 꼽을 수 있었다. "미현씨도 와요." "뭐야, 잠깐 기다려." 도로 문이 닫혔다.

민석은 라면을 끓이고 있노라니, 송과장의 둥글넓적한 얼굴이 떠올랐다. 독립군 시절 때 민석은 주부나 마찬가지였다. 기획/편집부 팀장과 디자이너들이 매킨토시를 붙잡고 노동의 담배연기를 피워올릴 때, 내내 꿔다놓은 보릿자루처럼 있었다. 밥때가 되어야 할 일이 생겼다. 반찬을 만들고 찌개를 끓이고 밥상을 차렸다. 사람 바보 되는 것은 아주 간단한 일이었다. 그때 민석에게 큰 힘이 되어준 사람이 바로 송과장이었다.

"끼니 챙겨주는 거, 그게 보통 일이냐? 너야말로 없어서는 안되는 사람이다." "천만에요. 저는 천하에 쓸모없는 인간예요." "그렇게 자기를 비하해서 남는 게 뭐냐? 참고 견디면 좋은 시절이 오는 법이다." "과연 그럴까요. 제가 왜 이러고 있죠?" "자식, 그래도 너는 나보다 나은 거야. 그걸 알아야지. 나도 너만큼 할 일이 없다. 내가 지금 이 회사에서 하는 게 뭐냐? 운전이야, 운전. 내가 이까짓 운전하려고 봉급쟁이 된 줄 아냐? 영업을 배우려는 거였어. 그런데 내가 지금 영업하

냐? 말만 과장이지, 기사 아니냐? 기사라고. 그런데 꾹 참는다. 언젠
가는 쥐구멍에도 햇볕 드는 날이 온다 말이야. 너는 나보다 조건이 더
좋잖아? 안 그래?"

그 송과장이 모든 것(투자금과 밀린 월급)을 포기하고 사표를 낸 것
은 9월이었다. 이런 말을 남기고 떠났다. "쥐구멍도 쥐구멍 나름인 것
을 여태 몰랐다." 지금은 인천에서 한약재 운반 일을 하고 있었다. 진
짜로 운전기사가 된 것이었다. 민석은 지난 일요일 서실장, 미현과 함
께 놀러 갔었다. 송과장은 회와 술을 샀고 단란주점에도 데리고 갔다.
21세기캠퍼스 송과장일 때보다 훨씬 좋아 보였다.

오후 한시경, 주희는 철문 앞에 멍하니 서 있었다. 새벽녘 여관에서
나올 때만 해도 출근하지 않을 생각이었다. 열시께 어머니가 깨웠다.
"나 출근 안해요." "지랄, 어서 나가지 못해. 이럴 때일수록 끈질기게
붙어 있어야 한다는 거 몰라. 그리고 너 어디 싸질러 다니다가 온 거
야?" 어머니의 등쌀에 못 이기기도 했지만, 굼뜨게나마 기어나온 것
은, 그래도 직장이기 때문인가? 아니면 덕기의 얼굴을 보지 않고서는
견딜 수 없어서?

주희는 책나라를 노크했다. 문이 열리고, 스쳐지나가면서 몇번 보
았을 뿐인 정사장의 얼굴이 나타났다. 남자 직원들은 만화 빌린다 바
둑 둔다 해서 가깝게 어울리는 듯했는데, 여자 직원들은 그렇지 않았
다. "저, 옆 회사에서 일하는 사람인데……" "아, 압니다." "전화 좀
한통 쓸 수 있을까 해서요." "아, 그럼요. 들어오세요." 남자 직원들한
테 책나라가 도서도매점이라고 들었는데, 주희가 보기엔 만화방에 불
과했다.

하필이면, 아니 고맙게도 덕기가 전화를 받았다. "나예요." "어디

야? 집이야?" "아뇨, 회사예요. 문이 닫혀 있어서, 책나라에서 전화
거는 거예요." "열쇠가 없어서 그래. 단란주점 마담이 자물쇠 고쳤나
봐. 우리 지금 라면 먹고 있어. 이리 와." "곧 올 거잖아요?" "가서 뭐
해. 황마담 출근할 때까지 여기 있을 거야." "알았어요." "저기…… 괜
찮아?" "뭐가요?" "아, 아니야. 얼른 와." 짐작대로 모두들 서실장의
집에 있었다. 그런데 단란주점 황마담이 자물쇠를 고치다니? 그럼, 그
게 그 열쇠였나.

어제 여섯시 무렵이었다. 주희만이 황마담이 불쑥 들어오는 것을
보았다. 조부장과 서실장은 회의실에 들어가 있었고, 장대리와 덕기
는 인쇄소 외근중이었으며, 미현은 작업 삼매경에 빠져 있었고 저쪽
구석자리의 민석은 컴퓨터 오락에 몰두하고 있었다. 황마담은 사무실
을 한눈에 담더니 비웃음을 그리는 것이었다. 주희는 또 전기세 독촉
이려니 했다. 황마담이 불쑥 뭘 내밀었다. 주희는 무의식적으로 받았
다. 열쇠였다.

"이게 뭐예요?" "불쌍해서 준다, 줘." 무턱대고 뚱딴지같은 반말이
었다. 은근히 화가 치밀었다. '하, 이젠 술 파는 것한테도 무시받네.
내가 얼마나 허투루 보이면.' 어떻게 대거리를 해줄까 부글부글 끓는
데, "이 집구석 참, 웃음밖에 안 나오네" 혀를 차더니, 붙잡을 틈도 주
지 않고 휙 나가버리는 것이었다. 그 열쇠를 서랍에 넣어두고 까맣게
잊었었다. 그것이 새로 맞춘 철문 열쇠였나보다. "커피 한잔 해요." 화
장실 가나 했더니 정사장이 자판기 커피를 뽑아왔다.

장대리와 미현이 설거지를 했다. 민석은 서실장이 빌려다 쌓아놓은
만화책을 읽었다. 책나라 것이었다. 서실장은 가요 순위 프로그램 유
선 재방송을 시청했다. 조부장은 침대에 누워 눈을 감고 있었다. 아무

래도 박사장과 대동인쇄소 김사장만 보내는 게 아니었다. 따라가는 게 옳았다. 꼴도 보기 싫은 사람들이라 동행하지 않은 대가로 이토록 초조했다. 직원들은 모르고 있지만, 지하 사무실은 김사장이 얻어준 것이다. 김사장을 너무 만만하게 본 게 아닐까. 부득부득 박사장을 따라간 것부터가 걸렸다. 이이사는 말변죽만 올리고 있었다. "내가 돈이 없어서 부도맞은 게 아니야." 충청도 어느 낚시터로 도피하기 전에 이이사가 은밀히 불러 앉혀놓고서는 떠벌린 얘기의 요지였다.

이이사는 박사장을 몰아내고 경영의 주체가 되기를 원했다. 경영권이 보장되어야만 대폭 투자하겠다는 것이다. 그러나 이이사에게 돈이 있는지부터가 의심스럽다. 박사장도 이이사의 속셈을 일찌감치 간파한 듯했다. 박사장은 또다시 새로운 물주를 찾아나섰고, 새로 찾은 자가 인쇄소 하는 김사장이었다. 김사장은 사무실을 구해주고, 인쇄물을 모두 책임지는 등 적극적인 의지를 보여주었다. 그 김사장이 기어이 박사장과 동행한 것이다.

서실장은 아직도 의리를 못 버렸느냐고 힐난하고는 했다. '나도 배알이 있는 사람이다.' 그토록 당했는데 무슨 얼어죽을 놈의 의리란 말인가. 대학홍보물 시장, 이건 확실한 시장이다. 그러니까 개나 소나 고깃덩이 본 걸귀들처럼 달려드는 것 아니겠는가. 12월 초순까지는 지금 진행중인 작업들이 모두 마무리될 것이다. (상아탑과의 거래는 신속하고 현금 거래라 좋았다.) 그럼 대충 헤아려도 5억은 되는데, 얼마나 챙길 수 있을 것인가. 서실장과 송과장 몫까지 찾아내야 되는데. 복잡한 계산으로 어지러운 조부장은 오수의 유혹을 기쁘게 받아들였다.

송에게서 전화가 왔다. 서실장은 반가워서 어쩔 줄 몰랐다. 지난 일요일에 만났지만, 한 일년 소식 끊고 있었던 기분이다. 송에게 지은

죄가 있어 늘 미안하기 때문일 것이다. 송은 작은 규모의 술집을 경영하고 있었는데 수지타산을 못 맞춰 새로운 길을 모색하고 있었다. 정말 딴 계산 없이 친구를 끌어들였다. 21세기캠퍼스가 탄탄대로 잘나갈 줄 알았다. 그런데 결국 친구를 사지로 끌어들여 모갯돈만 뜯어먹고 쫓아낸 입장이 되고 말았다.

"으, 열쇠가 없어서 못 들어갔다는 거 아니냐." "황당무계했겠구나야." "방귀 뀌려는데 똥 나왔지." "여자 직원도 같이 왔나?" "아, 그럼. 미현씨 바꿔주까." 미현에게 수화기를 넘겨주었다. 송이 미현과 잘되었으면 좋겠다. 요새 미현이 같은 애 찾기 어렵다. 두 사람이 잘되면, 송에게 조금은 덜 미안할 것 같다. 아무튼 산파 역할을 했으니까. 장대리는 거실의 간이침대에 편하게 눕자마자 코를 골았다. 덕기는 집 밖에 나와 있었다. 주희는 좀처럼 나타나지 않았다.

"너무하신 거 아닙니까? 우리가 죄송이야 했지만, 그래도 그렇지, 사무실 문도 못 열게 하시면 어떻게 합니까?" 황마담은 기가 막혔다. "열쇠 줬잖아요?" 한바탕할 기세였던 장대리는 무르춤해졌다. "거, 누구냐. 머리 길고 곱슬거리는 아가씨한테 엊저녁에 줬단 말이에요." "이주희씨 말입니까?" "이주흰지 박주흰지는 내가 모르지. ……아니, 내가 열쇠 하나 가지고 쩨쩨하게 굴 사람 같아 보여요?" 어쩐지 찜찜했었다.

"배웠다는 사람들이 앞뒤도 분간 못하고 말이야. 어째 그 모양들이래?" "미안하게 됐습니다." "이래서 이웃을 잘 만나야 된다니까. 아니, 그놈에 지하실에 뭐가 씌었나? 들어오는 족족 유령회사 나부랭이냐." 황마담이 철문을 열어주었다. 그토록 애태우던 철문은 너무도 쉽게 열렸다.

책상마다 잡다한 도서가 뒤죽박죽 얽혀 있었다. 담배꽁초 그득한 커피잔이 여기저기 총총 박혀 있었다. A4지, 종잇조각, 비닐껍질 같은 것들이 콘크리트 바닥에서 먼지를 뒤집어쓰고 있었다. 환풍기를 통과하지 못하고 두고두고 묵은 니코틴의 찌꺼기가 자욱한 운무로 일렁거리고 있었다. 구석구석 거미줄이 을씨년스러웠다. 대청소를 한 지 한 달은 족히 되어가는 사무실의 모습이었다.

장대리는 주희의 서랍을 열고 열쇠를 꺼냈다. "참 나, 이년이 정신이 있는 년야, 없는 년야." "그럴 수도 있지, 뭔 말을 그렇게 심하게 하냐?" 덕기가 정색을 했다. 덕기가 주희를 눈독들이고 있음을 모르지 않았다. "관두자, 관둬." 장대리는 열쇠를 응접탁자에 팽개치고 제 자리로 갔다. 주희 못지않게 덕기도 마음에 들지 않았다. 학과 동기로 지낼 때에도 마음을 교통해본 적이 없었다.

서실장은 매킨토시를 켜고 오락게임을 열었다.

조부장은 신문을 읽어보려고 했지만 글자가 눈에 들어오지를 않았다. 어제 전화로 들은 박사장의 음성은 옛날처럼 당당했었다. 내일은 직원들 월급을 확실히 줄 수 있을 것이다. 오랜간만에 좋은 데 가서 회식하자. 흉금을 털어놓자. 서로간의 불신을 청산하자. 조부장은 문득 중얼거렸다. "말만 잘해."

H대 서선생은 분기탱천해 있었다. "도대체 어떻게 된 겁니까? 전화를 몇번 한 줄 알아요? 백번은 했을 겁니다." "죄송해요. 전화기가 잠깐 고장났었어요." "그럼 그쪽에서 공중전화로라도 하셔야 했을 거 아닙니까?" "바빠서 그랬어요. 수정사항이나 불러주세요." "참 나, 미치겠네. 너무 뻔뻔한 거 아닙니까?" "죄송하다니까요." 덕기의 얼굴은 짜증으로 가득했다.

민석은 국어사전보다 두꺼운 광고연감을 펼쳐놓고 있었다. 뭔가 뇌리를 스치고 지나갔다. 황급히 자판을 두드리기 시작했다. '수험생을 꼬드길 수 있는 대학만이 살아남을 것이다. 소문난 잔치에 먹을 것 없다지만, 손님들은 소문나지 않은 잔치보다 소문난 잔치에 쏠리게 마련이다. 먹을 게 없었다고 불평을 하든 말든 잔치마당을 연 자는 부조금만 챙기면 되는 것이다.'

미현은 모니터에서 밝게 웃고 있는 두 여대생의 얼굴에 마우스 점을 찍어놓고 좀더 멋진 구도가 없을까 고민했다. '21세기에 도전하는 대학'을 여대생의 머리 위로 옮겼다.

세 대의 전화기가 동시에 울렸다. 전화비를 며칠까지 내지 않으면 수신도 금지시키겠다는 경고였다. 장대리와 미현이 거의 동시에 수화기를 내려놓았다. 서실장은 끝까지 듣고 끊었다. "아따, 목소리 죽이네." 서실장의 혼잣말이 사무실을 메아리쳤다.

—『문예중앙』 2000년 봄호

배신

배신

1

우리 사무실 컨테이너는 대여섯 명만으로도 꽉 들어찼다. 그래서 나까지 참석하는 월급회의는 ㅎ전력측에서 하청업체들 공동으로 사용하라고 따로 배려해놓은 다른 장소에서 열렸다. 명색은 '회의실'이 었지만 역시 컨테이너였고, 우리 사무실보다 열배는 컸다.

국장은 경리인 나에게 조합원 회의에 참석하라는 말도, 참석하지 말라는 말도 하지 않았다. 나는, 당연히 나도 참석해야 하는 것으로 생각했다. 나도 조합원이 아닌가. 취직한 지 두달째 되는 어느날, 국장은 나를 위하여 친히 서류를 작성해주었다. 조합에 가입해야 의료보험혜택과 퇴직금을 받을 수 있고, 만약의 경우에 산재처리가 가능하다고 했다.

해서 나는 노동조합이 뭔지도 모르면서, □노동조합은 우리나라 대부분의 노동조합이 채택하고 있는 오픈숍(open shop) 제도가 아니라 클로즈드숍(closed shop) 형태를 취하고 있다는 사실은 더더욱 모르면서, 조합원이 되었다.

(나는 나중에 『노동법 해설』이란 책을 읽게 되었는데, 거기에는 오픈숍과 클로즈드숍에 대하여 대략 이렇게 적어놓고 있었다.

우리나라 대부분의 노동조합은 오픈숍이다. 근로자는 자기의 자유의사에 따라 노동조합에 가입하고, 기업도 근로자가 조합원이든 아니든 고용에 아무런 장애를 받지 않도록 하기 위한 제도이다. 가장 자유로운 노동조합 형태이지만 노동조합의 결속력이 떨어진다는 단점이 있다.

클로즈드숍은 노동조합 측면에서 볼 때, 조합의 단결과 조직 안정에 가장 유리한 조직 형태이다. 사용자가 근로자를 채용할 때 이미 노동조합에 가입해 있는 조합원만을 근로자로 채용해야 한다는 협정을 말한다. 예를 들어 철도역에서 하역작업이나 창고의 입출고를 담당하는 하역회사는 직접 근로자를 고용할 수 없고, 반드시 노조를 통해 노조원만을 인부로 고용할 수 있다. 근로자가 직장을 얻기 전에 반드시 노동조합에 가입해 조합원이 되어야 하며, 또 해당 노동조합으로부터 탈퇴나 제명 등으로 조합원의 자격을 잃을 때에는 직장에서도 자동적으로 해고된다. 그래서 클로즈드숍 형태의 노조는 노동조합이면서 동시에 사용자의 지위를 지닌다고 한다.

이러한 클로즈드숍 제도는 '노조 가입 자유주의'를 채택하고 있는 우리나라에서는 허용되지 않지만, 현실적으로 적용되는 경우가 있다. 매춘은 불법이나 현실적으로 사창가가 문정성시를 이루고 있는 것처럼.)

국장을 선출하던 겨울날의 회의가 두고두고 기억에 남았다.

회의는 총무 김진석씨가 진행했다. 내가 알기로 총무 김진석씨가 '총무'의 직책을 걸고 하는 일은 딱 하나, 회의 진행이었다. 중학교 학급 총무보다도 하는 일이 없었다.

"지금으로부터 십일월 후반기 월급회의를 시작하겠습니다."

아저씨들의 박수가 있었다.

"먼저 국기에 대한 경례를 하겠습니다. 기립. 국기에 대하여 경례. 나는 자랑스러운 태극기 앞에 조국과……"

나는 제일 뒷자리에 있었다. 국장과 44명의 아저씨들이 태극기를 향해 엉거주춤 서서 가슴에 손을 얹고 있는 뒷모습, 왜 경건하고 엄숙해 보이는 게 아니라 우스꽝스러워 보였던 것일까? 물론 나도 우스꽝스러운 자세로 국기를 향해 경배드리고 있었다.

"바로! 애국가는 시간관계상 생략하겠습니다. 착석해주시면 감사하겠습니다."

철제 의자가 바닥에 부딪는 소리가 요란했다.

"오늘 정식 안건은 두 가집니다. 우선 다들 아시겠지만서도, 오늘부로 국장님 임기가 만료되니께, 국장님을 새로 뽑아야 합니다. 또 조합버스 그게 영 낡아서 힘을 못 씁니다. 이참에 갈아치우는 게 어떤가 토론도 해야 됩니다. 그럼 안건에 들어가기 앞서서 국장님의, 십일월 후반기에 대한 정리 보고가 있겠습니다."

국장이 단상에 올랐다.

"십일월 후반기도 고생들 많으셨습니다. 미스 서가 임금지급내역서 한 장씩 나눠줬죠? 이씨는, 뭐요? 못 받았다고요? 미스 서 얼른 갖다드려. 예, 다들 보자고요. 이번에 우리들이 작업한 것은 캐나다서 들

어온 배였습니다. 십일만 톤을 하역했는데, 톤당 백삼십원씩 계산되
었습니다. 해서 ㅍ건설이 이것저것 떼고 우리들한테 넘겨준 돈이 총,
영 숫자가 많아서 헷갈려버리네요. 거기 씌어 있죠. 그와 같습니다.
전반기 때보다 쬐금 많이 벌었죠? 그런데 거기서 지부에다 한 뭉텅이
올려보내고, 남는 것을 나누기 45 한 다음(실은 나누기 46 되어 있었
다. 실제로 나눗셈을 해보면 누구나 알 수 있는 사실이었다. 둘 중에
하나였다. 아저씨들 중 아무도 나눠보지 않았거나, 나눠본 사람이 있
어도 모른 체하는 것이거나), 후생복지비, 갑근세, 경조비 0.02프로
뗀 것이 여러분의 통장으로 입금된 액수입니다. 그 사항이 여러분들
들고 있는 종이에 적혀 있는 사항입니다. 그리고 경조비 칸에 따로 적
혀 있는 것이 뭐냐면, 접때 이동석씨 어머님이 돌아가셨잖아요? 그
때 부조한 겁니다. 예, 이상으로 정리 보고를 마치겠는데, 뭐 궁금한
것 있으면 기탄없이 물어봐주십쇼. 뭐, 본인이 똑똑한 미스 서 데리고
오죽 잘했겠습니까마는."

  (ㅎ전력의 하청업체인 ㅈ통운과 ㅍ건설로부터 수주를 받은 ㄷ노동
조합은 하역량만큼 임금을 지급받는다. 그러므로 내 생각엔 '월급'이
아니라 '도급'이었다. 하지만 '도급'이라는 단어를 사용하는 조합원은
없었다. 회의 명칭부터가 '월급회의'였다. 물론 내 생각이 틀린 것일
수도 있다.)

  질문은 없었다. 아저씨들은 국장의 말을 흘려들으면서, 지급내역서
는 건성으로 보고 있는 듯했다.

  나는 국장과 44명 아저씨들의 통장에 똑같이 157만원씩을 입금했
다. 아저씨들이 들고 있는 임금지급내역서에도 그렇게 기록되어 있었
다. 그런데 내가 ㅈ통운과 ㅍ건설측에 올린 임금지급요청서에는 모든

것이 다르게 적혀 있었다. 다른 것은 그만두고 1인당 실 지급액이 157만원이 아니라 263만원으로 기록되어 있었다. 수주업체는 우리 ㄷ노동조합에 1인당 263만원에 해당하는 돈을 분명히 보내왔다. 그런데 아저씨들은 1인당 157만원을 받았다. 1인당 106만원은 어디로 간 것일까.

그 돈은 ㄷ노동조합 명의의 통장으로 들어가 있었다. ㄷ노동조합 통장은 두 개였다. 하나는 아저씨들이 흔히 경조비 통장이라고 말하는 것으로서 모두에게 공개되어 있었다. 나머지 하나는 국장과 나만이 존재를 알았다. 국장의 심복과 측근들도 그러한 통장이 있을 것이라고 짐작은 하겠지만 본 적은 없을 거였다. 1인당 106만원은 바로 그 통장으로 들어가는 거였다. 그 통장을 자유자재로 사용하는 사람은 단 한 사람 국장뿐이었다.

국장이 단상에서 내려가고 다시 총무 김진석씨가 올라갔다.

"국장님의 정리 보고가 있었습니다. 다음으로는 노동조합버스 교체 건입니다. 안건을 올려주신 추남일씨의 의견 발표가 있겠습니다. 추남일씨는 회의 때마다 똑같은 안건 올려갖구 허구한 날 반대당하면서도 포기하지 않고 있습니다. 경조비 통장도 묵직하니께, 이번이는 좀 관심들 기울여주시기 바랍니다."

가운데쯤 앉아 있던 추남일씨가 일어섰다. 그는 조합원 중에 다섯 명밖에 안되는 고졸 학력자 중의 한 사람이었다. 나이는 35세로 여섯 번째로 젊었다.

(조합원 명부에 기록된 바에 따르면 아저씨들의 학력은 고졸 5명, 고퇴 1명, 중졸 7명, 중퇴 2명, 그리고 나머지는 국졸 이하였다. 연령으로 보면 이십대 1명, 삼십대 8명, 사십대 5명, 오십대 19명, 그리고

나머지는 육십대였다.)

"어르신들, 저도 회의 때마다 똑같은 말 하기 지겹습니다. 이번이는 제발 좀 협조 바랍니다. 그럼 녹음기마냥 되풀이해보겠습니다. 제가 그 버스를 몬 지 올해로 사년짼데, 제가 들어오기 오년 전에 샀다니까, 벌써 아홉수 먹은 고물딱지 찹니다. 여러분들도 탈 때마다 느끼시겠지만 굴러다니는 게 용한 지경입니다. 여러분들께서는 본인의 운전 미숙으로 오해하시는 경향이 있는데 천부당만부당입니다. 가급적 빠른 시일 내에 버스를 교체하지 않는다면 어떠한 불행한 사태가 초래될지 모릅니다."

"십년은 더 타구 다니겄드만."

"나도 버스에 대해 아무런 불편도 못 느끼는디."

"거 회의 때는 지역방송하지 말라니께요. 할 말 계시면 손 들었다가 호명받고 발언해주십시오."

"니, 나 손 들었어."

"박정기씨."

"니, 나 박정기요. 내는 이상한 것이 뭣이냐면 나이든 사람들은 빠스에 대해서 애로사항이 전혀 없는디, 젊은 사람들은 불평불만이 많더란 말이요. 젊은 사람들이 괜히 돈 쓸 데가 없어서 난리피는 거 아닌가, 이런 의심이 든단 말이요. 총무가 경조비 두둑이 쌓였다고 했는디, 빠스가 한두푼이요? 빠스 사고 나면 뭘로 경조 챙길 거냐 이 말이요, 내 말은."

공개된 경조비 통장은 근본적으로 두둑할 수밖에 없었다. ㄷ노조 설립 당시 사람들은 조합원이 되기 위해 1인당 5백만원씩을 투자했다고 한다. 삶의 터전을 발전소에 바친 대가로 일자리를 얻은 사람들도 투자는 불가피했다. 5백만원은 온갖 어깃장 수가 남발하는 이런 판에서 자신이 그만둘 때까지의 안정을 확실히 약속해주었고, 그만두는 때 당연히 되찾을 수 있는 것이기에 불만도 그다지 없었다. 이른바 '권리금' 혹은 '자릿세'였다. 물론 그 자릿세도 물가상승을 꾸준히 해와 그즘에는 2천만원대에 거래되고 있었다.

새로 조합원이 되려 하는 자(줄 서 있다)는 가입 경쟁이 치열하기 때문에 2천5백만원 가까이 투자해야 하고, 조합원을 그만두는 자는 퇴직금 외에 약 2천만원의 자릿세를 받게 된다는 것이다. 조합원 교체를 전적으로 통괄하고 있는 자가 국장이니, 나머지 5백만원 정도가 어디에 들어가는지는 뻔했다.

여하튼 공개된 조합통장에는 45명분의 자릿세가 들어 있는 것이다. 거기다 이자가 있을 것이고, 월급이 지급될 때마다 얼마씩 떼어 적립해온 돈까지 고려한다면! 게다가 국장이 탁월한 돈놀이 실력을 발휘하여 은행 이자를 우습게 볼 정도로 뺑튀기도 했다. 국장이 왜 그런 수고를 했는지는 굳이 따져볼 필요 없는 것이고, 아무튼 노동조합의 필요상 막대한 여러번의 지출이 있었음에도, 자질구레한 경조가 끊이지 않았음에도, 조합 통장은 수억대를 유지하고 있는 것이다. 해서 박정기씨의 반론은 엄살 기운이 많았다.

"아저씨가 뭘 몰라서 그러는데 버스 그렇게 안 비싸다니까요. 그리고 아저씨는 쪽팔리지도 않으세요. 다른 업체들은 쌤빵이 끌고 다니는디 우리만 거지 발싸개 같은 거 타고 다니잖아요?"

총무의 통제가 불가능해진 난상격론은 으레 그랬듯 다수결 투표로 결정나게 되었다.

"버스를 새로 사는 게 좋겠다고 생각하시는 분들 손 들어주십시오."

추남일씨를 비롯해 열다섯 명이 손을 들었다.

"다음에는 반대하시는 분들 손 들어주십시오."

스물한 명이 손을 들었다.

"손 안 드신 분들은 기권으로 간주하겠습니다. 그래서 이번에도 버스 건은 교체 안하는 것으로 결정났습니다."

(추남일씨의 집념은 두 달이 지난 뒤에 이루어졌다. 다수결 투표에서 승리해서가 아니라, 버스 사고에 의해서였다. 추남일씨 혼자 운전하고 가다가 차가 굴렀다. 버스는 어떻게 해볼 도리 없이 망가졌는데 추남일씨는 전치 1주밖에 안 나왔다. 버스 교체의 반대편에 서왔던 아저씨들은 추남일씨의 조작극이라고 노발대발했다. 어쨌든 버스는 공장에서 막 출시된 것으로 바뀌었다.)

"다음은 오늘의 가장 중요한 안건인 국장님 선출에 들어가겠습니다. 국장님 이년 임기가 오늘부로 완료되었습니다. 그래서 내일부터 앞으로 이년 동안 우리 노동조합을 책임질 국장님을 새로 뽑겠습니다. 그럼 지금부터 이 사람이 국장이 되어야 우리 노동조합이 잘되겠다 생각하는 사람이 있으면, 적극적으로 추천해주시기 바랍니다. 네, 김두일씨."

"박영필 국장님이 충분히 잘하시는데 뭐 새로 뽑고 그럴 필요가 있는가 모르겠네요. 그냥 박영필 국장님 하시게 냅두는 게 좋겠는데요."

"김두일씨, 분위기 파악 좀 합시다. ㄷ노동조합 규약에 이년마다 한 번씩 선거를 하라고 명시가 되었단 말입니다. 어디까지나 절찬데, 절차를 무시하면 되겠습니까?"

"현 박영필 국장님을 추천합니다."

"재청이요."

"좋습니다. 박영필 현 국장님이 추천되었습니다."

총무 김진석씨는 칠판에 박영필 이름 석자를 큼지막하게 썼다.

"또 추천할 분 안 계십니까?"

잠시 동안 회의실은 조용했다. 기침소리도 나지 않았다.

"추천하실 분이 더이상 안 계신 것으로 알겠습니다. 역시 구관이 명관이라는 분위기구만요. 그럼 박영필 후보의 정견 발표가 있겠습니다."

"시간도 없고 하니까 그냥 이 자리서 간단히 말하겠습니다. 더도 말고 덜도 말고 여태까지 해온 것처럼만 하겠습니다. 제가 얼마나 우리 노동조합을 위해 헌신적으로 일하고 있는지는 여러분이 더 잘 아시리라 믿습니다. 이상입니다."

아저씨들은 열렬히 손뼉을 때렸다.

"간단명료한 정견 발표이셨습니다. 그럼 투표를 시작하겠습니다. 현 박영필 국장님이 계속적으로 국장을 하시는 게 좋다고 생각하시는 분들 손 들어주십시오."

손을 들지 않은 것은 국장과 나, 둘뿐이었다. 나야 손을 들 자격이 없고(국장은 조합 가입만 시켜주고 의결권은 주지 않았다), 국장은 왜 안 들었는지 모르겠다.

국장의 수락연설이 있었다.

"앞으로도 저를 믿고 맡겨주신 데에 심심한 감사의 말씀을 드립니다. 여러분의 기대와 뜻에 어긋나지 않게, 이제까지 그래왔듯이 최선을 다하여 분골쇄신하겠습니다."

아저씨들의 열화와 같은 박수가 또 한번 있었다. 나는 총무 김진석씨가 왜 '새로운 국장'을 뽑겠다가 아니라, '국장을 새로' 뽑겠다고 발언했는지 이해가 되었다.

"이것으로 십일월 후반기 월급회의를 마치겠습니다."

"여기, 기타 안건 있어요."

손을 가만히 들어올린 것은 국장이었다. 국장의 표정과 말투는 한결 느긋해져 있었다.

"예, 국장님 말씀해주십시오."

"예, 다름이 아니고 말입니다, 우리 미스 서 월급 좀 올려주자는 것입니다. 미스 서가 벌써 오개월쨈데, 여러분들도 느끼시겠지만서도, 이제까지 왔던 가시나들하구는 질적으로 달라요. 일 잘하고 경우 밝고 나무랄 데가 없어요. 그래서 제가 생각하기는 월급이 좀 작은 것 같아요. 그래서 이참에 쪼까 인상시켜주는 게 어떤가, 그런 의견이네요."

국장이 나를 위해 발언하는 까닭은 충분히 납득이 되었다. 나는 국장에 대해서 너무 많은 것을 알고 있었다.

"삼십육만원이면 충분히 많이 주는 거여."

"뭐 하시는 일이 있다고."

"말도 안되는 소리."

몇사람이 툴툴거렸다. 대부분의 아저씨는 시답지 않아서 반론할 건덕지도 없다는 표정이었다. 그래도 국장이 내건 안건이 아닌가. 투표에 붙여졌다.

내 월급을 올려주자는 아저씨는 딱 다섯 명이었다. 국장은 월급 인상 건을 회의에 붙였다는 것만으로도 생색을 냈다고 생각하는지 더이상 노력을 해주지 않았다. 국장이 한마디만 더 해주었어도 투표 결과는 확연히 달라졌을 거었다.

(내 월급은 석달 후에 올랐다. 그때는 만장일치로 4만원이 인상되었다. 나는 작업현장을 자주 찾아가 아저씨들과 가까워지게 되었는데, 그것이 투표에 그대로 반영된 거였다.)

나는 그날의 회의를 통해서 조합원들이 자신의 대표로 뽑은 자가 '국장'임을 알게 되었다. 나는 국장이, ㅎ전력이나 ㅈ통운, ㅍ건설 중 어느 한 곳에서, 아니면 공동으로 임명한 자인 줄 알고 있었다.

그리고 'ㄷ노동조합 태영리 사무국'에서 '국'에다가 '장'을 붙여 '국장'이라고 부르는 것보다는, 조합원의 대표임을 부각시켜 '조합장'이라고 부르는 게 더 옳지 않을까? 하는 의문도 가지게 되었다.

또 어쨌든 국장도 조합원이니까, 국장도 작업에 참여해야 되지 않는가? 하는 의문도 가졌었는데, 그 의문은 이후 노동법 공부를 하면서 풀리게 되었다. 국장은 노조 전임자였던 것이다.

그리고 나는 또 태영리 사무국은 서류상으로 국장말고 또 한 사람의 전임자를 두고 있음을 알게 되었는데 그게 누구라는 것은 오래 따져볼 것도 없이 바로 나라는 답이 나왔다. 조합원들의 일치된 의견인지, 국장의 단독 의견인지는 모르지만, 국장과 더불어 사무실 근무를 책임지는 전임자 조합원 대신 경리를 둔 거였다.

국장이 굳이 나를 조합에 가입시킨 이유와, 또 하청을 준 회사들에 올리는 서류에는 조합원의 숫자가 45명이 아니라 46명으로 되어 있는 까닭도 알 만했다.

나는 근로계약서(사용자가 ㄷ노동조합 태영리 사무국이고 근로자가 서양숙으로 되어 있는)에 의하여 36만원밖에 받지 않았다. 그 36만원은 공개된 경조비 통장에서 나왔다. 국장이 다방 면접 때 '우리 노동자들이 몇푼 되지 않는 월급서 조금씩 떼어주는 것이니까'라고 말

278

한 것은 진실이었다. 그러니까 국장은 나를 조합에 가입시킴으로써, 나머지 한 명 분을 백원짜리 한 개 안 떼고 고스란히 비공개 조합 통장에 집어넣을 수 있었던 것이다.

2

국장이 사무실에 붙어 있지를 않아서 대부분의 시간을 나 혼자서 보냈다. 국장은 바빴다. 다방에서 노닥거리랴, 시내 어딘가에서 노름하랴, 사모님 아닌 여인네와 놀러 다니랴, 유지급 만나 기반 다지랴 (국장은 정치적인 꿈을 공공연히 피력했다. 우선 시의원부터 하겠다고 공언했다), 역시 정치적인 취지로 각종 행사에 참석하여 이름 올리고 얼굴 비추랴. 물론 ㄷ노동조합 태영리 사무국 수장 노릇도 빈틈없이 해냈다.

한달에 두번, 보름 단위로 끊어서 임금을 지급했다. 그래서 둘째주 넷째주는 바빴고, 첫째주 셋째주는 한가했다. 한가한 주에는, 오전에 작업반장이 직접 와서 출석사항을 전달해주는데 그것을 한쪽 벽에 걸어놓은 출근표와 컴퓨터 프로그램과 장부에 정리하면 그날 일은 다 했다고 볼 수 있었다. 전화 받고, 전화해주고, 국장이 대동하고 오는 손님들에게 커피 타주고 하는, 예정에 없으나 불규칙적으로 빈번한 업무들이 다소 있었지만.

언제부터인가 한가한 시간을 틈타 부두에 나가는 데 재미를 붙이게 되었다.

처음엔 나 같은 경우는 감히 못 들어가는 데인 줄 안데다가, 국장이 되도록 사무실에서 꼼짝하지 않기를 바라서 엄두를 못 냈다. 그런데 취직한 지 반 년쯤 되었을 때, 국장이 현장으로 첫 심부름을 보내주었다. 그것이 부두 드나들기에 계기가 되었다. 그즈음 국장은 내가 피부로 느낄 수 있을 만큼 내 행동반경을 자유롭게 해주고 있었다. 너를 이제는 믿는다는 식의 자신감을 나는 국장의 얼굴에서 읽을 수 있었다.

부두 진입로에도 경비 아저씨가 지키고 있지만, 나는 조합원 아저씨들처럼 자유로운 통행을 보장받을 수 있었다.

두 대의 거대한 석탄하역기가 20만톤급 배까지 접안할 수 있는 석탄 하역 부두를 송두리째 장악하고 있는 것처럼 보였다. 그럴 만도 한 것이 각각의 몸무게가 1천8백톤이었다. 키도 무지막지하게 컸다.

석탄하역기에는 엘리베이터가 설치되어 있었다. 엘리베이터가 있다는 것을 가르쳐주고 타보게 해준 것은 ㅍ건설 석탄하역기 운전실 기사 아저씨였다. 나는 눈치껏 엘리베이터를 애용하게 되었다.

딱 두 사람 들어가면 꽉 차는 관 같은 엘리베이터는 기차 레일 밟는 괴성을 내며 솟구치듯 올라갔다. 처음 탔을 때는 블랙홀 같은 데로 떨어지는 듯해서 발발 떨렸었다. 자주 타다 보니까 아무렇지도 않았다. 외려 공중부양하는 것 같은 쾌감을 맛볼 때도 있었다. 석탄하역기의 어깻죽지에 해당되는 부분에 내려서 보면 발전소 전경이 한눈에 들어왔다. 나는 높은 곳에서 개미나라 풍경 같은 하계를 내려다보는 맛에 푹 빠져들었던 거였다.

하나하나가 큰 공장 같은 1호기에서 4호기까지의 보일러실과 부대설비, 하늘을 찌르고 있는 굴뚝, 5·6호기 보일러 및 부대설비 설치 공사중이라 살풍경한 공사판, 시커먼 석탄이 여러 개의 산봉우리를 만들며 쌓여 있는 저탄장, 석탄 날리는 것을 막아주는 방풍림……

그리고 고개를 돌리면 바다가 보였다. 해안선을 테두리 두른 야산, 모래사장, 뻘, 양식장이 보였으며, 인근 항구에서 여객선으로 한두 시간은 족히 가야 된다는 섬들도 아주 가까이 보였다. 수평선 가까이 구름이 문양을 만들고, 어선 몇 척 떠 있으면 '아름답다!'는 탄성이 절로 나왔다.

석탄하역기가 바다 쪽으로 뻗은 팔 같은 것에 매달려, 바가지(원래는 꼬부랑말로 버켓이라는데, 현장에서 좀처럼 들을 수 없는 용어였다)를 움직이는 네모난 상자가 운전실이었다. 석탄하역기 운전은 크레인 면허를 가진 피건설 아저씨들이 했다. 아저씨들의 솜씨는 탁월해서 석탄 3~4톤을 한꺼번에 퍼올리는 바가지를 자유자재로 움직였다. 말이 바가지지, 저렇게 생긴 것이 어떻게 움직이나, 보면서도 믿어지지가 않았다. 그래서 석탄하역기의 엄청난 덩치는 순전히 바가지의 작업을 지탱하기 위함인 것처럼 생각되었다.

한 달에 서너 척의 운반선이 부두에 닿았다. 러시아, 캐나다, 오스트레일리아 등 내 생전 가볼 일이 있을까 싶은 나라에서 적게는 10만톤, 많게는 18만톤까지 석탄을 싣고 왔다. 운반선에 따라 다르지만 대개 8번에서 12번 창고까지 있었고, 하역작업을 종료하는 데에는 일주일에서 보름 정도 걸렸다.

개방된 창고에서 석탄을 푼 바가지는 제(석탄하역기) 배꼽쯤 되는 호퍼에 쏟아부었다. 호퍼는 컨베이어와 연결되어 있다. 잘 다듬어진 도랑 같은 컨베이어는 부두를 출발, 수킬로미터를 달려 저탄장에 닿았다. 이국에서 온 석탄은 미분기에 들어가 보일러의 화력이 될 날을 기다리며 산더미로 쌓여 있게 되는 거였다.

석탄하역기가 하지 못하는 일을, 그러니까 기계가 하지 못하는 일을 우리 ㄷ노조 아저씨들이 했다. 아저씨들은 22명씩 A조, B조로 나뉘어, 24시간 맞교대작업을 했다. 하루 일하고 다음날은 쉬는 거였다. 작업은 밤에도 이루어졌다. 아저씨들은 밤낮 작업과 휴식을 반복하는 거였다.

창고를 채웠던 석탄이 줄어들면 하늘 높이 있는 운전실 아저씨에게 눈 노릇을 해줘야 했다. 신호기를 들고 바가지의 탄착점을 지시해주는 거였다.

눈에 보일 정도로 석탄이 흩날렸다. 바가지가 이빨 사이로 석탄을 뿌리듯 하기도 했다. 그 석탄 가루가 부두나 배에 내려앉으면 검은 눈 쌓인 폭은 되었다. 그걸 수시로 쓸어내야 했다. (어디로? 그냥 바다에. 외부인들은 발전소 하면 환경오염을 운운하는데, 나도 동조하지 않을 수 없는 근거 중의 하나였다.)

그리고 컨베이어 입구에 바로 들지 못하고 호퍼 테두리에 쏠리는 석탄을 삽 같은 재래식 연장으로 조정해주는 것도 아저씨들이 하는 일이었다.

또 아저씨들은 바가지도 어쩔 수 없는 석탄을 해결하기 위해 창고 속으로 들어갔다. 바가지가 불도저를 담아서 창고 바닥에 내려주었다. 창고 벽 계단을 타고 내려간 아저씨들은 불도저를 밀고 다니며 구석구석의 석탄을 바가지로 옮겼다.

탄광과는 비교가 안되겠지만 석탄 가루가 쉼없이 요동치는 현장이었다. 아저씨들은 작업시 반드시 방진마스크 등을 착용하며, 1년에 한 번 의료보험조합에서 실시하는 신체검사에서 다들 두서의 성적을 거두고는 있으나, 진폐증으로부터 자유롭지는 못할 거였다. 몇몇 아저씨들은 자신이 진폐증의 초기 증세에 걸려 있는 게 확실하지만 신체

검사에서 무사통과하는 방법을 알고 있다고 내게 자랑처럼 말하기도 하였다. "병원에 계셔도 돈 나오잖아요?" 했다가, "현장서 버는 거에 반만 줘도 내가 벌써 드러누었지"라는 대답을 들었다.

3

처음에, 아저씨들은 무척 냉담했다. 사무실을 나와 부두에서 알짱거리는 나를, 국장의 지시를 받은 스파이쯤으로 여기는 듯했다. 쉬고 있다가도 내가 나타나면 얼른 일하는 시늉을 하는 거였다. 고스톱을 치다가 나에게 걸리면 국장에게 또 술 사주어야 될 약점이 잡혔다는 식으로 입맛 쓴 얼굴을 했다.

아저씨들은 내가 이전의 경리들과 다를 바 없다고 생각했던 모양이다. 아저씨들이 겪어온 경리들은 이랬다.

"내가 반년 버티는 년을 못 봤다. 내가 일한 지 오년째 되는데 내가 본 년만 해도 열댓이여."

"갓 스무살밖에 안 처먹은 년들이 우리를 거지 보듯 한당께."

"년들이 말여, 고등학교는 나왔다고 위세를 얼마나 떠는지 말여, 기가 막혀. 나야 국민학교도 안 나왔지만 내 아들이 서울서 대학교 다녀. 즈 같은 년들은 트럭으로 갖다 줘도 며느리감 예상 명단에도 안 드는데 그 지랄들이더라니께."

"한마디로 지년들은 공주라 우리 같은 노가다꾼 보기를 돌같이 한다 이거더라니께."

"뉘집 딸덜인지 하나같이 싸가지가 바가지드만."

대개 고등학교 졸업이고, 나이는 스물에서 스물셋 사이, 성격은 못

됐고, 서너 달 이상을 버티지 못하고 그만두었다는 거였다.

나는 이전의 경리들과 무엇이 달랐을까. 나 역시 고졸이고 스물에 들어와 스물하나가 되었으며, 성격이 좋은 편이 아니었다. (아저씨들은 내가 성격이 아주 좋다고 말씀하시게 되었지만.) 내가 다른 것은 오래 버티고 있다는 것 정도일 거였다.

하기는 부두로 찾아와 스스럼없이 나대는 것부터가 아저씨들에게는 놀라웠을 거였다. 다른 경리들은, 날리는 탄가루 때문에 잠깐만 있어도 깜둥이가 되는 이곳 현장에 접근 자체를 경시했다니까.

아무튼 내가 좀 이상한 년이기는 했다. 나는 옷을 버려가면서까지 현장 드나들기를 쥐 곳간 드나들 듯했다. 아저씨들 술자리에 끼여 넙죽 받아마시기를 잘했으며, 고스톱 판에 붙어 고리를 뜯기도 했다.

물론 음주와 노름 모두 못하게 되어 있었다. ㅎ전력측에서는 정문에서부터 음주물 반입을 통제했지만, 경비의 느슨한 조사 정도 돌파하는 것은 아저씨들에게 일도 아니었다. 조합버스는 자질구레한 작업 장비들로 지저분해서 소주 몇 병 안주 한두 접시 숨겨 드나들기에 충분했다.

(사실 아저씨들은 발전소 밖 안주를 필요로 하는 것 같지도 않았다. 횟감은 얼마든지 있었다. 가장 만만한 것은 역시 학꽁치인가 보았다. 녀석들이 부두와 운반선 좁장한 틈에서 노는 것은 육안으로도 보였는데, 낚시 던지기가 무섭게 걸렸다. 아저씨들은 전혀 개의치 않고 날것으로 먹었다. 탈 났다는 분은 없었다. 나도 눈 딱 감고 몇 마리 먹어보고는 했다. 맛은 있었지만 고정관념상 찜찜하기는 했다. 생태계에 전혀 영향을 안 준다고 동네방네 선전이지만 아무튼 발전소 물 먹은 고기가 아닌가.)

가끔 나타나는 ㅎ전력 직원들 눈 피하는 것은 쉬운 일이어서, 아저씨들이 술 마실 때 제일 경계하는 사람은 국장이었다. 국장은 전임자였지만 그 어떤 조합원보다 현장을 잘 알았다. 국장이 현장에 나오지 않음이 확실시될 때 마시는 것이 가장 좋은 방법이었다. 하지만 늘 안 걸릴 수는 없었다.

국장한테 걸리면 일단 안 좋았다.

"내가 마시지 말라고 했죠? 발전소 새끼들한테 걸리면 작살나는 거라니께 왜 이렇게 말을 못 알아들어? 한 모가지로 밥줄 끊고 싶나들. 애새끼들 아침마다 안전제일, 안전제일 체조하는 거 안 보여? 지금이 어떤 시국인디 백주대낮에 술을 처먹어?"

이런 잔소리 듣는 것은 별 문제가 아니었다. 개 짖는다 생각하면 되는 것이니까. 문제는 국장한테 제재를 당한다는 데 있었다.

물론 외형적으로는 국장의 제재가 아니라 전 조합원의 제재였다. 월급회의 때 국장이 "강지우씨, 양석길씨, 김성기씨, 이훈씨 이상 사인이 십칠일날 음주를 했어요. 이번에는 그냥 넘어가서는 안된다고 봅니다. 상습범예요. 상습범. 내 생각으로는 최소한 사일 근무 금지해야 된다고 봅니다." 안건 올리면, 투표하나마나 만장일치로 통과되었다. 술 마신 대가로 4일치 일당이 날아가는 거였다.

아저씨들은 음주판만큼이나 노름판을 벌였다. 아저씨들은 처음엔 나라는 인간을 국장에게 고자질하고도 남을 년으로 판단했다지만, 지금은 아저씨들도 인정하는 것과 마찬가지로, 나는 처음부터 그런 간첩 같은 년이 아니었다. 국회의사당에서도 술판이 벌어지는 음주공화국에 사는 내가, 아저씨들의 술과 노름에 대한 애착을 이해 못할 리 없었다.

"어라리, 왜 이것밖에 안 준댜?"

"어째?"

"피박 썼잖여?"

"지랄염병하고 있네. 내가 고스톱 경력이 얼만데 피바가지를 써. 내 사전에 피바가지는 없어."

"어라리, 내가 분명히 봤어, 넌 피 닷 장밖에 못 처먹었어. 김씨, 그려, 안 그려?"

"내것 보기도 바쁜데 남의 것까지 봤겠슈."

"팔리 패나 돌려."

"야, 이놈아. 오백원 더 내놔."

"이놈? 네가 나 언제부터 알았다고 이놈이냐?"

"말 돌리지 말고 오백원 내놓으라니께."

"너 줄 오백원 있으면 손주년 노트라도 한권 사주겠다."

"가만 보니께, 이 새끼가 완전히 떼어먹을라고 작정을 했구만. 너, 오늘 잘 걸렸다. 내가 그렇잖아도 너를 꼬고 있었다. 저번에 나 현장서 술 먹었다고 국장한데 고자질한 게 너지? 사내새끼가 왜 그 모양이냐? 이 자지 부러뜨려서 아가리다 쑤셔박을 놈아."

"뭐여? 뭐 이런 강아지 좆 같은 새끼가 다 있어?"

"니, 니가 지금 나를 쳤냐?"

아저씨들의 점 백원짜리 고스톱판을 보고 있으면 피식피식 웃음이 나왔다. 고리 뜯기가 재미있어서만은 아니었다. 아저씨들보다 수십배는 큰 노름판을 벌이고 있는 국장을 떠올리자니, 어쩔 수 없이 나오는 헛웃음이었다. 내가 직접 국장에게 노름자금을 갖다준 적도 있었다. 국장에게서 전화가 왔는데, 공개된 노동조합통장에서 한 백만원만 찾아가지고 시내의 모 여관으로 오라는 거였다. 가봤더니 포커판이었다. 확신하건대 그날 국장은 분명히 백만원 이상 잃었다.

4

우리 노동조합에서 흔히 '젊은 사람들'로 일컬어지는 몇몇 아저씨들과는, 아저씨들이 비번인 날, 밖에서 따로 만나 교류하기도 했다. 그들은 그들만의 자리에 나를 기꺼이 끼워주었다. 나는 확실히 이상한 년이어서 내 친구들과 마시는 것보다 그들 젊은 아저씨들과 마시는 것이 더 즐거웠다.

그날도 퇴근 무렵 "미스 서. 젊은 사람들끼리 한잔 빨고 있는데 항구로 나와요" 하는 전화를 받았다. 전영수씨(34세. 중학교 졸업. 3년차 조합원. 작년에 동거하던 여자가 튀었다. 어느 정도 취하면 엉엉 우는 버릇이 있었다)의 목소리였다.

전영수씨 외에, 서창인씨(25세. 농업고등학교 졸업. 조합원 짬밥으로만 따지자면 나보다 후배였다. 지난 겨울부터 아버지를 대신하여 출근하기 시작했다. 서창인씨의 아버지는 남들처럼 이천만원 정도에 조합원 자리를 팔아넘기지 않고, 막 군대를 제대하고 돌아온 아들에게 승계한 거였다. 그게 집안으로 보면 더 나은 방법일 수도 있을 거였다. 아들에게 평생직장을 마련해주지 않았나. 나에게 도통 관심이 없는 것으로 보아 숙맥인 것 같았다. 그는 현장에서나 술자리에서나 거의 말이 없었다. 위낙에 조합원 평균연령이 오십대인 판이라, 말 마디 붙여볼 짬밥──사실 그는 젊은이 축에도 못 끼고 어린애 취급을 받고 있었다──이 못되기는 했는데, 그보다는 태생적으로 말수가 적은 것 같았다. 나는 이 작자가 나한테 눈길 한번 안 준다는 것이 섭섭했다. 술잔이 비었을 때마저)와, 김정일씨(31세. 중학교 졸업. 작년에 결혼 직전까지 갔다가, 다방아가씨와 몸 비빈 것이 들통나 다시 자유인이 되었다고, 씁쓰레하고는 했다. 자유인답게 서비스업계 아가씨들과 폭넓은 교류중이라고 했다. 나에게도 집적거렸었다. 상대를 쉽게 본 대가로 나에게 귀싸대기를 한대 얻어맞은 다음부터는 나 대하기가 황후마마 모시듯 깍듯해졌다. 더러워서 때려치우겠다는 말을 입에 달고 살지만 4년차였다. 그리고 이름이 같은 북한 우두머리 때문에 개명을 심각히 고려중이라고 했다)와, 추남일씨(35세. 수산고등학교 졸업. 8년차 조합원. 월급회의에서 드러났듯, 조합버스를 누구보다도 사랑해서, 운전과 제반사항을 전적으로 책임지고 있었다. 나이든 축으로부터 싸가지 없다는 말을 가장 많이 들었다. 아마도 그 이유는 하고 싶은 말은 하는 성격 때문일 거였다. 팔도 사투리에 능했고, 노래를 잘 불렀다. 노래방에 가면 그의 독무대였다. 아무리 기계가 제멋대로인 노래방에 가도 95점 이하가 나오는 것을 보지 못했다)가 광어 살점을 삼키고 있었다.

그리고 한 사람이 더 있어야 했는데 그가 보이지 않았다. 지금까지 거론한 네 사람과 그외에 몇몇 사람은 있을 때도 있고 없을 때도 있었지만, A조 반장 조선우씨(36세. 중학교 졸업. 6년차 조합원. 국장의 처남)는 항상 젊은 축의 영수처럼 끼여 있었던 거였다.

"그런데 오늘은 반장님이 안 보이시네요?"

"처갓댁에 몹시 큰 행사가 있다."

나에게는 이들 젊은 아저씨들을 만날 때마다, 술 몇잔 들어가거나 해지면 더욱더, 노골적으로 하고 싶은 말이 있었다. 나만이 알고 있기가 힘든 그 얘기를 하지 못했던 것은 조선우씨가 있었기 때문이었다. 그런데 그 조선우씨가 없었다.

내가 말해야 된다와 말해서는 안된다(어떤 화를 당할지 모른다는 두려움이 없을 수 없었다) 사이에서 한없이 갈팡질팡하는 동안, 추남일씨가 이십대를 바쳐 팔도를 유람한 이야기를 풀어놓았으며, 전영수씨는 "이번이 들으면 백번째 듣는 얘기다, 이놈아!" 딴죽을 걸어댔고, 김정일씨는 "또 들어도 재미있잖아요" 추임새를 넣었다. 서창인씨는 말은 없었지만 이야기에 빠져 있기는 마찬가지였다.

그리 멀지 않은 거리의 어두운 하늘에 발전소의 불빛이 떠 있었다.

나는 모두의 입이 닫혀 있을 때를 포착, 소주잔을 깨져라 내리쳤다.

"고양이한테 생선 맡겨놓고 허구한 날 술타령들이시죠."

"시방, 그게 뭔 얘기여?"

"지금 사무실이 어떻게 돌아가고 있는지 아세요? 지금 이러고들 있으실 때가 아네요."

그것이 시작이었다. 나는 갑자기 신들린 여자처럼 듣거나 말거나 줄줄이 꿰었다.

그래, 나는 그동안 말하지 못해 가슴앓이를 했던 거야. 모든 것을 말하리라. 나는 내 말을 정당화시키기 위해 그동안 독학한 노동법 관련 지식을 십분 활용, 침방울을 사태나게 퉁기었다. 나는 이렇게 말을 끝맺었다.

"아저씨들 머릿속엔 똥만 들은 거란 말예요. 정신들 좀 차리세요. 제 밥도 못 찾아먹고, 그게 사람예요?"

"미스 서, 지금까지 말한 게 모두 참말인가?"

네 사람의 얼굴은 내가 이제까지 한번도 보지 못한 진지한 표정이었다.

"내가 두 눈으로 똑똑히 보고, 두 귀로 똑똑히 들은 바예요."

한동안 침묵이었다. 파도소리가 그렇게 감동적으로 들리던 적은 없었다. 나는 젊은 아저씨들의 가슴속에도 파도가 치고 있는 것이라고 믿었다.

전영수씨가 말했다.

"대충 짐작은 했지만 그 정도일 줄은 몰랐어."

김정일씨가 말했다.

"그런 국장은 물러가야 합니다."

추남일씨가 말했다.

"우리라도 힘을 합쳐서 옷을 벗겨야 해."

서창인씨는 아무 말 안했지만 눈빛은 누구보다도 날카로웠다.

우리의 술판은 이제까지와는 전혀 다른 이유로 활기에 넘쳤다. 국장에 대한 성토가 분위기를 달구었다. 아저씨들은 국장과 그의 꼬붕들(처남 조선우씨, 총무 김진석씨 등등)에 대한 불만을 탁자 위에 쌓아놓았다.

나는 조금 이상하기는 했다. 이토록 불만이 많았던 사람들이 그동안 철저히 모른 체할 수 있었을까. 하지만 열기가 나의 의심을 먹어치웠다.

국장을 불신임으로 몰아내고, 진정한 선거를 거쳐 새로운 국장을 뽑자는 의논이 시작되었다. 나는 임금대장, 금전출납부, 조합통장, 현장일지 등 국장의 비리를 밝히기 위해 필요한 모든 것을 복사해서 넘겨줄 것을 약속했다. (사실 나는 그런 거사의 날이 있을지도 모른다는 생각에 달마다 복사본을 만들어 집에 보관하고 있었다.) 나는 내일 당장이라도 약속한 것을 넘겨주고 아저씨들은 젊은 사람들 중심으로 사람을 더 모은다는 것이 결론이었다.

우리는 어색하고 부끄러운 표정으로, "동지여, 단결하자!"를 외쳤다.

5

다음날이었다. 내 손가방에는 아저씨들에게 약속한 복사물이 들어 있었다.

철문 잠금쇠가 풀려 있었다. 열쇠를 가지고 있는 사람은 국장과 나뿐이었다. 국장이 벌써 출근해 있다는 얘긴데, 별일이었다. 평상시대로라면 국장은 열한시 무렵이나 돼야 사무실에 나타난다.

철문을 열었다. 열 평도 안되는 공간. '⊏노동조합 국장 박영필'이라고 씌어진 옥돌 명패가 올려져 있는 윤기 흐르는 나무 책상, 컴퓨터 등속과 잡다한 서류와 물품을 잔뜩 이고 있는 낡은 내 철제 책상, 키낮은 응접용 탁자, 낡은 소파, 철제 의자 여남은 개, 『노동법 해설』등 몇권의 책이 꽂혀 있는 책장, 화이트보드 등이 사무실에 들어 있는 집기의 거의 전부였다. 그러고 보니 나는 벌써 그 컨테이너 사무실에서 14개월째 근무하고 있었다.

국장은 없었다.

철제 책상 위에 A4지 한 장이 놓여 있었다. 싸인펜으로 괴발개발 마구 써내려간 몇줄이 있었다.

다른 사람도 아니고 네년이 배신을 때려? 은혜를 원수로 갚는 씨발년아! 개도 지 주인은 안 문다고 했다. 주리를 틀어 공동묘지다 묻어버려도 시원찮을 년아. 다리몽뎅이를 분질러서 아궁이다 처넣을 년아. 네년을 어떻게 작살내야 되냐? 응? 씨발 애들 끌어다가 벌집 만들어줄까? 알아서 겨. 쌍년! 뒈지기 전에. ―국장

머릿속이 얼얼했다. A4지를 잡고 있는 두 손이 바르르 떨렸다. 7월 더위에도 불구하고 나는 싸늘한 한기에 휩싸여 안구가 뒤집히고 말았다.

나는 A4지를 있는 힘을 다해 찢었다. 힘이 아깝게 종이는 너무도 쉽게 결딴이 나버렸다. 두 조각이 난 거였다. 포개 다시 찢었다. 네 쪼가리가 되었다. 네 쪼가리를 포개 또 찢었다. 여덟 쪼가리가 되었다. 이후부터는 정신없이 찢어댔다. 손톱만하게 잘려진 편지 조각들이 내 발 밑에 오소소 누워 있었다. 손톱보다 커 보이는 조각은 집어올려서 또 찢었다. 단화발로 짓밟았다.

자꾸만 울음이 나오려고 했다. 이를 악물고 소리가 나오지 않도록 했다.

눈물을 줄줄 흘리면서 책상 위의 모니터를 들어올렸다. 그러나 내동댕이치지 못했다. 모니터는 내가 감당하기에 너무 비싸다는 이성적인 판단이 자제력을 발휘하게 만들었다. 컴퓨터와 프린트기를 사무실의 가장 구석진 자리에 치워놓았다. (그런 순간에도 가격을 고려할 수 있는 내 자신에 대한 혐오감이 분노에 더해졌다.)

내 책상부터 넘어뜨렸다. 다음엔 국장의 책상을 뒤집었다. 의자를 집어던졌다. 서류철, 디스켓, 책나부랭이, 빗자루와 봉걸레(평상시라면 이것들을 들고 사무실을 청소하고 있었을 텐데) 등 던질 만한 모든 것을 아무렇게나 던져대기 시작했다. 천장에 부딪고 내 몸뚱이로 떨

어지는 것도 있었다. 합판 벽에 붙은 ㄷ노동조합 규약과 출근표를 찢어버렸다. 책상을 넘어뜨렸다. 형광등을 깨버렸다. 국장의 옥돌 명패는 던졌으나 깨지지 않았다. 창문도 박살내버렸다. 화이트보드도 작살을 내버리려고 했는데 여간 단단한 물건이 아니었다. 나는 지쳐서 주저앉았다.

나는 누구에게 분노한 것인가? 나를 배신하고 국장에게 고자질한 게 틀림없는 젊은 아저씨들? 육두문자로 점철된 종이 한장 던져놓고 모습을 보여주지 않는 국장? 아니면 나 자신?

누군가 불쑥 들어왔다. 국장의 처남 A조 작업반장 조선우씨였다. 그는 출석상황판을 들고 있었다. 그는 난리굿판에 그저 어이없을 따름이라는 표정이었다.

"야, 이년아. 네가 뭘 잘했다고 사무실을 때려부셔. 적반하장도 분수가 있어, 년아."

조선우씨는 나의 국장에 대한 배신을 알고 있는 모양이었다. 하기는 젊은 아저씨들은 국장보다 조선우씨에게 먼저 고자질했을 가능성이 컸다. 조선우씨는 국장에게 득달같이 달려갔을 것이고, 두 사람은 나에게 욕을 양동이로 퍼부었을 것이다.

나는 벌떡 일어나서는 나보다 열다섯살이 많은 조선우씨에게 외쳤다.

"네가 뭔데 나한테 '년'이라고 해? 이 '놈'아."

"완전히 미쳤구만, 쌍년."

조선우씨가 너털 웃었다.

"그래, 미쳤다. 개새끼야."

조선우씨의 얼굴이 험악해졌다. 그가 손바닥을 치켜들었다.

"이 공산당 같은 년을 확!"

나는 눈을 꼭 감았다. 조선우씨는 차마 못 후려치겠는 모양이었다.

"네가 뭔데, 년아, 우리 노동자들을 이간질해. 이 공산당 찜쪄먹을 년아."

"내가 공산당이면 네 매형은 전두환이다. 이 전두환의 개 같은 놈아. 내가 뭐 틀린 말 했어? 너도 같이 해처먹었잖아?"

"어우, 이 쌍년! 주먹 한방거리도 안되는 게. 콱 죽여버릴라."

"그래, 죽여. 씨발 새꺄. 죽여, 죽여."

"어이구, 이걸 그냥."

"죽여, 죽여!"

"어우, 끓는다. 마빡에 피도 안 마른 년이 이르케 성질이 드럽냐. 이런 년은 확, 일개 사단 돌림빵으로 조져서 골로 보내야 되는데, 민주국가 자유 대한민국이라 참는다. 좆만한 년아. 빨리 짐 싸갖고 꺼져. 매형이 그래도 너 귀엽게 봐줘서 평화적으로 해결하자는 것인데, 그 말귀도 못 꿰가지고 행패를 부려?"

조선우씨는 제 성을 못 이기겠는지 출석상황판을 아무렇게나 집어던지고는 사무실을 나가버렸다. 나는 뒤에다 대고 빽 소리를 질렀다.

"처남 매부지간에 잘 해처먹어라. 이 전두환 노태우 같은 놈들아."

조선우씨가 되돌아왔다. 이번에는 기어이 반반한 내 얼굴이 피칠갑될 듯했다.

"이 좆만한 년아? 네가 대학생이냐? 으? 경리 주제에 데모를 선동해? 어이구, 확 그냥, 갈아마셔도 션찮을 년."

발전소 밖 정류장께에는 면 소재지 정도의 상가가 형성되어 있었다. 발전소 슈퍼에서 차표를 끊었다. 중국성, 태영이발소, 상록수다방, 부흥정육점, 태영자전거, 광명식당, 진미분식, 미미미용실…… 보이는 간판들을 아무런 의도 없이 훑고 있던 나의 눈길은 미용실 간판 위에서 멈췄다. 그래, 이대로 돌아갈 수는 없다.

나는 차도를 건너 미미미용실로 들어갔다. 시내에 단골 미용실이 있기 때문에 한번도 이용해본 적이 없었다.

"처음 보는 아가씨네. 어떻게 해드릴까요?"

"커트해주세요."

"커트? 왜? 이 잘 기른 머리. 얼마큼이나 자르라는 얘기래요?"

가슴이 큰 삼십대 미용사는 껌을 질겅거리고 있었다.

"삭발, 삭발해주세요."

거울에는 어깨까지 탐스럽게 머리를 기른 내가 있었다.

6

고등학교 남학생처럼 짧게 깎고 나니 얼추 점심때가 되어 있었다. 가방에 도시락이 있었지만 중국성에 들어가 냉면을 먹었다. 나는 다시 발전소로 향하였다. 국장을 만나지 않고는 도저히 집으로 돌아가지 못할 것 같았다.

내가 국장을 배신한 것이라면? 그래, 배신했다고 치자. 하지만 나는 국장 한 사람을 배신했을 뿐이다. 국장은 전 조합원을 배신해왔다. 십년 넘는 세월을. 제 장인 것까지 합하면 무려 16년 독재였다.

박영필의 장인 조현창은 일찍이 고향을 떠나 ㄱ부둣가에서 성장했다. 그는 평범한 부두 노동자였으나, 그를 역사의 흐름 속에 넣고 생각한다면, ㄱ부두 노동조합의 살아 있는 역사였다. 조합원들의 신망을 얻어 수년간 대의원으로 활약했던 조현창은 팔십년대 초 고향으로 돌아왔다. 그는 고향 태영리에 발전소가 건설될 것이라는 확실한 정보를 가지고 있었다.

조현창은 발전소 부지에 생계터를 내준 농민과 어민들, 왕년의 주먹들로서 새 인생을 설계하는 젊은이들 등을 주축으로 ㄷ노동조합을 결성했다. 대의원 시절 다져놓은 연줄과, 앞선 정보, 추진력을 바탕으로 다수의 경쟁자들을 물리치고, ㅎ전력, ㅈ통운, ㅍ건설 등과 클로즈드숍을 체결하는 데 성공했다.

조현창은 6년간 세번의 선거에서 거의 백퍼센트 지지율로 국장에 당선되었다. 그의 지위는 영원히 변함없을 것 같았다. 그러나 그를 심각하게 위협해온 것이 있었다. 간암이었다. 조현창이 네번째 선거에 출마를 포기했다. 대신 조합원이 된 지 3년밖에 안된 사위 박영필이 후보로 나섰다. 제 고향에서 폭력조직을 이끌다가 패배하여 이 도시로 피신 와 있던 박영필은 한 여자와 궁합이 맞게 되었는데, 장인의 우격다짐으로 차세대 국장 수업을 밟고 있었다.

한명의 후보가 더 있었다. 조현창의 오른팔로 불리며 조합원들로부터 두터운 신망을 얻고 있는 사람이었다. '아무리 어버이 같은 조현창의 사위라지만, 저런 애송이가 어떻게 국장이 되나.' 이것이 당시 조합원들의 공통된 생각이었다. 박영필이 당선될 확률은 희박했던 것이다.

그러나 박영필은 70퍼센트 지지율로 당선되었다. 태영리 ㄷ노조 역사상 유일한 경선이었으며, 당선자의 지지율이 최저였던 선거였다. 박영필와 자웅을 겨뤘던 다른 후보는 곧 조합에서 탈퇴하고 이 고장을 떠났다. 이후로는 박영필에게 감히 도전하는 자가 없었다. 매번 단

독 출마에, 거의 백퍼센트에 육박하는 지지율로 당선되었다.

　(이상은 국장 자신이 공공연히 떠들고 다니는 바와, 아저씨들이 은밀히 소곤거리는 바 등을 간단히 정리한 것이다.)

　자신의 배신은 아무것도 아니고, 나의 배신은, 일개 경리에 불과한 어린 계집애의 배신은, '주리를 틀어 공동묘지에 묻어버려도 시원치 않을' 배신이란 말인가.

　나도 국장에게 내가 알고 있는 모든 욕지거리를 퍼부어주겠다. 싸움 잘하는 당신이 손찌검을 하면, 나는 팔뚝을 물고 늘어지겠다. 뼈가 드러날 때까지 놓지 않겠다. 모르겠다. 무엇을 어떻게 해야 할지 모르겠다. 하지만 당신과 대면해야겠다.

　국장은 사무실에 없었다. 철제 책상과 의자가 원래대로 위치되어 있는 것을 제외하고는, 사무실은 내가 난장판으로 만들어놓은 그대로였다. 운무처럼 드리워진 담배연기. 연달아 대여섯 대쯤 피웠나 보다. 그런데 왜 제 책상이 아니라 내 책상을 세워놓았을까. 뭐 아무래도 상관없었다.

　나는 의자에 앉았다. 국장이 올 때까지 기다릴 각오였다. 책상 위에 A4지 한장이 올려져 있었다. 가루로 만들어놓지 않았던가? 그것은 국장이 새로 남긴 글이었다.

　부족한 국장을 여러가지 도와준 것에 대하여 고맙게 생각하고 감사하게 생각하는데, 여러가지 석연치 않은 일이 자꾸 벌어지고 있다고 생각을 하면서, 더이상 나쁜 감정이 나지 않는 선에서 서로 헤어지든지, 국장이 원하는 일을 하든지 선택을 해주기 바란다. ―7월 20일 국

장 박영필

　내가 깨뜨려놓은 유리창으로 뜨거운 바람 한 줄기가 밀려들어왔다. 인정하기 싫지만 시간이 갈수록 국장에 대한 분노는 잦아들었다. 대신 나를 괴롭힌 것은, 나 자신에 대한 증오였다.

　나는 은혜를 모르고, 의리가 없고, 배신자이고, 사람을 너무 잘 믿고, 주제파악을 못하고, 싸가지가 없고, 건방지고, 계획이 없고, 철 모르고, 한치 앞을 못 내다보고, 무슨 투사인 양 시건방지게 나대기나 하고…… 나는 그런 년이었다.

　나를 배신한 게 틀림없는 젊은 아저씨들에 대한 분노도 사그라들고 말았다. 그들에게는 인생이 달린 문제가 아니었나. 그들에게는 모든 것을 건 도박이 아닌가. 여기서 쫓겨난다고 해도 미래가 창창한 나와는 입장이 다른 것이다. 그들이 나보다 더 잘 알 것이다. 국장과 싸운다는 것은, 국장 일개 개인과 싸우는 것이 아니라, 국장을 정점으로 한 거대한 힘과 싸우는 것임을.

　나는 얼마나 철없는 생각을 했었나. 힘을 가진 것들은 한 몸뚱이로 나아간다는 것을 알면서도, 국장 하나만 축출한다면 노조의 민주화를 이룰 수 있다고 생각했다니. 그리고 더욱더 한심한 생각은 44명의 아저씨들이 선뜻 국장에게 반기를 들 것이라고 믿었다는 거였다.

　국장에게 잘못했다고, 내가 잘못했다고 용서를 빌고 싶은 생각까지 들었다. 당신이 선택하는 일을 하겠다고 매달리고 싶기까지 했다. 전화기를 들고 국장의 핸드폰 번호를 누르기까지 했었다. 신호가 갈세라 전화기를 내려놓기는 했지만, 나는 한없이 약해져갔다.

　국장이 아니더라도 제발 누군가에게서 전화라도 와주었으면, 방문

자라도 있었으면, 시간이 조금이라도 빨리 지나갈 것 같았는데, 그날 오후의 사무실은 유독 조용했다.

나는 이제나저제나 국장이 들어설까 두려워하며, 혹은 바라며, 내가 어질러놓은 사무실을 정돈하기 시작했다. 국장에게 용서를 빈다는 표를 내자는 게 아니었다. (인정하기 싫지만 그런 것인지도 몰랐다.) 너무 시간이 안 가서, 뭐라도 하지 않으면 안되었다. 쓸고 봉걸레로 닦기까지 했다. 다만 깨진 것들은 복구할 수 없었다.

퇴근시간에서 한 시간이나 초과한 일곱시까지 기다렸지만, 국장은 끝내 모습을 보이지 않았다. 나는 가방을 챙겨들고 일어섰다. 책상 위에 국장이 남긴 글은 꼬깃꼬깃 접어 호주머니에 넣었다.

해가 지느라 서편 하늘은 놀로 휘황했다. 그날 저녁은 그때까지 내가 만났던 모든 저녁과 다른, 특별한 저녁이었다. 그 저녁을 맞기 위해 그토록 나는 잘났었나 보았다. 스물한살 계집아이가 맞이하기에는 너무나도 처참한 저녁이었다.

7

그로부터 나흘째 되는 날에야, 국장의 목소리를 들을 수 있었다.

나는 사흘 동안 출근하지 않았다. 국장은 물론 조합원 누구에게도 연락하지 않았다. 그들에게서도 아무런 연락이 없었다. 그 뭐같았던 날, 밤을 꼴딱 새운 끝에 나는 중요한 것을 깨달았다. 내가 그 숨막히는 컨테이너 사무실에 연연해할 까닭이 하나도 없다는 사실이었다. 그리고 내가 가지고 있는 복사본이 무기가 될 수 있을 것이라는 겁없는 생각을 품게 되었다.

또 나는 그날 내가 왜 그렇게 분하고 억울했는지 알게 되었다. 나는 자존심에 치명적인 상처를 입었던 거였다. 내 인생 사전에, 배신이란 단어는, 배신자라는 멍에는 영원히 없을 것이라고 믿었었는데 겨우 스물한살에 획득해버렸다. 배신의 멍에는, 나를 '서양숙'이도록 하였던 자존심을 송두리째 짓밟아버렸던 거였다.

또 나는 아저씨들이 국장에게 충성하는 데에는 국장과 그 배후가 두렵기 때문이겠지만 그보다 더 본원적인 까닭이 있다는 결론에 도달했다. 이땅의 수많은 노동자들은 국장과 그 배후보다 더 힘이 센 자들과도 기꺼이 싸우지 않았던가.

그러니까 ㄷ노동조합이 이 땅의 수많은 노동조합과 다르듯이, 이곳의 아저씨들은 이땅의 수많은 노동자와 입장이 달랐다. 그것이 아저씨들이 국장에게 충성하는 가장 근본적인 까닭인 것 같았다.

ㄷ노조 태영리 사무국에는 인간으로서의 삶을 위협하는 착취가 없었다. 아저씨들은 그 누구도 국장이 착취한다고 생각하지 않았다. 국장이 좀더 먹는다고 생각하는 정도일 뿐이었다. 아저씨들은 상대적인 부(자신들보다 더 많은 노동력을 투자하고도 적은 돈을 버는 다른 사업장의 수많은 노동자와 비교할 때)를 누리고 있었다. 국장에 대한 관념이, '동등한 조합원이다'가 아니라 '조합원의 지도자이다'라는 식으로 굳어져 있었다.

젊은 아저씨들은 나를 택시에 태워 보낸 뒤 막바로 그 사실을 깨달았을 것이다. 자신들이 국장에게 반기를 들 이유가 하나도 없음을, 멀어져가는 내가 탄 택시를 보며 생각했을 것이다. 자신들이 술을 너무 많이 마셨으며, 술기운에 입을 함부로 놀렸다고 머쓱했을 것이다.

그럼 어떻게 해야 되나? 국장의 비리를 속속들이 알고 있는 나는 어

떻게 해야 하나. 나는 그것을 알 수 없었다. 복사본들을 이 지방 언론
사들을 비롯해서, 중앙 언론사들에까지 뿌려볼까 하는 것이 무턱대고
해보는 생각이었다.

　확실한 것은 딱 한가지. 나는 구겨진 자존심을 회복하고 싶어한다
는 거였다. 나는 국장에게서 언젠가는 연락이 올 것이라고 믿었고, 연
락은 나흘째 되던 날 온 거였다.

　국장의 목소리는 건조했다. 그는 왜 출근하지 않느냐고 물었다.

　"어떻게 출근할 수 있겠어요?"

　"그럼, 그만두는 거냐?"

　"그만두라는 거 아니셨어요?"

　"내가 편지에다 써놓았을 텐데, 선택을 하라고."

　그게 편지씩이나 되었었구나!

　"그만두겠어요."

　그랬다. 나는 그런 일을 당하고서 국장과 날마다 얼굴을 맞댈 만큼
변죽이 좋은 년이 아니었다.

　"그만둔다! 이거 섭섭한데."

　"하지만 그냥 그만두지는 못하겠어요."

　"그냥 그만두지는 못하겠다니?"

　"저는 국장님의 비리를 증명할 수 있는 복사본을 따로 가지고 있어
요."

　"그래? 네가 지금 날 협박하는 거냐?"

　"협박이 아니라……"

　"그깟 종이쪽들을 가지고 뭘 어떻게 하겠다는 거지?"

　"방법은 많지요."

국장은 껄껄 웃었다. 가소로워 못 견디겠다는 투였다.

"너 하나쯤 골로 보내는 건 식은 죽 먹기야."

"저도 그렇게 만만한 년은 아니에요."

"귀여워. 미스 서는 참말로 귀여워."

"퇴직금을 주세요."

"퇴직금?"

"저는 더이상 그 컨테이너 사무실에서 일하고 싶지 않아요. 그만두겠어요."

"그만두면 그만두는 거지, 무슨 퇴직금? 경리한테도 퇴직금을 주나?"

"주세요. 전 받고야 말겠어요. 월급 석달치를 주세요."

"뭐 석달치 월급을 줘? 야, 퇴직금도 우스운 판인데, 너 미쳤냐?"

"저도 먹고 살아야 될 것 아녜요? 느닷없이 그만두면 뭐 먹고 살아요. 저는 아무런 준비도 없이 그만두게 됐으니까, 그렇게 만든 국장님이 책임을 져주셔야죠."

내가 자존심을 세우고자 택한 방법이 고작 퇴직금을 요구하는 것이었나?

"그러니까 모든 과거를 잊고 내 밑에서 계속 일하면 될 것 아니야?"

"싫어요."

"그럼 넌 해고야. 무슨 얼어죽을 퇴직금. 너는 계속 일하는 길과, 해고당하는 길 두 가지밖에 없다 이거야. 그걸 알아야지."

"근로기준법 제삼십조에 의하면, 사용자는 근로자에 대하여 정당한 이유 없이 해고, 휴직, 정직, 전직, 감봉, 기타 징벌을 하지 못하게 돼 있어요. 국장님한테 저를 해고할 정당한 이유가 있어요? 나는 내가 그만 다니고 싶어서 그만두는 거지, 해고당하는 게 아니란 말예요."

"어랍쇼, 인제 법까지 들먹거리네. 그래도 고등학교는 나왔다 이거구만."

"석달치 월급을 퇴직금으로 주세요."

"미친 년!"

국장은 전화를 뚝 끊어버렸다.

사실 법으로 따진다면 나의 석달치 월급 요구는 터무니없는 것인지도 몰랐다. 내가 속해 있는 노동조합은 클로즈드숍이라는 특성으로 인해 (하역작업에 종사하는 노동자가 실제로 근로를 제공하고 있는 하역업체와 명시적인 근로계약을 체결하고 있지 않기 때문에) 노동법의 사각지대에 놓여 있었다.

그리고 내 입장의 남다름으로 인하여(정확히 말해서 나는 ㄷ노조원이 아니라 ㄷ노동조합에 고용된 경리가 아닌가) 근로기준법의 적용을 받을 수 있다고 해도, 나는 겨우 14개월을 근무했기 때문에 퇴직금은, 근로기준법 제34조에 1항, '사용자는 계속근로년수 1년에 대하여 30일분 이상의 평균임금을 퇴직금으로서 퇴직하는 근로자에게 지급하는 제도를 설정하여야 한다'에 의거할 때, 한달 월급인 40만원에서 몇천원 더 붙는 정도에 불과했다. 거기에다 이달 7월 월급(20일밖에 일하지 않았지만) 40만원을 합한다고 해도 80만원을 요구할 수 있을 거였다.

그러니까 나는 국장이 '그깟 종이쪽'이라고 표현한 것을 무기로 거의 억지를 쓰고 있는 것인지도 몰랐다. 실은 억울한 마음에 얼떨결에 발설한 '석달치'였다.

국장에게서 다시 전화가 온 것은 이틀 뒤였다.

"지부에서 너 좀 만나자고 위원장님이 직접 오셨다. 나와서 우리 차근차근 얘기 좀 해보자."

"퇴직금을 주시겠다고 약속하면, 나가겠어요."

국장은 20여분간의 통화 끝에 이런 말을 남기고 끊었다.

"아따, 그년. 성질머리 한번 독하네."

이틀 후 다시 연락이 왔다.

"미스 서, 정말 이런 식으로 나올 거야. 그만둘 때 그만두더라도 인수는 해줘야 될 것 아냐? 썅, 이거, 뭐 어떻게 하는지 알 수가 있나. 당장 나와!"

"퇴직금을 주시겠다면, 나가겠어요."

"줄 테니까 얼른 나와봐."

달력을 보고서야 국장이 왜 그리 똥줄 타는 목소리였는지 알 수 있었다. 다음날이 그달 후반기 월급을 지급할 날짜였다. 나로부터 인계받은 사람이 밤을 새워 일하더라도 여러가지 절차를 거쳐야 하기 때문에, 아저씨들은 다음주에나 월급봉투를 구경할 수 있을 거였다.

8

"왔나. 미스 서."

국장의 미소는 예상하지 않은 바였다. 절대로 인사 같은 것은 하지 않기로 다짐, 다짐했던 나는, 고개를 조금 숙여 "안녕하세요" 했다.

"앉지, 좀."

며칠 전만 해도 나의 사무실이었는데, 손님의 처지가 되어버렸다. 나는 응접용 탁자에 앉았다. 국장이 커피를 타주었다.

"미스 서. 정말 계속 일하고 싶은 생각 없나?"

"예."

"미스 서, 정말 섭섭했어. 내가 우리 조합원 중에 가장 믿었던 사람이 미스 서야, 그런데 그 미스 서가 배신을 했어. 내가 안 돌아버리겠어."

"국장님, 그걸 왜 배신이라고 생각하세요? 국장님이 잘못하고 있는 것은 사실이잖아요? 국장님이 잘못을 시정할 생각을 안하니, 저희들이 뭉쳐서 올바르게 만들려고 한 거예요. 그게 왜 배신예요?"

국장은 기가 막히다는 표정을 짓더니, 갑자기 커다란 손을 들어올렸다. 그의 손이 내 뺨으로 날아올 거라는 지레짐작에 간이 오그라들었다. 국장은 제 머리를 쓸었다.

"개전의 정이 없구만."

국장은 혈압이 도진다는 듯 씩씩거렸다.

"우와, 인간 박영필 성질 완전히 죽었다. 이봐, 미스 서. 내가 그간의 정 때문에 말이 곱게 나가는데 말이야, 대체 내가 뭘 잘못했지?"

"정말 모르세요? 국장님은 조합원 아저씨들의 월급을 절반 가까이 떼먹었어요. 퇴직하는 조합원과 새로 들어오는 조합원 다리를 놔주면서 거액의 부당이익을 취했어요. 결정적으로 조합원들 위에 군림하려 했어요."

"너 완전히 돌았구나."

"예, 완전히 돌았어요. 돌아버렸다고요."

국장은 '이걸 어떻게 죽여야 성질이 풀릴까' 갈팡질팡하는 기색이 역력했다. 겁났다. 이곳을 살아서 나갈 수 있을까? 국장이 벌떡 일어섰다. 그예 2단 옆차기가 날아오는구나. 국장은 아무 말 없이 컨테이

너를 나가버렸다.

30분 동안 꼼짝도 않고 있었다. 노크 소리가 있었다. 나는 철문을 노려보았다. 쭈뼛쭈뼛 들어온 것은 추남일씨였다. 항구 횟집에서 "동지여! 단결하자!"를 외친 후 처음 보는 얼굴이었다. 추남일씨는 나를 똑바로 못 보겠는지 시선을 내리깔고 있었다. 그는 내 앞에서 우물쭈물하더니 간신히 "오래간만이네요" 했다.

"저도요. 별일 없으셨죠?"

"그럼요, 우리야 만날 하는 일이 그 일인데 뭐 별일이 있었겠어요."

내 어조가 예상 밖으로 부드러웠던 것일까. 추남일씨의 안색은 금세 펴졌고 받는 말도 평소처럼 빨랐다.

"근데, 국장님이 나보고 인계받으라고 하데요. 그 나물에 그 밥 중에서 내가 그나마 높은 학벌에다 젊은 인재라고."

장부를 대충 훑어보니, 국장이 중요한 절차(ㅎ전력, ㅍ건설, ㅈ통운에 올리는 서류 작성)는 나름대로 해놓았음을 알 수 있었다. 물론 엉망진창이었다. 그냥 놔두기로 했다. 추남일씨가 알아들을 것 같지도 않고(그가 총체적인 비리에 대하여 인식하고 있지 못하고 있기 때문에. 아니 아예 모르쇠하려는 자세이기 때문이다), 어떻게든 조율이 될 테니까. 부정한 것일수록 후속조치가 빠르지 않은가.

조합원들에게 공개되는 부분은 하나도 되어 있지 않았다. 나는 열심히 세세히, 거듭 반복해서 설명해주었다. 임금을 계산하는 방법에서만 한 시간을 잡아먹었다. 시간 아까운 줄 모르고 침방울을 날렸다. 추남일씨가 이 업무를 과연 수행해낼 수 있을까, 또 새로운 경리가 구해지면 잘 인계해줄 수 있을까, 믿음이 가질 않았다. 문득 나에게, 인수인계절차를 밟아주던 중학교 동창의 얼굴이 떠올랐다.

컴퓨터 프로그램에 대해서는 설명해주기를 포기했다. 어차피 새 경리가 들어오면 금방 파악할 수 있을 거였다. 경리 되겠다는 여자치고 컴퓨터 모를 리 없었고, 드노조 프로그램은 컴퓨터에 '컴'자만 알아도 한눈에 꿸 수 있는 수준이었다.

"이런 식으로 하면 돼요. 하다가 정 모르겠으면 국장님한테 물어보시고, 국장님도 모르겠다고 하면 저한테 연락하세요. 제 전화번호 알죠?"

내가 성의 없이 인계절차 밟았음을 부인하기는 어려울 거였다.

"이거, 퇴직금 백이십만원인데 국장님이 지급하라고 하데요."

백만원짜리 수표 한 장과, 만원짜리 스무 장이었다. 퇴직 서류를 만들었다. 물론 120만원에 맞추어 사실과 다르게 꾸몄다.

120만원은 내 자존심을 복구하기에 충분한 액수인가라는 의문이 들었다. 그러나 나는 알고 있었다. 내 자존심은 억만금으로도 복구가 불가능한 성질의 것임을. 그리고 또 나는 40만원의 가욋돈을 받는다는 것은 '배신'과 맞바꾼 '나의 정의'마저도 잃는 것임을 의미하는 것은 아닌가, 두려워졌다.

"아저씨, 한 가지만 물어볼게요. 솔직히 대답해주세요."

추남일씨는 웃음기가 싹 가시면서 긴장된 얼굴로 바뀌었다.

"누가 고자질했어요?"

"뭔 소리래요?"

"그냥 알고만 있으려고 그래요. 저 지금 나가면 아저씨들 볼 일 없어요. 누구예요?"

"의리가 있지, 그걸 어떻게 말해."

"그렇게 의리 좋아하시는 분들이 왜 저한텐 의리 안 지키셨어요?"

"미스 서는 우리하고 다르잖남."

발전소 직영버스를 기다리는데 그동안 수없이 보고도 제대로 한번 읽어본 적이 없는, ㅎ전력 종합사무실에 대형으로 걸린 플래카드 문구가 눈에 들어왔다. '제2의 건국 ㅎ전력이 앞장서겠습니다. 세계 전력사업을 선도하는 초일류국가기업.'

국장이 '그깟 종이쪽'이라고 표현한 복사본이 손가방 안에 그대로 들어 있다는 것이 생각났다. 퇴직금을 받으면 돌려주려고 가져왔던 가? 나는 영화 속 마약거래상들처럼 멋진 교환을 그렸었나? 국장은 자신의 비리가 담긴 그 복사본에 전혀 신경을 쓰지 않음으로써 정말 '그깟 종이쪽'으로 만들어버렸다는 생각이 들었다. 아무튼 '그깟 종이쪽'은 내 수중에 있는 거였다.

정말이지 이것은 '그깟 종이쪽'밖에 안되는 것일까. 내게 용기가 있다면 확인해볼 수 있지 않을까. 최소한, 못 쓰는 글이지만 르뽀 비슷한 글을 첨부하여 언론사에 보내볼 수는 있지 않은가?

아니다. '그깟 종이쪽'에 불과한 게 맞았다. 설령 내게 무지막지한 용기가 있다 하더라도.

하지만 이것을 '그깟 종이쪽'이 아니라, 가치 있는 무엇인가로 만들 수 있는 사람들이 분명히 있었다. 바로 조합원 아저씨들이었다.

문득 이런 각오를 했다. '그깟 종이쪽'을 진정한 무언가로 바꾸기 위해, 조합원 아저씨들과 계속해서 만나야겠다. 그것이 '나의 정의'를 회복할 수 있는 유일한 방법일 것이기에.

그러나 문득 한 그 각오가 쑥스러워서 견딜 수가 없어졌다. 나는 손가방에서 '그깟 종이쪽'을 꺼내 갈가리 찢어버렸다.

—미지로 2000(e-book)

'신예'작가 김종광, 그 이후

서경석

1. 발랄한 생기의 언어

작가 김종광의 두번째 소설집이다. 그의 작품세계의 한 부분을 차지하고 있는 90학번의 체험담이자 후일담인 『71년생 다인이』가 나온 지 얼마 되지 않아, 『경찰서여, 안녕』의 뒤를 잇는 소설집이 출간되는 셈이다. 신예작가 시절, 그의 작품에 보내진 평가에는, 이문구(李文求)를 연상시키는 충청도 사투리의 입담과, 문학사의 대가들이 보여주던 반어적인 풍자로 농촌과 주변의 삶을 복원해놓았다는 지적이 많았다. 정확히는 그런 싹이 보인다는 것이었다. 이런 평가들이 작가에게 적지 않은 부담을 주었을 터이지만 그럼에도 이후 2년간 그는 '문학노동자'라는 자부에 값하여 다작을 일구었다. 따라서 이 작품들을 검토해보는 일은 흥미로운 일이 아닐 수 없다. 그가 그런 종횡의 압력을 이겨내며 어떻게 자기 세계를 일구어나갔는가를 살피는 일은 21세기 벽두의 우리 문학의 가능성을 탐사해보는 일과 동의어가 되기 때문이다.

그의 작품에는 능청스런 의뭉함이 넘쳐난다. 이는 풍자를 성취하는 최소 단위의 시선이다. 이런 시선에 힘을 더하는 것이 충청도 사투리 특유의 느릿함인데 이 느릿함이 어느 순간 발 빠르게 현실의 이면에 놓인 허위나 가식을 찍어올려 김종광식 소설 스타일을 완성한다. 이번 소설집에서 이런 능력이 돋보이는 작품은 우선 농촌을 배경을 한 작품 계열이다. 「윷을 던져라」「모내기 블루스」가 그것인데, 두 작품은 구성방식과 분위기에서 차이가 있다. 앞작품에는 새로운 형식실험이라 평가되는 이름·나이 병기방식이 있고, 두 작품의 분위기가 대조적이기 때문이다.

「윷을 던져라」는 안골마을의 친목회 장면을 그려놓은 작품이다. 19명의 인물들이 도착순서나 배치된 장소에 따라 소개되면서 작품의 전체 얼개가 드러난다. 도시에서 들어온 인물들이 있는가 하면 농촌에 뿌리내린 인물들도 있다. 이들이 한데 모여 뿜어내는 화제란, 농민에 대한 불합리한 처우, 구제역 파동, 농협 빚 연대보증으로 떠안은 막대한 채무, 부실한 농정(農政)으로 인한 영농사업 실패, 농민들의 시위 등등. 안골 안팎에서 삶의 터전을 잡은 이들은 서로의 이야기를 견주어가며 분노하기도 하고 체념하기도 한다. 물론 이런 화제야 농촌을 다루는 작가라면 누구나 다룰 터, 이런 이야기판을 엮어가며 작가가 독자로 하여금 구수한 입담으로 매 장면에 실감으로 다가서게 만든다는 점이 특징적이다.

　그런데 이 작품에서 노리는 바는 농민들의 경제적 피폐함을 넘어서는 곳에 있다. 그것은 걸쭉한 입담으로 분노를 풀어내는 이야기판 자체가 농촌사회에서 점차 약화된다는 사실과 관계 있다. 여기서 이야기판이란 친목회 모임이자 윷놀이이며 경로잔치이기도 한데 이런 담론공동체에 균열이 생기기 시작했다는 점이 이 작품의 과녁이다. 서울로 간, 혹은 서울에서 온 자들의 반듯한 표준어가 균열의 조짐을 예감케 하고 시간에 쫓기는 젊은 축들의 일정 다지기가 그런 공동체를 부식시킨다. 작품의 전반적 분위기가 비관적인 것은 서울에서 대학원 다니는 이철희의 예측처럼 안골의 미래가 결국 '자본'에 의해 지배당하리란 이유 때문만이 아니라 담론공동체 자체의 약화에서 오는 듯 느껴진다. 김종광 소설의 문체란 그런 의미에서 후퇴하면서 벌이는 전쟁의 무기처럼 다가온다. 이 사실은 그의 작품들 가운데 중소도시를 배경으로 하는 작품들이 평자들의 비판적 시선에도 불구하고 계속 씌어질 수밖에 없는 참된 근거이기도 하다.

　「모내기 블루스」는 도시 술집 처녀 서해의 농촌생활 적응기이다. 버스가 하루 세번 들어오는 마을에 서른여섯 먹도록 장가를 못 간 아들 대춘이 갑작스레 돌아온다. 그것도 도시 처녀까지 데리고 오자 노부모는 기쁨으로 대경실색. 일당 삼만원을 받기로 했다는 서해의 말에 실망하기도 하지만 한밤에 벌어진 서해와 대춘의 정사가 이 실망감을 무마해준다. 그러나 여전히 문제는 남는데 서해가 대춘과 부부를 이뤄 어떻게 농촌의 삶을 꾸려나갈 것인가가 그것. 서해가 모내기에 나서면서 이를 불안스레 바라보던, '원조' 농사꾼인 노부모의 근심이 막걸리 몇잔, 험한 내력을 이겨온 서해의 오기, 농사판의 건강함과 어우러지면서 흥겹게 풀어진다. 여기에 생기 있는 사투리는 서해의 직설적인 서울말과 뒤섞이면서도, 이질적인 것들간의 묘한 조화를 이루며 서로를 부추긴다.

이 작품에서는 경제적 어려움보다 경운기의 고장이 문제되고 아들의 배우자 서해의 적응이 부각된다. 이것이 풀리며 작품의 결말은 낙관적인 훈훈함마저 주고 있다. 여기에는 "모내기철 개구락지 울어대는 소리가 좋은 음악처럼 들리는지, 달님은 방그레 웃어대"는 이유가 깃들여 있다. 김종광 소설이 기층정서를 적절히 드러내는 감칠맛 나는 문체로 인해 쉽게 읽힌다는 평가에 값하는, 그의 작품세계의 원점에 해당하는 작품이라 할 만하다.

2. 직설의 화법

김종광 소설에는 또한 도회인들이 많이 등장한다. 실패한 변두리 인생들이 작가의 실업자(?) 체험을 바탕으로 하여 묘사되는데 이들의 말씨는 농촌을 무대로 한 작가의 입담과 일맥상통한다. 농촌의 해체 혹은 도시화가 이런 작품들의 출현에 한몫 했을 터이다.

「당구장 십이시」는 소도시 소재 당구장 풍경 열세 장면을 보여주면서 농민의 아들이지만 도회적 삶에 실패한 주변적 인간 군상을 그려낸다. 칸을 구별하여 장면을 나누는 작풍은 「윷을 던져라」와 동일하다. 커피를 주식으로 삼는 농사꾼 몽구와 다방 레지 주영, 당구장 아르바이트생 태우, 주식에 눈멀어 돈을 탕진하는 그의 형, 자식 둘과 함께 자살한 아줌마, 교통사고로 오히려 거액의 보험금을 뜯어낸 전중대, 거지노인, 광신적 전도사, 가난한 소설가, 함께 화투치는 경찰과 조직 폭력배, 당구치는 고등학생 건달들, 환상에 빠져 연애하는 노갑과 희라 등등은 그야말로 도회 주변이자 농촌 주변에서 보이는, 전형의 삶을 살고 있다. 그런데 작가는 더 나아가 이들의 삶뿐만 아니라 그들의 말까지 자세히 옮겨놓고 있다.

이런 거 읽어봐야 말짱 황이다. 책 나부랭이에서는 아무것도 안 나와. 직접 몸뚱이로 부딪히는 게 장땡이야. 젊었을 때는 그저 몸뚱이 하나 믿고 뭐든지 해봐야 돼. 전국일주도 해보고, 노가다고 해보고, 공돌이 노릇도 해보고, 썹질도 좆나게 해보고. 그야말로 산 경험으로 점철된, 첫경험의 나날을 견뎌야 해. 이십대 때 부모가 대주는 돈으로 호의호식하며 책 끼고 연애질이나 하고 다니는 것들 봐라. 그것들이 서른 돼서 인간 구실 하나. 그런 인간 같지도 않은 것들이 결국엔 높은 자리에 올라 엄청난 월급 받으면서 세상을 재단한다니까. (166면)

농촌의 언어는 농촌의 노동과 결합된, 말하자면 대상과의 교감 속에서 터득되고 생성된 언어이다. 따라서 그 생기발랄함이 자연스러움으로 다가오지만 도시인의 언어는 솔직한 직설적 언어를 넘어서는 어떤 긴장감 속에서 형성된다. 김종광 소설의 도회지 주인공들이 구사하는 언어는 사투리가 아니다. 더구나 복잡한 긴장관계 속에서 구성된 언어도 아니다. 바로 이 언어들, 토속적 색채와 긴장감이 방기된 언어가 「당구장 십이시」에 펼쳐져 있다. 말하자면 주변인들의 언어 전시장이라 할 만하다.

다방 아가씨 주영이 "씹새꺄, 지금 달라는 거야 뭐야? 달라는 거면 그냥 달라고 하지"라고 할 때나, "그래 학원강사도 사기꾼이야. 선생, 교수, 하여튼간에 애새끼들 가르쳐서 먹고사는 것들은 다 사기꾼이야. 씨발, 가르치나마나 머리 좋은 놈은 머리 좋고, 머리 나쁜 놈은 머리 나쁜겨. 머리 좋은 새끼들은 안 가르쳐줘도 일등 다 해처먹고, 머리 나쁜 새끼들은 아무리 가르쳐줘봤자 맨날 밑바닥서 헤매게 돼 있어"(「서점, 네시」)라고 대규가 이야기할 때, 이러한 언어들은 그 자체로 주변인들의 삶을 내비치고 있다. 진실을 직설적으로 드러내어 중심을 찌르긴 하되 한편으로 사태를 단순화하여 진실을 피해가는 감춤의 역할도 담당한다. 이런 의미에서 「당구장 십이시」의 주인공들의 언어는 생동감 있다. 그들의 삶과 그것이 전유한 세계의 허구적 이중성이 그들의 언어에 고스란히 드러나 있기 때문이다.

「서점, 네시」는 이러한 언어의 극단을 보여준다. 깡패출신이고 전과자이며, 강간당하고 자살한 누이를 가진 대규가 귀향길에 근처 대학 서점에 들른다. 방학중에 지방대학 구내서점은 을씨년스럽도록 한가한데, 이곳에 근무하는 미란과 그의 애인 경재 그리고 우연히 들어온 교수 하나가 대규의 희생양이 된다. 대규가 비판하듯이 학원강사 경재가 사기꾼이며 남자답지 못하다거나 교수가 위선적이라는 내용이 이 작품의 주제는 물론 아니다. 야수적인 폭력성 앞에서 강제되어 사실을 토설(吐說)하는 경재와 교수의 그 강요된 솔직함이 유의미한가가 차라리 고민거리가 될 것이다. 가령 이런 장면.

"뭐, 아냐? 정말 아냐? 거짓말하면 죽여버리는 수가 있어. 새끼 아직도 분위기 파악을 못하고 있는데 말야. 지금이 어떤 상황이냐면 네 목숨이 왔다갔다하고 있어. 넌 영화도 안 보고 살았냐? 너 정말 뒈진다 말야. 자, 다시 한번 기회를 주겠어. 저년을 좋아하지?"

"예."(146면)

이러한 언어의 결이 작품에 속도감을 준다거나 통쾌하게 허구적 교양의 뿌리를 뽑는 매개가 될 수도 있겠다. 그러나 그의 소설에 종종 드러나는 '폭발적인 분노의 토설'이나 '과감한 의견 개진'은 소설 속 주인공들간의 긴장관계와 소통을 막아서는 결정적인 장벽이기도 하다. 이런 장벽의 묘사가 이 작품의 참주제에 해당하는 것이 아닐까. 언어의 소통이 불가능하여 결국 세상에 적절히 융합되지 못하는 주변인들의 삶과 그 고통이 주제가 아닐 것인가. 그들의 실현을 막아서는 장벽이란 바로 그들의 언어의 장벽이기도 하지 않겠는가.

3. 「열쇠가 없는 사람들」과 「배신」

도회를 배경으로 하는 김종광의 소설에는 소설적 의미에서의 교양인이 등장하지 않는다. 좌절한 인생들의 좌절기이자 체념담이며 세상에 대한 직설적 저주이다. 따라서 험한 세계와 맞서 그 진정한 의미를 추구하는 인물들은 거의 없다. 그런 의미에서 평론가 김만수의 지적처럼 김종광의 소설은 '추구의 플롯'에 저항하며 전통적인 소설문법에서 벗어나 있다. 「언론낙서백일장」은 이러한 입장을 전제하고 있다. 물론 이 작품은 혼주시의 '혼주문학동인'들의 비판받을 만한 행태를 그리고 있다. 지방소도시 문인들이 낙서백일장에 참가하고 모두 탈락하여 돌아온다는 이야기의 서술과정에서 그들의 충동적 행동뿐 아니라 문단의 부정적 세태 역시 암시적으로 비판되고 있다. 그러나 이 작품은 주인공 한탕이 소설가라는 점에 특징이 있다. 그는 소설가이며 지금 '소설가소설'로 이 작품을 쓰고 있다. 그는 이렇게 이야기한다. "한탕을 소설가로 인정해준다면, 지금부터 한탕이 펼칠 이야기는 소설가소설이 되겠지만, 소설가는 무슨 얼어죽을 소설가, 하늘을 우러러 한점 떳떳한 바가 없는 백수로 못박아버린다면, 지금부터 한탕이 풀어놓은 사설은 백수소설이라는 비아냥도 감지덕지일 터이다"(96면). 그러니까 가치 없어 보이는 인물들의 '이야기'라는 말이며 그것이 바로 이 소설의 가치라는 지적이다. 가치 없는 인물들의 가치 없는 이야기의 추구가 바로 「언론낙서백일장」이며 이 작품은 그런 의미에서 차라리 사실적이다. 이제 우리 시대에 사실적이라 함은 사소한 사람들의 사소한 일상이 아니고 무엇이겠는가. 더 나아가 누가 자신의 삶과 운명을 올곧은 언어로, 삶과 그 언어적 외연이 일치하도록 그려낼 수 있으며 말할 수 있는가.

이런 범주에서 조금 벗어난 작품을 찾는다면 「열쇠가 없는 사람들」과 「배신」을 들 수 있다. 「열쇠가 없는 사람들」은 대학의 출판물을 대행 제작해주는 '21세기캠퍼스'라는 작은 회사의 '답답한' 이야기이다. 이 답답함을 이 작품에서만큼 솜씨있게 고양시키기란 쉽지 않을 터인데 아마도 이 성취는 작가가 이 작품에서 능청스럽게 감추어가며 확보해낸 고도의 풍자정신 덕이리라. 「배신」은 노동조합 내부에서 벌어지는 국장의 조합비 횡령 내막을 자세히 알고 있는 경리 담당 미스 서의 동선을 따라 진행된다. 그녀는 조합원들에게 이 사실을 폭로한다. 그러나 조합측에서 이를 국장에게 밀고하고 상황은 변하지 않은 채

미스 서만이 사직하게 된다. 그녀는 확보한 증거물로 '정의'를 실현하기 위해 조합원을 다시 만나고자 한다. 그러나 그녀는 이러한 다짐과 각오가 곧 '쑥스러워'진다. 상황은 변하지 않았을 뿐만 아니라 인간에 대한 불신, 인간의 개선 불가능성에 대한 확신만이 남게 된다.

이런 작가의 전언은 「서울, 눈 거의 내리지 않음」에서 주인공 광호의 끊임없는 좌절 속에서도 새삼 확인되는 것이다. 그러나 이 좌절은 인간의 본원적 속성에 대한 확신에서 온 것이 아니라 어떤 특정 시대가 그 세대에게 준 이데올로기의 결과라는 점이 이 작품에 드러나 있다. 이 이데올로기란 『71년생 다인이』에서 좀더 자세하고 길게 펼쳐진 「노래를 못하면 아, 미운 사람」 세대의 역사적 딜레마와 궤를 같이한다. 이런 점에서 보면 김종광 소설은 무너져가는 농촌과 도회 저층의 풍경, 71년생 90학번 세대가 보아온 시대적 고민을 총체적으로 그려내야 한다는 과제에 직면해 있다. 또한 농촌의 언어와 도회의 언어를 횡단하며 각각의 생생함과 긴장감을 새롭게 고양시켜야 할 난제도 안고 있다. 그의 작품세계가 한국 사회의 깊은 역사적 저류에 도달하길 기대해본다.

徐經錫 / 한양대 국문과 교수, 문학평론가

작가의 말

첫번째 소설집에서 나는 매우 시건방진 어조로 소설전사(戰士)로 살겠다고 말했다. 또한 소설에 대해서도 그럴싸하게 몇마디 하려고 했던 것 같다. 그로부터 2년 3개월이 흘렀다. 이제는 그때처럼 당돌하게 말하지 못하겠다. 철이 들어서일까? 겁이 많아졌기 때문일까? 모든 것을 소설로만 말해야 한다는 논리에 경도되었기 때문일까? 하지만 그동안 나는 술자리에서, 여러 인터뷰에서, 혹은 주제넘게 행하던 강의에서 소설에 대하여 참으로 많은 말을 해왔다. 대개 시답잖은 말이었을 것이다. 허영심 때문에, 생계 때문에, 아직 어리거나 한창 젊기 때문에, 그렇게 많은 말을 했다. 쑥쑥하지만 앞으로도 비슷할 것이다. 내가 했던 말, 하는 말, 할 말, 나의 모든 말을, 소설에 쓸어담았으면 좋겠다.

이 책의 소설들은 내가 서른에서 서른둘이 되는 동안, 프로작가 3년 차에서 5년차가 되는 동안, 총각 말기에서 짧은 연애와 결혼을 거쳐 아이를 얻는 동안 씌어지고, 대산창작기금을 수혜하고, 고쳐져서 문예지와 e-book에 발표되고, 다시 고쳐진 뒤에 이렇게 묶이게 되었다. 이 책이 아내와 곧 태어날 아기에게 의미있는 선물이 되었으면 좋겠다.

　　나는 이 책에 실린 「서점, 네시」라는 소설에서 다음과 같이 썼다. "불릴 '자(滋)'와 맛 '미(味)'가 어울려 '자미(滋味)'라는 말이 만들어졌고, 거기에 'ㅣ'모음이 붙어 '재미'가 되었다. 즉 '재미'는 맛을 불린 것이다." 사람마다 재미가 다를 것이다. 내가 쓴 재미와, 이 책을 읽는 분들의 재미가, 많이많이 교감했으면 좋겠다.

2002년 가을, 안산 상록수에서

김종광